UM OUTONO EM RIVER FALLS

Títulos da Vestígio

SETE DIAS EM RIVER FALLS | Alexis Aubenque
Algumas garotas escondem terríveis segredos...
Tradução: Fernando Scheibe

MEU PRIMEIRO ASSASSINATO | Leena Lehtolainen
Uma estreia de tirar o fôlego para Maria Kallio...
Tradução: Salma Saad

OS SETE CRIMES DE ROMA | Guillaume Prévost
Roma, 1514. Leonardo da Vinci conduz a investigação...
Tradução: Fernando Scheibe

A FERA INTERIOR | Lotte & Søren Hammer
Podemos fazer justiça com as próprias mãos?
Tradução: Márcia Guimarães

ESTAVA ESCRITO | Gunnar Staalesen
O que realmente sabemos sobre nossos filhos?
Tradução: Elisa Nazarian

NA MENTE, O VENENO | Andrea H. Japp
Diane Silver inicia sua caça ao *serial killer*...
Tradução: Vinicius Carneiro

VESTIDO DE NOIVO | Pierre Lemaitre
Ninguém está a salvo da loucura...
Tradução: Zéfere

ASSASSINATO NA TORRE EIFFEL | Claude Izner
Crimes em série transformam livreiro em detetive
Tradução: Elisa Nazarian

UM OUTONO EM RIVER FALLS | Alexis Aubenque
Alguns garotos nunca perdoam...
Tradução: Fernando Scheibe

ALEXIS AUBENQUE

UM OUTONO EM RIVER FALLS

Alguns garotos nunca perdoam...

Tradução
Fernando Scheibe

VESTÍGIO

Título original: *Un automne à River Falls*

DIRETOR DA COLEÇÃO
Arnaud Vin

PREPARAÇÃO
Sonia Junqueira

REVISÃO
Amanda Pavani

CAPA
Ricardo Furtado
(Imagens: Kevin Teague e shutterstock.com)

DIAGRAMAÇÃO
Christiane Morais

Dados Internacionais de Catalogação na Publicação (CIP)
Câmara Brasileira do Livro, SP, Brasil

Aubenque, Alexis
Um outono em River Falls : alguns garotos nunca perdoam... / Alexis Aubenque ; tradução Fernando Scheibe. -- Belo Horizonte : Vestígio, 2014.

Título original: Un automne à River Falls
ISBN 978-85-8286-088-5

1. Ficção policial e de mistério (Literatura francesa) I. Título.

14-00925 CDD-843.0872

Índices para catálogo sistemático:
1. Ficção policial e de mistério : Literatura francesa 843.0872

A **VESTÍGIO** É UMA EDITORA DO **GRUPO AUTÊNTICA**

São Paulo
Av. Paulista, 2.073, Conjunto Nacional,
Horsa I, 23° andar, Conj. 2301
Cerqueira César . 01311-940
São Paulo . SP
Tel.: (55 11) 3034 4468

Belo Horizonte
Rua Aimorés, 981, 8° andar
Funcionários . 30140-071
Belo Horizonte . MG
Tel.: (55 31) 3214 5700

Televendas: 0800 283 13 22
www.editoragutenberg.com.br

Prólogo
Domingo, 30 de setembro de 2007

Com uma última estocada, Robert Gordon atingiu o orgasmo que adiara por tanto tempo. Soltou um gemido característico e se abandonou sobre o corpo de sua Dulcineia.

Ela sorriu e passou a mão no cabelo dele. Não tivera tempo de chegar ao seu, mas isso não tinha importância. Estava tão feliz por estar com ele. Gordon correspondera a todas as suas expectativas. Acabara de viver uma verdadeira noite dos sonhos. Uma mesa num dos restaurantes mais chiques da cidade, um passeio romântico em Garden State e, como chave de ouro, tinham terminado a noite em sua residência em Golden Hill, o bairro residencial mais alta classe de River Falls.

– Foi maravilhoso – murmurou ela, quando retomaram o fôlego.

Gordon ergueu a cabeça e depositou um longo beijo nos lábios de Samantha Ridley.

– Você que é maravilhosa – respondeu ele, com sua voz quente que o tornara célebre.

Um frisson de prazer percorreu o corpo de Samantha.

Ele tinha trinta e cinco anos, e ela, apenas vinte. Sabia que muita gente questionaria com ironia a diferença de idade deles, mas não estava nem aí. Estava certa de ter encontrado o homem de seus sonhos.

Um dos advogados mais célebres de River Falls.

Ele rolou para o lado, pegou seu maço de cigarros e acendeu um. Era o único defeito que via nele, mas iria aguentá-lo até que, num dia próximo, conseguisse convencê-lo a parar.

Gordon se levantou e atravessou o quarto, envolvido pela

luz opalina do abajur colocado sobre uma escrivaninha projetada por um designer famoso. Pela vidraça, podia contemplar a cidade a seus pés, lá embaixo.

Golden Hill, a colina dos milionários. Embora essa reputação fosse um pouco exagerada, Gordon sabia que diversas fortunas da cidade estavam domiciliadas naquela colina verdejante, protegida do frenesi dos bairros mais populares.

– O que você está olhando? – perguntou Samantha.

Ela estava descalça sobre o carpete, ele não a ouvira chegar.

– Nada, estava apenas dizendo a mim mesmo que sou o homem mais sortudo do mundo.

Sentiu dois braços o cingirem ternamente por trás e um pequeno queixo pousar sobre seu ombro. Enquanto sentia um início de excitação, um estranho sentimento se apoderou dele.

Samantha correspondia a todas as suas expectativas: bonita, culta, elegante, jovem e ambiciosa. No entanto, ele sabia muito bem que faltava alguma coisa.

– Em que está pensando? – soprou ela em seu ouvido.

Ele deu mais uma tragada no cigarro antes de responder.

– Em nós – disse, sem mentir.

Viu um sorriso crescer no rosto de Samantha pelo reflexo da vidraça. Sorriu também. Mesmo com o passar dos anos, ele não mudara. Mais uma vez, compreendia que não estava pronto para uma relação duradoura. A paixão que ardera em suas veias naquelas duas últimas semanas já começava a esfriar. Não se deixava enganar. Notara que ela não atingira o orgasmo – e que mesmo assim não dissera nada. Um sinal de afeição, ou de falta de caráter...

Como a cada nova conquista, assim que o jogo da sedução terminava e o prazer dos sentidos era atingido, ele começava a achar defeitos em sua parceira.

Virou-se e depôs mais um afetuoso beijo nos lábios dela.

– Amo você – disse Samanta, com o olhar mergulhado no dele. Ele percebeu que teria que partir mais um coração.

– Eu também – respondeu, em tom convincente. Levaria

semanas, alguns meses talvez, mas terminaria aquela relação em menos de um ano.

Samantha agarrou seu membro revigorado e, com um sorriso safado nos lábios, puxou-o pelo órgão até a grande Jacuzzi do banheiro.

Gordon acordou sobressaltado. O coração batendo à toda. O corpo encharcado de suor. Com o olhar perdido na escuridão do quarto, ficou por muito tempo imóvel na cama, até recuperar o fôlego, então passou a mão na testa e enxugou as gotas de suor que ali estavam.

Sempre o mesmo pesadelo.

Fechou os punhos e ergueu o corpo. Cuidando para não acordar Samantha, jogou as pernas para fora da cama e ficou de pé no quarto. Guiando-se pela fraca luz que se infiltrava pela persiana metálica, saiu dali, fechou a porta e acendeu a luz do corredor. Com o espírito ainda perturbado pelos vestígios de seu pesadelo, dirigiu-se para a sala, acendeu um abajur, serviu-se um uísque duplo, o qual tomou de um só gole; depois de um segundo, foi se sentar na grande poltrona de couro, de frente para a varanda.

Colocou o copo na mesa de centro e pegou o controle remoto do *home theater*. Baixou o volume para não acordar Samantha e ligou o aparelho.

A voz de Maria Callas se espalhou pela grande sala. Logo um sorriso desabrochou em seus lábios. O álcool começava a surtir efeito, afastando os resquícios de angústia.

Era apenas um pesadelo. Um simples pesadelo. Não havia razão alguma para ter medo. Havia apenas uma única realidade: ele era um dos advogados mais brilhantes de River Falls. Um homem bonito, sedutor, espirituoso, esportivo – e riquíssimo.

O que mais podia esperar da vida?

Suspirou, sacudindo a cabeça. Erguendo o copo, divertiu-se observando os reflexos luminosos que ondulavam no líquido translúcido.

Decididamente, a vida era danada de bela.

Havia ainda tantas coisas para descobrir, tantas mulheres para conquistar. Não era um simples pesadelo que ia fazê-lo perder seu otimismo característico.

De repente, seu sorriso se fechou. Gordon pensou ter visto uma forma se mover para além da varanda.

Com a testa franzida, o olhar atento, largou o copo e se dirigiu lentamente até a porta de vidro. O abajur na entrada da sala emitia apenas uma luz fraca e ele não distinguia nada além das formas das árvores. Deixou seu posto de observação e, enquanto ressoavam as vocalizações da diva, achou o controle remoto da iluminação e acendeu as luzes da varanda e do terraço. O jardim todo se iluminou instantaneamente e revelou...

Nada.

Gordon se deu conta então de que prendera a respiração durante toda a operação.

Imbecil! Está ficando completamente paranoico!

Ia desviar o olhar quando seus olhos perceberam uma folha de papel sobre a grande mesa do terraço.

Nada demais. Ela poderia ter chegado ali levada pelo vento. Mas não havia nem uma brisa.

Instintivamente, olhou para a parede da direita, onde estava pendurado seu fuzil de caça. Não era um grande caçador, mas sabia que era capaz de atingir um alvo a menos de dez metros.

– Deixe de paranoia – disse para si mesmo em voz alta. Contudo, um sentimento de opressão o torturava.

Tinha muitos inimigos e recebera inúmeras ameaças em seguimento aos processos que ganhara. No entanto, era extremamente raro que elas fossem executadas. Matar um homem é a coisa mais difícil do mundo. A necessária sobrevivência da espécie impede, na maioria das vezes, que se chegue a esse ponto. Pelo menos, ele gostava de pensar assim.

Foi pegar o fuzil e certificou-se de que os dois cartuchos estavam no cano. Imaginando por um instante Samantha entrando na sala, sorriu de maneira estranha: o que ela pensaria se o visse daquele jeito?

Do terraço, River Falls brilhava com mil luzes. A noite escura rodeava a mansão. Nenhum vizinho por perto. Nenhum barulho.

Gordon se aproximou da mesa e apanhou a folha de papel. Era uma página do *Daily River*.

Seu rosto empalideceu ao ler o artigo. Dessa vez, o medo, mas também a raiva, invadiram todo seu ser. Não se deixaria pegar.

– Apareça! – gritou.

Já não se importava em acordar Samantha. Pelo contrário, queria que ela se juntasse a ele.

Com o fuzil em riste, recuou para dentro da casa, na esperança de pegar seu celular antes que o desconhecido tentasse alguma coisa contra ele.

Entretanto, quando estava quase chegando à varanda, percebeu movimento à esquerda, bem atrás da reprodução de uma estátua antiga.

Antes que pudesse se virar, uma mão enfiara em sua boca um lenço encharcado de clorofórmio. Apesar do esforço, não conseguiu se soltar e logo desmaiou.

Samantha despertou lentamente de um sono agradável, lembrando ainda do sexo na véspera.

Virou-se langorosamente e ficou decepcionada ao constatar que seu homem já estava de pé. Olhou para o relógio e ficou surpresa com o avanço da hora. 10h24min. O dia começara havia muito.

Sem perda de tempo, levantou-se com um pulo e acionou a abertura das cortinas elétricas. Um sol radiante a acolheu.

Uma visão paradisíaca se oferecia a ela. Samantha adorava aquele panorama: a floresta e, ao pé da colina, toda a cidade, onde os cidadãos comuns se viravam para sobreviver.

Tinha uma sorte imensa, e adorava isso.

– Robert? – exclamou, pegando sua calcinha.

Mas logo a soltou. O que pode agradar mais um homem do que encontrar sua bela nua desde o despertar?

Sorriu diante do pensamento safado e saiu do quarto. Naquela segunda-feira, teriam o dia inteiro para eles; uma semana de férias que começava da melhor maneira possível. Iam aproveitar bem.

– Robert? – chamou de novo, saindo do quarto.

Ficou decepcionada ao não sentir o cheirinho de café quente.

Só faltava ele ter saído sem ela! A menos que tivesse ido comprar uma daqueles cafés da manhã franceses da Rua Strutter. Mas era pouco provável: o trajeto levava mais de uma hora. Que homem estaria disposto a perder tanto tempo apenas para embelezar o despertar de sua companheira?

Entrou na sala e ficou ofuscada pelo sol já alto no céu. Piscou os olhos. A porta que dava para a varanda estava aberta.

Ele devia estar no jardim.

Mesmo sabendo que não havia vizinhos por perto, ela não ia correr o risco de sair nua, ainda mais com o ar frio daquele início de outono.

Resolveu, finalmente, tomar um banho na Jacuzzi. Quando ele voltasse, o barulho da água o levaria até ela.

Com um sorriso matreiro nos lábios, atravessou de novo a sala, o corredor principal e o corredor que dava no banheiro. Abriu a porta. Gordon estava sentado de costas para ela na Jacuzzi, numa escuridão que a luz proveniente da janela de persianas fechadas não chegava a vencer.

Uma estranha sensação se apoderou dela.

– Robert? – disse, entrando no banheiro. Pressionou o interruptor. Nada de luz.

Os fusíveis queimaram, disse para si mesma enquanto se dava conta de que Robert permanecia estranhamente imóvel.

O sangue gelou em suas veias. O mau pressentimento se transformou numa terrível certeza. Com as pernas bambas, avançou sobre os azulejos frios, fechando os punhos, prestes a cair no choro.

– Robert, responda – conseguiu articular.

Mas ele não reagiu. Foi quando viu o fio de um aparelho elétrico mergulhado na água. Contornou a Jacuzzi.

O rosto morto de Robert a fixava.

Samantha levou a mão à boca, mas não pôde reprimir o grito animal que lhe escapou.

Segunda-feira, 1º de outubro de 2007

1

O despertador ressoou no quarto. Logan tirou um braço das cobertas, desligou-o e, virando-se de lado, viu a hora na tela luminosa. Sete horas. Acendeu o abajur na cabeceira.

Como de costume, Hurley já estava de pé. Podia escutar a água do chuveiro. Esticou-se e ficou ainda algum tempo enrolando na cama.

Uma nova semana estava começando e ele se sentia em plena forma.

Tinham passado o sábado percorrendo as lojas de móveis do centro comercial. Hurley finalmente conseguira convencer Logan a trocar uma parte da mobília da sala. Gastaram três mil e quinhentos dólares e passaram o domingo inteiro montando, desmontando e remontando móveis.

Logan sentou na cama e olhou o pequeno curativo enrolado em seu polegar. Sorriu pensando em seu jeito de manejar a chave de fenda. Decididamente, nenhum dos dois era um gênio do "faça você mesmo". O que não os impedira de passar uma tarde deliciosa e saborear, à noite, o fruto de seus esforços.

No geral, a sala guardara a mesma tonalidade, mas com um toque bem mais elegante. Hurley realmente tinha o olho de uma decoradora. Ela bem que poderia mudar de ramo se decidisse não voltar a seu posto no FBI!

Com esse pensamento agradável, ele se levantou e abriu as persianas. A luz matinal penetrou no quarto.

Logan esfregou o rosto; embora soubesse que Hurley

gostava de sua barba de três dias, não podia se dar ao luxo de mantê-la. Para ele, uma barba bem feita inspirava respeito.

O barulho do chuveiro cessou. Logan se espreguiçou mais uma vez e saiu do quarto. Era sua vez no banheiro.

– Dormiu bem? – perguntou ao ver Hurley se secando.

– Como sempre – respondeu ela, sorrindo, antes de enrolar a toalha em volta dos cabelos molhados.

Aproximou-se dela e beijou furtivamente seus lábios antes de entrar no chuveiro. Naquele início de semana, sentia-se extremamente tranquilo. Tudo ia bem. E não era apenas pela visão paradisíaca do corpo de Hurley.

Para Logan, o outono era a mais bela das estações. Aquela em que as árvores ficam avermelhadas, como se as folhas, sentindo seu fim próximo, fizessem questão de incendiar o céu antes de se espalharem pelas calçadas. Aquela em que as nuvens vêm colocar um véu sobre essa incandescência, logo afastadas por ventos carregados com a fumaça das primeiras lareiras acesas. Adorava aquele perfume de nostalgia que se desprendia de toda a natureza no começo de outubro.

Ficou bastante tempo sob o chuveiro antes de sacrificar a barba do fim de semana. Banhado e vestido, desceu ao térreo, seguindo o cheiro do café até a cozinha.

– Você se cortou – disse Hurley.

Instintivamente, Logan passou o dedo no cortezinho.

– Juro que você fica muito melhor mal barbeado – continuou Hurley.

Logan sentou-se à mesa e sacudiu a cabeça sem responder. Olhou pela janela, parecendo perdido na contemplação das imensas bétulas plantadas ao longo da avenida residencial.

– Ei, estou aqui – interpelou-o Hurley, diante de seu mutismo matinal. – O que está havendo?

Logan virou a cabeça e mergulhou seu olhar no dela.

– Não quero que você vá embora – disse, finalmente.

Hurley deixou escapar um sorriso e colocou a mão sobre a dele.

– Ainda temos um mês. Não acha que é cedo para começar a falar disso?

Logan pegou a xícara de café e tomou um golinho antes de responder.

– Estou feliz com você. Não tenho a mínima vontade de ver você voltar para Seattle.

Mesmo sabendo controlar suas emoções, Hurley se sentiu profundamente tocada por aquela declaração.

Algum tempo antes, quando um ferimento terrível quase custara a vida de seu homem, ela pedira uma licença não remunerada de seis meses para cuidar dele. E continuou lá mesmo depois de ele retomar suas funções de xerife.

– Escute, falaremos disso mais tarde. Temos um mês só para nós. Não o estrague, por favor.

Logan colocou sua mão sobre a de Hurley e eles se olharam longa e amorosamente.

Hurley não sabia mais o que pensar. Nunca fora tão feliz. Logan era o homem com quem sonhara, mesmo com seu caráter difícil: contudo, a vida de dona de casa não era para ela. Tinha que voltar a seu trabalho, reencontrar o gosto da ação e da investigação. Tinha aquilo no sangue e, por mais apaixonada que estivesse, não estava disposta a sacrificar isso por Logan. Esperava apenas que ele a compreendesse e aceitasse dividi-la com seu trabalho de *profiler* no FBI.

De um gole, Logan terminou o café e se levantou.

– Preciso ir – disse, fixando o relógio de parede. Sabe como é, segunda-feira de manhã...

Hurley assumiu um ar compreensivo.

– Almoçamos juntos? – propôs ela.

Logan se aproximou e se inclinou para beijá-la na boca.

– É claro.

Quando ele saiu, Hurley, com a xícara nas mãos, foi até a janela da cozinha. Viu-o entrar no Cherokee, dar a partida e desaparecer na avenida.

Depois de soltar um profundo suspiro, saiu da cozinha, subiu ao primeiro andar e se instalou no escritório contíguo ao quarto. Colocou a xícara num canto da mesa, ligou o computador e abriu sua caixa de *e-mails*.

Embora estivesse afastada do FBI durante aqueles seis

meses de licença, continuava a dar sua opinião como especialista aos colegas de Seattle e participava ativamente das investigações da delegacia de River Falls, quando Logan o permitia.

Eram quase 11 horas e Logan já começava a pensar em seu almoço com Hurley quando a telefonista o chamou na linha interna para lhe passar um chamado de urgência. Imediatamente, ele foi tomado por um mau pressentimento.

– Xerife Logan, em que posso ajudar?

Escutou um choro, seguido de uma frase incompreensível. Logan inclinou-se para a frente em sua poltrona e apoiou os cotovelos na escrivaninha.

– Acalme-se, respire, eu lhe peço – disse com a maior gentileza possível.

O choro só fez aumentar.

Logan segurou o telefone entre o rosto e o ombro, tirou um cigarro do maço e o acendeu enquanto a jovem retomava fôlego.

– Ele está morto, meu Deus, ele está morto! – gritou ela, completamente descontrolada.

– Quem está morto? Onde você está? Peço que tente manter a calma – respondeu Logan.

Não estava gostando daquilo. A mulher parecia à beira do pânico; ora, o homem que ela acreditava morto podia ainda ter alguma chance. Ela não podia desligar.

– Na mansão Hard Stone, em Golden Hill – ela conseguiu dizer.

Logan percebeu que ela tentava controlar a respiração.

– Sou a namorada de Robert Gordon. Ele se eletrocutou na banheira. Meu Deus, por quê? – concluiu, gemendo.

– Senhorita, não toque em nada. Estou enviando uma equipe médica ao local. Apesar de sua dor, tente manter a calma – disse, sentindo que aquelas frases soavam vazias.

Nunca tivera as manhas de Hurley e lamentava isso particularmente em momentos como aquele.

– Ele está morto! Você não entende?

Samantha estava perto de uma crise de histeria. Logan apertou os lábios, buscando desesperadamente as palavras que a acalmariam.

– Não fique sozinha. Telefone para algum amigo e lhe diga para ir até aí – conseguiu finalmente dizer.

Com um pouco de sorte, aquilo a ocuparia e ela não tocaria no corpo.

Ela voltou a soluçar. Logan não tinha tempo a perder.

– Tenho que desligar. Por favor, não toque em nada, isso é muito importante.

Escutou um fraco "sim" no aparelho.

– Já estamos chegando – concluiu Logan, antes de desligar o telefone.

Apagou no cinzeiro o cigarro pela metade e se levantou de um salto.

Saindo do escritório apressadamente, atravessou o corredor que levava à ampla sala onde ficava a maioria de seus agentes.

– Alguém conhece bem Golden Hill?

Olhares interrogativos viraram-se para ele. Portnoy tomou a palavra.

– Eu conheço – respondeu, antes de se sentir obrigado a acrescentar: – Tenho uma tia-avó que mora lá.

– Muito bem, você será meu guia. Vamos até a mansão de Robert Gordon, sabe qual é?

– Sim, uma casa enorme lá em cima.

– Ele foi assassinado? – interveio a sargento Martinez, realmente preocupada, sentada diante da tela do computador. Sempre admirara aquele advogado com seus modos de cavalheiro.

– É o que tentaremos descobrir – respondeu Logan, lembrando-se. – Já ia esquecendo: liguem para o hospital e peçam que eles enviem uma ambulância e uma equipe de paramédicos, nunca se sabe. A moça que constatou a morte estava tão descontrolada que talvez não tenha percebido que ele ainda estava vivo.

Martinez balançou a cabeça e pegou imediatamente o telefone. Sob o olhar dos outros policiais, Logan e Portnoy saíram da delegacia.

Um vento quente e seco os acolheu. O céu vestia um azul intenso.

– O que aconteceu? – perguntou Portnoy.

– A moça disse apenas que ele se eletrocutou na banheira. Meio raro, mas não impossível.

– Acha que pode se tratar de um assassinato?

Logan parou diante do Cherokee e destrancou as portas. Como todo mundo, conhecia o brilhante advogado Robert Gordon e sabia que era um dos melhores partidos da região. Um solteirão empedernido que borboleteava de conquista em conquista.

– Quando um homem cheio de dinheiro morre antes dos cinquenta, a morte é *de facto* suspeita – respondeu, antes de abrir a porta e se instalar no carro.

Portnoy sentou ao seu lado e, quando o motor começou a rugir, tratou de indicar o caminho ao xerife.

2

Stuart andava, olhando para o chão perfeitamente encerado do corredor principal da entrada do prédio B.

Era o primeiro dia de aula na universidade, mas ele só tinha um pensamento: sair dali o mais rápido possível.

Logo notara que a maioria dos estudantes já se conhecia. É claro, havia alguns isolados aqui e ali no anfiteatro, mas levaria tempo até que fizesse amigos. Sua timidez o forçava a se manter afastado e, além disso, considerava-se fisicamente pouco atraente. Não que fosse particularmente feio, mas sua indiscutível corpulência o complexava e bloqueava todos os seus impulsos de socialização. Sabia que acabaria encontrando companhia, mas a ideia de ter que se ligar a outros rejeitados como ele o deprimia.

Nunca deveria ter vindo para esta cidade, disse para si mesmo, antes de transpor uma interseção com outro corredor.

Foi naquele momento que um choque violento o fez cair de costas e soltar sua mochila. Estatelou-se no chão, aterrissando sobre os cotovelos. Sentiu uma dor aguda no ombro.

– Ei, gorducho, por que não olha por onde anda? – irritou-se um estudante de rosto quadrado que quase caíra ao trombar com Stuart.

– Olhe só essa criatura! Realmente, aceitam qualquer um nessa faculdade! – reforçou seu colega.

Um pequeno ajuntamento se formara ao redor de Stuart, que se levantou com dificuldade. Cruzou o olhar com o do rapaz em quem esbarrara e só viu ali desprezo e repugnância. Um sentimento misturado de vergonha e raiva o invadiu, mas ficou quieto e avançou para sua mochila caída a dois metros dali. Quando estendeu o braço para pegá-la, com um chute um terceiro fortão a empurrou para mais longe.

– Vai ter que aprender a ser mais rápido, saco de banha. A faculdade zela por sua reputação. Não precisamos de hipopótamos como você aqui.

Stuart não respondeu. Evitando seus olhares, avançou novamente em direção à sua mochila. Porém, antes que tivesse tempo de chegar a ela, o outro, um tal de Steven, já a pegara.

– Vamos ajudá-lo a fazer regime.

Ergueu a mochila e, sorrindo, virou-se para o segundo do trio.

– Vamos, Carl, como no treino.

Assumindo a pose de lançador, Steven jogou-a para cima, enquanto Carl atravessava o ajuntamento para recebê-la, mas, quando ia agarrá-la, uma mão emergiu da multidão e pegou-a antes dele.

– Parem com isso, vocês são patéticos! – exclamou uma garota. Todos os olhares se voltaram para ela.

Seu físico agradável, suas roupas elegantes e, sobretudo, sua nobreza de atitude chamavam a atenção.

– Prazer em conhecê-la – disse Carl com seu melhor sorriso.

Mas a garota o ignorou e andou com passo firme até Stuart.

– Tome, acho que isso é seu.

O tom de sua voz mudara completamente. De naturalmente autoritária, passara para doce e amigável.

– Venha, não vamos ficar aqui.

Sob os olhos medusados dos outros estudantes, deixaram o local e saíram para o ar livre.

– Caralho, você viu que bunda? – apreciou Garth com um gesto sugestivo.

Era o terceiro garoto do trio. O mais musculoso – e o mais vulgar.

– Não fale assim dela, é uma princesa – disse Steven.

Estava quase arrependido de ter invocado com o gordinho. Sentiu-se de repente bem menos apaixonado por Mary, sua namorada.

– De onde ela é? – perguntou Carl em voz alta. – Não é possível que não tenhamos reparado numa maravilha dessas.

Como seus dois amigos, Carl entrava aquele ano na universidade. Saídos da classe alta de River Falls, eram filhos de boas famílias que tinham tudo para vencer.

– Isso, meu velho, pode deixar que vou descobrir – retomou Steven, salivando de antemão.

– Ei, meu caro, fui eu que vi primeiro – replicou Carl, colocando um braço pesado sobre o ombro de seu melhor amigo.

Steven balançou a cabeça e o olhou bem nos olhos. Sabia que era melhor pegador do que Carl e não tinha dúvidas de que conseguiria comê-la antes dele.

É como no futebol americano: que vença o melhor.

O riso sarcástico de Carl ressoou e o dedo do meio de Steven se ergueu em resposta.

– Não devia ter se metido nisso, poderia ter apanhado – disse Stuart, quando saíram no alpendre do prédio.

Um sol radiante banhava o parque da faculdade. As aulas da manhã tinham terminado e muitos estudantes aproveitavam para tomar sol ou descansar na grama à sombra das imensas sequoias.

– Tá brincando, esses caras são uns metidos a macho, nunca bateriam numa garota – retorquiu a estudante, logo acrescentando em um tom menos zombeteiro: – Pelo menos, não em público.

Stuart olhou-a pelo canto do olho. Ela era magnífica. Sempre gostara de morenas, mas aquela loira tinha algo de mágico.

Pare de sonhar! Essa garota não é para você. Como as outras, aliás, disse para si mesmo, dirigindo o olhar para o parque.

– Aliás, meu nome é Judith, mas meus amigos me chamam de Jude.

– O meu é Stuart. Sou novo aqui – disse, levantando os ombros. – Obrigado por ter me ajudado. Se não estivesse ali, acho que ainda estaria tentando pegar minha mochila.

Apesar do tom leve, ainda estava sob o choque daquela agressão. Ah, se não tivesse vindo para aquela maldita cidade!

– De onde você é? – perguntou Jude.

Stuart parou e encarou-a por um instante antes de responder. Não podia acreditar que ela ainda estivesse falando com ele. Seria possível que realmente se interessasse por ele?

– De Seattle. Sou calouro. Meus pais acham que a universidade de River Falls é a melhor do estado de Washington. Espero que tenham razão.

Judith sorriu e pôs a mão delicadamente em seu ombro.

– Pode ter certeza. Minha irmã mais velha está aqui há dois anos. Parece que é o lugar ideal para se completar a adolescência – tranquilizou-o, antes de acrescentar: – Ora, é só falar do lobo...

Sua irmã estava chegando com duas amigas. Olharam para Stuart com uma curiosidade que logo o deixou sem jeito, ainda mais por serem mais altas do que ele. Se o primeiro complexo de Stuart era sua corpulência, o segundo era sua estatura.

– Vou nessa, até mais – disse ele, com voz sumida.

Judith esqueceu por um instante a chegada de sua irmã e gratificou-o com um sorriso sedutor que aqueceu seu coração. Stuart sentiu-se corar e se virou rapidamente. Desconfiava que ela nunca mais lhe dirigiria a palavra, mas ao menos aquele fabuloso sorriso ficaria gravado no fundo de sua memória.

3

Logan não precisou das indicações de Portnoy para transpor os últimos metros que os conduziam até a mansão de Robert Gordon. Um pequeno grupo de cinco pessoas estava diante de um imenso portão de ferro fundido, aberto de par em par para a ocasião. Logan suspirou. Estava arrependido de ter aconselhado a moça a avisar seus próximos. Contanto que ninguém tivesse apagado os vestígios...

Estacionou o carro sob as árvores imensas que ladeavam a longa rua que serpenteava pela colina. Como seu subordinado, vestiu o chapéu e saiu do carro.

Ao primeiro olhar, identificou a jovem que lhe telefonara. Uma bela garota de cerca de vinte anos, que chorava copiosamente nos braços de uma mulher com o dobro de sua idade. Um homem gordo, mas de postura viril, veio ao encontro deles.

– Bom dia, xerife – cumprimentou-o o sujeito, então voltando-se para Portnoy:

– Sargento.

Logan conhecia aquele rosto, mas não conseguiu nomeá-lo.

– Sou Dave Kimble, moro na casa logo acima – continuou o sujeito, apontando com a mão. – Foi minha esposa que escutou o grito de Samantha quando fazia *jogging*. Viemos o mais rápido possível, mas não consegui reanimar Robert.

Logan franziu as sobrancelhas e guardou para si mesmo a chuva de injúrias que lhe vieram à mente.

– Samantha nos disse que foi aconselhada a não tocar no corpo, mas sou médico, um cirurgião, para ser mais exato – retomou Kimble, sempre com voz controlada. – Se havia uma chance de que Robert tivesse sido vítima de um ataque cardíaco, não podia perder tempo para tentar reanimá-lo.

– Fez o que era certo – respondeu Logan, congratulando-se por não ter se descontrolado.

Kimble tinha tudo de um homem inteligente. Devia ter feito o estritamente necessário. Em todo caso, uma coisa agora era certa, Gordon estava realmente morto.

Naquele momento, a sirene de uma ambulância se fez ouvir mais abaixo. *Não precisam correr*, pensou Logan.

– Percebeu alguma coisa de estranho em seu corpo, marcas de violência, ferimentos?

Kimble refletiu um pouco antes de responder:

– Não vi nada de particular. Se sua questão é saber se a causa da morte pode ser imputada a uma eletrocussão, aparentemente, nada prova o contrário. Uma eletrocussão pode ter como consequência uma parada cardíaca e, salvo em caso de um contato muito longo, não há razão para que se encontrem marcas no corpo. Pelo que pude constatar, os fusíveis queimaram. É, portanto, lógico que não haja queimaduras.

Logan o agradeceu, colocando a mão na aba do chapéu.

– Pode me levar até lá?

– Sim, mas não gostaria de... – disse Kimble, indicando Samantha com o queixo.

– Henry, fique com ela até que a ambulância chegue.

– Sem problemas.

Portnoy tinha dificuldade em manter seu sangue-frio. Havia tamanha aflição no rosto da jovem. Não pôde evitar pensar em sua própria esposa: como reagiria se, um funesto dia, viessem lhe anunciar que seu marido morrera cumprindo seu dever? Os três homens se aproximaram da esposa de Kimble e de um outro casal da vizinhança que tentava reconfortar a pobre Samantha.

– Lamento sinceramente – disse Logan, sem maior inspiração do que ao telefone.

Devia ter pedido à tenente Blanchett que escrevesse um discurso apropriado. Ninguém preparava alocuções melhor do que ela.

A jovem lhe devolveu um olhar choroso que ele teve dificuldade em sustentar. Conseguiu ao menos esboçar um gesto de compadecimento e sacudir a cabeça com gravidade, antes de desviar o olhar e atravessar o portão.

Entrou na longa aleia de cascalho e, apesar de seu desprezo pelos poderosos, foi subjugado pelo aspecto da residência, uma imensa mansão de três andares, em estilo neoclássico, com uma magnífica entrada em colunas ornadas com pequenos anjinhos. Plantas cuja existência Logan ignorara até então transbordavam de imensos vasos, alegrando a fachada com suas folhas ainda verdes naquele início de outono.

– Robert era um homem refinado – disse Kimble, que percebera a mudança de atitude do xerife.

Logan resmungou seu assentimento enquanto subiam o alpendre. Finalmente entraram na casa do defunto. Num grande *hall* com piso de mármore, duas escadas laterais se encontravam formando um vasto balcão que dominava a entrada. Os dois homens tomaram um corredor de paredes cobertas com seda selvagem, ornadas com algumas telas contemporâneas, e chegaram a uma grande sala.

– Por aqui – indicou Kimble, que tinha dificuldade de suportar o silêncio do xerife. O barulho estridente da ambulância que se aproximava não melhorava as coisas.

Chegaram ao banheiro. A janela agora estava aberta e o sol da manhã penetrava em grandes ondas. Por reflexo, Logan apertou o interruptor e se assegurou de que os fusíveis não tinham sido trocados. Então olhou para o corpo sem vida de Gordon.

Aproximou-se, colocou o joelho no chão e tirou seu chapéu.

Resistiu à vontade de colocar os dedos na jugular do homem. Não tinha nenhuma razão para duvidar do diagnóstico de Kimble.

– Se não precisar mais de mim, gostaria de voltar para perto de minha esposa – disse aquele.

Logan ergueu a cabeça e considerou Kimble antes de responder. Por que um cirurgião experiente se sentiria tão desconfortável em presença de um cadáver? Ou o que o incomodava era a estrela do xerife?

– É claro, pode ir, mas lhe peço para passar na delegacia mais tarde, a fim de prestar seu depoimento.

– Naturalmente – replicou Kimble, sem a menor hesitação, antes de dar meia-volta.

Supondo que se tratasse de um crime, Kimble realmente não tinha o perfil de um assassino. Talvez se imaginasse no lugar daquele cadáver. Morrer quando se tem tudo, uma aberração!

Logan ficou de pé e colocou o chapéu perto do lavabo de elegante sobriedade.

Cruzou o olhar com seu reflexo no grande espelho acima da pia. Seu rosto estava longe de mascarar toda a emoção. A testa enrugada, a boca contraída, o olhar preocupado; não parecia muito mais à vontade do que o cirurgião.

A Jacuzzi continuava cheia de água, com um secador de cabelos ao lado. Certamente alguém o tirara da tomada. Que idiota! Se havia impressões no plugue, sem dúvida estariam perdidas agora.

A sirene da ambulância cessou de gemer, que alívio! Logan detestava aquele barulho anunciador de terríveis dramas.

Foi então que percebeu que seu celular estava tocando. Um número desconhecido. Atendeu imediatamente.

– Alô?

– Xerife Logan, aqui é Nolden – identificou-se o prefeito com uma voz que não escondia sua impaciência. – Onde está?

– Na casa de Robert Gordon. Sua namorada o encontrou eletrocutado na Jacuzzi esta manhã.

– Um acidente? – engatou Nolden, visivelmente a par.

Logan não tinha a menor ideia da relação de amizade que podia existir entre os dois, mas uma coisa era certa: Nolden não teria perdido seu tempo ligando para ele se se tratasse de um cidadão qualquer.

– É o que parece – disse Logan, escondendo seus verdadeiros pensamentos.

Embora considerasse aquela morte suspeita, não tinha a menor vontade de comunicar aquilo a seu interlocutor. Era melhor tranquilizá-lo. Nolden parecia nervoso. Ora, Logan não queria ter o prefeito em cima dele o tempo todo.

– Utilize todos os recursos de que dispuser para esclarecer a questão. Não hesite em chamar seus amigos do FBI – disse Nolden, com a voz um pouco mais calma.

– Se assim deseja...

Gostaria de lhe explicar que, para uma simples eletrocussão, seus homens poderiam fazer o necessário. Mas a ideia de rever Blake e seus camaradas lhe arrancou um sorriso. A última vez que os vira fora ao sair do hospital, logo antes das férias de verão. Por mais triste que fosse a morte de um homem, aquela seria uma oportunidade para uma boa refeição num restaurante da cidade.

– Tive muitas vezes a honra de almoçar em companhia de Gordon. Era um bom homem, peço-lhe para que leve esse caso muito a sério.

Logan não gostava daquele tom de ameaça velada, mas pôs a escorregada verbal na conta da emoção de seu interlocutor.

– Sempre levo os casos a sério, senhor prefeito – replicou assim mesmo.

Um silêncio.

– Não tenho dúvidas. Ligue para mim assim que souber mais alguma coisa. Pode falar comigo nesse número, é meu telefone pessoal.

– Ok – disse Logan, ouvindo passos precipitados no corredor. – Desculpe-me, mas os socorristas chegaram. Eu o manterei informado.

E, sem dar tempo a Nolden de proferir mais uma recomendação, desligou o telefone.

Hurley passara a manhã arrumando a casa. Acabava de terminar e de se sentar no sofá de couro da sala para uma bem merecida pausa, quando seu celular tocou. Praguejou por um instante, mas logo sorriu ao descobrir o nome de Blake na tela.

– Oi, Nathan, a que devo o prazer?

– Oi, Jessica, acabo de falar com Mike, ele precisa da gente para um caso.

Imediatamente, a testa da *profiler* se franziu.

– O que houve?

– Um advogado encontrado morto na banheira. Um figurão da cidade de vocês. O prefeito faz questão de que os melhores estejam na investigação. Mike logo pensou na gente. Pediu que eu lhe avisasse que ele não voltará para o almoço.

– Como ele morreu? – perguntou ela, levantando-se.

– Eletrocussão, *a priori*, mas é verdade que pouca gente usa um secador de cabelo dentro da Jacuzzi.

Hurley deixou a sala e subiu os degraus que levavam ao primeiro andar.

– Tem o nome?

– Robert Gordon.

– Muito bem, passem aqui para me pegar assim que chegarem na cidade.

– Ok, estaremos aí daqui a duas horas. Até logo.

No escritório, seu computador ainda estava ligado. Ela se conectou à internet e digitou o nome de Robert Gordon.

Um grande número de links apareceram na tela. Página após página, sua convicção de que um homem como aquele não se eletrocutaria no banho foi crescendo.

Virou-se para a janela e lembrou-se dos acontecimentos da primavera. Um leve arrepio percorreu seu corpo. Por mais excitante que fosse a ideia de resolver enigmas policiais, nunca esquecia que aquilo não era um simples jogo e que suas investigações revelavam muitas vezes horrores inefáveis.

Em todo caso, a boa notícia era que reveria Nathan e os outros. Eles lhe faziam bem mais falta do que poderia imaginar.

4

Embora Stuart possuísse numerosas competências, o senso de orientação certamente não era uma delas. Apesar das informações colhidas aqui e ali no campus, chegou com vinte minutos de atraso à residência da fraternidade Delta. Situada na extremidade da área reservada às sedes das confrarias, ela ficava atrás de uma fileira de ciprestes que pareciam ter sido plantados com o objetivo de isolá-la.

Aproximando-se, sentiu certo alívio ao compreender que finalmente chegara à sua meta. Dezenas de adesivos de grupos de rock estavam colados na porta, e acordes de guitarra saturados saíam lá de dentro.

Tocou a campainha. Após dois minutos de espera, tentou de novo, sem melhor resultado.

Merda, estou atrasado demais, pensou. *Só faltava eu não ser aceito!*

Decidiu abrir a porta e foi imediatamente assaltado por um forte cheiro de maconha.

Entrou numa sala minúscula, que fazia as vezes de recepção: não havia ninguém. Pôsteres representando mulheres em posições particularmente excitantes recobriam uma parede inteira. Mais um rock começou a tocar. Deixou a recepção e, esquecendo a escada que levava ao primeiro andar, dirigiu-se à origem daquela algazarra.

Uma porta o separava de seus novos "irmãos".

De repente, não tinha mais tanta certeza de ter feito a

escolha certa. Mas, de qualquer forma, o dia não poderia terminar pior do que começara. Respirando fundo, abriu a porta e descobriu uma multidão de estudantes, de camisa aberta ou sem camisa, latas de cerveja nas mãos, dançando e rindo como loucos. Uma luz hipnótica reagia ao ritmo dos baixos e da bateria.

Os membros da fraternidade Delta estavam em plena orgia.

Apesar das regras que estipulavam que as fraternidades não podiam ser mistas, várias garotas saracoteavam sem pudor.

Stuart finalmente reconheceu a música: "Highway to Hell".

– Ei! Quem é você? Dê o fora e tire essa banha da minha frente! – interpelou-o um grandalhão desengonçado de cabelos compridos, todo molhado de cerveja.

O rapaz se aproximava dele com aspecto ameaçador. Stuart recuou, pronto para vazar. Uma mão pousou em seu ombro. Ele teve um violento sobressalto.

– Calma, está tudo bem – tranquilizou-o outro rapaz, que se virou então para o grandalhão cabeludo – Ele está com a gente. Stuart pode não parecer, mas é um verdadeiro rebelde, não é mesmo?

E, sem esperar resposta, empurrou Stuart para frente e o fez atravessar toda a sala sob os olhares curiosos ou zombeteiros dos estudantes e dos *riffs* de guitarra de Angus Young. Passaram para outra sala onde, jogados em sofás, outros rapazes e garotas fumavam baseados e riam como bestas.

– Oi, Joey, por acaso mudou de time? – zombou um estudante com o queixo ornado de um grande cavanhaque e uma faixa dos Allman Brothers em volta da cabeça.

– Como você, Peter – respondeu Joey, com um sorriso, apontando a mão de outro estudante apoiada na coxa dele.

Peter afastou rapidamente a mão com cara de nojo.

– Porra, Neil! Não sabia que você era viado. Caralho, não dá pra acreditar.

As risadas se multiplicaram.

– Não sou viado, só estou chapado! – defendeu-se o estudante incriminado.

Rindo, Joey sacudiu a cabeça e guiou Stuart até um corredor ladeado por uma fileira de portas.

– Bom, melhor eu me apresentar: Joey Maguire. Sou o presidente da Delta. Todos me devem respeito aqui. Fui eu que me esforcei pessoalmente para que você fosse aceito na fraternidade.

Stuart olhou para ele com novos olhos. Joey devia ter uns vinte e dois anos, ou seja, quatro a mais do que ele, como um irmão mais velho. Sabia que Kyle detestaria aquele pensamento, mas era essa a sensação que o rapaz lhe dava. Um físico de deixar qualquer garota louca, carisma e uma voz profunda, emanava de sua pessoa uma serenidade inacreditável. Nada a ver com os babacas daquela manhã. Joey era um cara legal. Não havia dúvidas.

– Obrigado, mas, se era o único a me querer, talvez fosse melhor ter deixado quieto – respondeu Stuart, lastimoso.

Sabia que o fato de ser baixinho e gordinho o isolava. Ainda que na Delta as pessoas parecessem mais tolerantes, ele continuava se sentindo o eterno patinho feio.

Joey se aproximou dele e, rindo, deu um tapa viril em seu ombro.

– Não se preocupe! Como deve ter notado, temos a cabeça aberta na Delta. Se há um lugar onde ninguém o julgará por sua aparência, esse lugar é aqui – tranquilizou-o.

Stuart esboçou um sorriso incerto.

– Vamos, relaxe, entendo que não seja fácil para você chegar a uma cidade onde não conhece ninguém – retomou Joey, pedindo para que o seguisse pela escada que levava ao primeiro andar.

Quadros abstratos decoravam as paredes. Stuart não viu neles o menor interesse. Nunca compreendera nada de arte moderna, uma vigarice para milionários que não sabiam o que fazer com seu dinheiro, na sua opinião.

– Nada mal, não? – lançou Joey, enganando-se sobre o significado do olhar de Stuart. – São telas de Stanley Conrad, originais que pintou quando estudava aqui. É um dos membros mais ilustres da fraternidade. Ele volta de vez em quando para nos visitar; com um pouco de sorte, vai encontrá-lo.

– Eu adoraria – respondeu Stuart, embora não sentisse a mínima vontade.

Chegando ao primeiro andar, atravessaram um corredor e, apesar da algazarra produzida pelos rocks que se misturavam, escutou claramente os gemidos de prazer de um casal que fazia amor dentro de um dos quartos.

Como se não fosse nada, Joey o conduziu até a sala do fundo: seu escritório de grande mestre da fraternidade. Uma grande janela dava para o parque. *Finalmente luz de verdade*, pensou Stuart.

Quando Joey fechou a porta, convidou-o a se sentar, antes de tomar o lugar à sua frente e perguntar:

– Sabe o que é isso?

Apontava com o indicador para um longo texto emoldurado e pendurado com destaque à sua esquerda.

– Não.

– É o código de boa conduta da Delta. Uma carta redigida há mais de cinquenta anos pelos fundadores de nossa fraternidade – explicou Joey, em tom exageradamente solene. – Ela nos impõe tantos deveres quantos direitos. Devemos respeitar nosso próximo, lutar para que a segregação entre negros e brancos cesse nos estados do sul, para que a mulher não seja considerada inferior ao homens, para que a pobreza deixe de ser uma realidade, etc. Em suma, percebe o tom, não?

Stuart balançou a cabeça.

– Então, está pronto a se tornar um dos nossos?

– Sim.

Era ridículo, mas se sentia orgulhoso de ser aceito no seio daquela fraternidade.

– Então, brindemos à sua entronização!

Dizendo estas palavras, Joey tirou da gaveta da escrivaninha uma garrafa de Jack Daniel's. Sem se dar ao trabalho de pegar copos, levou o gargalo a seus lábios e tomou um gole antes de estendê-la a Stuart. Este não suportava o gosto do álcool, mas não teve coragem de recusar a oferta. De seus três pedidos de admissão nas diversas fraternidades da universidade, Delta era a única que o aceitara.

Se fosse rejeitado, teria que se juntar ao lote dos rejeitados da faculdade, que viviam isolados, desprezados pelos outros estudantes.

Pegou a garrafa e, esforçando-se para não arregar, deixou correr um fino fio de uísque em sua garganta. Tomado por um violento acesso de tosse, cuspiu fora a bebida, inundando a escrivaninha e a camisa de Joey.

– Perdão – disse ele, enxugando os lábios com as costas da mão.

Amaldiçoou seu atrevimento. Sabia muito bem que não suportava o álcool!

O rosto de Joey se fechara completamente. Sobrancelhas franzidas, lábio contraídos, o estudante se levantou, aproximou-se de Stuart e colocou uma mão autoritária sobre seu ombro.

– Você se dá conta do que acaba de fazer?

– Perdão, não foi de propósito, mas, para dizer a verdade, nunca bebo álcool.

Fazia tempo que Stuart não se sentia tão miserável, como nas piores horas de sua curta vida.

– Cuspir no símbolo da autoridade, acha isso bonito?

Stuart lembrou de Kyle, e em todas as lições que ele tentara lhe inculcar. Ele não era um imbecil. Não devia sempre baixar o olhar e se curvar. Além disso, não fora de propósito e, sobretudo, parecia-lhe haver um toque de malícia nos olhos de Joey.

– Não estaria escrito "Cagamos para a hierarquia", ali? – ousou responder, apontando a carta com o queixo.

A boca severa de Joey se abriu de repente num grande sorriso.

– Você entendeu tudo, eu sabia que tinha espírito. Me informei sobre você, sabia que tinha algo aí dentro – disse Joey, dando-lhe um tapinha afetuoso na barriga. De agora em diante, é um membro oficial da Delta, espero que nos honre. Sabe...

Passos precipitados e risos se fizeram escutar. Joey não teve tempo de se virar e a porta já estava escancarada.

Uma morena de olhos alucinados, agarrada num rapaz tão chapado quanto ela, olhou para eles surpresa.

– Joey, com licença, mas poderia nos emprestar o escritório? – perguntou o rapaz.

– Não abuse, Terence! Acha mesmo que isso aqui é um fodódromo? – retorquiu Joey, indicando a sala com um gesto circular. – Junte-se aos outros ao lado, e não venha me dizer que agora deu para pudico!

Com seus dois metros e seus músculos salientes sob a camiseta regata, o cabelo tão escuro quanto suas tatuagens, Terence não estava acostumado a ser contrariado, ainda menos quando estava sob efeito de maconha.

– Ei? Qual é a sua? Não fique achando que é o *big boss*! Pedi gentilmente para sair, então não me obrigue a ficar irritado, Joey, sabe que gosto de você.

Stuart se afundou na poltrona.

Se tinha uma coisa que aprendera a reconhecer, era a iminência de uma briga.

– Deixe quieto, Terence, deixe-o masturbar o moleque, vamos para outro lugar – lançou a garota em tom zombeteiro.

Joey continuou de pé, com o rosto fechado, o olhar duro.

– Sim, escute Clara – disse, em guarda.

Terence avançou para Joey num passo lento e firme. A tensão subiu muitos graus; seus olhares estavam fixados um no outro.

Stuart se encolheu ainda mais em sua poltrona. Daria tudo para não estar ali. Não tinha dúvidas quanto ao resultado do confronto. Fisicamente falando, Joey não era páreo para aquela montanha de músculos de quase dois metros.

Terence parou bem na frente de Joey e aproximou seu rosto do dele. Joey podia sentir seu hálito embebido de todas as misturas. Viu nas pupilas dilatadas de Terence que ele ultrapassara as doses recomendadas. Contanto que lhe restasse um pouco de reflexão...

– Buuu! – soltou de repente Terence, antes de dar uma grande gargalhada.

Joey esboçou um vago sorriso e, perfeitamente imóvel,

observou Terence recuar alguns passos e passar o braço sobre os ombros de Clara.

– Você tem colhões, Joey. Tenho que admitir que você tem colhões – disse ele, antes de sair.

Clara fechou a porta atrás deles.

– Bravo! Eu teria me cagado todo – disse Stuart.

Kyle sempre lhe dizia para não se rebaixar, mas as palavras tinham saído sozinhas de sua boca. Necessidade de soltar a tensão acumulada.

Joey deu de ombros e disse em tom desenvolto:

– Conheço bem o Terence, pura firula. Não corríamos nenhum risco, é um cara gente boa, só bebeu um pouco demais.

Stuart não estava tão certo disso, conhecia bem demais aquele tipo de personagem.

– Bom, espero que esse interlúdio não o tenha feito mudar de ideia e que você continue querendo fazer parte da fraternidade.

– Com certeza! – exclamou Stuart, com sincero entusiasmo. No final das contas, talvez acabasse gostando daquela cidade.

– Nesse caso, pode descer, beba algo, dance, divirta-se. Está em casa, não esqueça disso.

Joey já esquecera que Stuart não bebia. Quanto a dançar, nunca tentara em toda sua vida, nem mesmo sozinho diante do espelho.

– Obrigado – respondeu, levantando-se – mas vou voltar para o dormitório. Ainda não tive tempo de arrumar minhas coisas. Cheguei ontem no fim da tarde.

– Sem problemas – disse Joey, voltando a sentar atrás da escrivaninha.

Stuart sorriu para ele de maneira meio tola e se dirigiu à porta. Já estava com um pé para fora quando Joey o interpelou.

– A propósito, parabéns por sua conquista: Miss Judith Tipper em pessoa, a mais bela das irmãs Tipper. Excelente escolha!

Stuart sentiu o rosto corar imediatamente.

– Não a conheço, ela apenas me ajudou – gaguejou. – Bom, até mais.

Atravessou o corredor, perdido em seus pensamentos. Nada do que dizia respeito às garotas bonitas passava despercebido numa universidade!

Conseguiu passar diante de Terence e Clara, que estavam se acariciando na escada sem parar e, sobretudo, sem olhar para eles. Chegando ao térreo, atravessou toda a casa e se encontrou, finalmente, ao ar livre.

O sol ainda não se pusera completamente, mas uma suave penumbra envolvia o campus. O primeiro dia passara. Um belo dia, no fim das contas.

Esperava que também tivesse sido um bom dia para Kyle.

5

Logan estava sentado sob um dos grandes carvalhos do jardim do hospital. Encostado no tronco, esperava havia uns dez minutos que Blake viesse lhe trazer um relatório preliminar.

A equipe de Seattle chegara a River Falls o mais rápido possível. Moore e Freeman ajudavam a polícia local na coleta de indícios na mansão de Gordon, Blake fora direto para o necrotério onde a ambulância dos socorristas deixara o corpo do advogado. Uma simples mensagem no celular advertira Logan de que podia encontrá-lo.

Por enquanto, nada indicava que Gordon não tivesse morrido num acidente doméstico. Logan esperava sinceramente que esse fosse realmente o caso. Não tinha a mínima vontade de mergulhar numa história sombria, sabendo que cada um de seus passos seria vigiado não apenas pelo prefeito, mas também pelos jornalistas da cidade, que cairiam como abutres sobre um acontecimento daqueles.

Um pássaro se mexeu nos galhos. Logan ergueu os olhos e avistou Blake vindo em sua direção.

– Oi, Nathan, fico feliz em revê-lo – disse Logan, estendendo-lhe a mão.

– Oi, Mike, como está seu ferimento? – perguntou o médico legista, cuja careca brilhava ao sol.

– Não sinto mais nenhuma dor – mentiu. – Tive realmente muita sorte.

Blake balançou a cabeça, pouco convencido.

– Bom, direto ao assunto: seu advogado foi assassinado.

– Provas ou apenas uma intuição?

Em volta deles, doentes perambulavam lentamente, aproveitando a bela tarde.

– Os dois. Acabo de enviar as amostras para o laboratório de Seattle, mas o cara foi apagado com clorofórmio, e uma dose cavalar. Embora o cheiro fosse ínfimo, não há dúvida, é como com perfumes, meu nariz não se engana.

– Pelo menos, podemos riscar da lista os matadores profissionais. Imagino que foi a primeira vez de nosso assassino e que ele temia que a dose fosse insuficiente.

– A análise do sangue e dos pulmões deve confirmar minha intuição – continuou Blake, acrescentando pesarosamente: – Não se iluda, você está diante de um assassinato. Pelo que soube, era um figurão da região.

Logan aquiesceu e desviou o olhar para o jardim.

Gotas de suor escorriam por sua nuca e não era apenas por causa do calor.

– Ele será tratado como qualquer outra vítima de um assassinato, com a mesma atenção, nem mais, nem menos.

Os dois se olharam e trocaram um sorriso triste. Os Estados Unidos eram talvez o país de todas as liberdades, mas certamente não o da igualdade.

– Bom, e se fôssemos encontrar seus rapazes – disse Logan, morrendo de vontade de fumar um cigarro.

Blake manifestou sua surpresa.

– Não vai me perguntar sobre o segundo cadáver?

Logan ficou atônito.

– Do que está falando?

– Não me diga que ainda não sabe!

Diante do espanto de Logan, Blake o convidou a segui-lo até o necrotério.

Não era por falta de vontade, mas Hurley preferira permanecer discreta.

Ela não estava autorizada a investigar durante sua licença e, conhecendo os meandros da máquina judiciária, não queria de modo algum correr o risco de estragar provas ou testemunhos intrometendo-se na investigação oficial.

Estacionara a uns trinta metros de distância da mansão de Gordon e esperava impacientemente que os agentes Moore ou Freeman viessem lhe contar seus achados finais, mastigando um chiclete que já perdera havia tempo qualquer vestígio de sabor.

Ouviu um barulho surdo e, com um sobressalto, percebeu um policial à porta do carro. Abriu o vidro.

– Sim?

– Desculpe-me, mas você... Agente Hurley?

Hurley saiu do carro.

Um sol flamejante descia sobre a floresta.

– Os vizinhos viram um carro, com uma mulher na direção, estacionado aqui por muito tempo – explicou Portnoy – Você sabe, as casas têm olhos e ouvidos aqui.

Hurley franziu o cenho, lançando um olhar circular. Não percebeu nenhum sinal de vida nos jardins das mansões em volta, mas devia ter imaginado que muitos pares de olhos escrutavam a cena.

Sentiu-se estúpida, e decidiu deixar suas resoluções para lá.

– Como vão as coisas lá dentro?

– Coletamos o máximo de indícios, mas, para dizer a verdade, seus colegas não são muito eloquentes.

Hurley não pôde evitar um sorriso ao pensar na desconfiança de Moore e Freeman diante dos serviços da polícia local. Os agentes do FBI sempre tinham um sentimento de superioridade.

– Pode me levar lá?

Portnoy fez que sim com a cabeça e pensou em lhe perguntar por que estacionara tão longe da mansão, mas guardou a pergunta para si mesmo, preferindo não pisar nos calos da namorada do xerife.

Subiram a estrada perfeitamente conservada, ladeada pelas altas muralhas que protegiam as mansões da alta burguesia de River Falls. Diante do portal de Robert Gordon, reconhecendo o Range Rover, Hurley sentiu uma leve aceleração em seu ritmo cardíaco. Fazia apenas cinco meses que parara de trabalhar, mas parecia uma eternidade. Não tinha como negar: aquilo lhe fazia mais falta do que poderia imaginar.

Para seu alívio, não havia mais nenhum jornalista. Tinham ido embora assim que o cadáver do advogado fora enviado para o necrotério. Foi unicamente sob o olhar dos policiais que ela entrou no domínio.

Portnoy a conduziu até Freeman, no quarto de Gordon.

– Oi, Hurley – disse ele, levantando-se.

Estava com luvas de látex e segurava uma tesoura, mas foi seu novo corte de cabelo que chamou a atenção de Hurley: ele raspara a cabeça.

– Deseja tanto assim ficar parecido com seu patrão? – zombou ela, referindo-se a Blake.

Freeman suspirou e se aproximou dela.

– Não, estou preparando minha remoção para a NBA. Sou um negro na moda, *madame* – disse ele, exagerando o sotaque francês.

Constrangido, Portnoy pigarreou.

– Vou lá pra fora, se precisarem de mim.

– Desculpe-nos – disse Hurley, virando-se para ele.

Portnoy saiu e os deixou sozinhos.

– Então, encontrou alguma coisa interessante?

– E eu que achei que você tivesse se afastado! Devo acreditar que continuo não sendo seu tipo de homem – disse Freeman, em tom falsamente desapontado.

– Você sabe muito bem que só gosto de jogadores de hóquei, e não há muitos negros do seu gênero na NHL, *monsieur.*

Freeman deu uma gargalhada e, aproximando-se um pouco mais dela, abraçou-a virilmente.

– Você nos faz muita falta, é uma alegria revê-la.

Hurley, com o queixo sobre o ombro dele, experimentou um sentimento de fraternidade que a emocionou profundamente.

– Vocês também me fizeram muita falta.

Então, recompondo-se:

– E se agora falássemos do que nos trouxe aqui?

Freeman reassumiu uma postura completamente profissional e se inclinou sobre a cama.

– Falei com Blake agora há pouco. Ele tem certeza de que o cara foi apagado com clorofórmio. Encontramos rastros que indicam claramente que o advogado foi arrastado da sala até a Jacuzzi.

Hurley, de braços cruzados, concentrava-se em cada palavra pronunciada por seu colega. Cada detalhe, por mais insignificante que pudesse parecer, tinha sua importância.

– Não há dúvida de que o barulho teria acordado sua namoradinha. Então ou ela foi cúmplice, ou tem um sono de chumbo, ou, terceira possibilidade, também aplicaram clorofórmio nela.

Freeman então levantou delicadamente o lençol. Uma mancha claramente visível apareceu na parte superior deste.

– Bingo! – congratulou-se Freeman.

Hurley compreendera, mas sabia que todo bom investigador gosta que o ouçam dizer:

– Pode me explicar?

Freeman tirou um saquinho de sua maleta e, após ter recortado o pedaço manchado, o colocou ali dentro.

Acho que Gordon foi agredido lá fora. Então, o assassino entrou na casa e colocou seu lenço embebido de clorofórmio sobre o rosto da bela adormecida para ter certeza de que não acordaria durante sua pequena encenação.

– Portanto, foi um assassinato – disse ela, mais para si mesma do que para enunciar uma evidência.

Aquele fato mudava tudo.

Nos últimos cinco meses, só dois assassinatos tinham sido registrados em River Falls. O crime passional de um marido rejeitado e uma criança surrada até a morte por seu pai. Os assassinos sequer tinham tentado negar os fatos, ou sua culpa. Mas dessa vez era diferente. Um brilhantíssimo advogado acabava de ser assassinado. Um mistério cuja resolução ela já saboreava de antemão.

– Não sorria, esse pobre coitado está morto – disse Freeman, trazendo-a de volta para a realidade.

– Desculpe, deformação profissional: não vejo mais vítimas, apenas as peças de um quebra-cabeças.

Mas Freeman entendia aquilo muito bem. Todos os agentes do FBI funcionavam do mesmo jeito.

– Não se preocupe. Vamos, deixe eu terminar meu trabalho. Ainda tenho um monte de impressões para coletar e falta passar o luminol.

A procura do sangue. Uma única gota suspeita poderia revelar o DNA do assassino.

– Vou falar com Moore. A gente se vê depois.

Saiu do quarto cheia de uma energia nova. Fazia tempo que convivia com esse paradoxo: sentir prazer em fazer um trabalho que implicava a infelicidade de outras pessoas. Sabia que não era unicamente guiada pelo honroso motivo de restabelecer a justiça, mas também pelo prazer de resolver um enigma, de se mostrar mais inteligente do que os assassinos.

Logan e Blake desceram até o necrotério do hospital. *Alguém já viu um cadáver tentando fugir?* pensou Logan, como sempre pensava ao passar diante do vigia daquele lugar.

– Xerife – saudou-o Howard Pink.

Logan também o cumprimentou e entraram na sala onde os cadáveres estavam expostos. Pink fechou a porta atrás dos dois e voltou a seu posto. Não gostava nem um pouco do jeito daquele cara do FBI.

– Como se fôssemos uns caipiras! – resmungou baixinho, voltando a se sentar.

– E então, pode me dizer mais alguma coisa? – perguntou Logan, percebendo dois corpos nus, deitados sobre as mesas de dissecação.

Ficou aliviado por sua voz não ter fraquejado. Era bem pior descobrir um cadáver no necrotério do que na cena do crime.

Logo reconheceu Gordon. Uma grande cicatriz em

forma de Y marcava seu torso. Logan não pôde evitar pensar em quem ele era quando vivo. O homem do eterno sorriso. Uma espécie de menino de ouro. E, agora, um corpo que já começava a se decompor.

Quanto ao outro, não tinha a menor ideia sobre sua identidade.

– Este foi trazido no momento em que eu estava cortando uma parte do pulmão de nosso cliente. Explicaram-me que se tratava de um mendigo encharcado de álcool que, ao que tudo indicava, caíra de uma ponte e aparecera, já sem vida, na margem do rio.

Logan se aproximou do corpo. O homem não devia ter mais de trinta anos. Barba e longos cabelos ruivos. Faltava-lhe a metade dos dentes da frente, mas não apenas por causa de má higiene bucal. Sobre a pele murcha e azulada por causa da imersão, Logan percebeu diversas equimoses, em várias partes do corpo. Particularmente no rosto.

– Espantoso, para uma simples queda.

– Foi o que pensei assim que o despi. Sei que não tinha ordens para isso, mas gosto de ser zeloso – acrescentou Blake com um sorrisinho.

Logan gostava de Blake também por isso. Um senso agudo de profissionalismo.

– E fez muito bem.

– Ele não morreu afogado. Os pulmões não estavam cheios de água. O pescoço também não estava quebrado.

Logan desviou o olhar. Não gostava daquilo.

– Como ele morreu?

– Baço rompido devido a golpes insistentes, se você entende o que quero dizer.

Espancamento até a morte. Logan sentiu a raiva subir. Nenhum daqueles dois homens merecia morrer, mas não podia evitar ter mais simpatia pelo pobre-diabo que estava à sua esquerda do que por aquele da direita.

A polícia existia, antes de tudo, para ajudar os fracos, acreditava.

– Quando ele morreu?

– Ontem à noite. Eu lhe darei uma hora mais precisa em meu relatório.

– Obrigado, terei que abrir uma investigação. Espero que tenham ao menos anotado a identidade da pessoa que encontrou o corpo – disse Logan.

Que ninguém tivesse percebido as marcas no rosto dizia bastante sobre o respeito que mereciam aqueles homens e mulheres que tinham perdido tudo.

– Sabe se temos o nome dele?

Blake fez um gesto indicando que não sabia.

– Nem carteira, nem aliança, nem colar ou bracelete. Mais um "John Doe" – disse Blake, referindo-se ao nome atribuído normalmente aos mortos anônimos. Peguei suas digitais. Esperamos que nossos arquivos possam identificá-lo.

– Bom, vou voltar para a delegacia, deixo-o terminar. Encontramo-nos à noite lá em casa. Estão todos convidados para o jantar.

– Já era hora. Há quanto tempo você partiu? Quase um ano, se não me engano.

Logan sorriu e lhe dirigiu uma piscada cúmplice.

– Até daqui a pouco.

Deixou o necrotério com pensamentos ainda mais sombrios do que quando entrara.

Podia compreender o assassinato por motivos como o ciúme, a inveja, a infidelidade, mesmo o atrativo do ganho, mas o simples crime gratuito... Aquilo não entrava em sua cabeça. Sadismo em estado puro. O prazer de fazer mal por fazer mal. Hurley chamava aquilo de psicopatias ou sociopatias... nomes de doenças que não tinham nada a ver com a verdade. Aqueles assassinos eram monstros incuráveis, e só. Não acreditava que pudessem se redimir.

Curar um *serial killer*! Que idiotice!

De volta aos jardins do hospital, a luz do dia lhe fez um bem enorme. Religou seu celular e viu que recebera várias mensagens; entre elas, uma do prefeito.

Fez uma careta e voltou a guardar o celular no bolso.

Caminhou, fazendo estalar sob suas solas os gravetinhos

da alameda. Quando finalmente transpôs os muros do hospital, pegou um cigarro e saboreou com deleite a primeira tragada. O ar estava quente, River Falls era mesmo uma bela cidade. Contudo, aquele pensamento cândido se dissipou num instante.

– Bom dia, xerife. O senhor poderia me conceder uma pequena entrevista? – perguntou Leslie Callwin, saindo de um carro estacionado ao lado da calçada.

– Não tenho nada a dizer, além de que Robert Gordon está realmente morto – respondeu, lacônico.

O que ela estava fazendo ali? Não tinha ido para Seattle depois da história daquelas pobres garotas?

– Sim, mas tudo leva a crer que se trata de um assassinato – continuou ela, como se não tivesse percebido seu desprezo.

– Não tenho nada a declarar. Por enquanto, a única coisa que posso afirmar é que Robert Gordon faleceu na noite de domingo para segunda em sua mansão. Quando tiver novas informações, não hesitarei em lhe comunicar – disse, forçando-se a sorrir.

Callwin sacudiu a cabeça e abaixou o gravador que estava brandindo.

– Xerife, o senhor pode falar francamente comigo. Não somos inimigos. Não trabalho mais para o *Daily River.*

– Eu sei. Mas para quem trabalha agora? Para o *Enquirer,* ou outro jornaleco do gênero?

Callwin assumiu um ar magoado.

– Não, estou trabalhando para o *Seattle Tribune.*

Vendo a dúvida no rosto de Logan, apressou-se em acrescentar:

– Não sou assalariada, e sim *freelancer.* Eles já pegaram alguns artigos meus.

Logan não estava nem aí se aquilo era verdade ou não. Não gostava daquela mulher e não confiava nela.

– Fico feliz por você. Se aceita um conselho, volte para Seattle. Não há nada acontecendo aqui que possa interessar um jornal como o *Tribune.*

O *Seattle Tribune* era um jornal de referência em matéria

política, econômica e social. Poucas páginas de esporte e nada de coluna social. Apenas a meteorologia no finzinho do jornal, nada de apelativo, *nada para uma bisbilhoteira como Callwin*, pensou Logan, lançando, como se fosse sem querer, uma baforada em seu rosto.

– Robert Gordon era um advogado importante que investiu uma parte de sua fortuna em sociedades sediadas em Seattle. Quem sabe se o assassino não é um homem de negócios invejoso de seu sucesso?

Callwin não sabia nada em matéria de motivos. No entanto, era bem possível que aquilo realmente tivesse algo a ver com seus investimentos...

– Pare de acreditar que se trata de um assassinato. Nada o prova.

Hurley já teria dado uma dica para ela?

– Quem seria idiota o suficiente para secar os cabelos dentro de uma Jacuzzi? Não sou tão estúpida quanto o senhor parece crer.

– Escute, não gosto de você e não lhe direi nada. Então, agora, dê o fora daqui. Se quiser escrever seu artigo, fique à vontade, mas, se causar problemas, juro que ficará queimada em todos os estados do país.

– Sabe, realmente me pergunto o que Jessica pode ver em você – replicou Callwin, dando meia volta e entrando em seu carro.

Petrificado com tamanha audácia, Logan ficou sem voz. Como ela ousava se referir a Hurley e à sua vida privada?

Uma vez puta, sempre puta, pensou, sabendo que, depois de certa idade, as pessoas nunca mudavam.

– Mulher idiota! – soltou finalmente, enquanto o Saturn arrancava.

6

Sem camisa, encostado numa parede forrada de papel vermelho, sem fôlego, boca contraída, Kyle esperava que os golpes começassem a chover.

– Você se acha durão? – disse Keith – É o que vamos ver.

E, com toda força, meteu-lhe um gancho em pleno abdômen. Apesar de sua barreira de músculos, Kyle sentiu uma intensa dor que lhe arrancou um leve gemido.

– Sua vez, Peter.

Um rapaz se aproximou. Vestido, como os outros, à maneira de um personagem de romance do século XIX, tomou o cuidado de tirar lentamente sua sobrecasaca, então enfiou seu punho sem aviso prévio. Kyle recebeu o golpe com menos elegância. Soltou um pequeno grito de dor, cada vez mais ofegante. Dois outros rapazes o ajudaram a se manter de pé. Peter batera particularmente forte.

– Sua vez, mestre – retomou Keith, quando Kyle pareceu se recuperar um pouco.

Uma capa sobre os ombros, uma cartola sobre a cabeça, o mestre encarou Kyle. Considerou-o de baixo para cima até que seus olhares se cruzassem.

À luz vacilante das velas e lamparinas que iluminavam o local, suas pupilas pareciam cheias das chamas do inferno.

– Vejamos se é mesmo tão durão quanto finge ser.

O mestre deu meia volta e foi buscar um taco de beisebol. Kyle não pôde reprimir um arrepio de pavor quando percebeu o objeto. Mas era tarde demais para dar prá trás. Não tinha mais escolha.

– Você pode evitar esses sofrimentos, sabe disso – disse o mestre, com uma entonação maquiavélica.

– Vamos, Eddy, mete uma tacada nele! – incentivou Carl.

– Cale-se! – bradou o mestre com uma voz de estentor.

E, por mais imponente que fosse, Carl deu um passo atrás sem dizer uma palavra.

– Que seja, você que pediu.

O braço de Eddy foi para atrás a fim de tomar impulso; então, com uma violência inaudita, o taco atingiu os abdominais de Kyle, que receberam o golpe como puderam.

Kyle se curvou e cuspiu um espesso jato de saliva. Felizmente, os dois rapazes a seu lado o seguraram, evitando que caísse.

O silêncio era total. O mestre raramente batia com tanta força. Ninguém ousou perguntar por que ele agia assim aquele dia.

O silêncio se prolongou. Kyle estava a ponto de desmaiar, mas sabia que tinha que se manter consciente, custasse o que custasse. Tinha que conseguir. Vasculhou suas lembranças e encontrou uma centelha para não deixar as trevas invadirem seu espírito.

Lentamente, conseguiu se endireitar e, de novo, encarar o mestre.

– Muitos homens teriam pedido graça em seu lugar – admitiu o mestre, enquanto todos os olhares se voltavam para ele. – Você provou que faz parte da raça dos senhores, que não é um desses vermes que gangrenam os Estados Unidos da América.

Keith trouxe a espada da ordem e a estendeu a Eddy.

– Na qualidade de mestre de nossa ordem, faço-o cavaleiro da nação. De agora até a hora de sua morte, você deverá fidelidade à sua nova família. Seja bem-vindo, Kyle Simmons.

Como todos os outros estudantes aceitos na fraternidade, Kyle beijou a lâmina da espada e agradeceu o grande mestre por sua entronização.

Naquele momento, uma salva de aplausos e de gritos

de alegria ressoou na grande sala do pavilhão da fraternidade Alfa.

As rolhas das garrafas de champanhe saltaram e as taças se encheram. As garotas, que tinham ficado no canto durante a cerimônia, recuperaram sua animação natural. Música pop a todo volume: a cerimônia de entronização dos novos membros estava oficialmente terminada. A festa podia começar.

Os veteranos vieram felicitar os calouros. Algumas garotas estavam empolgadíssimas em conhecê-los.

Kyle se mantinha afastado. Uma dor terrível remoia suas entranhas. Certamente uma costela quebrada, ou mesmo uma hemorragia interna! Uma mão pousou em seu ombro. Por reflexo, agarrou-a, pronto para o ataque.

– Ei, relaxe, acabou – disse Eddy.

Kyle bem que gostaria de lhe quebrar os dedos. O "mestre" exagerara na violência. Por que tamanho sadismo? Ele notara a diferença de intensidade dos golpes, claramente relacionada ao fato de os estudantes serem ou não de boas famílias.

– Desculpe – disse, por cima da música, cujo volume aumentou ainda mais, isolando-os dos outros.

– Não se desculpe. Gosto disso. Você é um verdadeiro guerreiro.

Novas rolhas de champanhe saltaram. Garrafas de bebidas alcoólicas de todos os tipos apareceram. Embora o acesso fosse interdito em tempo normal, várias garotas tinham entrado no pavilhão Alfa e faziam seus corpos ondularem ao ritmo da música, para a felicidade dos rapazes, que se preparavam para o ataque. A noitada estava apenas começando.

– Obrigado, fico feliz de fazer parte da sua fraternidade. Eu também acredito numa América pura, e...

Eddy deu uma gargalhada zombeteira.

– Pare de bobagem, você só queria fazer parte da alta. Temos os melhores resultados de todas as fraternidades. Não há um único estudante que não tenha tido um percurso exemplar após sua passagem pela Alfa.

– Digamos que uma coisa não impede a outra.

Eddy riu de novo, francamente.

– Venha, vamos beber algo, vou lhe apresentar ao nosso melhor *quarterback*; ouvi dizer que você é um excelente receptor, estamos precisando muito de um.

Kyle sabia que só havia duas maneiras de fazer parte daquela fraternidade elitista: dinheiro ou habilidade no futebol americano. Não sendo de família rica, sua única chance era o esporte. E sua sorte fora a morte de dois jogadores talentosos na última primavera.

Atravessaram a pista de dança improvisada. Kyle notou que os nobres valores pregados pela ala direita do partido republicano tinham sido deixados de lado aquela noite. As mãos estavam bobas, as poses, lascivas. Rapazes e garotas de tão boas famílias... A hipocrisia em todo seu esplendor.

Ao som de um remix de "Umbrella" de Rihanna, encontraram Steven, perto do bar, uma Budweiser na mão, a outra sobre os ombros de uma deliciosa morena, Mary Templeton.

– Steven, apresento-lhe seu futuro parceiro.

Os dois estudantes se mediram, como dois felinos prontos para lutar.

– Tudo bem? Realmente achei que ele ia matá-lo! – interveio Mary, apontando Eddy com o olhar.

– Que nada, esse cara é durão – tranquilizou-a Eddy. Bom, vou deixá-los, divirtam-se.

Seguiu caminho e foi ao encontro de outros calouros. Kyle teria preferido ir com ele. Não ia com a cara daquele Steven. Muito cheio de si. Parecia ter uma arrogância natural por seu berço esplêndido. Detestava aquilo.

– Esta é Mary. – disse Steven – Proibido tocar.

Mary lhe estendeu a mão. Kyle ficou surpreso com sua fragilidade.

Ela tinha uma pele particularmente suave.

– Meu nome é Kyle.

– Você é rabudo, normalmente não aceitamos qualquer um na equipe. Sorte sua que Brian e Edward tenham morrido – acrescentou Steven.

Uma cotovelada nas costelas o interrompeu.

– Não brinque com isso. Detesto quando faz isso – recriminou-o Mary.

– Está bem, mas lá onde estão isso não faz a mínima diferença. Já pro durão aqui, foi a sorte grande!

Kyle não sabia como reagir, a não ser quebrando o nariz daquele babaca. Mas estava na cara que ele estava puxando briga. Não suportava que o rebento de uma família modesta tivesse sido aceito na mais prestigiosa das fraternidades.

– Espero estar a altura – replicou.

Girou sobre os calcanhares sem esperar a resposta. Era melhor sair logo dali. Com a ajuda do álcool, Steven certamente voltaria ao ataque e Kyle não estava certo de poder se controlar uma segunda vez.

Sem que ninguém prestasse atenção nele, Kyle saiu da residência. A noite caíra sobre o campus. Olhou para o relógio. Eram apenas nove da noite.

Acendeu um cigarro e atravessou em sentido inverso a longa alameda que cheirava a grama recém-cortada. Quando passava diante das outras residências, foi interpelado pelas garotas da fraternidade Gama que estavam nas janelas.

– Ei, bonitão, venha se divertir!

– Ficar sozinho não tá com nada!

– Ou vai dizer que você é viado?

As garotas seguravam suas cervejas como troféus. Sem parar de andar, Kyle entrou em seu jogo:

– Desculpem, mas mamãe está me esperando e ela não gosta que eu me atrase.

As garotas explodiram de rir e mexeram ainda mais com ele. Continuou seu caminho sob os gentis gracejos delas e chegou, após ter atravessado o parque, às proximidades dos dormitórios dos rapazes.

A vida parecia tão simples.

Apesar de uma dor persistente no abdômen, Kyle sentiu uma leve alegria. Nada era inelutável. Cada um podia se tornar senhor de seu destino. Era disso que gostava na América, a possibilidade que todos tinham de partir do zero e atingir as estrelas.

Levado por esses pensamentos angélicos, entrou no

dormitório deserto. Todos os estudantes estavam nas residências de suas fraternidades ou nos bares da cidade, festejando o novo ano escolar. No terceiro andar, entrou num corredor. De algumas poucas portas escapavam fragmentos de emissões televisivas. Era noite de festa para todo mundo, menos para os marginais e os "sem qualidade particular".

Parou diante da porta 315. A de Stuart. Nenhum barulho; já devia estar dormindo. Decidiu deixá-lo tranquilo e subiu mais dois andares, até a porta 522. Ele vivia num quartinho de doze metros quadrados, cujo único luxo era a janela que dava para o parque. Com uma cerveja pega em seu frigobar, subiu no rebordo sem se preocupar com o risco de queda e se sentou com os pés balançando no vazio. Escutava ao longe o tumulto dos estudantes embriagados.

Sentiu-se lentamente voltar a uma realidade que conhecia melhor. Aquela raiva que tinha cada vez mais dificuldade de controlar o invadiu novamente. Bebeu um gole de cerveja e sentiu as lágrimas querendo sair. Fechou os olhos, forçando-se a reencontrar a calma. Pegou um cigarro, rezando para que lhe dessem o tempo...

Ela aceitara! Stuart não podia acreditar, mas era a realidade. Ela aceitara encontrá-lo no motel ali perto.

Olhou-se uma última vez no espelho e se achou mais bonito do que de costume. Não era tão pequeno nem tão gordo assim. Não, até que era um rapaz bonito.

Olhou para o relógio; quando levantou os olhos, viu-a chegar. Estava magnífica com uma minissaia jeans e uma camiseta justa.

– Stuart, estou tão feliz – disse Judith, aproximando-se dele.

– Eu amo você, Judith – disse ele, sem corar nem gaguejar.

Um novo Stuart acabava de nascer. Nunca teria acreditado que seus primeiros dias em River Falls seriam tão fantásticos.

– Como pude viver sem você? – continuou Judith, passando uma mão carinhosa em seus cabelos.

– Judith, amo você.

Era simplesmente inacreditável.

Abraçou-a, levou suas mãos até a cintura dela. Suas bocas se encontraram. Stuart se sentiu como se criasse asas; com uma ousadia inédita, deslizou sua mão por baixo da saia dela.

Para seu estupor, um braço musculoso o puxou de repente para trás.

– Vamos, de pé, molenga! – rugiu uma voz.

Stuart saiu de seu sonho e, tendo reconhecido aquele rosto, começou a gritar, encolhendo-se na cama. Era aquele grandalhão cabeludo que o tratara de porcalhão quando entrou na Delta.

– Ei, pare de gritar, meus ouvidos estão doendo!

– Não bata em mim, não bata! – suplicou, com a cabeça escondida nas cobertas.

– Stuart, acalme-se, é uma brincadeira – interveio Joey, que estava atrás de Ace.

A voz suave de Joey tranquilizou Stuart, que tirou a cabeça de debaixo das cobertas e, sob o olhar dos adolescentes que começavam a se juntar no quarto, sentiu-se de repente voltar a ser o que era: um miserável.

– Mas que bichinha é essa, tirem isso da cama! – gritou um estudante particularmente bêbado.

Dito e feito. Stuart juntou-se no corredor aos outros novos membros da Delta, de cueca e camiseta, com os olhos inchados de sono como ele.

– Por todos os deuses, se querem se tornar verdadeiros irmãos da Delta, precisam provar que são dignos de se unir a nós. Têm dez minutos para voltar ao nosso QG.

Stuart observou seus camaradas de infortúnio. Ficou mais tranquilo ao vê-los tão estupefatos quanto ele próprio.

– Mexam essas bundas ou tiraremos suas cuecas!

A ameaça proferida por Ace bastou para lhes fazer esquecer toda vergonha. Correndo, lançaram-se todos para a escada.

Três horas mais tarde, depois de ter que enfiar uma calcinha na cabeça, ter o rosto pintado com mostarda e ketchup, rastejar como um verme na sala do QG, beijar o busto de bronze de John Belushi e outras façanhas semelhantes, Stuart se afundou numa poltrona, rindo loucamente como os outros. Ele, que nunca bebia álcool, ficara num pileque daqueles. Nunca imaginara que podia ser tão bom. A música do Linkin Park ressoava em todas as peças, diversas garotas de outras fraternidades tinham vindo para a Delta fazer festa.

Stuart viu uma morenaça, com um seio de fora, passar à sua frente. Seus olhos saíram das órbitas. Mas um sobressalto intempestivo de seu estômago o impediu de aproveitar plenamente o espetáculo. Mal teve tempo de correr até uma janela para vomitar tudo o que tinha ingerido. Mesmo assim, em vez de se amaldiçoar por ter bebido demais, sentia-se nos céus. Ninguém zombara dele durante a festa, pelo menos não por ser baixinho e gordo, mas apenas por ser um calouro.

Ia realmente gostar dali.

Kyle tinha razão. Não ia se arrepender de sua escolha. Encontrara finalmente uma família.

Terça-feira, 2 de outubro de 2007

7

Com uma xícara de café nas mãos, Hurley estava diante da janela da cozinha. Amanhecia. Eram quase 7 horas. Logan logo levantaria.

Suspirou. Sabia que não poderia mais, de modo algum, decidir ficar em River Falls. O dia passado em campo e a noite da véspera tinham deixado isso muito claro. A necessidade de voltar à atividade, de retomar seu papel na sociedade, era imperativa. O amor não bastava para tornar uma existência plena. Ao menos não para uma mulher liberada, ativa e apaixonada por seu trabalho.

Tomou um gole do café, escaldante, esperando que Logan compreendesse sua decisão.

– Bom dia, belezura. Acordou cedo.

Freeman estava na porta da cozinha.

Hurley se virou e não pôde evitar rir ao ver o traje de seu colega. Uma simples cueca que até a fazia esquecer o corpo escultural do jovem afro-americano.

– Impressionada? Eu entendo – disse ele, como quem não quer nada.

Ele abriu a geladeira como se estivesse em casa, tirou uma garrafa de suco de laranja e uma caixa de ovos.

– Se Mike o vir assim, do meu lado...

– Não podem fazer menos barulho? – interveio Moore, deitado na sala.

A noite fora longa. Os três agentes do FBI tinham ficado

receosos de pegar a estrada e Logan os convidara para dormir em sua casa. Blake dormira no quarto de hóspedes, sozinho na cama de casal, obrigando seus subordinados a dormirem juntos no sofá-cama da sala.

– Olha quem falando! Você não parou de roncar a noite inteira! – retorquiu Freeman, quebrando um ovo sobre a pia.

Separou a gema da clara e a colocou no suco de laranja.

– E como vai sua namorada, Vanessa? – perguntou Hurley.

Embora não os visse havia tempo, sempre falava com eles pela internet.

– Coisa do passado. Ela foi terminar seus estudos na Itália.

– Devia encontrar uma garota da sua idade. Já está chegando aos trinta, logo vai começar a parecer um bode velho se continuar dando em cima de colegiais.

– Nunca sai com uma menor de idade, se é o que está insinuando. Pelo menos, foi o que elas sempre disseram.

– Toc-toc, posso entrar e acabar com essa conversa super interessante? – disse Moore em tom de falsa superioridade.

Vestia uma longa camiseta com a imagem do *boss*, Bruce Springsteen, que Logan lhe emprestara. Uma relíquia que datava da turnê *Born in the USA*, que Logan nunca tivera coragem de jogar no lixo.

– Não percebe que está atrapalhando? – ralhou Freeman, antes de tomar um grande gole de sua bebida.

– Pois bem, vou ver o que Mike acha disso.

Hurley puxou uma cadeira e se sentou à mesa.

– Duas crianças! – suspirou, sorrindo.

Ouviram-se passos na escada. Os olhares se voltaram para a entrada da cozinha, mas era apenas Blake que chegava.

– Obrigado por me esperarem para o café da manhã!

– Temos que colocá-lo na linha, meu velho! – replicou Freeman.

– Mas que trajes são esses? Não poderia ao menos colocar uma camiseta? Acha realmente que isso nos excita?

– Ah, a inveja dos quarentões! – ironizou Freeman, sem perder a panca.

Tomou mais um gole de seu néctar.

– Vai fazer um lindo dia – interveio Moore, vendo pela janela as primeiras luzes da aurora.

Três olhares se voltaram para ele. Seguiram-se três gargalhadas.

Deitado na cama, Logan sabia que, se descesse, não conseguiria esconder seu péssimo humor.

Como aquelas risadas o incomodavam!

Sabia o que estava acontecendo. Hurley brilhava de contentamento com aquele encontro. Ele gostava tanto quanto ela de Blake e seu colegas, mas não naquela manhã. Hurley só tinha mais um mês de licença. Ele chegara a pensar que ela ficaria vivendo com ele em River Falls, mas agora dava-se conta, dolorosamente, da realidade. Hurley não largaria seu emprego no FBI.

Pegou o maço de cigarros, embora tivesse prometido que não fumaria mais no quarto. Encontrou um isqueiro e acendeu um. Uma nova gargalhada geral chegou a seus ouvidos e ele sentiu mais uma onda de raiva o invadindo.

Deixem-na em paz! Teve vontade de gritar. Pensamento pueril de um homem com ciúmes. Por mais que estivesse ciente disso, não podia evitar o pensamento. *Pare de pensar nisso*! Exortou a si mesmo. Tentou encontrar outra questão para se preocupar. A imagem dos corpos de Robert Gordon e do sem-nome lhe veio à memória.

Mais uma maldita pedra no sapato! Disse para si mesmo, indo abrir a janela.

Sabia que ninguém o recriminaria por não solucionar a morte do sem-nome. Mas quanto a Gordon, as coisas mudavam de figura. O prefeito Nolden não sairia de sua cola. Um membro influente da comunidade de River Falls não podia ser assassinado sem que alguém pagasse por isso.

Se os três risonhos lá de baixo não encontrassem indícios capazes de revelar o assassino, Logan teria que iniciar uma longa investigação, sem nenhuma garantia de chegar ao culpado. Pensamento atrás de pensamento, perdeu-se em sua reflexão e nem escutou a porta se abrir.

– Mike? O que está fazendo?

Logan se virou e jogou o cigarro quase terminado pela janela, como uma criança pega em flagrante.

– Desculpe, estava pensando na morte de Gordon – disse, saboreando a visão de Hurley de roupão.

Ela fez uma cara pouco convencida.

– E então?

– Então, que não vai ser simples.

Hurley adorava quando ele a devorava com os olhos. Sentia-se como se fosse o centro do mundo.

– Vai descer? Todos já levantaram.

– Acho que escutei – retorquiu, sem conseguir esconder seu descontentamento.

Mas Hurley fez de conta que não percebeu.

– Preparei o café da manhã. Estou esperando você.

A voz era suave, mas o tom categórico. Logan fez que sim com a cabeça. Teria tempo para conversar com Hurley.

– Já vou.

Callwin também levantara cedo, com a firme intenção de mostrar àquele xerife estúpido do que era capaz.

Por que ele não podia entender que a vida às vezes nos obrigava a nos rebaixar, a fazer coisas repugnantes para sobreviver, para não nos quebrarmos em mil pedaços? E que as pessoas podiam mudar? Ela sabia que não devia tomar aquilo tão a peito, mas fazia pouco tempo que recuperara sua autoestima. Não permitiria que ninguém a impedisse de se tornar aquilo que sempre sonhara ser: uma jornalista investigativa digna do nome.

Era por isso que, naquela manhã de terça-feira, ela esperava pacientemente em seu Saturn estacionado nas proximidades da casa de Logan.

Matou tempo navegando em seu iPhone. Leu vários relatórios de processos ganhos por Robert Gordon. Não tinha nenhuma pista do assassinato, mas a hipótese de que se tratasse da vingança de um condenado não era menos plausível do que outras.

Ficou surpresa ao ver Logan sair de casa em companhia dos investigadores do FBI. Não havia mais hotéis em River Falls? Logan seria adepto de práticas estranhas? Que furo! Mas, é claro, não acreditou nisso nem por um segundo.

Quando a Cherokee e o carro do FBI se afastaram, Callwin desceu de seu carro e, num passo tranquilo, subiu a rua cheia de bordos plantados ao longo da calçada. As casas eram todas parecidas, separadas por gramados impecavelmente aparados. Uma zona residencial da classe média, como outras milhares nos Estados Unidos.

Chegando à casa de Logan, respirou fundo e tocou a campainha. Ninguém respondeu. Esperou um minuto e tocou de novo. Sem resposta. Será que ela não estava lá? Logan teria realmente organizado uma orgia com seus amigos?

Ia dar a volta na casa para olhar para dentro quando escutou uma voz.

– Já vai!

Cinco segundos depois, envolta num roupão de banho, os cabelos enrolados numa toalha, Hurley veio abrir a porta.

– Leslie! Caramba, com essa eu não contava.

Sempre tão senhora de si, Callwin sentiu, no entanto, sua face corar. Era estranho rever Hurley. Fora graças a ela que se redimira. Nunca poderia esquecer aquilo.

– Bom dia, Jessica, posso entrar, ou o cão de guarda ainda está aí?

Hurley sorriu e lhe deu passagem.

– Logan acabou de sair, mas imagino que você saiba.

Callwin se sentiu estúpida, e levantou os ombros.

– Acho que ele realmente me detesta.

– Não, foi no calor da hora, agora tenho certeza de que ele já esqueceu.

Callwin julgou mais prudente não mencionar a altercação da véspera.

– Em todo caso, é um homem de bom gosto – disse Callwin, percebendo o interior da casa.

Da parte de um sujeito tão antipático, aquilo a surpreendia. *Os mistérios da alma humana*!

– Ele tem algumas qualidades, se é isso que quer dizer! – disse Hurley, sorrindo. – Aceita um café?

– Sim, obrigada.

Foram até a cozinha. Uma onda de emoções envolveu a jornalista. Hurley era o símbolo de certo sucesso. Um emprego apaixonante, um homem que a amava e uma casa maravilhosa. Merda, ela realmente tinha sorte.

– Estou contente por você. Vi seus três artigos no *Tribune*, parabéns!

– Você os leu? – espantou-se Callwin.

Hurley colocou duas xícaras na máquina de espresso.

– É claro, nada mal, e bastante ousados. O que não me surpreende, vindo de você.

Callwin abaixou os olhos, por medo de demonstrar seu orgulho. Penara para escrevê-los, mesmo estando convencida de que ninguém ligaria para eles. Eram apenas artigos menores, perdidos entre centenas de outros.

– Desculpe, sei que deveria ter lhe dado notícias, mas você sabe como é...

– Não se preocupe – tranquilizou-a Hurley, colocando as duas xícaras fumegantes sobre a mesa antes de se sentar. – Fico contente que tudo esteja indo bem para você.

– Graças a você.

Hurley fez que não com a mão. Embora tivesse conseguido uma entrevista para Callwin com o redator chefe do *Tribune*, o mérito era todo de Callwin. Se não tivesse as qualidades e competências necessárias, jamais teria conseguido publicar um artigo.

– Eu lhe devia isso. Você me amparou no momento em que o céu parecia ter caído sobre minha cabeça. Não esqueci disso.

– Ao contrário do que seu homem pensa, não sou uma escrota.

Hurley sabia daquilo, mas era hora de esclarecer as coisas.

– Suponho que não esteja aqui para uma simples visita de cortesia.

Ela não tinha nada de otária. Callwin baixou de novo os olhos.

– Não, mas não pense que passei apenas para ter informações.

– Tenho certeza disso. Não a teria deixado entrar se duvidasse minimamente de sua amizade.

Mais uma vez, a face de Callwin corou. Por que os homens não podiam ser simpáticos como aquela mulher?

– Obrigada. É claro que estou aqui por causa de Gordon. Conheci-o bem. Cheguei mesmo a ter um caso com ele. Ele me passava informações sobre os processos em andamento e eu redigia artigos difamatórios sobre os supostos culpados. Ninguém nunca soube quais eram minhas fontes – disse Callwin, mergulhada em suas lembranças. – Sabe, foi uma das poucas vezes em que realmente transei por prazer. Ele era um verdadeiro Apolo, e uma fera na cama! O problema é que realmente não podia aparecer com uma garota como eu. Ele era da alta. Só saía com garotas de boa família.

Por trás de sua aparência descontraída, Hurley era toda ouvidos. Aquilo correspondia à imagem que as informações colhidas na rede tinham lhe permitido formar. Gordon era um Don Juan que pulava de conquista em conquista sem parar. Talvez fosse simples assim: a banal história de uma mulher rejeitada, ultrajada em sua honra de grande burguesa, ou em seus sentimentos.

– Em suma, queria saber se você aceitaria que eu participasse da investigação.

Hurley esperava qualquer coisa, menos aquela proposta.

– Não faça essa cara, não estou pedindo para que você me repasse as confidências que Logan lhe fizer no travesseiro, mas para trabalharmos pelo nosso lado, e mostrarmos que somos as melhores.

– Sabe muito bem que é impossível. Se Mike ficasse sabendo de algo assim, seria o fim da nossa relação. Ele jamais suportaria que eu trabalhasse pelas suas costas – disse Hurley, querendo acabar logo com aquela conversa.

– Mas não disse que devíamos nos esconder! Você está de licença do FBI, tem o direito de fazer o que quiser do seu tempo livre. Não está sob as ordens dele!

O argumento não era falso, mas falacioso.

– Mike é o homem que amo. Não quero demonstrar que sou mais forte do que ele. Em compensação, acho que você não deve abandonar o caso. Pode dar um excelente artigo, dependendo do que encontrar.

Callwin não chegava a estar surpresa com a reação de Hurley, mas, por princípio, nunca desistia antes de ter pelo menos tentado.

– Sabe de alguma coisa?

– Não, mas um rico advogado sem herdeiros é algo que pode atiçar a cobiça. Não acho que tenha sido obra de um bandidinho qualquer, tampouco um crime passional. Sua namoradinha não foi morta, não é verdade?

Tem lógica, pensou Callwin.

– No que você pensa?

Hurley fez cara de quem está pensando, enquanto tomava um gole de café. Callwyn era mesmo impagável.

– Em nada, mas antes de tomar um caminho, elimino aqueles que parecem não levar a lugar nenhum.

– Um bom princípio.

– E se falássemos de outra coisa – propôs Hurley, cortando a conversa. Como estão as coisas em Seattle?

Callwin sorriu. Não arrancaria mais nada de Hurley, e talvez fosse melhor assim. Não misturar questões pessoais e profissionais. Esse também era um bom princípio.

– Agradeço por ter vindo. Sei que não é fácil – disse Logan, abrindo a porta de sua sala. – Sente-se. Quer um café?

Samantha aceitou com a cabeça, limpando o nariz com

um lenço de papel. Sua maquiagem impecável não chegava a dissimular seus olhos vermelhos e sua tez cadavérica.

– Tome – disse ele, apresentando-lhe uma xícara.

Puxou uma cadeira para ela. Samantha sentou-se, sem ter ainda aberto a boca. Logan deu a volta se instalou em sua poltrona.

– Lamento muito, mas terei que lhe fazer um certo número de perguntas. Compreende?

– Sim.

– Seu namorado foi assassinado – disse, olhando-a nos olhos.

A estupefação invadiu o rosto de Samantha.

– Mas como? Eu estava lá! Haveria barulho, eu teria acordado! – exclamou, revigorando-se.

– Acreditamos que o assassino a fez respirar clorofórmio enquanto dormia para poder agir tranquilamente.

Um arrepio gelado percorreu Samantha. Por mais estúpida que parecesse a morte de Gordon, não imaginara por um instante que pudesse se tratar de um assassinato. E a imagem do assassino indo para lá e para cá na casa enquanto ela dormia a deixou aterrada.

– Não pode ser. Deve haver algum engano.

Logan balançou a cabeça.

– Lamento, Samantha. Não há dúvida de que foi mesmo um assassinato.

– Mas por quê? Quem?

Logan se afundou na poltrona.

– Esperava que você pudesse nos ajudar.

Era talvez um pouco cedo para aquele tipo de interrogatório, mas Nolden fora claro. Queria resultados, e logo.

– Robert era um advogado, seu trabalho era ajudar as pessoas. Era um homem bom.

Logan poupou-a de sua definição do ofício de um advogado. Estava lá para escutar, não para assustar a única testemunha potencial.

– Não duvido disso, mas ele não parecia preocupado nos últimos tempos? Não lhe falou de nenhuma ameaça?

Samantha ergueu os olhos para o céu.

– Claro que não, posso lhe assegurar, xerife. Robert não tinha inimigos. Todos gostavam dele.

Ninguém pode ser amado por todo mundo. Samantha sabia disso, mas preferia ignorar.

– Então deve ter sido um simples latrocínio – concluiu Logan. Samantha voltara a chorar. Não lhe daria nenhuma informação, ao menos não naquele estado. Na verdade, fora má ideia fazê-la vir tão cedo.

– Escute, volte para casa, tome um calmante, e não fique sozinha. Lamento tê-la incomodado.

– Não tem por que se desculpar – disse ela, antes de reencontrar certa determinação. – Xerife, o senhor tem que encontrar o animal que fez isso. Ele tem que pagar por seu crime.

– É o que pretendo. Venha, vou acompanhá-la.

Nenhum jornalista esperava lá fora. Nada a ver com a efervescência que cercara o assassinato das duas garotas alguns meses antes. Nenhuma rede de televisão ia suspender sua programação para falar daquele caso. Pelo menos isso.

– Querida, vamos para casa – disse a mãe de Samantha, que a esperava perto do carro.

O pai se aproximou da filha e passou uma mão reconfortante em seus cabelos antes de deixá-la com a mãe.

– Xerife, estão dando a entender nos noticiários que pode se tratar de um assassinato. Bobagens, não?

Logan ainda não fizera nenhum comunicado oficial, mas teria que fazer mais cedo ou mais tarde. Era melhor dizer logo a verdade.

– Infelizmente não – disse em tom solene.

– Merda! Não pode ser! – disse o pai estupefato, tirando seu chapéu e coçando a cabeça. – E já tem alguma ideia de quem pode ter feito isso?

Logan olhou mãe e filha que se instalavam na limusine. O pai seguiu seu olhar.

– Não vai dizer que acha que...

– Não, Samantha não tem nada a ver com isso. Colocarei todas minhas equipes neste caso. Assim que soubermos mais alguma coisa, o informaremos. Se, por acaso, Samantha se lembrar de qualquer detalhe estranho, que ela não hesite em nos comunicar.

– É claro, xerife – respondeu o pai, recolocando seu chapéu. Sabe, estamos contentes com seu trabalho na cidade. Embora não seja daqui, todos o apreciam.

Aquela observação o tocou mais do que podia imaginar. Sabia que fora eleito por eliminação, vencendo um antigo xerife queimado por questões de moralidade, e graças ao apoio do prefeito Nolden. Entretanto, estava feliz de saber que conseguira se fazer respeitar por suas qualidades pessoais.

– Obrigado – respondeu.

Decididamente, não tinha talento para longos discursos. O pai foi se juntar à família. Logan voltou à delegacia. A tenente Blanchett o interpelou no corredor.

– Temos os resultados das análises das amostras: clorofórmio nos pulmões de Gordon e no lençol. Se restava alguma dúvida...

Logan não tivera nenhuma dúvida quanto a se tratar de um assassinato, mas agora podia ter certeza de que Samantha era inocente.

– Bem, vou até a casa de Gordon. Vem comigo?

Dali em diante, a mansão era oficialmente o local de um crime.

Sim, pego minha jaqueta e já vou.

Quando ela entrou no Cherokee, Logan deu a partida e tomou a direção de Golden Hill. O tempo continuava magnífico. O veranico.

– Tem alguma ideia do motivo? – perguntou Blanchett. – Gordon era muito apreciado. Uma pessoa de seu gabinete cuida exclusiva – e gratuitamente – de ajudar associações em seus problemas jurídicos. Ele também fazia muitas doações às instituições de caridade e lutava corajosamente contra as drogas...

– Sei. Ou acha que não me informei sobre ele? – disse Logan, enquanto atravessavam a principal avenida comercial de River Falls.

Blanchett mordeu o lábio inferior. Era mais forte do que ela. Gostava muito de Logan, mas tinha às vezes a impressão de que ele estava um pouco... fora do seu jogo usual. Queria se assegurar de que ele tinha todos os elementos na mão.

– Estava pensando em voz alta. Buscando quem poderia ter raiva dele. Um traficante, por exemplo.

– Ou um cafetão – acrescentou Logan. Gordon também se dedicara muito à readaptação de jovens prostitutas.

Mas não acreditava em nenhuma daquelas hipóteses.

– Por que correr o risco de ser preso maquiando a cena do crime? Por que perder tempo arrastando o corpo até a Jacuzzi? Matar é razão de orgulho para as gangues e serve de advertência para aqueles que pensam em atravessar seu caminho. Os traficantes não têm o mínimo interesse em esconder um assassinato. Assim como os cafetões.

Blanchett não olhara as coisas por aquele ângulo, mas aquilo fazia sentido.

– Você tem toda razão.

– O único elemento realmente interessante é que a encenação foi grosseira. Não estamos lidando com um profissional.

– Acha que pode ter sido uma história de ciúme? Nesse caso, a namorada também teria sido atacada. Além disso, a menos que fosse muito forte, seria bem difícil uma garota arrastar um cara de oitenta quilos, não?

– Sim, mas talvez seja preciso ver as coisas por outro ângulo. Quem disse que a pessoa estava com ciúmes de Gordon? Podia ser também um antigo namorado de Samantha. Uma bela garota, diga-se de passagem, que pode muito bem ter partido algum coração.

Blanchett proferiu um "hum" de felicitação.

– Finalmente entendi por que o senhor é o xerife!

Logan apreciou a observação.

Sob a luz da manhã, o bairro de Golden Hill oferecia sua mais bela cara. As suntuosas mansões, construídas no flanco da colina, dominando a cidade, pareciam se fundir no meio de uma vegetação que lembrava as florestas próximas.

– A única coisa de que tenho certeza é que vamos penar.

Blanchett estava de acordo. Havia tantas pistas a explorar, sem nenhuma certeza de chegar a algum lugar.

O Cherokee chegou à mansão de Gordon e Logan teve a desagradável surpresa de perceber uma equipe da River's TV.

– Quer que eu cuide disso?

– Por favor.

Estacionou. Janet Stand se aproximou.

– Xerife, pode nos dizer alguma coisa sobre a morte de Robert Gordon? Trata-se de um assassinato?

– A tenente Blanchett vai responder suas perguntas. Deixem-me passar.

Os agentes que estavam diante da entrada cumprimentaram seu chefe e acionaram a abertura do portal. A camionete de Blake estava estacionada no final da aleia, ao lado do alpendre. Instruíra Blanchett sobre o que podia dizer. De qualquer jeito, era ela quem escrevia a maior parte de seus comunicados oficiais.

– Estávamos esperando você – disse Moore.

– Novidades?

– As câmeras de vigilância não revelaram nada. Não cobriam toda a zona.

– E nas zonas não cobertas?

– Seus agentes estão inspecionando, mas é difícil encontrar indícios numa vegetação dessas. Temos alguns rastros parciais de sapatos no terraço. Um resto de lama seca. Vamos ver no que dá.

Entraram na vasta mansão e subiram direto para o primeiro andar. Uma grande sacada cercava toda a fachada. Logan admitiu que devia ser extremamente agradável acordar todo dia diante de um panorama daqueles.

Entraram no escritório de Gordon. Um quadro fora tirado da parede, atrás do qual via-se um cofre do último modelo.

– Então, posso abri-lo agora? – perguntou Jeremy Hilton, o executor testamentário de Gordon.

Um homem de mais de sessenta anos. Grande, seco, cabelos cinza aço, lábios finos e apertados. Era o único que sabia o segredo do cofre. Apresentara-se na delegacia assim que a morte de seu cliente fora anunciada.

– Acalme-se, a polícia sabe o que tem que fazer – disse Logan, que não gostara do tom empregado pelo homem.

Hilton era o tabelião mais conhecido de River Falls. Sua fortuna era estimada em milhões de dólares, devidos, em grande parte, a investimentos imobiliários, herança familiar de gerações. Alguém a tratar com deferência.

– Cuidarei disso, replicou secamente.

Hilton era um homem que não estava acostumado a receber ordens, nem a ser admoestado. Não obstante, dirigiu-se ao cofre e, com a minúcia de um relojoeiro, começou a digitar uma série de números na tela tátil. Um leve clique anunciou o destrancamento. Hilton abriu a porta.

– As impressões, exclamou Logan, dando-se conta de repente de que o assassino podia ter tocado no cofre.

– Já foram colhidas ontem, não deu em nada, apenas as de Gordon, tranquilizou-o Blake.

O agente do FBI penetrara silenciosamente no escritório.

Hilton tirou uma grossa pasta azul e colocou-a embaixo do braço.

– O resto é com vocês, cumpram seu dever – comandou Hilton, em tom de desdém.

Logan não podia acreditar naquilo. Quem aquele cara pensava que era? Era possível que tivesse tão pouca consideração pelas leis de seu país? As testemunhas da cena partilhavam seu estupor.

– Posso saber o que está fazendo? – interpelou-o Logan.

– Estou voltando para meu trabalho. Já perdi tempo o suficiente com isso! – disse ele com arrogância.

E, com passo firme, atravessou o escritório de Gordon até a porta.

– Senhor Hilton, espero que esteja brincando – lançou Logan.

Hilton parou na soleira da porta e se virou, lançando-lhes um olhar penetrante.

– E lá tenho cara de palhaço, xerife? – retorquiu, ainda mais soberbamente.

O tempo pareceu parar. Os dois sargentos que estavam ali teriam dado tudo para estar em outro lugar.

Contrariamente aos agentes do FBI, conheciam a importância de Hilton e o poder de suas relações. Era um homem cujo caminho era melhor não atravessar.

– O senhor acaba de pegar elementos capitais da investigação de um assassinato e acha que pode ir embora desse jeito?

– Pobre imbecil! – enervou-se Hilton. – Tem uma comissão rogatória? Não. Então, não tentem bancar os durões comigo. Perderão com toda certeza.

Sem esperar resposta, Hilton saiu do escritório.

Logan olhou Moore, depois Blake, e explodiu num riso nervoso.

– Tracy, Stan, peguem-no e algemem-no – ordenou a seus sargentos.

– Mas ele não fez nada de errado. Se não há comissão rogatória, não podemos interpelá-lo – disse Stan Lumley.

– Teria que chamar o juiz, mas nada garante que ele fornecerá uma – acrescentou Tracy Tackle.

Todos conheciam a influência de Hilton, certamente suficiente para chegar ao escritório do juiz.

– Mas não preciso de juiz. Tenho quatro testemunhas que confirmarão que Jeremy Hilton acaba de furtar pertences pessoais do advogado Robert Gordon – retorquiu Logan, orgulhoso de sua astúcia. Vamos, apressem-se, antes que ele vá embora.

Os sargentos foram obrigados a executar suas ordens e saíram correndo escada abaixo seguidos por Logan. Pegaram Hilton no momento em que ia atravessar o portão. A jornalista continuava lá. Pela primeira vez, Logan estava feliz em ver uma.

– Senhor Jeremy Hilton, está detido. Sargento Tackle, queira algemá-lo.

A jornalista interrompeu imediatamente a entrevista de uma vizinha.

– Sam, não pare de filmar, gritou ela, dirigindo-se ao portão. Senhor Hilton, é o assassino de Robert Gordon?

Logan saboreou o momento. Hilton, fulminante, tentou se debater, ameaçando os sargentos com todo tipo de represálias. Contudo, Logan impediu-os de ceder. Eles representavam a lei e deviam fazer com que esta fosse respeitada, quaisquer que fossem as ameaças. Tomaram-lhe a pasta azul e conseguiram finalmente algemá-lo.

– Vão pagar caro por isso! – gritou Hilton.

– Tem o direito de ficar em silêncio, pode solicitar um advogado ou um lhe será fornecido caso não tenha condições de pagá-lo. O sargento Lumley lerá os seus direitos – disse Logan, muito calmo.

Ao fazê-lo, deixou despontar um pequeno sorriso. Não tinha nada contra os poderosos deste mundo, mas não podia evitar pensar que ninguém chegava ao topo sem ter cometido alguma irregularidade em algum momento.

– É um homem acabado, Logan. Olhe bem nos meus olhos. Lembrarei disso, lembrarei disso – vociferou Hilton.

Logan assumiu seu ar mais cândido e interpelou a jornalista e o câmera.

– Por favor, parem de filmar, isso não é um circo – disse, sem muita convicção.

Então, voltando-se para seus sargentos:

– Levem-no na viatura e coloquem-no numa cela, até que lhe seja assinalado que deverá ficar à disposição da polícia. Assim que possível, irei para a delegacia.

Com o rosto vermelho de raiva, Hilton reteve a muito custo os palavrões que lhe vinham à mente. A vaca daquela jornalista e seu maldito câmera não paravam de filmar. Não havia nada mais grave do que insultar as forças da lei. Tinha ao menos que ficar calado, já que não conseguia fazer cara de inocente.

Deixou-se finalmente conduzir até a viatura, sem mais resistência.

– Xerife, quais são as acusações contra Hilton? Alguma relação com seus investimentos na Norton Corporation?

– Não posso dizer nada por enquanto, a investigação está apenas começando. Nós os manteremos informados à medida que avançar.

Uma vez na vida, Logan jogava o jogo. Sabia que aquela detenção faria barulho entre os poderosos de River Falls. A única maneira de se proteger era colocar a população do seu lado.

– Mas pode ao menos nos confirmar...

– Não tenho mais nada a dizer – interrompeu-a. – Eu lhes fornecerei meus comunicados no momento certo. Agora, se puder nos deixar trabalhar... Obrigado.

Forçou-se a sorrir e voltou a atravessar o portão em direção à mansão num passo falsamente tranquilo. Seu coração estava disparado. Sabia que acabava de atacar um peixe graúdo. Nolden ia cair com tudo em cima dele. Mas não tinha podido evitar.

Não podia deixar Hilton desacatar impunemente as regras de direito. Era sua credibilidade enquanto xerife que estava em jogo. Não tinha escolha.

– Pelo que entendi, Hilton é uma personalidade importante na região – disse Blake, que o esperava diante da porta principal.

Logan pegou um cigarro e o acendeu. Olhou para a cidade que se estendia lá embaixo. Tudo parecia tão calmo visto dali!

– Sim, espero que apoiem meu retorno ao FBI se for obrigado a me demitir.

Blake não riu da brincadeira.

– Somos testemunhas do que aconteceu. Se quiserem ferrá-lo, o FBI tem meios para derrubá-los todos. Não se preocupe, logo compreenderão que é melhor deixá-lo em paz.

– Espero que tenha razão.

Blake colocou a mão em seu ombro.

– Todo mundo tem alguma coisa a esconder. Se o FBI resolvesse vasculhar os dossiês de todas essas pessoas tão importantes, tenho certeza de que encontraríamos alguma coisa.

Logan deu uma longa tragada e soltou-a lentamente. Há tempo não se sentia tão nervoso. Mesmo sua altercação com Callwin na véspera parecia agora uma bobagem.

– Obrigado – disse, apagando seu cigarro no chão. Vamos voltar lá?

Moore permanecera no escritório de Gordon com um simples agente como testemunha. Logan voltou e estendeu imediatamente a pasta azul a este último.

– Lacre-a.

Então se aproximou do cofre. Maços de notas. Logan pegou um. O rosto de Benjamin Franklin. Maços de notas de cem dólares!

Contou um. Cem notas por maço.

Devia haver ali uns cinquenta, ou o dobro. Entre quinhentos mil e um milhão de dólares.

– Caralho! O suficiente para atrair uma multidão de ladrões – disse, coçando o queixo.

Era o que havia de mais desconcertante naquele caso: Samantha afirmara na véspera que nada parecia ter sido roubado, e agora encontravam o cofre cheio. Não havia dúvida de que um ladrão teria extorquido o código de Gordon.

Quem viria matar um homem sem tentar se apoderar de uma fortuna daquelas? Um homem ainda mais rico? Um cara como Hilton, por exemplo? A ideia o agradou muito, mas Hilton era inteligente demais para cometer um crime daqueles com as próprias mãos e, sobretudo, teria tomado o cuidado de levar a pasta após o crime. Que pena...

– Creio que estamos prontos para uma pequena sessão de contagem.

Espalhou os maços sobre a escrivaninha, pegou seu celular e pediu para Blanchett e mais um agente, que estavam no jardim procurando outros vestígios de invasão, virem se juntar a eles.

Havia outros objetos de valor no cofre. Joias incrustadas de pedras preciosas, entre as quais um colar de diamantes da maior beleza.

– É para mim? – brincou Blanchett ao atravessar a porta.

– Bem que você queria... – respondeu Logan. Vamos ao trabalho, e contem direitinho!

8

Apesar da ressaca, Stuart estava nos céus. Passara uma noite incrível. Ele, que nunca dançara, tinha se soltado completamente. Fora até aplaudido por alguns estudantes. A Delta era a sorte de sua vida.

Um novo Stuart nasceria, enfim. Todo mundo fora tão caloroso! Embora isso se devesse em grande parte ao álcool e aos baseados, pouco importava, tinha adorado aquilo. Sentir-se respeitado, querido.

– Tem certeza de que não quer comer com a gente? – perguntou Phil.

As aulas da manhã tinham acabado. Stuart encontrara um dos calouros da véspera, Phil Harper. Um moreno alto, magro, que tocava guitarra como um deus.

– Obrigado, mas tenho um encontro – respondeu Stuart.

A Delta recomendava a seus calouros que almoçassem juntos para criar laços que se reforçariam ao longo dos anos. Stuart não queria decepcioná-los, mas não podia desmarcar seu compromisso.

Sob o sol radiante, atravessou os gramados da faculdade com um sorriso nos lábios. Vários estudantes almoçavam na grama. O ar estava quente e seco, uma verdadeira maravilha. Os últimos resquícios da ressaca se dissiparam.

Atravessou o portão da universidade e subiu no ônibus que levava ao centro comercial. Sentou-se no fundo, perto da janela. Mal o fizera, alguém se sentou ao seu lado, empurrando-o bruscamente.

– Ei?! – reclamou, antes de reconhecer Kyle.

– Pergunto-me às vezes em que planeta você vive, caçula.

Fazia tempo que Stuart não ouvia aquela expressão. Eles eram gêmeos bivitelinos, tinham a mesma idade.

– Pensei que não devíamos ser vistos juntos.

Kyle deu de ombros.

– Não se preocupe, presto atenção pelos dois – disse, esforçando-se para sorrir.

Uma dor terrível esmagava seu peito. Sabia que devia consultar um médico, mas queria acreditar que não tinha quebrado nada. Não podia esquecer o momento em que Eddy batera com o taco em suas costelas.

– Fui aceito na Delta. Tinha razão, eles são super legais! Passei uma noite maravilhosa.

Kyle assumiu um ar zombeteiro.

– Não devia ter bebido. Está com uma cara horrível.

Stuart corou e gaguejou uma desculpa. Kyle lhe passou um braço amigo em volta do pescoço.

– Fico contente que tenha dado certo. Mas se alguém o incomodar, não hesite em me falar, combinado?

O ônibus deixou a via expressa e entrou no trânsito de River Falls.

– Sim, mas acho que não terei problemas – disse Stuart, ocultando seu encontro desagradável com os jogadores de futebol americano na véspera.

– Melhor assim. Então, me conte seu primeiro dia.

Stuart relatou detalhadamente a noitada. Kyle ficou completamente cativado pela narrativa. Não conseguia acreditar. No final das contas, fora uma excelente ideia fazer Stuart vir também.

Desceram na parada do centro comercial. Stuart continuou a contar as diversas peripécias da noite, sob o olhar enternecido de Kyle. Pegaram sanduíches no McDonald's e foram comer no banco do parque ao lado.

– Bom, e você, o que tem para contar? – disse Stuart, quando finalmente esgotou todas as anedotas possíveis.

Kyle terminou de engolir um pedaço de seu Big Mac e limpou a boca.

– Como eu pensava, um bando de filhinhos de papai. Todos de terno, cabelinho penteado para o lado e um eterno sorriso que diz: "Vá se foder, seu pobretão!". Mas parece que eles realmente estavam precisando de um bom recebedor.

– Legal! Estou orgulhoso de você! Tinha certeza de que iam aceitá-lo. Sendo membro da Alfa, poderá ser o que quiser na vida: advogado, juiz, médico...

– Stuart, para ser médico é preciso estudar medicina – interrompeu-o Kyle.

Com a boca cheia de batatas fritas, Stuart mesmo assim conseguiu rir.

– Você entendeu o que eu quis dizer – disse, após tomar um gole de Coca-Cola para conseguir engolir tudo.

O parque estava cheio de trabalhadores que aproveitavam o veranico. As gravatas em cima do ombro, as camisas protegidas por guardanapos de papel. Um outro mundo para Stuart e Kyle.

Por trás da imensa fileira de ciprestes subia o rumor do meio-dia.

– Sim, entendo – respondeu Kyle. – Eu sabia que essa universidade seria uma boa oportunidade para nós dois.

– Claro, claro, você sempre tem razão. Você é o gênio e eu o mala.

Kyle bagunçou os cabelos de Stuart.

– Deixe de bobagens. Se foi aceito aqui é porque tinha as notas necessárias.

Kyle esqueceu apenas de acrescentar que tivera que utilizar uma grande parte do dinheiro que o Sr. Flanagan lhes legara para pagar as duas entradas numa das melhores universidades da região (ele mentira para Stuart dizendo que tinham recebido uma bolsa).

– E você, por ser o melhor recebedor do estado de Washington. Aliás, quando será seu primeiro jogo?

Kyle esperava aquilo com impaciência. Sempre fora apaixonado por futebol americano. Acompanhava todos os campeonatos universitários, sobretudo os da Conferência leste e oeste. As melhores universidades da região tinham tentado convencê-lo a vir para elas, principalmente a de Seattle, mas Kyle não arredara pé. Escolhera River Falls, para a grande surpresa de todos.

– Começo a treinar hoje à tarde. O primeiro jogo só acontecerá daqui a três semanas.

– Estou louco para assistir. Com um pouco de sorte, conseguirei levar a Judith! Eh... – interrompeu-se Stuart, corando e começando a suar. – Merda, eu não disse nada.

Kyle ficou de boca aberta, expondo um Fish Burger mastigado pela metade.

– Escutei direito o que acaba de falar: Judith?

– Não, não, foi pura viagem. Digamos que ela realmente existe, mas sequer a conheço. É apenas uma garota que está no curso de Química comigo – mentiu. – É uma gata, vai ver só que bomba.

– Sabe muito bem o que eu penso. Nunca se deve perder a esperança, mas acho melhor se afastar das bombas; sempre acabam explodindo na sua cara.

Kyle nunca vira seu irmão com uma garota, nem mesmo paquerando. Os dois tinham dezoito anos, mas, se Kyle já perdera a conta de suas namoradas, Stuart ainda não saíra da linha de largada.

– Eu sei, devo encontrar uma gorda como eu – respondeu com fatalismo.

Kyle não gostava de ver seu irmão naquele estado. Ele estava longe de ser feio e, afinal...

– Sabe, o importante é o que tem aqui dentro – disse, batendo com o dedo na cabeça de Stuart. – O físico é só um detalhe e acaba cansando – acrescentou como se fosse um velho sedutor desenganado.

Os dois se olharam nos olhos e começaram a gargalhar.

Era a frase mais idiota que já pronunciara. O mundo era

injusto, inclusive naquele domínio. Acreditar que as pessoas não dão bola para o físico era pura ilusão.

Quando se acalmaram, Kyle reconduziu a conversa para um plano mais realista.

– Encontre uma garota simpática que não encha seu saco. As garotas sofisticadas são tão chatas!

Stuart concordava, embora sonhasse com as garotas das séries televisivas. Sabia que nunca poderia tocar uma delas. Ele representava tudo aquilo que elas detestavam: um cara sem autoestima.

– Então por que só sai com esse tipo de garotas?

Kyle era incapaz de responder. Acabou dizendo:

– Porque elas têm bundas maravilhosas.

Stuart recomeçou a rir. Adorava seu irmão. Ele nunca se gabava, embora tivesse tudo para fazê-lo. Era realmente um cara legal. Não tinha dúvidas de que Kyle ainda faria grandes coisas, e então poderia dizer para todo mundo que fora o primeiro a acreditar nele.

– A propósito, faltam apenas quinze dias para estrear *30 dias de noite*.

– Sim, estou louco para ver. Espero que seja melhor do que *V de vingança*.

Kyle não compartilhava a paixão de seu irmão por quadrinhos, mas nunca o censuraria por aquilo. Cada um tem direito a suas paixões, por mais pueris que pareçam.

– Eu gostei – replicou Kyle.

O sol continuava no zênite. Ainda tinham tempo para voltar à universidade.

9

Com uma violenta freada e uma cantada de pneus, Logan estacionou seu Cherokee diante da entrada principal da delegacia. Ejetou-se imediatamente, escalou os degraus do alpendre e abriu com força os batentes da porta dupla. Deu de cara com o prefeito, que o esperava com impaciência.

– Vamos conversar em seu escritório – rugiu Nolden, com uma veia latejando no pescoço.

– Sim, com prazer.

Todos os agentes tinham tomado a precaução de se afastar. Blanchett, que acompanhara Logan, também ficara mais atrás. Os dois homens tomaram o corredor que atravessava o espaço aberto e entraram no escritório de Logan. Assim que a porta fechou, Nolden explodiu:

– Está completamente maluco! O que lhe deu na cabeça de prender Hilton? Resolveu bancar o idiota?

Logan sentou-se em sua poltrona. Seu rosto ficara vermelho.

– Não fiz mais que seguir suas instruções.

Recusando-se a sentar diante de Logan, Nolden ia de um lado para o outro dentro do escritório.

– O que está dizendo? Acaso lhe pedi que colocasse na prisão um de nossos mais eminentes cidadãos e, ainda por cima, diante das câmeras dos jornalistas?

– Disse-me para utilizar todos os meios disponíveis para encontrar o mais rápido possível o assassino de seu amigo, é o que estou fazendo – retorquiu Logan, levantando a voz.

Era com dificuldade que se segurava para não explodir. Nolden estava passando dos limites. As leis eram iguais para todos. Não importava a grossura da carteira do cidadão.

– Não tente bancar o espertinho, sabe muito bem o que quero dizer – invectivou Nolden, mostrando o dedo.

Logan, afundando-se na poltrona, tirou seu maço de cigarros.

– Compreendo que seja desagradável ver um de seus amigos inculpado, mas ao menos sabe do que foi acusado? – respondeu, esforçando-se por manter a calma.

– Nem quero saber, a única coisa que sei é que Jeremy Hilton é inocente, então vai soltá-lo imediatamente.

Logan acendeu o cigarro e deu uma longa tragada. Nolden estava perdendo a ferocidade. Mais um pouco e estaria bom.

– Pois devia. Ou pode vir a se arrepender amargamente.

Nolden olhou-o com ódio.

– Está me ameaçando? Eu, o chefe desta cidade? Eu, que o apoiei contra o antigo xerife? Você, que não é nada em River Falls!

Logan deu mais uma tragada e corrigiu seu julgamento sobre o prefeito: não, ainda não tinha se acalmado.

– Agora, vai se calar ou juro que também o colocarei no xadrez! – trovejou Logan, batendo com o punho na escrivaninha – Apenas dei uma olhada nessa famosa pasta azul a que nosso caro tabelião parece tão apegado. Vários documentos relativos à aquisição de terrenos inviáveis para construção, ordens de pagamentos, extratos de bancos domiciliados nas Bahamas, entende o que quero dizer... Seria interessante esquadrinhar tudo isso.

Nolden se imobilizou e tentou penetrar os pensamentos de Logan. Aquilo podia ser verdade?

– Preste atenção no que diz. Estou disposto a perdoar seu excessos, colocando-os na conta de sua inexperiência como xerife. Mas se caluniar os habitantes honestos desta cidade, juro que pagará muito caro por isso.

Era a segunda vez no dia que o ameaçavam. Era melhor aquilo não virar costume, pensou Logan, sem chegar a sorrir.

– É o senhor que pagará caro se defender Hilton e este for perseguido pelo FBI – continuou Logan. – Não esqueça que me pediu para chamar os agentes do FBI e, infelizmente para Hilton, eles testemunharam a cena: um furto, sem tirar nem pôr.

– Aquela pasta lhe pertencia – respondeu Nolden, cada vez menos convicto.

Para alguém que ignorava tudo do caso...,pensou Logan.

– Ele pode provar isso? Espero que sim, pois precisará de um advogado muito bom para sair dessa se a pasta contiver informações comprometedoras.

Nolden finalmente decidiu sentar.

– O que vai acontecer?

Logan sempre admirara a maneira como os políticos viravam a casaca assim que o vento mudava.

– Não sei. Existem várias possibilidades. Caso seu *amigo* não tenha nada para esconder, eu lhe pedirei desculpas publicamente e o senhor poderá dizer o que quiser de mim. Caso ele seja culpado de delitos mais graves do que o simples furto de uma pasta, o senhor nunca me agradecerá o bastante por tê-lo impedido de o defender com unhas e dentes.

A cólera de Nolden se extinguiu em pouco tempo. Nunca imaginara que Hilton pudesse um dia ser inculpado. Desconfiava, é claro, de que sua fortuna familiar tivesse algo de ilícito, mas nada que pudesse interessar o FBI. Se fosse assim, tinha realmente interesse em se afastar o quanto antes. A população tinha uma fascinação pelos poderosos que beirava a idolatria, mas detestava vigaristas e ladrões. Se apoiasse um deles, abriria uma brecha enorme para os democratas, que nunca tinham conseguido conquistar a prefeitura desde a criação da cidade.

– Espero sinceramente que esteja enganado – disse Nolden, mas já em tom de derrota.

Nolden sabia que Logan não era nenhum imbecil: um homem que soubera se fazer respeitar naquela cidade um tanto hostil aos que vinham de fora.

– Pode acreditar que não faria a mínima questão de estar

envolvido nessa história, ainda mais considerando que não tenho apenas um assassino para prender, e sim dois.

Nolden franziu a sobrancelha.

– Sim, estava esquecendo de lhe dizer: descobriram ontem de manhã o cadáver de um mendigo. Espancado até a morte. O corpo foi jogado de uma ponte e encontrado na beira do rio.

– A imprensa não mencionou nada.

– De fato, todos pensavam que se tratava de um acidente – ironizou Logan. – Pelo menos até que o agente Blake fizesse a autópsia.

Nolden não entendia o que Blake fazia naquela história. Logan lhe fez um resumo detalhado dos acontecimentos. Durante o silêncio que se seguiu, pôde saborear a maneira como desarmara o prefeito. Nunca atirar primeiro, deixar o adversário se descontrolar, mirar com cuidado e atingir o alvo.

Nolden procurava uma maneira de virar o jogo.

– Quero que vá com calma no caso Gordon, entregue a pasta à brigada financeira do FBI e, se eles não acharem nada de ilegal, então redobrará os esforços para encontrar o culpado. Não quero vê-lo prendendo todas as relações de Gordon.

Logan esboçou um sorriso. Nolden fora obrigado a enterrar a hipótese de um simples latrocínio. Temia agora que a investigação revelasse uma cascata de segredos inconfessáveis das altas personalidades de River Falls?

– Nunca tive essa intenção.

Nolden não deu bola para a interrupção, absorvido pelo fio de seus pensamentos.

– Cuide pessoalmente do sem-teto. Farei uma declaração esta noite, depois que a polícia anunciar à imprensa a morte desse pobre-diabo.

Técnica clássica de desvio da opinião. Acender uma nova fogueira para fazer esquecer a anterior. Não era à toa que Nolden se elgera prefeito.

– Era exatamente o que pretendia fazer.

– Fico feliz em constatar que nos entendemos tão bem – felicitou-se Nolden, erguendo-se da cadeira.

Logan, sempre sentado, pegou o telefone com uma mão e apagou o cigarro com a outra.

– Nunca duvidei disso.

Nolden teve que admitir que Logan era exatamente o tipo de gente que ele adorava detestar. Uma espécie de idealista que aprendera a nadar em águas sujas. Alguém muito diferente dos puxa-sacos de todo o gênero que compunham sua equipe municipal. Melhor assim; fazia bem ouvir alguns acordes dissonantes.

Cumprimentou-o rapidamente e saiu do escritório sem mais uma palavra.

Finalmente só, Logan digitou o número de Hurley e sorriu.

Sam Pommery saiu da delegacia junto de outros colegas. Uma da tarde, hora da pausa para o almoço. Sentado num banco do outro lado da rua, Clark Spike o observava por trás do jornal que fingia ler. A maior parte dos policiais se dirigiu para a Rua Straton, onde ficava a cafeteria, mas, como Spike imaginava, Pommery cumprimentou os colegas e partiu em outra direção.

Sessentão, rosto enrugado, Pommery era a memória viva da delegacia. Passara a vida inteira em River Falls e entrara na polícia aos dezoito anos. Por falta de ambição – e de competência – permanecera um simples policial toda sua carreira, cuidando, sem reclamar, das tarefas mais rebaixadas. Antes do advento da informática, era ele que passava a limpo a maior parte dos dossiês de seus colegas. Agora, não tinha mais grande coisa a fazer, a não ser ficar na recepção e esperar a aposentadoria.

– Então, não cumprimenta mais os antigos colegas? – lançou Spike, que não tivera a mínima dificuldade para alcançá-lo.

Por uma fração de segundo, Pommery pensou que chegara sua hora, antes de o reconhecer.

– Spike? O que está fazendo aqui? Pensei que tivesse saído de River Falls.

Forçado por Logan a se demitir durante a investigação sobre o assassinato de Lucy Paich e Amy Barton, o jovem tivera que procurar um novo emprego onde suas qualidades fossem reconhecidas. Obtivera um trabalho no serviço de segurança do Wonderland, o imenso centro comercial na saída oeste da cidade.

– Por que o faria? Logan é só um babaca que não entende nada sobre os moradores desta cidade. Estou apenas esperando que ele dance nas próximas eleições e aí poderei voltar para o meu lugar, a polícia.

Não havia dúvida: o uniforme de policial funcionava muito melhor com as garotas do que o de segurança.

– Muito bem, fico feliz por você, mas preciso ir andando, tenho que almoçar. Foi bom revê-lo.

Spike olhou para o velho policial com seu melhor sorriso.

– Ei, Sam, não vá embora assim. Tenho várias coisas para lhe contar – disse, passando a mão por suas costas – Vamos, convido-o para almoçar.

Por menos esperto que fosse, Pommery não ignorava a reputação de Spike.

– Obrigado, é gentil de sua parte, mas vou comer um sanduiche.

Spike apertou Pommery contra seu corpo e sussurrou ao seu ouvido:

– Você não entendeu bem, não é apenas um convite.

O tom não podia ser mais claro. Pommery sentiu o medo o invadir. Nunca fora muito corajoso, ainda menos depois que ficara grisalho.

– Mas o que quer de mim? – perguntou, tentando controlar a voz.

Spike sentiu imediatamente o medo do policial. Aquilo era um gozo. Nada como perceber o poder que se tem sobre alguém. Como lhe faziam falta aquelas detenções violentas nos bairros pobres...

– Nada, apenas um pequeno favor. Não banque o imbecil, siga-me.

Pommery lançou um olhar em volta, esperando ver algum colega, mas só havia alguns raros passantes, totalmente indiferentes.

– Ok, mas que favor é esse?

Spike o soltou e bateu em seu ombro.

– Uma ninharia – respondeu, em tom bonachão.

Subiram a longa avenida e entraram na Rua Cracker. Spike parou diante de um velho Hummer.

– Entre, vamos dar uma volta.

Pommery sentiu um arrepio gelado na espinha. Ele ia matá-lo? Mas por quê?

– O que está fazendo parado aí? Vamos, entre! Precisamos conversar.

O tom não tinha mais nada de amistoso. Pommery preferiu obedecer. Spike entrou e começou a dirigir rumo à via expressa sul. Olhava o tempo todo para Pommery, sentindo prazer em perceber seu mal-estar crescente. Quando chegaram na via expressa, Spike decidiu que era a hora de espremer o limão.

– Preciso de um pequeno favor, uma coisa entre amigos, entende?

Pommery olhou para ele em silêncio. Spike diminuiu a velocidade, colocando-se atrás de um caminhão.

– Logan trouxe uma papelada da mansão de Robert Gordon. Preciso que você pegue uma pasta azul. É simples, só colocar na mochila, ninguém vai saber de nada.

Pommery abriu a boca, mas não conseguiu articular nada. Aquilo era delírio. Spike lhe lançou um sorriso amistoso.

– Sabia que podia contar com você. Você é um cara legal, Sam.

– Mas, mas... Isso é loucura – gaguejou Pommery, completamente transtornado – Não posso fazer isso.

Spike tirou a mão direita da direção e colocou-a no ombro do policial.

– É claro que pode, Sam – tranquilizou-o. – Ninguém

espera que alguém ouse fazer isso. Você conhece a delegacia melhor do que eu, e conhece a negligência de alguns. Não há câmeras dentro do Fort Knox. Era lá que eu me abastecia de cocaína, a mais barata do mercado!

Fort Knox. Era assim que chamavam a armaria, que servia também de depósito para todas as apreensões e objetos lacrados, até que fossem enviados para o tribunal.

– Mas é impossível. Se alguém me surpreender serei preso. Justo agora que só faltam dois anos para minha aposentadoria – defendeu-se Pommery, suando em bicas.

Spike esperava por aquela reação. Estava na hora de desembainhar a arma fatal.

– Fique frio, Sam. E não me contrarie, somos amigos, não?

Pommery não respondeu e fixou o olhar nos carros que os ultrapassavam.

– Não vai querer que eu divulgue na internet suas façanhas sexuais com menores, não é mesmo? Não sei se Logan gostaria...

Pommery sentiu a terra se abrir sob seus pés. O inferno nunca estivera tão próximo. Lançou um olhar horrorizado para Spike e acreditou ver o diabo dançar em seus olhos.

– É mentira. Eu nunca toquei num menino – disse em falsete. – Não é verdade.

Spike se deliciava. Aquilo era patético.

– Eu tenho o arquivo de vídeo, velho pervertido, e tenho até o menino com quem você transou disposto a testemunhar. É melhor verificar a idade da próxima vez!

Spike não tinha a menor ideia de como seus mandantes tinham conseguido desentocar aquilo, mas uma coisa era certa, os caras eram bons.

– Estou fodido. O que quer que faça, estou fodido – lamentou-se Pommery.

– Que é isso, pare de dizer bobagens, não há nenhuma razão para que fiquem sabendo que você gosta de menininhos.

– Nunca toquei num menino! São apenas homens que encontro em bares. Jovens, é verdade, mas nunca teria imaginado...

– Pare. Não precisa se justificar, não sou seu juiz e, francamente, não tenho nada a ver com suas histórias de sacanagem. Quero apenas que me faça um pequeno favor. Entendido?

Os mandantes de Spike tinham sido muito claros. Pommery não podia dar pra trás. O medo era certamente uma boa arma, mas o atrativo do ganho servia melhor aos interesses deles.

– Além disso, se fizer o que precisa, não só poderá continuar masturbando garotos como receberá trinta mil dólares. Nada mal, não é?

Pommery não ligava para aquilo. Estava com o espírito confuso demais para se dar conta do montante, mas, ao voltar à calma, Spike tinha certeza de que aquilo o motivaria em sua missão.

– Bom, vou levá-lo de volta para a delegacia. Metade das equipes saiu para almoçar, é agora ou nunca – disse Spike, saindo da via expressa e entrando novamente na cidade.

– Agora? – engasgou-se Pommery.

O riso demoníaco de Spike foi sua única resposta.

10

– Oi, *mio amore* – disse Logan.

Do outro lado da linha, Hurley ergueu os olhos para o céu.

– Bom dia, xerife, a que devo tanto entusiasmo?

– O prefeito veio me passar um sabão, mas saiu com o rabo entre as pernas.

Fez para ela o relato da manhã. Mais uma vez, Hurley ficou encantada com a coragem de seu homem. Se, por vezes, chegava a detestar seu caráter, era também o que mais apreciava nele. Teria dado tudo para ser uma mosquinha e ver o prefeito murchar como uma bexiga.

– Agora vai tudo para o FBI, enquanto retomarei pessoalmente o caso do mendigo sem nome.

No entanto, Hurley já avançara bastante em suas pesquisas sobre Gordon: um brilhante advogado e grande filantropo que investia pesado nas associações de reinserção social da cidade. Porém, suas primeiras investigações em Seattle tinham lhe fornecido informações bem mais interessantes. Gordon era também, por meio de sociedades em paraísos fiscais, acionista de um enorme patrimônio imobiliário (hotéis, residências de férias) espalhado por toda parte na costa californiana.

Dava pena ter que deixar o caso para outros, mas tudo bem, não duvidava de que seus colegas de Seattle eram tão competentes quanto ela. Não estava em suas intenções criar problemas para seu homem. Esqueceria aquela história e cuidaria ativamente do assassinato do sem-teto.

– Confesse que gostou da maneira como as coisas se encaminharam – disse Hurley.

Sempre meio paranoico no telefone, Logan preferiu mentir.

– Nada disso, nenhum caso me assusta.

O adorável idiota. Estava na cara que o caso Gordon era um saco sem fundo de problemas. Pôr a mão naquilo era correr o risco de não conseguir mais tirá-la dali.

– Bom, suponho que me ligou por algum outro motivo.

– É claro! Queria almoçar com você e com os três patetas. Eles vão embora esta tarde e Deus sabe quando os reveremos.

Hurley não pôde reprimir um sorriso. Logan queria se redimir por seu mau humor matutino. Embora não tivesse dito nada de agressivo, todos tinham percebido sua irritação.

– Combinado; e só o tempo de vestir uma calcinha e já vou. Amo você.

Desligou, feliz com sua piadinha. Sentia-se eufórica. A noite da véspera lembrara-lhe momentos tão bons que estava encantada com a possibilidade de ver seus três colegas mais uma vez antes que voltassem para Seattle.

Do lado de fora, o ar estava suave, quase quente.

Com passo decidido, foi até o carro estacionado diante da casa. Era uma e pouco quando chegou nas proximidades da delegacia. Seu olhar logo foi atraído por uma silhueta que não esquecera. Clark Spike. O ex-tira que Logan obrigara a se demitir. Estava na calçada conversando com um velho. Então o abraçou. Seu pai, concluiu Hurley. Até mesmo um fedelho arrogante podia ter belos sentimentos filiais.

Balançou a cabeça e continuou até a delegacia logo à frente. Quando entrou no prédio, já esquecera aquela cena. Logan a esperava na recepção, pronto para sair.

– Bom dia, Rudy – disse Hurley, cumprimentando o policial que estava ali.

– Bom dia, Jessica, bom apetite!

Logan não gostava muito que os vissem juntos, ele e Hurley, mas naquele dia se sentia com o humor sereno.

Passou o braço em volta dela e saíram como dois namoradinhos.

– E os três patetas? – perguntou Hurley.

– Estão nos esperando no restaurante.

Entraram no Cherokee. Logan acendeu um cigarro.

– Admito que não estou descontente com o rumo que as coisas estão tomando – congratulou-se, abrindo o vidro.

– Pois eu estou – replicou Hurley. – Teria adorado trabalhar nesse caso. A morte de Gordon é um enigma do tipo que gosto.

– Já eu acho que não há mistério algum. O cara era um multimilionário que, ao que parece, tinha ações num monte de sociedades. Decerto, ele participou de algum esquema financeiro escuso. Talvez tenha tentado extorquir um de seus sócios e pronto!

– Como assim "e pronto"? – retorquiu Hurley.

– Ora, alguém mandou apagá-lo e fim da história.

O sinal abriu, Logan voltou a prestar atenção na rua.

– Adoro seu espírito de síntese. Tudo é sempre tão simples para você! – zombou ela. – Mas a verdade é que, dizendo isso, não disse nada. Que interesse seus sócios podiam ter em liquidá-lo, o que pode ter feito para que se virassem contra ele? E, sobretudo, por que deixariam a pasta dentro do cofre?

Era ali que a porca torcia o rabo. Logan sabia disso, mas já pensara na questão.

– Porque ninguém devia saber que estava ali, exceto Hilton, o que o tira da lista dos suspeitos. Mas estou certo de que o FBI vai encontrar vários outros para nós.

– É provável, mas, francamente, bem que eu gostaria de trabalhar nisso – repetiu ela, enquanto entravam no Spencer Park.

– Escute, se quiser, posso colocá-la no caso do sem nome. Não vai ser fácil encontrar o culpado.

Tinham falado vagamente naquilo na noite anterior, mas logo Logan cortara o assunto "trabalho" para voltar a questões mais leves, ou melhor, mais íntimas.

– Fale mais sobre isso.

– Blake voltou ao necrotério para tirar fotos do cadáver.

Vai colocá-las no arquivo de pessoas desaparecidas e tudo o mais. Veremos no que vai dar. Em todo caso, se quiser ajudar na investigação, aceito de bom grado, pois temo que nunca encontremos o assassino.

Hurley sabia que a probabilidade de encontrar o culpado de um crime gratuito era quase zero. Sem indícios materiais nem testemunhas, era como procurar uma agulha num palheiro.

– Ok, estou dentro.

Logan tinha certeza de que aquilo não levaria a nada, mas se lhe dava prazer...

Dez minutos depois, encontraram Blake, Moore e Freeman no O'Toole's Beef. Eles tinham pego uma mesa diante de uma porta envidraçada que dava para um pequeno jardim.

– Salve, justiceiro. Então, mais algumas horas para sua demissão? – brincou Freeman.

– Que nada, passei a bola para vocês. Nosso prefeito está morto de cagaço diante da ideia do que pode haver na pasta de nosso querido advogado. Não quer ter nada a ver com isso.

– É lisonjeiro ver que aqui em River Falls vocês sabem apreciar os métodos do FBI – respondeu Freeman.

– Até parece, eles só preferem não estar por perto quando a bola explodir. Você é um danadinho, Mike – disse Moore, nem um pouco convencido de que aquilo fosse ideia do prefeito.

– Pense o que quiser; de minha parte, não nego que gostei da ideia.

Todos sorriram. Uma garçonete chegou e tomou os pedidos.

– A propósito, voltei ao necrotério e tirei fotos do mendigo, com e sem barba. Cheguei até a cortar seus cabelos – disse Blake.

– Que delicadeza! – zombou Freeman.

– E conseguiu obter o nome de quem encontrou o corpo? – perguntou Logan.

– Um telefonema anônimo – indicou Blake, acrescentando: – E antes que perguntem, sim, fiz uma solicitação ao operador telefônico para saber de onde vinha a chamada e obtive um nome. E, por falar em passar a bola, é com prazer que lhe entrego esta.

Tirou do bolso um cartão com um número de telefone e o nome de Lens Wagner.

– Eis uma excelente notícia, temos nosso primeiro suspeito – disse Logan, encantado.

A garçonete voltou com uma bandeja e colocou na mesa os aperitivos e os biscoitos salgados.

– Se fosse tão simples – disse Hurley, em tom de dúvida.

As estatísticas mostravam que o autor de um crime era muitas vezes a própria pessoa que alertara as autoridades.

– Não diga. É você que está torcendo para que seja mais complicado. Você nunca gostou de coisas fáceis – afirmou Freeman, apontando Logan com o queixo.

Quase todos riram.

– Ok, ponto para você – concedeu ela, baixando os olhos para seu copo.

Lá fora, houve uma forte buzinada seguida de gritos. Seus olhares se dirigiram para além do jardim. Apenas um jovem skatista que quase se fizera atropelar por um carro cujo motorista agora o xingava de todos os nomes possíveis.

– Então, louca para voltar a Seattle? – perguntou Blake, colocando de propósito o dedo na ferida.

Todos os olhares se fixaram em Hurley.

– É complicado, prefiro não falar disso por enquanto – disse ela.

Blake estava convencido de que o lugar de Hurley era em Seattle. Achava que dando aquela deixa ela poderia tomar coragem e revelar o fundo de seus pensamentos. Não que desejasse a ruptura do casal que ela formava com Logan, mas considerava-a uma verdadeira amiga e ela lhe fazia mais falta do que podia imaginar.

– Nathan, você sabe como estragar o ambiente. E eu que tinha adorado a ideia de almoçar com você! – apostrofou-o Logan.

– Perdão, mas tem que se acostumar com a ideia. Daqui a menos de um mês ela voltará para nós.

Logan sentiu seu estômago revirar. Fora uma péssima ideia aquele almoço.

– Não está nada decidido e, de qualquer jeito, isso é um problema meu e de Mike. Assim, se pudermos falar de outra coisa... – replicou Hurley.

Discretamente, colocou uma mão carinhosa na coxa de Logan.

– A propósito, recebi uma carta de Sarah Kent um mês atrás. Ela parou seus estudos e foi dar uma volta na Inglaterra. Parecia estar já bem recuperada.

Sarah Kent, a garota que estivera no epicentro da catástrofe que se abatera sobre River Falls na primavera passada.

– Fico contente por ela. Pobre menina, a imprensa não foi nem um pouco delicada com ela. – reconheceu Moore.

– É uma menina de caráter, não é do tipo que se deixa esmagar pelos idiotas – acrescentou Logan.

Lembrou-se de que ela viera várias vezes vê-lo no hospital depois do drama que o deixara de cama por longos dias. De repente, seus problemas de casal lhe pareceram irrisórios diante do que aquela garota enfrentara.

Hurley realmente sabia como acalmá-lo.

– Olhem só para isso! Vamos nos regalar – exclamou Freeman, vendo chegar os pratos apetitosos.

A atmosfera se descontraiu e a conversa continuou sobre assuntos amenos.

Durante a pausa para o almoço, os efetivos eram reduzidos ao mínimo. Pommery voltou para a delegacia com um sanduíche, sob o olhar amigo de Rudy Spencer, o recepcionista.

– Devia aproveitar o sol. Quando chegar o inverno, vai sentir saudade dele.

Pommery sorriu forçado.

– Não estou me sentindo muito bem, prefiro ficar aqui dentro.

– Quer ir a um médico?

– Não, já vai passar, obrigado – respondeu Pommery, suando copiosamente.

Spencer podia perceber que Pommery estava com algum problema.

– Escute, só estou me sentindo cansado. Vou comer isso, tranquilo, lá dentro – disse Pommery, mostrando seu sanduíche. – Até mais.

Spencer seguiu-o com os olhos, pensou em lhe perguntar de novo, e voltou à leitura de sua revista.

Pommery passou diante das salas dos poucos agentes ainda presentes, que o cumprimentaram distraidamente. Então desceu a escada central que levava ao subsolo. Era lá que ficava a armaria, protegida por uma porta blindada cujo segredo só alguns conheciam; Pommery fazia parte dos felizes selecionados.

Entre suas tarefas ingratas, tinha por missão fazer, a cada semana, o levantamento das armas e munições. Não que houvesse ali um arsenal muito importante, e sim apreensões de todo o tipo confiscadas dos bandidos da cidade.

Digitou o código na porta. Sem o mínimo barulho, o sinal luminoso ficou verde. Pommery olhou para trás, mas não viu ninguém no corredor que levava até a escada. O suor escorria em sua testa, sentia sua camisa encharcada nas costas. Com as mãos úmidas, obrigou-se a fechar os olhos e retomar coragem.

– Você consegue, você consegue – murmurou entre os dentes.

Nunca tivera tanto medo na vida.

Talvez fosse culpado de atentado aos bons costumes e mesmo de assédio a um menor, se aquele crápula do Spike tivesse razão; mas não se podia negar que sempre fora um policial exemplar, que nunca cometera nada de repreensível. Sempre seguira os procedimentos sem jamais reclamar, aceitara todas as ordens, por mais penosas que fossem, e ainda suportava os olhares enternecidos, desdenhosos ou incomodados dos outros colegas. Em quarenta anos de casa, nunca se queixara.

E agora ia trair aquilo em que acreditara toda sua vida.

Não consigo, não consigo!, disse para si mesmo, mantendo a mão na maçaneta da porta blindada. Porém, a imagem de Spike e de suas ameaças voltou como uma chicotada. A ideia de que suas relações podiam ser reveladas a toda a cidade o fustigou. Por quê? Por quê? Estava a ponto de explodir.

Como um sonâmbulo, girou a maçaneta e empurrou a pesada porta. *Acalme-se, respire, vai dar tudo certo.* Acabava de fazer o mais difícil.

Acendeu a luz e entrou no arsenal. Tudo estava no lugar. Fuzis, carabinas e pistolas alinhados na parede. As apreensões do dia estavam num canto, à esquerda. Duas caixas empilhadas, os lacrados da mansão Gordon. Ofegante, enxugou as mãos na calça e abriu a primeira. Seus olhos logo toparam com uma volumosa pasta azul. A sorte estava do seu lado. Ficou alguns segundos olhando-a sem conseguir tocá-la.

Lançou um último olhar para fora.

Ninguém.

Era agora ou nunca. Rasgou o saco plástico que continha a pasta. Sua decisão fora tomada. Fizera a única escolha possível. A menos insuportável. Sabia que, o que quer que acontecesse, acabaria se dando mal, mas preferia ser suspeito de desvio de provas do que de pedofilia!

Colocou a pasta num saco do Wal-Mart que trazia sob a camisa e fechou a caixa. Com o suor que pingava de seus dedos, suas impressões seriam fáceis de identificar. De qualquer forma, havia já muitas testemunhas que o tinham visto se dirigindo para a escada que levava ao subsolo. Lançou mais um olhar em volta e, antes de deixar a armaria, fez um último empréstimo, que entrou direitinho em seu saco de compras.

Surpreendentemente, sentia-se quase sereno. O suor não pingava mais de sua testa e suas mãos não estavam mais úmidas. Passara a vida toda temendo que alguém descobrisse seu segredo. Uma vida sexual atípica numa cidade conservadora, aferrada aos valores cristãos. Agora, sabia o que lhe restava fazer.

Subiu a escada com um sorriso nos lábios. Atravessou novamente toda a delegacia com sua sacola Wal-Mart na mão.

Ninguém lhe perguntou nada. Ele era como uma parte do mobiliário. Todos gostavam de Pommery, mas ninguém prestava realmente atenção a ele. Sofrera com isso muitas vezes, mas era sua sorte naquele dia memorável.

Na recepção, Spencer continuava mergulhado em sua revista.

– No final das contas, vou tomar um ar, vai me fazer bem – disse Pommery.

Spencer tirou os olhos da revista e sorriu para ele. Estava lendo um artigo sobre os últimos escândalos de Britney Spears. Percebeu a sacola, mas não deu importância.

– Até logo – respondeu, voltando a mergulhar na leitura.

O ar quente e seco da rua o fez estremecer. Sem se deter, Pommery se afastou da delegacia. Percorreu a Avenida Wilson e percebeu Spike na esquina da Rua Brown, esperando-o, sentado num banco. Pommery se instalou ao seu lado, espantado por continuar tão calmo.

– Pronto, tenho o que me pediu – disse, colocando a sacola aos pés de Spike.

O ex-tira olhou em volta, manifestando alguns sinais de nervosismo.

– Tem certeza de que ninguém o viu?

Pommery gostou daquela mudança de papel. Spike não parecia mais tão durão, agora que o delito fora cometido.

– Acho que sim, ou ao menos espero – respondeu, quando na verdade não tinha a menor dúvida.

Spike lançou-lhe um olhar ameaçador. Não estava entendendo qual era o jogo de Pommery.

– Se tentar me ferrar, acabo com você, como fiz com aquele imbecil do Larry Brooks.

Pommery não levou a ameaça a sério. Spike era apenas um fanfarrão, não tinha nada de matador.

– Acha que estou com um microfone?

Spike passou a mão no queixo. Não gostava daquilo. Pommery não era o mesmo homem. Em vez de tremer e suar abundantemente, mantinha-se calmo, como se não tivesse feito nada de grave.

– Se estiver, é um homem morto.

Aquela segunda ameaça não teve mais efeito do que a primeira.

– Não há nenhuma armadilha, Clark. Fiz o que me pediu. Agora, quero apenas que prometa que nunca divulgará aquele vídeo.

Spike não percebeu nenhum sinal suspeito nos arredores. O fluxo de carros era normal, os motoristas e os pedestres pareciam concentrados em suas metas.

– Prometo. Sou um homem de palavra. Nunca ferrei um colega.

– Acredito – disse Pommery, que não tinha outra alternativa.

– Quanto ao dinheiro, voltarei a entrar em contato daqui a alguns dias. Se Logan desconfiar de você, não seria muito bom que descobrisse um pacote de dinheiro com você ou em sua conta bancária.

Pommery esquecera completamente daquilo. Na verdade, nem estava ligando.

– Claro, compreendo.

Spike não duvidava que fosse inteligente o suficiente para compreender, mas ele parecia não estar nem aí. *Qual é o seu jogo, velho pedófilo?* – rugiu para si mesmo.

– Bom, agora volte para o trabalho e, sobretudo, não fale para ninguém do que aconteceu. Se Logan o interrogar e pressionar, negue tudo de uma vez e solicite um advogado. Nossos amigos podem lhe pagar o melhor. Você não corre nenhum risco. Você tomou o cuidado de não deixar impressões na armaria, espero.

Pommery não pestanejou.

– Evidentemente.

Spike não percebeu nenhum indício de malícia em sua resposta. Talvez estivesse se apoquentando à toa. Afinal, Pommery cumprira sua missão, não tinha nada a temer.

– Sabia que podia contar com você – disse Spike, decidindo-se a pegar a sacola.

Levantou-se e sentiu o coração em disparada. A sensação

de estar sendo observado era abominável. Se Pommery tivesse preparado uma armadilha, ele não evitaria um processo, e Logan teria o maior prazer em colocá-lo na prisão.

Contudo, nada aconteceu. Nenhuma sirene, nenhum esquadrão de policiais. *Está tudo certo*, pensou, aliviado. Subiu a Avenida Wilson e entrou tranquilamente em seu velho Hummer. Quando saiu do bairro, deixou explodir sua alegria. Acabava de ganhar cinquenta mil dólares! Não fazia ideia do que havia naquela pasta, mas uma coisa era certa, as informações que continha deviam ser muito importantes para que aqueles caras pagassem tão caro para recuperá-la.

Começou a rir como um idiota. Finalmente poderia comprar um 4 × 4 novinho em folha! A vida era realmente boa!

11

No final, o almoço se passara de maneira muito agradável. Logan bebera um pouco mais do que devia, mas ninguém o deteria por conduzir bêbado.

– Desculpe meu comportamento. Fiquei um pouco estressado estes últimos dois dias.

Hurley, sentada no lugar do carona, observava as vitrines das lojas.

– Sim, com certeza, e o fato de que eu possa voltar para Seattle não tem nada a ver com isso, é claro.

Logan fez uma estranha careta.

– Talvez um pouquinho, mas não acredito que você realmente vá me deixar.

Nada como a autossugestão. Iludir-se até deformar a realidade.

– E se eu voltar para Seattle, por que acha que isso acabaria com nossa relação? Há muitos casais que só se veem nos fins de semana.

E pronto, ela começava a defender sua partida. Estava tudo perdido.

– Porque, no FBI, "fim de semana" é uma palavra que não existe!

Não era bem assim, mas também não deixava de ser, admitiu Hurley para si mesma.

– De qualquer forma, ainda não tomei minha decisão. Temos tempo para conversar. Mas é preciso que você saiba uma coisa, não ficarei definitivamente em River Falls a menos que finalmente me explique por que me deixou três anos atrás.

As mãos de Logan se crisparam na direção. Ele acreditava que ela nunca mais perguntaria aquilo. Ela não perguntara nada nos dias em que ele ficou no hospital. Quando voltara para casa, ela fizera tudo para evitar qualquer confronto. Depois, as semanas se passaram, os meses...

– Para que falar disso? São águas passadas, não? – respondeu ele, constrangido.

Hurley cruzou os braços e balançou a cabeça.

– Não se constrói um futuro sobre não-ditos. Você me deixou uma vez sem que eu soubesse a razão, não correrei o risco de que isso aconteça de novo.

Logan sorriu com tristeza. Soltou o volante por dois segundos, pegou um cigarro, colocou entre os lábios e o acendeu.

– OK, falaremos disso no momento adequado, mas gostaria que tomasse sua decisão antes que eu lhe explique minhas razões.

– De acordo, mas se tirar o corpo fora, qualquer que tenha sido minha decisão, vai se arrepender amargamente.

Logan não podia imaginar nada pior do que a partida de Hurley.

– Não se preocupe, promessa é dívida.

Hurley suspirou e passou a mão nos cabelos.

– Acho que você não tem noção da dor que me causou quando partiu.

Logan não gostava que ela falasse daquele período. Até ali, sempre conseguira evitar aquele tipo de conversa, e esse não era o lugar nem o momento para aquilo.

– Chegamos – disse, percebendo a delegacia.

Hurley não insistiu.

– A propósito, para o caso John Doe, acho que o melhor seria eu trabalhar com um de seus tenentes.

Logan pensara em trabalhar pessoalmente no caso, o quanto antes. Estacionou o Cherokee e desligou o motor.

– Não quer trabalhar comigo?

– Lembre-se de que estou oficialmente de férias, e que todos sabem disso aqui – disse ela, apontando para a delegacia. Sempre haverá más línguas para dizer que você não confia na capacidade deles.

Ele não examinara as coisas por aquele ângulo, mas, uma vez mais, ela tinha razão.

– Vou pedir para Blanchett dirigir a investigação. Ela gosta de você.

Hurley sacudiu a cabeça e dissimulou um sorriso. De todos os seus tenentes, Logan escolhera a única mulher. Ah, o ciúme dos homens!

Eram 14h30. A maior parte dos policiais já tinha voltado do almoço. Quando Logan e Hurley entraram na delegacia, o tenente Heldfield avançou para eles.

– Fico feliz em vê-lo, xerife. Hilton é um verdadeiro filho da puta. Nunca imaginaria que um cara tão execrável pudesse parecer tão correto e elegante.

Logan encarregara seus agentes de ficar de olho em Hilton para que ele não fizesse nenhuma besteira durante sua detenção.

– Deixe comigo, vou cuidar disso.

Percebeu Blanchett sentada à sua mesa, ao telefone.

Com um sinal ela lhe deu a entender que não demoraria. Ele foi até ela atravessando o labirinto de escrivaninhas dispostas na grande sala.

– Sim, senhora Delanoy, não tem problema, vamos cuidar disso, até logo – disse, antes de desligar.

Soltou um sonoro suspiro, erguendo os olhos para o céu.

– Uma louca que acha que seu vizinho vem espiá-la durante o sono. Ela liga uma vez por semana.

Reconheceu Hurley atrás de Logan.

– Bom dia, Jessica, tudo bem?

– Muito bem, e você?

– Se internassem todos esses loucos, certamente iria melhor.

Logan se sentou no canto da mesa e observou a foto da filha de Blanchett, uma linda bonequinha sorridente.

– Tania, não vou ter tempo de cuidar do caso do sem-nome, encarrego-a de conduzir a investigação e, se isso não a incomodar, a agente Hurley gostaria de colaborar conosco.

Blanchett achou tocante a maneira como Logan conduzia as coisas. A agente Hurley!

– Sem problemas. Não sou eu que me queixarei de excesso de efetivo. Ajuda sempre é bem-vinda quando se trata de pegar criminosos.

– Muito bem. Bom, deixo-as, vou visitar nosso convidado VIP.

Deixando as duas mulheres, atravessou o espaço aberto e pegou o corredor que levava ao fundo da delegacia.

– ...entendendo! Tenho boa memória, agente Olson. Posso...

– Oh, cale a boca, Hilton, está fazendo nossos ouvidos doerem! – trovejou Logan, entrando na cela onde Hilton estava trancado.

O sargento Brian Olson, sentado diante das celas, tinha que aguentar as invectivas do tabelião.

– Brian, pode sair, eu cuido dele.

O sargento não se fez de rogado. Desapareceu imediatamente.

– Meu advogado vai demoli-lo, nunca mais poderá pôr o pé em River Falls! – atacou Hilton, aproximando-se das grades.

Logan sentou tranquilamente diante dele e acendeu um cigarro.

– Você se acha muito esperto? – continuou o detento – Mas você não é nada. Vou esmagá-lo, seu inseto.

– Não tente me intimidar, senhor Hilton. Já dobrei caras bem mais durões do que o senhor – replicou Logan, sempre impassível. – O dinheiro não pode comprar tudo. Acha que seus amigos vão apoiá-lo nessa dificuldade, mas está muito enganado. Eles serão os primeiros a abandoná-lo. Todas as negociatas que encontrarmos serão jogadas em suas costas. Imagino que seus amigos em liberdade estejam nesse exato momento tratando de apagar os rastros de seus delitos e tomando o cuidado de deixar bem visíveis os do senhor.

– Cale-se! – rugiu Hilton, sacudindo as grades como um demente.

Logan saboreava aquela visão de um poderoso caindo de seu pedestal.

– Quando o FBI quer ir ao fundo de um caso, nada pode detê-lo. O fato de ser uma sumidade em River Falls os impressiona tanto quanto o grito de um mosquito.

Logan nunca ouvira um mosquito gritar, mas gostava daquela imagem.

– Cale a boca, imbecil! – injuriou-o Hilton.

Seu pequeno monólogo o abalara. Hilton era um predador que só conhecia uma lei: a do mais forte. A lei da selva. Porém, na selva, ninguém se importa com um animal ferido; ele é entregue aos carniceiros, deixando, assim, ao clã o tempo de fugir.

Se Logan tivesse um pouco mais de tendência à empatia, talvez ficasse com pena de Hilton, mas um prazer intenso o invadia. Detestava aquele tipo de escroto. Do tipo que enche o bolso e prega um monte de valores morais, mas na verdade é a escória da humanidade.

– Se prometer que não vai se suicidar, posso poupá-lo da humilhação de ser vigiado.

Na verdade, odiava tanto aquele homem que nem se importava se quisesse acabar com a própria vida. Causaria má impressão e não era muito caridoso de sua parte, mas não estava nem aí.

Se Hurley pudesse ler seus pensamentos, ficaria horrorizada. Felizmente, a telepatia ainda era algo do domínio da ficção científica.

– Deixe-me em paz, suma daqui. Só me avise quando meu advogado chegar.

Hilton solicitara os serviços de uma vedete da ordem dos advogados de Los Angeles, conhecido por ter defendido todo tipo de criminoso de colarinho branco, dentre os quais um bom número escapara sem nenhuma condenação.

Logan apagou o cigarro no chão e jogou o resto no lixo.

Lançou um último olhar a Hilton e se regozijou sem se envergonhar ao ler certa aflição em seus olhos.

Blanchett estacionou o Corvette diante de uma das mais antigas construções de River Falls: a casa de Lens Wagner, um dos últimos patrões da indústria da madeira na região, situada ao norte, na saída da cidade. A partir dali, começava a floresta. Por causa da concorrência com o gigante canadense, apenas algumas empresas familiares tinham resistido à queda da demanda. Os outros tinham fechado. Numerosos prédios abandonados faziam a alegria de alguns marginais.

Hurley desceu do carro e observou a movimentação das nuvens que apareciam no leste.

– Um tempo tão bonito não podia durar – disse Blanchett, vindo em direção a ela.

– Desde que não chova...

Como que para contradizê-la, uma pequena rajada de vento frio a fez estremecer. As nuvens estariam sobre suas cabeças antes que terminassem a inspeção.

A casa de Wagner tinha três andares. Devia ter sido suntuosa em certa época, mas perdera seu brilho de outrora. Podia-se perceber o esforço dos proprietários para mantê-la, mas o fato é que precisaria de uma boa reforma.

Antes que as duas mulheres tivessem tempo de bater o sino do portão, a porta da casa se abriu e um homem na faixa dos cinquenta anos apareceu. Vestindo um macacão jeans, uma camisa quadriculada e botas de borracha, era a caricatura do lenhador. Hurley controlou-se para não rir, mordendo o interior da bochecha. Sentiu que não se tratava de alguém disposto a brincadeiras.

– O que querem? Se for para encomendar madeira, devem fazê-lo no escritório da cidade – lançou Wagner, do alpendre da casa.

– Não é isso. Sou a tenente Tania Blanchett e vim lhe fazer uma ou duas perguntas a respeito do cadáver que encontrou.

Já não muito simpático, o rosto de Wagner terminou de se fechar.

– O que quer saber? Não pensei que cumprindo meu dever de cidadão americano fosse ter a polícia na minha cola! – disse, num tom que escondia mal seu desprezo.

Esqueceu que fez uma ligação anônima, pensou Hurley, controlando-se para não o dizer em voz alta.

– Não se preocupe, é coisa rápida, apenas uma ou duas perguntas – repetiu Blanchett.

Hurley perguntou-se então se a cor da pele da tenente podia ser a causa do desprezo demonstrado por Wagner.

– E quem é aquela? – disse ele, apontando para Hurley com o queixo.

Não. Racista não. Apenas misógino!

– Agente Jessica Hurley, do FBI – respondeu Hurley.

O rosto de Wagner se fechou ainda mais.

– Não me digam que estão me acusando de tê-lo matado.

– Não pensamos nada disso. Pelo contrário, esperamos que possa nos ajudar a encontrar seu assassino – retomou Blanchett.

A arrogância deu lugar à estupefação. Hurley não teve mais nenhuma dúvida de sua inocência.

Uma mulher apareceu atrás dele.

– Lens, algum problema?

– Não, entre, não é nada.

A mulher permaneceu um instante olhando-as, indecisa, então voltou para dentro, fechando a porta atrás de si.

– O que querem saber exatamente? – perguntou ele, aproximando-se delas.

– A hora exata em que encontrou o corpo e se pode nos mostrar o lugar onde o fez.

Wagner pareceu entregar-se a uma longa reflexão antes de concordar com um gesto de cabeça. Deu meia-volta, entrou em casa e saiu dois minutos depois usando um chapéu de abas largas. Vestindo um velho impermeável, assobiou para seu cachorro, um belo labrador.

– Vamos, Jumper, não morda estas senhoras, não é carne boa! – zombou, juntando-se às investigadoras.

Hurley adorava cachorros. Inclinou-se para o labrador:

– Ele é magnífico.

Aproximou lentamente sua mão e acariciou seu focinho. O animal não resistiu e pareceu mesmo apreciar.

– Normalmente, ele não gosta de estranhos.

Uma mulher que gostava de cachorros não podia ser totalmente idiota, pensou ele, tirando de seu bolso um cigarro enrolado. Acendeu-o e apontou para seu 4 x 4.

– Venham comigo. A estrada é ruim. Não quero que me acusem de ter estragado o carro de vocês de propósito.

– Não temos nada contra o senhor – tentou tranquilizá-lo Blanchett, colocando-se à sua frente.

Wagner permaneceu imóvel. Limpou a garganta e cuspiu para o lado.

– É claro – disse ele, pouco convencido. – Apenas pensam que matei um desses mendigos que andam por aqui. Por que me preocuparia?

Blanchett compreendeu que não o faria mudar de opinião. Resolveu deixar quieto. Por enquanto, precisava daquele homem.

Subiram na 4 x 4, as duas no banco de trás, Wagner na direção e o cachorro no banco do carona.

– Fica a quinze minutos daqui. Sempre vou passear para aquele lado nas manhãs de segunda-feira.

Blanchett substituiu "passear" por "caçar". Hurley, por "caçar ilegalmente". Olharam-se e sorriram, percebendo que tinham tido o mesmo pensamento.

Pegaram uma estrada de terra que adentrava a floresta ladeando o rio. Wagner ligou o rádio e começou a tocar uma música *country*.

Quanto mais avançavam, mais o caminho se tornava caótico e a visibilidade reduzida. As árvores os cercavam por toda parte. Era difícil imaginar que uma cidade como River Falls ficava a menos de quinze quilômetros dali.

Passando por uma clareira, perceberam que o céu já estava cheio de nuvens escuras.

– Por que não avisou a polícia? – perguntou Hurley.

Wagner baixou o rádio.

– E por que deveria? O sujeito deve ter caído da ponte. Não sou do tipo sentimental. Os mendigos são uns bêbados que vivem do furto e da caça ilegal. Por que vêm nos incomodar aqui? Não podem arrastar suas caras sujas pra outro lado?

Se Hurley já não estivesse convencida de sua inocência, teria feito dele seu suspeito nº 1.

– O rosto dele estava marcado por golpes. É impossível que não tenha percebido.

Wagner soltou uma risada sonora.

– Eles vivem brigando entre si. Não pense que se respeitam. Sabe o que eu acho? Que ele caiu na porrada com um outro imbecil do seu gênero e que outro o derrubou da ponte.

E o assassinato de um mendigo não merece que se chame a polícia. Blanchett se controlava a muito custo para não explodir. Felizmente, Hurley ajudava-a a manter o sangue-frio.

– Eles são muitos por aqui?

Wagner sacudiu os ombros.

– Vai saber? Há vários que ocupam as antigas serrarias. Não sei do que vivem. Sou obrigado a mandar vigiar minhas máquinas para que esses malditos não me roubem. E quando um morre, não sou eu que vou chorar no seu túmulo.

– Então por que alertar o hospital? – interveio Blanchett.

Wagner percebeu a raiva na voz da tenente. Cruzou seu olhar no retrovisor e não gostou do que leu ali.

– Foi minha mulher que me obrigou.

– Ela estava com o senhor? – perguntou Hurley.

– Claro que não! Mas quando lhe contei o que tinha visto, ela me disse que não se pode deixar um homem sem sepultura. Sabem, eu também sou um fervoroso fiel da Igreja, mas esses caras não têm lugar no paraíso.

Decididamente, Wagner não era de meias palavras. O que teria vivido para ter tanto ódio dentro de si?, perguntou-se Hurley.

– Estamos quase chegando – acrescentou ele, apontando para uma antiga ponte de madeira que se lançava sobre a parte mais estreita do rio.

Houve um silêncio. Wagner parou pouco depois, na beira da estrada.

– Foi ali – indicou, designando um ponto da margem um pouco abaixo da ponte.

O vento soprava forte. As nuvens tinham coberto quase inteiramente o céu. Em volta deles, altos pinheiros escuros faziam a guarda. O lugar perfeito para um assassinato.

Hurley observou imediatamente que a ponte, embora suficientemente alta para que barcos de média tonelagem passassem por baixo com seus carregamentos de madeira, não o era para que um homem morresse caindo dela. Lembrou-se então que Logan afirmara que o sem-nome não tinha água nos pulmões. Já estava morto quando caiu na água.

Gotas finas começaram a cair. O cachorro começou a latir para o céu.

– Jumper! – vociferou Wagner.

O cachorro sacudiu o rabo e começou a arquejar, aproximando-se de seu mestre.

– Estava com metade do corpo dentro da água. Preso nesse tronco – explicou Wagner.

Hurley e Blanchett se aproximaram do esquife natural. Teriam que fazer um pente fino no local. Hurley pensou em chamar Blake, mas logo se deu conta de que o FBI não mandaria ninguém. A menos que Logan os chamasse, mas era pouco provável. Já estava entregando o caso Gordon, não podia reforçar o sentimento de que os serviços da polícia local eram insuficientes.

Blanchett vasculhou a zona com os olhos e se dirigiu à ponte. Wagner a seguiu com o cachorro na sua cola.

– Essa ponte ainda é utilizada? – perguntou ela.

Sempre vivera em River Falls e acreditava conhecer cada recanto da cidade. Mas teve que admitir que aquele lugar era para ela uma *terra incognita*.

– Não, eu não passaria aqui de carro nem por todo ouro do mundo – disse ele, dando um forte soco no corrimão.

A madeira estalou violentamente. Blanchett temeu por

um instante que a ponte caísse, mas nada aconteceu. Ela avançou cuidadosamente, o olhar fixado na outra margem.

– O que tem do outro lado?

– Serrarias desativadas.

Hurley veio até eles. Não encontrara nada no tronco nem na margem. Jumper se aproximou, ela o afagou na nuca.

Um raio se desenhou no céu. As gotas de chuva se intensificaram.

– Talvez devêssemos voltar – disse Wagner, protegido sob seu chapéu.

– Sim, voltaremos amanhã – aprovou Blanchett.

Hurley ia dar meia volta quando percebeu uma silhueta escondida atrás de um arbusto do outro lado da ponte, a cerca de vinte metros de onde estavam. Começou a andar com passo firme naquela direção, mas, compreendendo que tinha sido notada, a pessoa que os observara fugiu para a floresta. Um novo raio iluminou o céu.

– Ei, espere! – gritou Hurley.

Sua voz foi imediatamente coberta por uma trovoada. A chuva começou a cair para valer.

– Inútil, ele já está longe – disse Wagner, que não se mexera.

Mas Hurley não queria perder a oportunidade de interrogar uma eventual testemunha. Começou a correr na ponte escorregadia com Jumper nos seus calcanhares.

– Está perdendo seu tempo! – gritou Wagner, que não tinha a mínima intenção de ajudá-la.

Hesitante, Blanchett se decidiu finalmente a ir atrás de Hurley, embora soubesse que não conseguiria aguentar uma corrida na floresta. Hurley estava chegando do outro lado da ponte quando, com um terrível estalo, seu pé atravessou a madeira podre, coberta de musgo. Caiu para frente e se estatelou na ponte. Tentando se segurar, suas mãos rasparam nas tábuas e uma grossa farpa, pontuda como uma agulha, atravessou sua mão direita. Ela gritou de dor e de despeito. Graças a um novo raio, teve tempo de ver o fugitivo parar por um instante e se virar. Tinha uma barba como a do sem-nome. Um mendigo, sem dúvida. Um amigo da vítima? Seu assassino?

Blanchett alcançou-a e soltou um grito quando viu sua mão ensanguentada.

O céu estava negro. A chuva e o vento redobraram de violência. Girando em volta de Hurley, Jumper começou a latir, e Wagner acabou indo até lá.

– O que lhe deu na cabeça? Não tem a mínima... – interrompeu-se quando viu o machucado.

– Caramba, a coisa foi séria! Vamos, é melhor cuidar disso imediatamente.

Hurley lamentava sua inabilidade. A intuição lhe dizia que o mendigo não estava ali por acaso. Os assassinos sempre voltam ao local do crime. Ela escutou um tecido sendo rasgado. Wagner acabava de cortar a parte de baixo de sua camisa com um faca de caça.

– Onde você a tinha escondido? – perguntou Blanchett espontaneamente.

Wagner não se deu ao trabalho de responder. Inclinou-se para Hurley, ainda sentada na ponte.

– Me dê sua mão.

Hurley a estendeu e, com uma delicadeza surpreendente, Wagner a tomou entre as suas.

– Aperte os dentes, vai doer um pouco – avisou-a.

Um raio. Um latido, então um breve grito de Hurley quando Wagner tirou a longa farpa.

– Pronto, está feito.

Envolveu a mão com o tecido e ajudou-a a se levantar. Debaixo de uma chuva torrencial e de um céu rasgado por raios, voltaram para o carro estacionado perto da margem. Wagner pôs o aquecedor no máximo e pegou o celular. Enquanto dirigia, ligou para sua mulher.

– Querida, vou demorar um pouco, tenho que levar a agente do FBI para o pronto-socorro, eu...

– Leve-nos só até sua casa, já o incomodamos bastante – cortou-o Hurley, sentada no banco do carona.

Wagner colocara Jumper no bagageiro. Talvez não fosse um sujeito tão mau quanto queria parecer.

– Não, isso não me incomoda, e não quero que me acusem de omissão de socorro a uma pessoa em perigo.

Apesar da dor que se irradiava da mão até o antebraço, Hurley conseguiu esboçar um sorriso.

– Pode ficar tranquilo quanto a isso, eu lhe agradeço.

Wagner tirou um cigarro enrolado do bolso interior do impermeável.

– Posso? – perguntou.

– Meu companheiro também é um fumante inveterado.

– O xerife Logan, eu sei. Você é a *profiler* do FBI. Eu a reconheci assim que a vi. Fez um bom trabalho na primavera.

Sentada no banco de trás, Blanchett não conseguia acreditar. Realmente, nunca se deve julgar alguém pelas aparências.

A estrada de terra era pura lama, mas o 4 x 4 avançava sem esforço. Wagner dirigia com perfeição. A volta até sua casa foi mais rápida do que a ida.

– Bom, prazer em conhecê-las.

As duas agradeceram e saíram do veículo. A chuva continuava torrencial. Correram até o Corvette de Blanchett. Esta ajudou Hurley a colocar o cinto e saiu a toda velocidade, com a luz de alerta giratória ligada.

Vinte minutos depois, estacionava diante do hospital central de River Falls.

Olhando para o curativo ensanguentado, Hurley suspirou.

– Sou mesmo um desastre ambulante.

– Depois falamos disso – respondeu Blanchett, tirando o cinto de segurança de Hurley.

A chuva amainara. Talvez o dia não acabasse tão mal assim.

Eram quase quatro da tarde quando David Corval chegou à delegacia.

– Gostaria de ver meu cliente – disse, na recepção.

– É claro – respondeu Spencer.

Chamou Logan imediatamente pela linha interna e dali a menos de dois minutos chegou, todo sorridente.

– Bom dia, doutor. Ouvi falar muito do senhor. Sua reputação de defensor dos malfeitores é imensa.

Corval não pareceu abalado pelo ataque. Em compensação, não escapara ao dilúvio que acabava de desabar sobre River Falls.

– Seria possível que eu dialogasse com meu cliente?

– Siga-me – disse Logan, decepcionado.

Esperava uma confrontação direta para lhe dizer na cara o que pensava de figuras como ele, que viviam abastadamente graças aos honorários faraônicos que recebiam das máfias de todo tipo. Não obstante, Logan acompanhou-o sem dizer palavra até a cela de Hilton. Sem maior surpresa, constatou que este continuava vivo.

– Deixo-os à vontade.

Saindo, perguntava-se o que poderia inventar para tirar o advogado do prumo sem correr o risco de lhe dar a chance de invocar um vício de procedimento.

Sem inspiração, decidiu ir até a armaria dar uma olhada no que apreendera.

Desceu a escada que levava ao subsolo e atravessou o corredor que dava na porta blindada. Digitou o código de acesso, girou a maçaneta e pressionou o interruptor. A sala se iluminou.

Imediatamente sentiu que havia alguma coisa errada. No entanto, tudo estava no lugar. *Está ficando completamente paranoico!*, zombou de si mesmo, avançando até a parede do fundo. As armas estavam alinhadas na parede e as duas caixas com os objetos lacrados continuavam no chão, à esquerda. Não tinha com o que se preocupar. Por melhor que fosse Corval, não poderia nada contra as acusações que o FBI faria a Hilton.

No entanto, aquela desagradável sensação de que alguma coisa estava errada não se dissipava. Havia um não sei o quê no ar. Farejou-o, tentando analisar a situação. Cheirava a lugar fechado, apenas isso. Olhou com mais atenção para as caixas. A tampa da caixa de cima não estava completamente horizontal. Como se estivesse mal fechada.

Logan começou a suar frio.

Não podia ser. Isso não.

Não ousava abri-la. A mão sobre a tampa, sentia o suor escorrer em suas têmporas. Levantou-a lentamente. A caixa foi para trás, como se estivesse muito leve.

– Não, isso não! – amaldiçoou por entre os dentes.

Achou que seu coração ia parar. A caixa estava vazia. Esforçou-se para manter a calma. Talvez estivesse enganado. Sim, era isso. Devia estar enganado. Pôs a mão sobre a tampa da segunda.

Fazei com que eu esteja enganado, rogou.

Levantou-a e, infelizmente, não encontrou mais do que objetos de menor importância.

Sentiu uma vertigem. Pensou que fosse perder o equilíbrio e foi se apoiar na parede, extenuado. Fez de tudo para manter o controle de si mesmo, para não se deixar submergir na raiva cega que sentia invadi-lo.

A pasta tinha que ser recuperada, o mais rápido possível. O ladrão só podia ser alguém da casa. Talvez ainda estivesse na delegacia. O melhor a fazer era não levantar suspeitas.

Recolocou as caixas no lugar, fechou a armaria e voltou ao térreo, como se nada tivesse acontecido. Uma vez no escritório, chamou pelo celular os dois tenentes de confiança que estavam ali.

– Sentem-se – disse, quando Heldfield e Morris chegaram.

Logan tinha uma dificuldade enorme de se controlar. Não parava de tirar e botar a tampa de sua caneta.

– Alguém furtou a pasta azul trazida da casa de Gordon. Vocês sabem o quanto eu contava com seu conteúdo para esclarecer as transações de Gordon e seus comparsas.

A notícia deixou os dois tenentes transtornados. Uma verdadeira surpresa se manifestou em seus rostos.

– Só pode ter sido alguém daqui de dentro – disse Heldfield, com a boca seca.

Logan apreciou seu sangue-frio. Podia contar com eles e com seu espírito de análise.

– Sem dúvida alguma. A questão é: quem?

Houve um silêncio constrangido. Ninguém conseguia acreditar que um agente pudesse ter feito aquilo. Quem seria louco o suficiente para fazê-lo?

– Quando isso aconteceu, na opinião de vocês? – perguntou Heldfield.

De início, Logan achou a questão estúpida, mas vendo que Morris parecia considerá-la importante, compreendeu toda sua pertinência.

– Na hora do almoço, com certeza. É quando há menos gente – disse ele, voltando a ter esperança.

– É o que penso também – disse Heldfield. Eu colocaria minha mão no fogo por Spencer, garanto que não foi ele. Mas talvez ele possa nos dizer se viu alguém sair naquele momento, alguém que tenha se comportado de maneira anormal.

– Há também a câmera exterior. Talvez seja interessante conferir imagens – acrescentou Morris.

A única câmera de vigilância da delegacia. Desde que fora eleito xerife, Logan não considerou necessário instalar outras. Agora estava amargamente arrependido.

– Sim, boa ideia, Tim, você vai interrogar Spencer discretamente. Não quero que levantem suspeitas até que tenhamos certeza de que o culpado não está mais aqui dentro.

Então, virando-se para Morris:

– E você, veja se alguém saiu sem justificativa. Se daqui a quinze minutos ainda não tiverem nenhuma pista, terei que anunciar o furto e mandar revistar todo mundo.

Os dois tenentes perceberam a gravidade do problema. Nenhum policial gostava de passar por suspeito.

– Espero que não precisemos chegar a esse ponto – disse Heldfield.

– Sim, esperemos que não – respondeu Logan.

Naquele instante, os três homens sentiram uma espécie de empatia recíproca. Por pior que fosse a situação, percebiam o quanto se estimavam entre si.

– Vamos, não percam tempo – lançou Logan, surpreso por recuperar certa calma.

Quando os dois tenentes saíram, seu primeiro gesto foi de ligar para Hurley. Mas ela desligara seu celular. Não deixou mensagem e foi buscar a fita que gravava as idas e vindas da delegacia.

Logan estava olhando a fita em acelerado quando Heldfield entrou, com Spencer atrás de si.

– Sim?

Pelo rosto dos dois, compreendeu que tinham alguma informação.

– Conte para ele – disse Heldfield, dirigindo-se a Spencer.

O jovem recepcionista limpou a garganta. Seu rosto estava vermelho de emoção. Não sabia bem o que estava acontecendo, mas sentia que seu testemunho era capital.

– Normalmente, Pommery almoça fora, mas hoje ele disse que não estava se sentindo muito bem e comeu aqui dentro. Eu até disse para ele pegar uma folga. Estava mesmo com uma cara de doente. Pelo menos foi o que pensei.

Pommery! Se havia alguém de caráter fraco na delegacia era ele. O que teria passado por sua cabeça?

– Mas quando saiu, vinte minutos depois, parecia bem melhor. Confesso que me pareceu estranho, mas as pessoas são assim, entendem o que quero dizer.

Logan lamentava a falta de perspicácia do rapaz, mas não podia culpá-lo.

– Não se preocupe, não é culpa sua, pelo contrário, está sendo de grande ajuda.

Alguém bateu na porta.

– Entre – disse Logan.

Excitado, Morris entrou, mas, percebendo Spencer, lançou um olhar interrogativo para Logan.

– Pode falar – tranquilizou-o o xerife.

– Pommery não está na delegacia. Ninguém sabe onde ele está. – Logan balançou a cabeça. A boa notícia do dia era que tinha dois super tenentes.

– Bom, Spencer, não comente nada com ninguém. Volte para seu posto como se não tivesse acontecido nada. Explicarei tudo ao pessoal assim que tivermos resolvido esse caso.

– É claro, xerife, pode contar comigo.

Spencer saiu e Logan desligou a fita.

– Peguem suas armas de serviço. Se Pommery foi louco o suficiente para furtar a delegacia, é de se supor que esteja disposto a tudo para não se deixar deter.

Alguns minutos depois, os três estavam no Cherokee de Logan, rodando a toda velocidade em direção a Pacific Quarter, onde Pommery morava. Um bairro de imóveis baratos, onde viviam numerosas famílias simples e jovens casais que estavam começando uma vida.

– E se não estiver em casa? Talvez devêssemos lançar um aviso de busca interestadual – propôs Heldfield, sentado no banco de trás.

O tenente expusera a questão que os torturava.

– Não consigo entender. Não consigo imaginar Pommery fazendo uma coisa dessas. Não é um cara corajoso – acrescentou Morris.

– O atrativo do ganho. Todo mundo tem seu preço. Mesmo alguém como Pommery – disse Logan.

Quanto os amigos de Hilton teriam pago para corromper um funcionário da polícia?

– Vocês trouxeram a pasta ao meio-dia. Tudo deve ter sido feito às pressas. Imagino que Pommery não tenha tido tempo de fazer as malas. E ele não deve ter pensado que descobriríamos seu furto tão rápido – tranquilizou-se Heldfield.

Logan tinha a mesma esperança. Queimou mais um sinal fechado e, depois de ter passado por dois cruzamentos da maneira mais ousada, parou na frente do número 358 da Flower Street, sob um céu ainda pesado de nuvens. A rua fazia jus a seu nome: grandes vasos de flores de cores desbotadas ocupavam a calçada, impedindo que se estacionasse ali. Estacionaram na diagonal diante da entrada do prédio e se ejetaram do carro. Não havia porteiro eletrônico. Logan foi bater na porta da zeladora.

– Já vou, já vou!

Logan e seus homens bufavam de impaciência.

– Quem são vocês? – perguntou a zeladora ao abrir a porta.

Os cabelos grisalhos despenteados, sem maquiagem, usando um vestido de outras eras e sapatos gastos, olhou para eles desconfiada.

Logan mostrou sua estrela de xerife.

– Xerife Logan, preciso que me indique o andar e o número do apartamento de Sam Pommery.

– É um colega de vocês. Deviam saber, se são realmente da polícia!

– Justamente, viemos ajudá-lo, pode nos dizer onde ele mora?

– Esperem, já volto.

Aqueles caras não eram policiais. Suas maneiras eram suspeitas. Certamente bandidos que queriam fazer mal ao bom Pommery. Ia fechar a porta, mas Logan bloqueou-a com o pé. Tirou sua pistola e apontou para a zeladora.

– Pela última vez, peço-lhe gentilmente seu endereço.

Ela empalideceu. Era a primeira vez na vida que a ameaçavam com uma arma. Nunca imaginara que fosse tão impressionante.

– Não me mate, por favor.

– Responda – ordenou Logan.

Constrangidos, Heldfield e Morris espiavam, temendo que algum morador os surpreendesse.

– Quarto andar. Não há número na porta, mas é a terceira à esquerda, do lado da escada.

– Obrigado.

Com a arma na mão, Logan subiu correndo a escada, Heldfield e Morris atrás dele.

Chegaram suados e ofegantes ao quarto andar, entraram no corredor que dava no apartamento de Pommery.

– É aqui, sussurrou Heldfield, vendo o nome na campainha.

– Estejam prontos – disse Logan.

Heldfield e Morris sacaram e destravaram suas armas.

Logan tocou a campainha e colou o ouvido na porta. Escutou barulhos dentro do apartamento. Recuou e fez sinais indicando que Pommery estava ali. Passaram-se alguns segundos, ninguém veio abrir.

Logan se aproximou de Morris.

– Desça e se posicione de maneira que possa ver as janelas, olhe se há alguma escada de serviço na sacada dele – disse em seu ouvido.

Morris, tendo captado a mensagem, desceu correndo.

Logan tocou uma segunda vez. Mais barulhos, mas nenhuma resposta.

– Sam, é o xerife Logan. Quero apenas falar com você. Se entregar a pasta, prometo que não lhe acontecerá nada. Seja razoável. Se...

Sua frase foi interrompida pelo barulho de um tiro.

– Merda! – xingou entre os dentes.

Recuou, atirou na fechadura e, com um forte pontapé, abriu a porta, que foi bater contra a parede.

Entrou no apartamento e encontrou Pommery estatelado no chão, a cabeça banhada numa poça de sangue.

– Não toque na arma! – vociferou Logan.

Heldfield parou bem na hora. A espingarda de cano serrado de Pommery caíra perto do sofá em que estivera apoiado alguns segundos antes.

– O advogado de Hilton é uma águia. Será fácil provar que você não tem vestígios de pólvora nos dedos, mas prefiro evitar uma batalha de especialistas que nos faria perder tempo precioso – explicou Logan, sem tirar os olhos do cadáver de Pommery.

Seu rosto era uma massa disforme. Foi então que Logan se deu conta de que Pommery ainda não estava morto. Um barulho horrível de respiração saía de sua garganta.

– Tim, chame uma ambulância, Sam não está morto! – gritou.

Sentiu seu estômago revirar. Pommery falhara! O imbecil colocara o fuzil no queixo e não na boca. Com o recuo, apenas arrancara o rosto.

– Aguente firme, Sam, você não vai morrer. Aguente, eu lhe suplico.

Heldfield abrira a janela e estava telefonando da sacada. Ele também estava prestes a vomitar. Já vira muitos feridos, mas não naquele estado. Pobre Pommery! Em seu lugar, nunca perdoaria a pessoa que salvasse sua vida. Melhor morrer do que ficar desfigurado. Logan também o deixaria morrer, mas precisava demais de seu testemunho. Onde estava a pasta? Quem a pedira? Um grito de mulher os sobressaltou.

Era uma vizinha alertada pelo barulho dos tiros. Carie Denport hesitara um momento em entrar na casa de seu vizinho policial. Então, juntando toda sua coragem, decidira ir ver o que estava acontecendo. Fugiu gritando o mais alto que podia.

– Assassinos!

– Imbecil! – praguejou Logan, indo atrás dela.

Mas, assim que pisou no corredor, uma bala assobiou em seus ouvidos. Logan recuou com um salto até o apartamento e começou a gritar.

– Sou da polícia! Não atirem!

– E o que prova isso? – respondeu uma voz vindo do corredor.

Logan não tinha tempo a perder com maníacos do gatilho. Pegou sua insígnia e jogou-a no corredor.

– Sou o xerife Logan! Olhe minha estrela!

Foi então que ouviu uma intimação que lhe arrancou um sorriso.

– Baixe a arma imediatamente, ou o prenderei por tentativa de assassinato de oficiais da polícia – vociferou Morris.

Quando escutara o tiro, primeiro hesitara em continuar vigiando o exterior. Decidira finalmente ir ajudar lá dentro.

– Está bem, nenhum movimento brusco, pronto – terminou Morris, apoderando-se da arma.

Logan juntou-se a ele e lançou um olhar desdenhoso ao homem desarmado.

"Um herói dorme dentro de todo americano." Não sabia mais qual presidente proferira aquela estupidez, mas bem que teria lhe dado um chute na bunda por incitação ao assassinato.

– Sam tentou se suicidar. Os socorristas estão chegando.

Os vizinhos olhavam de suas portas. Um deles reconheceu Logan.

– Xerife, o que aconteceu?

– Um acidente. Não posso lhes dizer mais do que isso. Lamento muito.

O justiceiro lançou um olhar de súplica a Morris.

– Pode devolver minha arma?

– Por enquanto ela ficará comigo. Venha buscá-la na delegacia. Nós a devolveremos se não houver nada contra você. Agora, entre em sua casa, não quero mais vê-lo aqui – disse Morris.

A sirene da ambulância não tardou a soar. Logan voltou para perto de Pommery; o homem perdera um bocado de sangue, mas, felizmente, o tiro não atingira a jugular. Estava imóvel, mas seu pulso continuava batendo.

Morris e Heldfield tinham começado a vasculhar o apartamento. Nada da pasta azul. Logan ajudava-os, sem convicção. Não acreditava que estivesse ali.

– Vou voltar para a delegacia. Jeff, fique aqui e espere os reforços para uma busca completa no apartamento. Tim, cuide de Pommery como se fosse a menina de seus olhos, colocarei guardas no seu quarto no hospital.

Logan parou na cozinha e bebeu dois copos de água antes de sair. Um ajuntamento de curiosos o esperava na rua. Atravessou-o sem uma palavra e entrou no Cherokee. A ambulância acabava de chegar. Os socorristas saíram com seus materiais.

E o dia ainda não acabara...

12

Encharcados até os ossos, Kyle e seus camaradas soltaram um grito de guerra quando Harry Flynn, o treinador, apitou o fim da partida. Vestidos com seus trajes de jogadores, tiraram os capacetes e congratularam uns aos outros.

Apesar das trombas-d'água, algumas estudantes corajosas tinham assistido à volta dos guerreiros ao estádio construído na extremidade sul do campus universitário.

– O que foi isso, rapazes? – gritou Flynn.

Na casa dos cinquenta, cabelo curto, rosto quadrado, o homem tinha uma condição física de dar inveja a muitos jovens.

– Acham que estão na Conferência feminina?

Todos se calaram imediatamente. Era verdade que reinara um ambiente tranquilo durante o treino, longe das indicações espartanas de Flynn.

– Terão que mudar radicalmente seu ponto de vista sobre o futebol americano! Estão na universidade agora, não são mais pirralhos, e se querem impressionar as garotas, vão se dar mal quando levarem uma goleada no primeiro jogo!

As garotas riam à socapa. Era divertido ver aqueles homenzarrões, com a musculatura posta em relevo pelos trajes, sendo tratados como crianças.

Kyle olhou para a arquibancada, cruzou o olhar de uma garota e sorriu.

– Ei, está rindo do quê? – interpelou-o Flynn. – Acha que isso aqui é comédia? Eu lá tenho cara de palhaço?

– Não – respondeu Kyle, voltando a ficar sério.

Flynn atravessou o grupo e se colocou cara a cara com Kyle. O homem tinha uns vinte centímetros a mais do que ele.

– Acha que vai pegar uma dessas garotas só porque está no grupo?

Kyle não disse nada.

– Sou eu, e somente eu que decido quem vai jogar, e os punheteirinhos que nem você não me impressionam nem um pouco.

Uma risada zombeteira se fez ouvir. Flynn se virou e cruzou o olhar do engraçadinho.

– Acha isso engraçado? Também me acha com cara de palhaço?

Kyle identificou Steven.

– Não senhor, treinador!

– Pois bem, veremos se vão continuar com vontade de rir – retomou Flynn, dirigindo-se a todos. – Três voltas no estádio, cinco séries de flexões. Vamos recomeçar até que algum de vocês decida abandonar a equipe.

Que loucura era aquela? Nenhum deles sequer cogitava deixar a equipe. Era o sonho de todos fazer parte dela. Conheciam a reputação de Flynn, mas não podiam imaginar que fosse tão duro assim.

– Vamos logo, e não esqueçam de agradecer aos senhores Simmons e Rattner.

Olhares cheios de raiva fuzilaram os dois estudantes. Kyle não ligava, sabia que não se entregaria. Não era ele que suplicaria a Flynn para deixá-lo partir.

Uma hora depois, Flynn ordenou que se reagrupassem em volta dele.

Depois de quilômetros de corrida, pontuados com *sprints*, flexões e barras, os rapazes estavam extenuados.

– Bom, rapazes, assim está melhor. Por um momento achei que estava lidando com um bando de bonecas – lançou Flynn, já de melhor humor. – River Falls sempre chegou aos três primeiros lugares de sua Conferência. Está fora de questão que este ano seja diferente dos outros. Fui claro?

– Sim, treinador! – responderam os estudantes em uníssono.

Um verdadeiro sorriso iluminou o rosto de Flynn.

– Vamos, rapazes, podem ir para os chuveiros.

Um zum-zum-zum de alívio encheu o estádio.

Flynn saboreou aquele momento. Era um bando de moleques pretensiosos, mas terrivelmente cativantes. Como a cada início de ano, ele adorava o primeiro contato com os novos alunos. Bastava uma sessão de treinamento para detectar os elos fortes – e os fracos.

Olhando para Kyle, que acompanhava tranquilamente os outros até a ducha, não duvidou de que tinha ali um recruta de primeira.

– Porra, da próxima vez que for flertar com as garotas, tente ser mais discreto – disse Hugh, aproximando-se de Kyle.

Era um gigante de quase dois metros, pura musculatura, corte de cabelo quadrado.

– Desculpe, mas tem umas gatas da hora.

Nas arquibancadas, apenas três *groupies* tinham ficado até o fim. A morena deliciosa era uma delas.

– Normal, a nata atrai a nata! – brincou Garth, entrando na conversa.

Ao contrário de Hugh, mal chegava a um metro e setenta, mas era um recebedor dos bons. Atrás deles, Steven acelerou o passo para alcançá-los.

– Ei, desgraçado, vê se não vai mais nos colocar todos na merda...

– Cale a boca, Steven. É tão culpado quanto ele. Além disso, tenho certeza de que Flynn já previra nos fazer penar de qualquer jeito – cortou-o Hugh.

– Bom, mas se aprontar outra dessas, juro que vai pagar caro.

Hugh e Garth riram zombeteiramente.

– Entendido – respondeu Kyle, procurando evitar o conflito.

– Acho bom, você sabe, caras como você...

– Steven! – interveio Mary, sua namorada, passando os braços em seu pescoço. – Você foi ótimo!

Steven lançou um último olhar para Kyle e levou sua garota para longe.

– Você não é daqui, não é mesmo? – perguntou Cheryl, a morena que não parara de observá-lo da arquibancada.

Hugh ficou na ponta dos pés e, do alto de seus dois metros, pôs o cotovelo sobre a cabeça de Kyle.

– O nanico é de Seattle – zombou. – Se está procurando um homem de verdade, é a mim que deve se dirigir – acrescentou, apontando para o calção.

– Não acredite nisso, o tamanho do pau é inversamente proporcional ao tamanho do corpo – interveio Garth, fazendo-se ainda mais baixinho do que já era.

Mas Cheryl só tinha olhos para Kyle.

– Parem com essas besteira, não estão vendo que o deixam embaraçado? Como é seu nome?

Kyle não conseguia acreditar. A garota realmente não sofria de timidez. Já conhecera meninas oferecidas, mas aquela tinha algo a mais... Um corpo dos sonhos e um rosto de fazer qualquer santo cair em tentação!

– Kyle, e você?

– Cheryl – disse ela, com voz sedutora.

Assobios zombeteiros seguiram aquela troca verbal.

– Deixe-o em paz. Ele não gosta de garotas do seu tipo! – interveio Corey, outro membro da equipe que ficara um pouco mais atrás.

– E que tipo de garota eu sou? – perguntou Cheryl, aborrecida, cruzando os braços.

– Do tipo: melhor não tocar ou perderá sua alma.

Todos riram. Cheryl não deu bola e voltou a sorrir.

– Esta noite, se estiver entediado, venha dar uma volta no Floppy's Bar, e deixe esses ciumentos para lá – disse ela, passando uma mão carinhosa no rosto de Kyle.

Cheryl foi embora com suas duas amigas, não se esquecendo de rebolar.

– Uaauuuu – gritou Garth. – Isso é que é cercar o peru. Meu velho, você é o cara mais sortudo que conheço!

– Cheryl Norman! Há anos sonho que ela fale comigo – disse Hugh, enfeitiçado.

– Mas não foi com você que ela falou! – desenganou-o Garth.

– De qualquer forma, vulgar demais para mim – disse Kyle.

Os risos aumentaram, e eles retomaram o caminho dos vestiários.

As aulas do dia tinham terminado.

Stuart decidira dar uma volta na cidade atrás de uma loja de quadrinhos digna do nome. Apesar do sucesso das adaptações para o cinema, o setor ia mal e, mesmo em Seattle, as prateleiras diminuíam a olhos vistos. Em River Falls, então... Esperava mesmo assim que o endereço que encontrara na internet pudesse satisfazê-lo.

Chegando ao número 102 da Rua Crampton, compreendeu que encontrara o paraíso. A loja se estendia por vários metros e a vitrine era magnífica, decorada com cartazes dos maiores super-heróis.

Dentro, sobre expositores bem situados, viu as revistas DC e Marvel de um lado, os independentes atrás. Um cara na faixa dos quarenta, cabelos longos e barba curta, sorriu para ele detrás do balcão. Stuart estava aliviado. Realmente temera não encontrar uma loja a seu gosto. Poderia continuar a viver plenamente sua paixão.

– Já recebeu o último *X-men*?

– Não, quinta-feira.

Stuart já sabia, perguntara aquilo apenas para quebrar o gelo.

– E o último *Spawn?*

– Que número?

O vendedor logo compreendeu que estava diante de um aficionado. Meia hora depois, Stuart saía da loja com uma sacola levando uma dúzia de revistinhas, seis delas aconselhadas pelo vendedor. A chuva cessara. Stuart apressou o passo para evitar uma nova enxurrada. Além disso, estava ansioso para mergulhar na leitura.

Estava perto da Praça Lincoln quando percebeu uma garota na calçada do outro lado da rua. Era Judith. Stuart sentiu seu rosto corar. Ela era magnífica. Se ele tivesse o físico de seu irmão!

Deixe para lá, vocês não são do mesmo mundo, disse-lhe uma vozinha dentro de sua cabeça.

E daí? Não temos o direito de ter amigos de todas as origens?, replicou uma segunda.

Se não falar com ela agora, nunca mais o fará, incitou-o uma terceira.

Juntando toda sua coragem, esperou o sinal vermelho e atravessou a rua para alcançá-la. Estava agora a menos de dez passos dela. Como abordá-la de maneira natural? De repente, sentiu-se ridículo com suas revistinhas. Se ela lhe perguntasse o que tinha na sacola, certamente ele perderia os poucos créditos que podia ter. As garotas detestam quadrinhos. E não queria que ela o visse como um *nerd*, um desses adolescentes autistas que vivem apenas para sua paixão juvenil.

Talvez não fosse o momento certo. O que poderia lhe dizer, de qualquer modo? Sua repentina determinação se evaporava. Ele era baixinho e gordinho e ela, alta e bela. A bela e a fera! Sem chance.

Apesar de tudo, não pôde evitar segui-la.

Mesmo de costas, ela era encantadora. Um porte de rainha. Sentia vontade de conhecê-la, saber do que ela gostava... Percebeu que devia parecer um maníaco atrás de sua presa. Mas, à sua volta, os passantes não ligavam para sua perseguição.

Deixe de asneira e vá ler suas revistinhas!, soprou-lhe a primeira voz.

Sim, acho que é o melhor a fazer, disse a segunda.

Só mais um pouco, pensou.

Seguiu-a por dez minutos, até Judith chegar a um grande prédio de arquitetura vitoriana. Ela tocou o interfone e, após uma curta espera, entrou no imóvel.

Intrigado, Stuart foi até a entrada e descobriu uma inscrição gravada na pedra acima da porta. Fundação Margareth-Smith. Não tinha a mínima ideia de quem era aquela pessoa e do que poderia ter feito. Estava a ponto de tocar o interfone e perguntar, mas, se Judith o visse, certamente o tomaria por um psicopata! Não, era melhor voltar à universidade e se conectar à internet para recolher informações sobre aquela Margareth-Smith.

Um sorriso iluminou seu rosto. Estava feliz por poder retomar seu papel de detetive particular. Logo começou a elaborar diversas teorias, uma mais estapafúrdia do que a outra.

Sentindo uma gota de chuva na cabeça, voltou a apressar o passo para chegar antes que uma tromba-d'água desabasse.

13

Logan estava estacionando na delegacia quando seu celular começou a tocar. Era Blanchett.

– O quê? – esgoelou-se. – Não é possível! Não se pode deixá-la um segundo sem vigilância!

A tenente acabava de lhe contar que estavam no hospital para cuidar do ferimento de Hurley.

– Escute, não posso falar mais. Pode cuidar de Hurley e me encontrar assim que terminar? Preciso que prepare um pequeno discurso para a imprensa.

Logan desligou e saiu do carro. Cruzara duas viaturas policiais no trajeto de volta – agentes que iam auxiliar Heldfield na busca.

Assim que penetrou no recinto, todos os olhares convergiram para ele, entre os quais o de Corval, o advogado de Hilton.

– Deve liberar meu cliente – interpelou-o. – Se entendi bem, não há mais prova alguma daquilo de que o acusa. Se é que existiu.

O ataque o abalou. O desgraçado ia negar a existência da pasta!

– Venha comigo, tenho duas palavras a lhe dizer.

Os policiais, sentindo a tensão subir entre os dois homens, se afastaram do caminho. Logan o conduziu até a cela, onde Hilton lia tranquilamente um jornal, e apontou para o tabelião.

– O senhor corrompeu um funcionário da polícia para

pôr as mãos na pasta de Robert Gordon. Não sei que meio de pressão utilizou, mas garanto-lhe que não o levará para o túmulo.

Hilton dobrou o jornal, sempre sentado em seu banco, um leve sorriso nos lábios.

– Do que está falando, xerife? Sua acusação é extremamente grave. Poderia processá-lo por difamação, sabe disso.

Corval pigarreou. Logan o fulminou com o olhar antes de virar-se novamente para Hilton.

– Sabe tanto quanto eu, doutor, do que se trata. Está disposto a tudo para driblar a lei. A vida de um homem é bem pouca coisa a seus olhos perto dos milhões de dólares que embolsa, mas saiba que isso não vai ficar assim.

– E o que vai fazer? Um processo? Acusa-me do furto de uma hipotética pasta. Que júri acreditará nisso sem provas?

– Tenho quatro testemunhas que o viram, como eu, pegá-la no cofre de Gordon.

– Testemunhas? Dois amigos e dois subordinados seus. Desculpe-me, mas o testemunho deles corre o risco de não ser muito imparcial.

– São todos homens que juraram cumprir a lei. Não são como os senhores. A justiça e a verdade têm um sentido a seus olhos.

Hilton se levantou e se aproximou das grades.

– Conversa mole! Pois bem, vamos esperar. Deleito-me de antemão com as revelações que serão feitas sobre seus policiais, não é mesmo, doutor Corval?

– De fato, todo mundo tem segredos a esconder, sobretudo em cidades provincianas – respondeu o advogado, como se recitasse uma réplica no teatro. – Encontraremos com o que macular a reputação de seus homens. Temos meios para empregar os melhores detetives e descobrir o menor deslize que tenham cometido. Espero que suas testemunhas suportem. Revelaremos tudo, no tribunal ou na imprensa.

O desgraçado! O pior era que não podia fazer nada contra aquilo: um processo sem provas seria um desgaste para sua equipe e o enterro de seu trabalho. Por mais difícil que fosse admitir aquilo, Corval tinha razão. Era obrigado a liberar Hilton.

– O policial que obrigaram a roubar a pasta se suicidou. Suponho, de qualquer forma, que sua morte já estivesse programada.

– O que está dizendo? Um de seus homens furtou uma prova? Das duas uma: ou essa prova existiu, mas isso daria a crer que os policiais da delegacia são corruptos, ou ela nunca existiu e seu homem se suicidou por razões pessoais. Cabe ao senhor decidir como apresentará as coisas. De minha parte, pouco importa. Com ou sem processo, não pode me acusar de nada concreto.

Logan fechou os olhos e rezou para que Pommery sobrevivesse a seus ferimentos. Seu testemunho era crucial para encontrar a pasta ou, ao menos, os homens que o tinham forçado a cometer aquele delito. Não podia acreditar que fosse uma simples questão de dinheiro. Pommery não era assim!

Com um nó na boca do estômago, Logan foi pegar a chave da cela e, num silêncio pesado, libertou Hilton.

– Serei magnânimo com o senhor, xerife. Não prestarei queixa. Mas que isso não se repita – ameaçou-o Hilton.

– Saia logo daqui, antes que eu mude de ideia – respondeu Logan, sem esconder sua frustração.

Abriu a porta e deixou-os partir sem acompanhá-los. Sentou-se diante da cela escancarada, amaldiçoando o sistema judiciário que dava todos os direitos a quem tinha dinheiro.

Meia hora depois, Blanchett entrou em seu escritório.

– Fiquei sabendo do Pommery. Morris me explicou tudo no hospital. Fez bem em soltar Hilton.

Logan lançou-lhe um olhar desenganado.

– Não sei. Pergunto-me para que sirvo se um crápula daqueles pode sair impune. Foi por pouco que não tive que me desculpar por tê-lo detido.

Blanchett não gostava de vê-lo naquele estado. Ele era um modelo para ela, uma rocha que nada podia quebrar. Tinha que se recompor.

– Hilton acaba de fazer uma declaração na televisão.

O sujeito tem talento. Virou a situação para seu lado. Chegou até a desculpar o senhor pela detenção. Ele compreende que, na urgência de encontrar um culpado, os próximos de Gordon sejam os primeiros a se tornarem suspeitos, etc. Coisas do tipo.

Logan entendia perfeitamente. A mobilização da opinião pública fazia parte do jogo. O. J. Simpson fizera o mesmo, utilizando a opinião afro-americana contra os brancos malvados.

– Temos que reagir imediatamente. Pediu que eu preparasse um discurso para a imprensa. Acho melhor não falar da pasta nem de seu furto por Pommery. Olhe.

Estendeu-lhe duas folhas escritas a mão. Logan passou os olhos e conseguiu esboçar um sorriso. Blanchett era mesmo talentosa.

– Perfeito, telefone para os jornais e televisões e diga-lhes que darei uma entrevista coletiva na frente da delegacia daqui a uma hora.

– É o melhor a fazer.

– Logan hesitou em ligar para Hurley. Temia que todo seu mau humor acumulado se transformasse numa torrente de raiva contra ela.

Em vez disso, resolveu reformular o discurso escrito por Blanchett.

– O que aconteceu? – perguntou Callwin.

– Um acidente, nada grave – se esquivou Hurley.

A jornalista topara por acaso com a agente do FBI na saída do hospital: viera na esperança de obter informações sobre a estranha tentativa de suicídio de Sam Pommery. Conhecia a reputação do policial e, para dizer a verdade, não tinha o perfil de um depressivo. Um sexagenário tranquilo, sem maiores preocupações.

– Tem tempo para tomar um copo?

Embora soubesse que Hurley não lhe diria nada sobre o caso Gordon, tinha vontade de falar com ela, ainda que fosse para triar as informações que já obtivera.

– Não, lamento. Acho que vou para casa descansar – desculpou-se Hurley.

– Bom, nesse caso, deixe-me levá-la. Não vai dirigir com a mão assim.

Era exatamente o que ela pretendia fazer, mas, diante da insistência de Callwin, acabou cedendo. No final das contas, talvez tivesse razão. Só faltaria agora ela se acidentar de carro. Logan a chamaria de irresponsável e toda aquela ladainha.

– Ok, tem razão. Onde está seu carro?

– Bem ali – disse, apontando para um Saturn prata.

Entraram no carro e Callwin começou a dirigir lentamente.

– Bom, sei que não quer me dizer nada sobre o caso Gordon, mas vi no noticiário a detenção esdrúxula de Jeremy Hilton e depois fiquei sabendo que um velho policial meteu uma bala na cabeça. Agora a vejo com a mão furada por não sei o quê. Há realmente elementos para que eu me questione!

Hurley sorriu. Em seu lugar, pensaria da mesma forma.

– Com certeza há aí material para um bom artigo. Invente, elabore teorias. É o que fazem os jornalistas, não?

O carro deixou para trás a Praça Lincoln e virou na Rua Convent.

– Ok, muito bem – disse Callwin, entrando no jogo. Eis o que penso: Logan acusa Hilton de um furto. Pouco depois, um tira se suicida. As duas histórias estão ligadas. Estou enganada?

– Talvez. Já disse que não revelarei nada para você.

Callwin ergueu a mão direita em sinal de paz.

– Muito bem, continuo: esse policial participava de negócios escusos com Gordon e Hilton. Na pasta que Hilton furtou, havia provas que os incriminavam. Hilton está agora trancafiado. Pommery, por sua vez, preferiu se suicidar a ter que assistir sua queda. Está esquentando?

– Não é impossível – respondeu Hurley, rindo.

– Só uma coisa me incomoda. Por que Hilton foi libertado? Com as provas da pasta ele não poderia sair com uma simples fiança. Devia estar completamente proibido de falar com qualquer pessoa, a menos que...

– O quê? Hilton foi solto? – inquietou-se Hurley, empalidecendo.

– Não sabia? Acabam de dizer no noticiário. Ele vai mesmo fazer uma declaração pública daqui a cinco minutos.

O rádio estava quase sem volume.

– Aumente o som, quero saber o que ele vai dizer.

Callwin não escondeu sua satisfação. A perseverança sempre acabava dando resultado. Com certeza obteria uma ou duas informações de Hurley.

Duas músicas do Top 40 depois, o jornalista anunciou a declaração do tabelião Jeremy Hilton.

Ao final de seu monólogo, Hilton agradeceu à imprensa.

Callwin baixou o volume.

– E essa agora, ele não tinha roubado nada. Custo a crer que seu homem seja tão incompetente assim – provocou-a Callwin. – Embora...

– Impossível! Leve-me à delegacia, por favor.

Logan não cometeria um erro tão grosseiro. Além disso, Blake e Moore também tinham visto a pasta. Pegando o celular na bolsa, viu que havia uma mensagem. Era de Blanchett.

– A pasta desapareceu – disse Hurley, depois de ler a mensagem.

– Quer dizer: foi roubada – corrigiu-a Callwin imediatamente.

Hurley aquiesceu. Aquilo era um contrariedade e tanto. Logan devia estar louco de raiva.

– E se eu lhe disser que Pommery é o responsável, acerto? – avançou Callwin.

Era a peça que faltava no quebra-cabeça.

– Na mosca, mas temo que essa informação não lhe sirva para nada. Você escutou Hilton, não houve roubo, essa pasta nunca existiu. Todo mundo vai fechar os olhos, e dane-se a verdade – disse Hurley, desenganada.

O Saturn contornou o Parque Garden. Apesar do mau tempo, algumas pessoas passeavam nele.

– É para isso que existimos. Para trazer a verdade à tona.

Vou fazer um super artigo. Está fora de questão que tudo isso seja enterrado.

Hurley suspirou.

– Se não tem nada de concreto, nenhum jornal publicará essas informações. Será perseguida por difamação e poderá dizer adeus a sua carreira.

Callwin fez uma careta de frustração. Hurley tinha razão. Mas, porra, devia haver alguma prova!

– Pommery não morreu. Se sobreviver, poderá nos contar – disse ela.

– Talvez. Mas nem isso é certo. O médico disse que era cedo para dar um prognóstico.

Deram na Avenida Wilson. Hurley lembrou da cena que percebera de manhã: Clark Spike e seu pai. Lembrou-se também de que houvera um tempo em que Callwin transava com Spike em troca de informações confidenciais.

– No que está pensando?

– Cruzei com Clark Spike. Estava com seu pai, bem ali – apontou. – Era até comovente.

Callwin deu uma guinada e quase jogou o carro na calçada. Um pedestre gritou e lhes mostrou o punho.

– Está brincando?! E agora é que você me diz isso?! – esgoelou-se Callwin.

Manobrou para ficar parada perto da calçada, tirou seu cinto e se virou para Hurley.

– Você viu Spike perto da delegacia esta manhã e não desconfiou de nada? – retomou Callwin, estupefata. – Spike é o cara mais escroto que já encontrei na vida. Aquele cara é podre, um filho da puta misógino que só pensa no pau e onde vai metê-lo!

Hurley se sentiu a *profiler* mais estúpida de todos os Estados Unidos e do universo.

– Oh, não! Mas que idiota que eu sou! Que idiota!

Callwin bateu com a palma da mão no volante.

– Lamento dizer que concordo. Sonho em ver esse filho da puta preso e você perde a chance de o pegar!

Hurley não parava de repassar a cena em sua cabeça, e agora, prestando atenção, compreendia seu engano.

– Pode me dizer como é Pommery? – perguntou.

– Sessentão, cabelos grisalhos, um metro e setenta e cinco, mais ou menos. O "pai de Spike", aposto!

– É bem possível – respondeu Hurley.

Callwin explodiu num riso intenso.

– Bem possível? Mais do que certo, você quer dizer. Ele pegou vocês.

Hurley se lembrou do que tinha podido perceber de Spike quando ele ainda trabalhava na delegacia, e do que Logan lhe falara a seu respeito. Devia ter reagido assim que o vira. Em tempo normal, teria logo se ligado ao vê-lo ali, mas não estava mais acostumada àquela pressão permanente que sofrem todos os agentes do FBI. Por pior que fosse conviver com essa pressão, ela era uma aliada de peso para encontrar provas e indícios, onde um simples policial não teria percebido nada.

– Sem prova tangível, Logan não terá nenhum pretexto para detê-lo. De qualquer modo, ele deve ser esperto o suficiente para não ter conservado nada em sua casa.

– E pode ter certeza de que Hilton lhe fornecerá um advogado do naipe desse Corval para defendê-lo – confirmou Callwin.

Hurley lamentava ainda mais sua falta de perspicácia imaginando o quanto Logan devia estar abatido. Não era por acaso que ele não lhe telefonava. Porém, por seu lado, sentia-se também pouco disposta a telefonar para ele.

– Não faça essa cara, não se pode ganhar sempre – disse Callwin para consolá-la.

Aquelas palavras não fizeram nenhum efeito. Como Callwin, Hurley teria adorado dar uma lição naquele escroto.

– Você não sai mais com ele, suponho...

– A pergunta surpreendeu a jornalista.

– O quê? Com aquele desgraçado? Está brincando!

– Desculpe. Foi mal.

Callwin não podia acreditar. Como Hurley pudera pensar por um segundo que ela ainda mantivesse o mínimo contato com Spike?

– Já lhe disse que não sou mais a mesma. Nunca mais me

rebaixarei a ficar com um cara desses. Tenho coisas melhores a fazer de minha vida.

– Não tenho a mínima dúvida. Estava apenas dizendo que, se ele não for tão estúpido quanto Logan pensa, deve ter feito cópias dos documentos da pasta antes de entregá-la a seu mandante.

Uma luz se fez no espírito de Callwin, e um grande sorriso se abriu em seu rosto.

– Ele está longe de ser tão burro quanto pensam. Sabe se proteger. Seu único erro foi cruzar com Logan em seu caminho, mas não é do tipo que se deixa pegar duas vezes. Se havia coisas comprometedoras nessa pasta, certamente tem razão... Acho que, no final das contas, vou ligar para esse desgraçado. Mas, dessa vez, as regras vão mudar.

Hurley não achava que Callwin fosse conseguir alguma coisa, mas era melhor do que não tentar nada e ficar apenas lamentando sua falta de presença de espírito.

– Pode me levar para casa? Prefiro falar com Mike lá do que na frente de seus colegas.

– *No problemo*, vamos lá.

Enquanto passavam diante da delegacia, Callwin viu seus colegas amontoados na entrada. Não estava nem aí: tinha uma carta muito mais valiosa na manga.

Eram seis e meia da tarde quando Logan apareceu na frente da delegacia, sobre um estrado improvisado. Aquilo o fazia lembrar dos acontecimentos da primavera. A matilha de jornalistas atraídos pelo cheiro do sangue. Nunca se acostumaria com aquilo. Para sua surpresa, não viu Callwin. Talvez tivesse seguido seu conselho e voltado para Seattle. Menos mal!

O silêncio se instalou sob uma chuva que caía sem cessar. Ele começou a falar.

– Prezadas concidadãs, prezados concidadãos, é com pesar que lhes informo que Robert Gordon não foi vítima de um acidente doméstico e sim de um assassinato. Saibam que estamos empregando todos os meios possíveis para deter e punir o culpado. Robert Gordon era um homem exemplar, um modelo para todos, conhecido por sua generosidade para com os mais desassistidos. Infelizmente, ainda não temos nenhuma pista. Gostaria de pedir desculpas publicamente a Jeremy Hilton e à sua família pelos problemas que lhe causamos. Que fique claro que não temos nenhuma acusação contra ele. Tudo indica que se trata de um latrocínio, considerando que um segundo crime foi cometido na mesma noite.

Logan parou um instante. Tinha impressão de que lâminas de aço se enfiavam em sua língua. Nunca pensara que teria que pronunciar um discurso tão inepto. Mas Blanchett tinha razão, deviam baixar a cabeça. Hilton não perderia por esperar.

Os jornalistas reagiram como ele previra. Uma torrente de perguntas o assaltou.

– Quem foi morto?

– Por que estavam escondendo isso?

– Tem alguma relação com o assassinato de Gordon?

– Foi uma mulher?

Logan pediu silêncio e retomou a palavra.

– Trata-se de um homem sem-teto que foi encontrado perto das antigas serrarias. Seu corpo foi jogado no rio depois de ter sido espancado até a morte. Nada indica que as duas mortes estejam ligadas, mas nada indica que não estejam. Por enquanto, faremos circular um retrato seu e pediremos a qualquer pessoa que o reconheça ou o tenha visto no dia de sua morte que nos informe disso – respirou fundo e concluiu: – Agradeço a todos.

As perguntas voltaram a chover, mas Logan se desviou para voltar à delegacia.

– Parece que um de seus policiais tentou se suicidar? Pode nos dizer mais a respeito? Talvez tenham tentado matá-lo também?

Os chacais! Tudo servia para virar um artigo. Apesar de sua vontade de escapar daquilo, forçou-se a voltar para deixar as coisas claras, antes que todo tipo de elucubrações ganhassem corpo.

– Sam Pommery realmente tentou se suicidar. Está agora entre a vida e a morte. Peço em nome de seus parentes e amigos que rezem ao Senhor para que ele sobreviva. Não tenho mais nada a dizer.

Dessa vez, os jornalistas fizeram uma pausa. Logan teve tempo de voltar à delegacia e dar um grande suspiro. Estava esgotado. Recorrer a um Deus em que não acreditava para se livrar daquilo era uma ironia terrível. Voltou para seu escritório e pediu para não ser incomodado. Precisava ficar sozinho para aliviar sua tensão.

Sem forças para ligar para Hurley, instalou-se diante do computador e começou a abrir as dezenas de *e-mails* que o esperavam.

Callwin já estava achando que ele não viria. Olhou para o relógio na parede do Uncle Tom. Vinte para as oito, dez minutos de atraso.

Sentada no fundo da sala, uma cerveja à sua frente, sentia-se num estado estranho. Aquilo a fazia lembrar de tantos momentos penosos. Sua outra vida. À sua volta, poucos clientes. Um *rhythm and blues* embalava o ambiente.

A porta do bar se abriu e Spike apareceu. Seus olhares se cruzaram e um sorriso predador surgiu no rosto do ex-policial. Pediu uma cerveja no balcão e foi ao encontro dela.

– Oi, tesouro. Então, sentiu falta do bom e velho Spike?

Sentou-se diante dela e tomou um gole de cerveja que deixou um pouco de espuma sobre seu lábio superior. Tantas lembranças voltavam à memória de Callwin! Ela sentiu o coração disparar. Não devia ter ligado para ele. Spike pertencia ao passado.

– Lamento decepcioná-lo, mas o chamei por razões de trabalho. Imagino que esteja a par dos acontecimentos.

Spike se afundou na cadeira e esperou algum tempo antes de responder.

– A coisa anda quente. Três em dois dias. Uma boa média!

– Pommery não está morto – corrigiu-o ela.

Spike não manifestou nenhuma emoção particular.

– Então, diga logo. O que é essa coisa tão importante que tem para falar?

Raramente Callwin se sentira tão febril. Durante os anos que passara em River Falls, só sentira desprezo por aquele homem. Vendo-o novamente, detestava a si mesma por ter se rebaixado tantas vezes, transando com ele para obter informações.

– Como sempre, venho em busca de novidades.

Spike tomou mais um gole de cerveja e manteve silêncio.

– Preciso saber se fez cópias dos documentos da pasta que Pommery lhe entregou – disse ela, por fim.

Instantaneamente, o rosto de Spike empalideceu. Ela percebeu claramente que sua mão começara a ter um tique nervoso.

– Temo que não tenhamos mais nada a nos dizer, Leslie – disse ele, levantando-se.

– Sente-se, Clark. Não tenho a mínima intenção de denunciá-lo aos tiras. Nem a ninguém.

Spike olhou em volta e se sentou de novo.

– Escute, Leslie, não sei qual é a sua, mas aconselho-a a tomar muito cuidado.

– Eu o vi na Avenida Wilson perto do meio-dia. Estava com Pommery. Pensei que tivesse ido cumprimentar um antigo colega, mas seu suicídio e o desaparecimento da pasta me fizeram ver as coisas de outra forma.

– Essa pasta nunca existiu. Ninguém pode provar o contrário – disse Spike, começando a entrar em pânico.

Callwin se inclinou para ele e colocou a mão carinhosamente em seu ombro.

– Estamos no mesmo barco, Clark. Acha que vou entregá-lo aos tiras? Acha mesmo que o mandaria para a prisão?

Ele não leu nenhuma malícia no seu olhar. Aquela imbecil era mesmo um tesão. Embora não tivesse dificuldade em arranjar garotas, Callwin sempre tivera um efeito especial sobre ele.

– Não sabe onde está pisando, Leslie. É melhor esquecer

isso tudo. Meus amigos não são de brincadeira, se entende o que quero dizer.

Callwin não tinha dúvidas quanto a isso, mas daí a matar uma jornalista? Não, eles não ousariam, era muito arriscado.

– Não sou nenhuma boba, pode ao menos admitir isso?

Spike lançou mais um olhar furtivo à sua volta.

– O que quer de mim?

– Já lhe disse. Você é esperto demais para não ter feito cópias dos documentos que estavam na pasta. Uma espécie de seguro de vida.

Spike não respondeu.

– Estou disposta a lhe pagar uma grande soma para tê-las.

De repente, um elemento voltou à memória dele.

– Você não ficou amiga da mulher do xerife?

Ele começou a rir com escárnio e se levantou da cadeira.

– Boa tentativa, Leslie, mas pode dizer a esse idiota do xerife que ele não vai me pegar hoje.

Callwin também se levantou e, embora detestando-se por agir daquela maneira, se colou a ele.

– Acha que estou com um microfone, que fui enviada pelo FBI? Pois bem, procure, apalpe-me, seu paranoico besta!

Spike sentiu seu pau ficar duro. Ela estava tão perto dele. Com sua pele, seu cheiro... Colocou a mão na bunda dela, mas o olhar ultrajado de um cliente o fez retirá-la.

– Vamos conversar em outro lugar.

Pagaram a conta e saíram do bar. Naquele começo de outono, o ar logo esfriava assim que o sol se punha. Callwin fechou a gola de seu casaco. Spike inspecionou os arredores, mas não notou nenhuma camionete suspeita e nenhum atirador nas janelas. Callwin devia estar dizendo a verdade. Não era esperta o suficiente para montar um plano daqueles.

– Clark, preciso dessas informações. Tenho que conquistar um posto fixo no *Tribune*. Com um furo desses, tenho certeza de que me contratarão.

Pobre coitada!, pensou ele. Aquela era a Callwin que ele conhecia. Não era tão forte quanto queria parecer. Deliciava-se sentindo-a a seus pés.

– Quanto está disposta a pagar?

Callwin não tinha a mínima ideia de quanto seu jornal poderia pagar, mas mesmo assim chutou.

– Dez mil dólares.

Spike olhou nos olhos dela.

– Trinta mil, nem um dólar a menos. O que lhe ofereço é uma bomba.

Um carro passou lentamente. O sexto sentido de Spike entrou em alerta, mas ao ver o motorista, um velho com cara de vovô, compreendeu seu engano.

– Escute, não sei se estarão dispostos a pagar. Preciso conversar com meu chefe.

– Sem problemas, não tenho pressa.

Spike olhou o céu e disse para si mesmo que finalmente seu *karma* mudara. Cinquenta mil dólares de um lado mais trinta do outro. Aquilo que era vida. Saía duplamente ganhador. Realmente compensava nunca seguir as regras.

– Vamos para minha casa, ou está ficando num hotel? – disse, agarrando-a pela cintura.

Callwin pôs a mão na dele e retirou-a lentamente.

– Esse tempo já acabou – disse em tom amistoso. – Agora é só trabalho.

Spike estancou. Qual era a dela? Deixava-o excitado e depois tirava o corpo fora?

– Ficou louca? Não vai dizer que está casada? E mesmo que estiver, duvido que seria uma esposinha fiel.

E que não tenho nenhuma vontade de dar para você, já passou pela sua cabeça? Conteve-se para não gritar nos ouvidos dele.

– Não diga que não gostava das nossas trepadas. Vamos, pare de bancar a falsa pudica.

Tentou agarrá-la de novo, mas Callwin conseguiu mantê-lo a distância sem violência.

– Clark, eu lhe peço, esqueça isso. Estou lhe oferecendo um monte de dinheiro e, evidentemente, manterei minha fonte anônima. Não é pouca coisa, não é mesmo?

Jamais imaginaria aquela atitude da parte dela. Desde quando se recusava a ele?!

– Escute, Leslie, é muito simples. Ou dá para mim, ou dá o fora.

Estou ficando louco. Disposto a perder trinta mil dólares por uma simples trepada! A puta mais cara do mundo.

– Não estou brincando, Leslie, é melhor decidir logo.

Seu pau estava duro como uma barra de ferro. Aquela piranha estava zombando dele.

– Ok, mas só quando a transação estiver concluída. Não acreditava que dissera aquilo. Mas as palavras tinham saído sozinhas de sua boca. Precisava realmente daquelas informações.

Spike sentiu que não conseguiria mais do que aquilo. Era melhor do que nada. Estava morrendo de vontade de comê-la ali mesmo.

– Ok, mas é melhor manter sua promessa. Posso ser muito malvado quando quero.

Um arrepio de medo gelou Callwin. Odiava aquele cara, que era um psicopata e não sabia.

– Sem problemas. Sempre mantenho minhas promessas.

Spike passou a mão na bunda dela. Callwin deixou.

– Você é realmente um puta deliciosa – sussurrou em seu ouvido.

Callwin refreou a vontade de meter o joelho nas partes dele.

– Se mantiver sua palavra, manterei a minha.

Spike segurou sua bunda com força e a apertou contra si.

– Já imagino nossa tórrida noite de amor.

Beijou-a na boca e tentou enfiar a língua. Callwin repeliu-o inicialmente mas, diante de sua insistência, deixou que fizesse. Uma vez saciado com o beijo, ele se afastou, orgulhoso de si mesmo.

– Não diga que não gostou?

Callwin baixou os olhos de vergonha e raiva. Spike tomou aquilo por um consentimento. Começou a rir e pegou um cigarro.

– Sabia que ainda tinha uma queda por mim. Ligue logo, *baby*.

Acendeu o cigarro e, de coração leve, subiu a rua. Gelada de pavor, Callwin observou-o se afastar, com lágrimas nos olhos.

Logan estacionou diante de sua casa.

A noite caíra sobre River Falls. Os postes substituíam o sol. Tudo estava calmo.

Saiu do carro e ficou olhando por um momento a longa avenida. A vida seria tão mais simples se tivesse escolhido outro trabalho. As pessoas normais esquecem os incidentes do dia assim que colocam os pés em casa, mas aquela tranquilidade era impossível para ele. Pressão demais, estresse demais, implicância demais. A mesma ladainha de sempre.

A porta se abriu. Hurley apareceu na soleira.

– Entre, pedi uma pizza, vai ficar fria.

Logan sorriu e entrou. Ainda bem que tinha Hurley a seu lado. Ela tinha o dom de fazê-lo esquecer os problemas. Abraçou-a ternamente e lhe deu um beijo na boca.

– Só uma coisa, meu amor. Nada de falar do trabalho. Já tive o suficiente por hoje.

Estava esgotado. Tudo que queria era tomar um banho quente e dormir.

– Boa ideia, também não estou com a mínima vontade. Que tal assistirmos TV?

– Perfeito!

Fechou a porta e viu a mão enfaixada de Hurley.

– Blanchett me contou. Você é incorrigível.

Passado o estupor, não queria puxar briga. No fim das contas, fora um simples acidente. Nada demais.

– Combinamos: nada de trabalho.

– Mas isso não tem nada a ver. Eu...

Hurley colocou um dedo na boca dele.

– Shhhhh.

Logan se calou e seguiu-a até a cozinha.

Comeram a pizza em silêncio, regada a um vinho californiano. Então se jogaram no sofá e assistiram *Blade Runner* que estava passando pela enésima vez na televisão. O filme e a presença de Hurley fizeram um bem enorme a Logan. Raramente sentira-se tão vazio. O dia fora terrível. Passara por todas as emoções possíveis. Euforia e bom humor pela manhã, preocupação, pânico e raiva mais tarde e, finalmente, decepção, humilhação e resignação. Era demais para um só dia.

Quando os créditos apareceram, desligou a TV e passou a mão sob o pulôver de Hurley. Em silêncio e na penumbra, tiraram as roupas um do outro e fizeram amor sobre o tapete novo.

– Amo você – sussurrou no ouvido dela após um último sobressalto de gozo.

– Amo você, Mike – disse Hurley, apertando-o com toda a força contra ela.

14

O Floppy's Bar ficava no bairro quente de River Falls. Kyle logo adorou o lugar. Apenas ficou surpreso de que uma garota de boa família como Cheryl o convidasse para ir num lugar daqueles.

Estava tocando "All of You", uma velha conhecida de Don Felder. O cara do balcão era uma espécie de *hippie* saído direto de *Easy Rider*, e um forte cheiro de maconha impregnava a atmosfera.

Um bando de caipiras tomava cerveja jogando bilhar. Outros riam em volta de uma mesa coberta de cervejas vazias. As garotas estavam vestidas de maneira provocante, *shorts jeans* ou minissaias de couro.

Cheryl estava numa mesa da sala principal, acompanhada de outra garota e de um cara que devia ter seus trinta anos e usava uma barba *à la* ZZ Top.

Assim que viu Kyle, fez sinal para que se juntasse a eles.

– Fico feliz em vê-lo.

Seus olhos tinham um brilho estranho. Não esperara por ele para abusar das substâncias ilícitas.

– Este é Gibley, meu primo, e sua namorada Masha.

Kyle apertou suas mãos e se sentou.

– Simpático esse bar. Um refúgio de sulistas perdido no norte dos Estados Unidos!

– É isso aí – disse Gibley, passando-lhe o baseado.

Era da boa. Ele soltou lentamente uma nuvem de fumaça.

– Não sei onde a conseguiu, mas é da boa!

Gibley e Masha trocaram um olhar cúmplice. A erva saíra direto de sua plantação pessoal.

– Pode crer. Da melhor.

Kyle deu mais um trago e passou o baseado para Cheryl.

– Nunca pensaria que gostasse desse tipo de lugar.

– É para agradá-lo – respondeu ela, apontando seu primo. Vem tão raramente aqui que me esforço para que se sinta em casa.

– Não entendo como alguém pode viver aqui. Vocês têm que ir para o Texas. A alma da América está lá – afirmou Gibley.

Kyle não concordava, mas também não estava preocupado com aquilo. Patty Smith substituiu Felder. Uma garçonete super decotada veio tomar os novos pedidos e saiu rebolando. Era ali que Cheryl aprendera sua arte, pensou Kyle.

A conversa abordou temas tão variados quanto a música, o sentido da vida, as melhores cervejas americanas e os lugares onde encontrar as mais belas garotas e os mais belos rapazes do mundo. Era quase meia-noite quando Cheryl deu o sinal de partida. Kyle olhou para o relógio. Já fazia duas horas que estava lá bebendo e fumando.

Era inacreditável que os tiras deixassem um lugar daqueles aberto. O dono devia ter excelentes contatos na prefeitura, pensou ao levantar-se.

Cheryl estava meio zonza. Kyle ajudou-a a ficar de pé enquanto Gibley agarrava Masha pela cintura. Saíram. Apesar dos casacos, o frio da noite os agredia.

– Porra, nunca vou me acostumar com isso. E ainda há idiotas que falam do aquecimento do planeta! Uma ova! – resmungou Gibley.

Sua voz ressoou na rua. O vigia fez sinal para que falassem mais baixo.

– Ok, ok – concedeu Gibley, fazendo outro sinal.

Então, virando-se para Kyle:

– Bom, confio-lhe minha prima favorita. Se ficar sabendo que não foi correto com ela, mato você.

Subiu na sua Harley, sua namorada fez o mesmo e, sem capacete, desapareceram na noite.

– Adoro meu primo – disse Cheryl, apoiada no braço de Kyle.

– Muito simpático, para um texano.

Cheryl deu uma risada aguda. Ela bebera demais. Kyle esperava que o frio a revigorasse.

– Onde você mora?

– Com meus pais, em Golden Hill. Mas se me virem assim, estou frita. Melhor irmos para um hotel.

Ah, a juventude dourada!, pensou Kyle, rindo para si mesmo.

Por causa do frio e do estado de Cheryl, não bancaram os difíceis. Entraram no primeiro hotel que apareceu. Naquele bairro, quase todos os hotéis eram na verdade motéis. O recepcionista não se preocupou nem com seu estado nem com suas idades. Pegou o dinheiro e lhes deu uma chave.

Cheryl não falava mais e estava realmente grogue. Kyle levou-a nos braços até o terceiro andar. Conseguiu abrir a porta, contorcendo-se para não soltar Cheryl. O cheiro de mofo o atingiu em cheio. Acendeu apenas a luz do banheiro e voltou para perto de Cheryl.

– Está dormindo?

– Não – murmurou ela suavemente.

– Pode confiar em mim, ok?

Outro murmúrio, suave como o primeiro, foi a resposta.

Ele tirou delicadamente suas roupas, deixando apenas seu sutiã e sua calcinha antes de deitá-la na cama.

Despiu-se também e foi desligar a luz. Finalmente, meteu-se com volúpia nos cobertores de cheiro duvidoso. Passara uma excelente noite. Não imaginara que Cheryl pudesse ser uma garota tão simpática e legal. De início, pensara apenas em tirar um sarro com uma gostosa, mas, para uma burguesinha metida a sedutora, ela tinha a cabeça muito aberta, e não era tão tola quanto parecia.

Cheryl se virou para ele, colocou a mão em seu peito e se colou nele.

– Você é um cara legal, Kyle. Soube-o assim que o vi – murmurou ela em voz quase inaudível.

Kyle sorriu e se virou para ela. Abraçou-a e beijou-a gulosamente. Cheryl pôs a mão em sua cueca e segurou seu membro entre os dedos, embora estivesse sem forças para excitá-lo. Mas Kyle não precisava disso. Aguentava o álcool bem melhor do que ela. Tirou sua mão suavemente, tirou sua calcinha e se colocou sobre ela, pronto para penetrá-la, quando uma dúvida o fez deter-se em plena manobra.

– Cheryl?

Nenhuma resposta.

– Cheryl?

Nada. A criatura tinha dormido. Kyle riu baixinho. Era a primeira vez que algo assim lhe acontecia. Esforçou-se para acalmar seu desejo e pediu aos céus que Cheryl acordasse em melhor forma.

Era meia-noite quando Stuart voltou para o dormitório.

Não tivera um segundo livre. Ao voltar para a universidade, assistira às aulas da tarde. A seguir, fora para a residência Delta para mais uma festa. Bebera pouco, o que lhe permitira apreciar melhor o ambiente. A música era boa e os estudantes, simpáticos. Todo mundo falava com todo mundo. Não havia descriminação física. A fraternidade Delta era mesmo um sonho.

No entanto, assim que pôde vazar sem que pegasse mal, foi para seu quarto e se conectou à internet. Deitado na cama, com o *laptop* à sua frente, digitou no Google "Fundação Margareth-Smith".

Era um centro de atenção para pacientes anoréxicos.

Judith era magra e esbelta, mas não parecia anoréxica. Talvez tivesse sido? Stuart roeu a unha do polegar. Sentia que não era isso. Os antigos doentes fogem dos hospitais desse tipo como da peste. Más recordações demais. Decidiu-se a fazer o que sabia fazer melhor: invadir o computador da fundação.

Não levou mais de cinco minutos. Fácil demais. Havia *firewalls*, mas eram fáceis de furar. Ninguém devia imaginar que um *hacker* fosse se interessar por aquele site. Vasculhou a memória da base de dados e encontrou o arquivo dos pacientes. A fundação tinha atualmente cerca de quarenta.

Supôs que Judith devia ter alguma amiga na lista. Deu uma olhada rápida nas fichas. Todas mulheres entre quinze e trinta anos. Mas qual seria a amiga de Judith? Olhou de novo uma a uma. De repente, teve uma ideia. Qual era mesmo o sobrenome de Judith?

Sentou-se na cama e procurou na memória. Joey tinha lhe dito na véspera: "Judith, a mais bela das irmãs...". Ah! Como podia ter esquecido? Impacientou-se, fechando os punhos em frustração.

Se visse o nome, certamente se lembraria. Retomou a lista e a examinou com atenção: Rebecca Campbell, Alanis Cook, Suzie Edwards, Madison Morgan, Myranda Grey, Shannon Tipper! Bingo! "Judith, a mais bela das irmãs Tipper."

Então Judith tinha duas irmãs. Uma mais velha e uma de dezesseis anos, internada numa clínica para anoréxicas. Desligou o computador e foi para a janela. Agora entendia melhor porque Judith se compadecera quando os jogadores de futebol americano o agrediram na véspera. Não suportava vê-lo sendo objeto de zombaria por causa de seu peso.

Não devia ser fácil ter uma irmã caçula anoréxica.

Pelo menos não tinha mais como se iludir. Ela não ficara louca por seu corpo de baixinho gordinho! Apesar de tudo, não pôde evitar ficar triste. Se ao menos fosse bonito! Detestava todas aquelas garotas bonitas que ficavam dizendo que o físico não era essencial. A beleza interior. *O caralho!* Suspirou.

Com o coração pesado, viu a hora e se deu conta de que era melhor ir dormir se não queria se atrasar para as aulas do dia seguinte. Colocou o computador na escrivaninha, vestiu o pijama e se deitou.

Foi mais forte do que ele: resolveu elaborar um plano para revê-la. Se não podia namorar com ela, podia ao menos ser seu amigo. Era melhor do que nada.

Stuart, o eterno confidente.

15

Heather acabou de colorir o céu com um lápis azul. Afastou-se para contemplar sua obra. Ainda não estava bom. Faltava alguma coisa. Voltou ao desenho com um lápis verde.

Aos seis anos, Heather era uma garotinha especialmente esperta. Estava acostumada a ficar sozinha. Mamãe trabalhava muito e ficava muito tempo fora de casa. Embora Tommy, o namorado da mamãe, ou a senhora Klein, a vizinha de cima, ficassem com ela algumas noites, estava acostumada a passá-las sozinha.

Porém, naquela noite, mamãe voltara cedo. Parecia especialmente cansada e fora repousar em seu quarto.

– Vou dar uma descansadinha e já volto, meu amor. Desenhe um pouco enquanto isso – sussurrara-lhe, afagando seus cabelos.

Filha modelo, Heather se fechara em seu quarto com a ambição de fazer o mais belo dos quadros para sua mãe. Meia hora depois, quase terminara. Uma casa, uma menina, uma mamãe e um magnífico sol no céu.

Refez o rabo do gato e, desta vez, soube que tinha terminado. Levantou-se com o desenho na mão, saiu de seu quarto correndo e foi bater na porta de sua mãe

– Mamãe, mamãe, terminei! Posso entrar?

Nenhuma resposta.

– Mamãe, terminei! – repetiu um minuto depois.

Ainda sem resposta.

Heather nunca entrava no quarto sem autorização. Uma

vez, esquecera essa regra e vira mamãe e Tommy pelados gritando. Levara a pior bronca de sua vida. Nunca faria aquilo de novo. Mas talvez ela estivesse dormindo? Além disso, não a ouvia gritar. Juntou coragem e abriu lentamente a porta.

– Mamãe?

Heather descobriu-a deitada na cama. Não tirara as roupas, mas tinha um elástico em volta do braço direito. Heather nunca vira os braços de sua mãe descobertos. Cheios de manchas azuis. Uma seringa estava no chão ao lado da cama.

– Mamãe?

Heather sentiu que alguma coisa estava errada. Por que ela não acordava?

– Mamãe? – choramingou ela, tomada de pânico.

Pegou o braço da mãe e o sacudiu lentamente e depois, com toda a força.

– Mamãe? Mamãe? Por que não se mexe?

Um dia depois, a polícia arrombava a porta.

Meu Deus, pobre garota, suspirou o inspetor principal ao descobrir a menininha ao pé da cama, desenhando.

– Mamãe está dormindo, vão acordá-la, shhhh! – fez Heather, colocando o dedo na frente da boca.

Segunda-feira, 15 de outubro de 2007

16

Fazia dez dias que a chuva caía sem parar. Não eram enxurradas fortes, mas uma chuva fina, lancinante, que dava vontade de ficar em casa e abandonar qualquer investigação.

Com os pés na terra preta da floresta, Hurley não tinha, entretanto, a intenção de se deixar abater pelas intempéries. Embora Logan lhe dissesse para buscar outra pista, Hurley tinha certeza de que a solução estava ali, perto da ponte onde o corpo do sem-nome fora encontrado.

Fazia duas semanas que tinham começado a interrogar todos os mendigos, marginais e sem-teto das antigas serrarias. Nada saíra dali. Não tinham visto nem ouvido nada. Ainda pior, ninguém reconhecera a foto do sem-nome. Sua publicação na imprensa não dera nenhum resultado.

Por seu lado, o FBI não encontrara nada em seu corpo que permitisse seguir a pista de um eventual culpado. Seus arquivos tinham ficado tão mudos quanto os sem-teto de River Falls. O cadáver ainda não fora identificado.

Naquele décimo terceiro dia de investigação, Hurley tinha tantas pistas quanto no primeiro.

– Tem certeza de que isso serve para alguma coisa? – perguntou o sargento Portnoy.

Logan decidira diminuir os gastos e retirara a tenente Blanchett do caso, que teria enterrado se Hurley não tivesse insistido para mantê-lo aberto. Decidira, então, entregá-lo ao sargento Portnoy.

– Não é obrigado a ficar aqui. Posso me virar sozinha – respondeu ela, secamente.

Hurley não quisera ser grossa, mas se sentia tão frustrada.

– Não disse por mal – desculpou-se Portnoy.

O jovem sargento olhou para suas botas e voltou a procurar qualquer indício suspeito.

Era a quarta vez que Hurley voltava às redondezas daquela velha ponte, mas era a primeira em que tinha que se contentar com um efetivo tão reduzido: o sargento e ela. Não conseguia esquecer o homem que os observara da primeira vez que viera ali. Tinha que encontrá-lo a qualquer custo e falar com ele. Mesmo sabendo que havia uma grande probabilidade de que não fosse mais do que um simples sem-teto, curioso com sua presença, precisava tirar aquilo a limpo.

– Posso lhe fazer uma pergunta? – disse Portnoy.

Hurley ergueu os olhos e sorriu para ele.

– É claro.

De onde estavam, podiam ver a ponte e o rio através dos arbustos.

– Por que os assassinos sempre voltam ao lugar do crime?

Evidentemente, ele sabia a resposta, mas não aguentava mais o silêncio. Estavam perdendo tempo ali!

– Não há uma resposta evidente. Em primeiro lugar, nem todos os assassinos voltam à cena do crime. Longe disso, começou Hurley, em tom professoral.

Sentou-se na cepa de uma árvore. Esperava que sua calça K-way fosse mesmo tão impermeável quanto dizia a etiqueta.

– Contudo, para os outros, há duas razões principais. A primeira é, evidentemente, para se assegurar de que não deixaram nenhum vestígio. Falo de um assassinato "normal" – disse ela, fazendo um gesto de aspas com os dedos.

Portnoy franziu as sobrancelhas. Sob a aba de seu chapéu, parecia ter bem mais do que seus vinte e cinco anos, pensou Hurley.

– Por assassinato normal, entendo uma pessoa que só mata uma vez. Por vingança, ciúme, dinheiro, etc. Não um *serial killer*, em suma.

Portnoy balançou a cabeça. Ela lhe falava como a um aluno, mas aquilo não o incomodava.

– Um amador, digamos.

– Sim, pode-se dizer – concordou ela, antes de retomar: – Esses assassinos não estão acostumados com esse tipo de estresse. Mesmo quando o crime foi planejado, perdem muitas vezes o sangue-frio na hora de passar ao ato e cometem diversos erros. É assim que os encontramos, na maioria das vezes.

Portnoy limpou a garganta.

– Sei disso, é claro. Queria apenas dizer que nunca entendi aqueles que voltam apenas para sentir de novo as sensações que seu crime lhes propiciou.

Hurley riu com tristeza.

– Desculpe, é o meu lado pedagoga. Não duvido de suas competências, mas no FBI somos tão cheios de nós mesmos, sabe...

Portnoy sorriu. Antes daquele dia, nunca conversara com ela. Só a conhecia por ouvir falar. Pensava que, se o xerife Logan era apaixonado por ela, devia ser uma mulher legal. Estava feliz por não ter se enganado.

– Sim, sei que, passada a fronteira leste de Seattle, todos são caipiras, mas é apenas um mito. Se as pessoas soubessem como a vida é agradável aqui, seria uma invasão só, e adeus tranquilidade!

– É verdade! E, para responder sua pergunta, a outra razão pela qual os assassinos sempre voltam é, antes de tudo, uma espécie de ritual. Uma necessidade incontrolável de reviver seu crime. A vida humana é o que há de mais precioso no mundo. Transgredir um tamanho interdito pode propiciar um sentimento de onipotência quase místico. Voltar ao lugar é reviver esse momento em que se tornaram iguais aos deuses.

Hurley se levantou, enxugou o rosto e concluiu:

– As lembranças enfraquecem com o passar do tempo. É importante para esse tipo de psicopatas guardá-las vivas pelo maior tempo possível, apegando-se a objetos reais. É por isso que, muitas vezes, guardam troféus de seu ato.

Roupas, objetos pessoais, ou mesmo o corpo ou parte do corpo que martirizaram – disse ela, pensando em certos casos de *serial killers*.

Portnoy olhou-a com respeito.

– Tem uma maneira de falar muito agradável. Devia ser professora!

Hurley não sentiu nenhum vestígio de ironia no tom do sargento. Sabia que podia parecer pedante quando expunha assim seus conhecimentos. Mas nunca o fazia por complexo de superioridade. Tentava simplesmente ser o mais clara e precisa possível.

– Eu me entediaria longe do trabalho de verdade. Preciso desse contato com o exterior. Francamente, mesmo se não encontrarmos nada, não é uma vista fantástica? – perguntou ela, olhando para o horizonte.

As nuvens que obscureciam o céu, os imensos pinheiros com suas pontas cintilantes sob as gotas da chuva, formando um porta-joias natural para o rio, cujo fluxo se fazia mais tumultuoso naquele lugar, criavam um fascinante espetáculo que obrigava o respeito. Aquilo fazia pessoas se sentirem insignificantes. No dia em que o homem desaparecer, a natureza retomaria seus direitos.

Portnoy não partilhava aquela visão poético-filosófica. Gostaria de voltar. Fazia duas horas que andavam à margem do rio e na floresta vizinha. Duas horas sem encontrar nada.

Escutou um estalo e se virou. Seu olhar encontrou imediatamente o de um desconhecido que os espiava, a menos de vinte metros de onde estavam.

– Ei, você! O que está olhando? – gritou. O desconhecido o observou por mais um segundo, então deu meia-volta e saiu correndo. Hurley teve tempo apenas de vislumbrar seu rosto. Estava quase certa de tê-lo reconhecido. Era o mesmo homem que a surpreendera em sua primeira vinda.

Portnoy não esperara sua ordem para correr atrás do homem. A terra estava lamacenta, mas o sargento tinha a seu favor um excelente treinamento físico. Apesar dos inúmeros obstáculos que atrapalhavam sua progressão, ele mantinha o fugitivo em sua linha de mira. O homem corria como um louco, dando a impressão de que voava na floresta, como um felino. Portnoy gravara seus traços na memória. Uma cara de maluco! Vestido com trapos, uma espessa barba negra e cabelos longos que lhe caíam nas costas.

– Pare! – gritou.

Mas o homem não pareceu escutá-lo. Portnoy quase escorregou no chão úmido; conseguiu evitar a queda no último momento. O desconhecido acabava de recuperar os metros que tinha perdido.

Merda!, praguejou Portnoy para si mesmo.

Não podia deixá-lo escapar. Tinham muita sorte de que o assassino tivesse voltado ainda uma vez ao local do crime. Aquilo não aconteceria de novo.

Sempre correndo em bom ritmo naquela vegetação hostil, decidiu sacar e destravar sua arma.

– Pare ou atiro! – gritou.

O fugitivo não perdeu tempo se virando e continuou se esgueirando com a mesma habilidade através dos diversos obstáculos vegetais. Portnoy apontou para cima e deu um tiro. O barulho da detonação repercutiu na floresta. O fugitivo escorregou e se segurou num tronco antes de voltar a correr.

Caramba, como um sem-teto podia ter tanto fôlego? Portnoy sentia seus pulmões começarem a queimar.

Deu um segundo tiro de advertência, mas, dessa vez, o fujão não se deixou distrair; até retomou um pouco de vigor. Portnoy decidiu se concentrar na corrida e guardou a arma. De modo algum atiraria uma bala em suas costas.

Nunca esqueceria o que Spike fizera na última primavera.

A essa lembrança, uma raiva vivificante o invadiu. Sua respiração parecia um rosnado. Passo a passo, começou a ganhar terreno. A distância foi diminuindo metro a metro, até que não havia mais do que três entre ele e o fujão.

Este o percebia e lançava suas últimas forças na corrida desesperada. Já se mostrava bem menos hábil do que no começo e levava constantes galhadas na cara. Portnoy ganhou ainda dois metros e, sem avisar, deu um salto lançando seus pés com toda a força nas costas do homem, que se desequilibrou e caiu para frente.

Portnoy caiu em cima dele.

Um segundo depois apontava a arma para sua testa.

– Tente alguma coisa e meto uma bala na sua cabeça! – rugiu.

O fujão olhou para ele, gelado de pavor. Arquejava, penando para respirar. Portnoy teve medo de que tivesse uma parada cardíaca. Via sua jugular bater com força sob a pele do pescoço. Saliva corria de sua boca. Escutou Hurley chegar afinal, completamente sem fôlego.

Parou perto dos dois homens. Portnoy não mudara de posição; o cano de sua pistola continuava na testa do fujão.

– Pegue minhas algemas – disse Portnoy.

Hurley as encontrou presas a seu cinto.

– Vou me levantar. Aconselho-o a não tentar nenhuma besteira, entendeu?

O homem não dissera nada; continuava tentando recuperar seu fôlego. Não obstante, piscou em sinal de compreensão. Portnoy o soltou.

Atenta, Hurley logo passou as algemas nos punhos do fugitivo.

– Está tudo bem. Queremos apenas falar com você, ok?

O homem balançou a cabeça.

– Como se chama? – retomou Hurley com voz suave.

O homem não disse palavra. Um olhar carregado de sofrimento cruzou o de Hurley. A agente do FBI sentiu um aperto no coração. Raramente lera tanto terror nos olhos de um ser humano.

– Não vamos lhe fazer mal – continuou Hurley.

O homem não devia ter mais de vinte anos. Sua barba era mais longa do que cerrada. Era difícil dizer se ele já se barbeara na vida. Apesar de seu porte de atleta, não amedrontava Hurley. Parecia uma criança pequena e apavorada.

– Deve confiar na gente. Somos da polícia. Você não tem nada a temer.

Portnoy franziu as sobrancelhas. Como assim? Tinham

encontrado o assassino! Iam colocá-lo na cadeia até o fim dos seus dias, ou ainda pior.

As palavras, ou o tom da voz, pareceram tranquilizar o homem. Balançou novamente a cabeça e, com o fôlego recuperado, fechou a boca. Seu rosto se descontraiu um pouco.

– Vou cuidar de você, confie em mim – continuou Hurley, pegando seu braço.

– Espere – deteve-a Portnoy.

Sempre segurando sua arma, aproximou-se do mendigo e apalpou a parte de baixo das costas e os quadris, então desceu até as pernas. Ali encontrou o que temia.

Hurley viu o pânico renascer em seus olhos.

– Olhe para mim, tenha confiança – repetiu, fixando-o nos olhos.

Portnoy tirou a faca de caça de seu estojo, preso à panturrilha.

– Deviam parar de achar que são o Rambo! Nem ele nem eu tínhamos nascido e a Guerra do Vietnã já tinha acabado – ironizou, confiscando a arma branca.

– Não vamos roubá-la de você. Devolveremos assim que possível, ok? – disse Hurley, sem parar de olhar em seus olhos.

O fugitivo balançou mais uma vez a cabeça. Talvez fosse surdo-mudo e apenas lesse lábios? Mas, nesse caso, o tiro não o teria assustado. Hurley abandonou essa hipótese e preferiu se ater à de que se tratava de um homem de espírito simples.

– Venha conosco. Vamos cuidar de você.

Sob uma chuva persistente, voltaram para o carro estacionado perto da ponte.

O homem não manifestou nenhuma resistência e embarcou no banco de trás sem revoltar-se. Hurley sentou-se ao seu lado enquanto Portnoy pegava a direção.

17

Stuart pensara naquilo todo o fim de semana. Tinha que voltar a falar logo com Judith, ou aquilo se tornaria impossível. Já estavam na terceira semana de aula e nunca tinham se visto novamente. Ao menos, *ela* não o revira. Stuart, por seu lado, virara-se para espioná-la. No refeitório, na biblioteca ou na rua, quando ia visitar sua irmã. Bolara todo tipo de planos, uns mais ridículos do que os outros, para abordá-la de novo, mas sentia-se incapaz de colocá-los em prática.

No entanto, quanto mais a olhava, mais se apaixonava. Era completamente estúpido. A bela e a fera. Não tinha a menor chance. Mas não ligava. Ele se tornaria seu confidente e, quem sabe, com o tempo...

– E não esqueçam de fazer seus exercícios! – vociferou o Sr. Headley, professor de Matemática.

O sinal tinha acabado de tocar. Todos os estudantes arrumavam suas coisas na mochila. Um zum-zum-zum de liberação invadiu o anfiteatro.

– Que cara chato, esse Headley! – queixou-se Alastair.

O jovem estudante tornara-se seu amigo. Também ele era um calouro da Delta. Dotado de um físico normal, não sabia se valorizar. Era tão inepto com as garotas quanto Stuart.

– No dia em que encontrar um bom professor de Matemática, me avise! – ironizou Stuart, terminando de arrumar sua mochila.

Saíram, sempre conversando, do anfiteatro. Porém, Stuart

não estava ali. Tinha que aproveitar a pausa do meio-dia para encontrar Judith e pôr em prática o plano F.

– Hoje não vou almoçar – disse Stuart. – Estou com dor de barriga. Não sei bem o que tenho.

– Certamente, com essa comida... – retorquiu Alastair.

Percorrendo os corredores do prédio B, encontraram outros estudantes da Delta. Alastair juntou-se a eles e Stuart aproveitou para dar o fora.

O tempo estava horrível. Não parava de chover. Esperava que o dilúvio terminasse, permitindo-lhe abordar Judith no parque, mas fora obrigado a se render: River Falls era ainda pior do que Seattle. Chuva, sempre chuva!

Dirigiu-se ao anfiteatro Tennessee Williams. Tarde demais: os estudantes do curso de História da Literatura já tinham saído. Com passo vivo, desceu a escada que levava ao térreo, esperando encontrar Judith. Com a mão no bolso, certificou-se de que a carta que escrevera para ela estava ali. Era o melhor a fazer. Nunca conseguiria falar na cara dela. Tinha medo de ficar completamente pasmo e passar por um psicopata.

Vários estudantes conversavam nos corredores. Stuart praguejou contra aquele obstáculo. De repente, reconheceu a silhueta de Judith, não longe da saída. Parou e se abaixou, fingindo que estava amarrando os cadarços de seu tênis.

Os estudantes iam e vinham no grande *hall* de entrada, pensando apenas em comer.

Você consegue, tem que conseguir!, motivou-se Stuart, sentindo ondas de calor corarem sua face.

Judith conversava com duas amigas. Ria francamente. A inocência feita mulher. *Vá, Stuart.*

Levantou-se e, prometendo suicidar-se se a situação se tornasse insuportável, andou com passo firme até Judith.

Ela estava de costas para ele. Ainda podia voltar atrás.

Não, tem que fazer isso!

As amigas de Judith olharam para ele com desconfiança. Judith se virou. Um grande sorriso iluminou seu rosto quando o reconheceu.

– Stuart! Tudo bem?

Ela não esquecera seu nome. E Kyle que não acreditava em Deus!

– Tudo ok, e você? – respondeu, sem gaguejar.

Sentia suas pernas tremerem e o suor escorrer em suas costas, mas conseguira responder.

– Eu vou bem. Estas são Lindsay e Cindy.

Stuart apertou a mão delas. Houve um rápido silêncio.

– Bom, nós vamos comer – disse Cindy, sem esconder seu incômodo. Não tinha a mínima vontade de perder tempo com aquele refugo.

Como Judith podia falar com uma nulidade daquelas? Stuart logo se sentiu sobrando e começou a titubear. Sua face corou e sua boca secou. Não precisaria cometer um *harakiri* em seu quarto, morreria de vergonha ali mesmo!

– Ei, Stuart! – gritou alguém às suas costas.

Os olhares das estudantes convergiram para o recém-chegado.

– Como vai? Vejo que está em ótima companhia – felicitou-o Joey.

A atitude das duas amigas de Judith mudou da água pro vinho; o grande mestre da Delta se interessava por elas!

– Você é o Joey, estou certa? – perguntou Lindsay, toda doce, enrolando um cacho de seus cabelos em volta do dedo e piscando os olhos para seduzi-lo.

– O único e verdadeiro – gabou-se o bonito estudante.

Pôs a mão no ombro de Stuart.

– Vejo que fizeram amizade com nosso melhor recruta do primeiro ano – prosseguiu. Então, virando-se para ele: – E aí, vai me apresentar sua novas amigas?

– Esta é Judith – disse ele, com a impressão de que o peso do mundo fora tirado de seus ombros.

Joey acabava simplesmente de salvar sua vida! Nunca o agradeceria o bastante.

– Lindsay – adiantou-se a amiga loira, tomando o cuidado de colocar seu peito para a frente.

– Eu sou Cindy – se impôs então a segunda amiga – Sempre pensei que os rapazes da Delta eram os melhores. Será que poderíamos ir a uma festa um dia desses?

Joey manteve a mão sobre o ombro de Stuart.

– É claro, mas há regras a respeitar. Precisam ser convidadas por um dos membros. Stuart, a escolha é sua.

O rosto das duas se desfez de repente. Lindsay tentou um vago sorriso. Stuart achou-a patética e explodiu de rir.

– Judith, se estiver de acordo, conto com você.

– Com prazer. Quando será a próxima festa?

– Sábado à noite no pavilhão Delta.

Lindsay e Cindy, suplicantes, dirigiram-se a Joey.

– Grande mestre, nós imploramos, convide-nos!

Joey se virou para Stuart.

– O que acha?

Ele achava que elas mereciam uma boa lição, mas não era como elas. Talvez lhe mostrassem mais consideração após sua decisão.

– Muito bem, podem vir.

– Nesse caso, está tudo certo. Até sábado! – lançou Joey, indo embora tão rápido quanto chegara.

Aproveitando aquele estado de graça, Stuart se aproximou de Judith. Não precisava mais da carta. Sentia-se cheio de uma força estranha.

– Judith, posso lhe dizer uma coisa?

– Claro.

Stuart lançou um olhar para as duas amigas, que fizeram de conta que não era com elas.

– Podem nos deixar sozinhos? Encontro vocês no refeitório. Vamos, xô! – disse Judith, fazendo um gesto expressivo.

Lindsay e Cindy ergueram os olhos para o céu e deixaram o *hall*. Stuart e Judith se afastaram do resto dos estudantes e se instalaram ao pé de uma coluna.

– Perdoe-as, às vezes são meio estúpidas.

O tempo todo, quer dizer!, pensou Stuart.

– Sem problemas, estou acostumado – preferiu responder.

Judith lhe dirigiu um sorriso reconfortante.

– Então, queria me dizer alguma coisa em particular?

Ele começava a não se sentir mais tão seguro de si.

Avance ou vai perder a grande chance!

– Vi você entrar na Fundação Margareth-Smith – soltou de uma vez.

Pronto, estava dito. A sorte estava lançada.

O rosto de Judith se fechou e ela tomou um tom acusador.

– Você está me espionando? Não acredito! Por que...

– Pare – interrompeu-a ele, sentindo o pânico invadi-lo. Eu tinha acabado de comprar revistinhas na World of Comics, estava indo pegar o ônibus, quando a vi na rua. Ia cumprimentá-la, mas você desapareceu num grande prédio.

– E daí? O que tem a ver com isso? – continuou Judith, sempre em tom agressivo. – Desculpe-me, mas acho que me enganei a seu respeito.

Stuart queria fazer um buraco e se enterrar vivo. Nunca imaginaria que ela pudesse ter uma reação tão violenta. A anorexia de sua irmã devia tocá-la bem mais do que ele pensava.

– Por favor, Judith, eu só queria lhe dizer que, se precisar de ajuda, eu estou aqui – disse ele, sem jeito.

Judith não sabia o que pensar. Escrutou-o com um olhar cheio de desconfiança.

– Não pude me impedir de ir ver o que era aquela fundação. Judith, acredite, eu posso ajudá-la a vencer sua anorexia.

Nunca poderia confessar para ela que tinha invadido o computador da fundação e descoberto que era sua irmã que estava doente. Ainda mais que ela já estava a um passo de tomá-lo por um maníaco.

– Não sou anoréxica, Stuart. Não me diga que pensou isso? Sou magra, só isso. De qualquer modo, o que você poderia fazer?

– É que sei o que é ter problemas com peso e com o olhar dos outros. Poderíamos conversar. Mas desculpe por tê-la incomodado. Lamento muito – disse ele em tom de lástima.

Não ousando mais enfrentar o olhar dela, baixou os olhos e já ia embora quando se sentiu obrigado a acrescentar:

– A propósito, vá de qualquer jeito à festa sábado. Eu não irei.

Judith não respondeu nada.

De volta a seu quarto, Stuart se jogou na cama e, pela primeira vez em muito tempo, se pôs a chorar.

18

Blanchett bateu na porta e, sem esperar resposta, entrou no quarto de hotel e encontrou Hurley acabando de barbear o suspeito no banheiro.

– Espero que sirvam – disse Blanchett, tirando de sua bolsa algumas roupas limpas.

Hurley agradeceu-a com o olhar e continuou a talhar a barba.

O homem ainda não dissera uma palavra desde sua detenção. Respondia às diversas perguntas com um olhar de incompreensão. Também não reagira quando Hurley decidira tomar conta dele. Ela lhe explicara claramente que pretendia lavá-lo, vesti-lo e alojá-lo.

– Ele ainda não disse seu nome? – perguntou Blanchett.

Hurley balançou a cabeça negativamente.

– Você se incomodaria de trazer alguma coisa para ele comer?

Blanchett não gostava da ideia de Hurley sozinha ali com aquele cara. Mesmo com Portnoy de vigia na frente do quarto, não ficava tranquila.

– Não. Hambúrgueres e batatas fritas, pode ser?

– Perfeito – respondeu Hurley, olhando Blanchett pelo espelho.

Esta hesitou um instante antes de sair. Portnoy estava sentado numa cadeira no corredor.

– Vou buscar algo para ele comer – disse Blanchett.

– Se o xerife ficar sabendo que a deixei sozinha com esse maluco, vai me colocar para cuidar do trânsito *ad vitam aeternam*! – tentou rir Portnoy.

– Ela não acredita que ele seja culpado. Ele não tem nenhum sinal de violência. Como diz, se tivesse brigado com o sem-nome, deveria ter alguma cicatriz, mas não tem nada.

Portnoy respirou fundo.

– Em todo caso, não me sinto bem na presença dele. Não gosto do seu jeito de me olhar. E por que não fala? Sabemos que não é surdo. Será que não entende inglês? – arriscou antes de acrescentar: – Esse cara é um maluco, vai saber do que é capaz?

Blanchett não soube o que responder.

– Quer que também lhe traga algo para comer?

Portnoy fez seu pedido e continuou torcendo para ter feito a escolha certa ao confiar no instinto de Hurley.

– Pronto, não está melhor assim?

O homem se deixara banhar, lavar os cabelos e aparar a barba sem manifestar nenhum incômodo.

Hurley tinha a impressão de que ele não devia ter mais de dez anos de idade mental. Como podia ter sobrevivido na floresta sem nenhuma ajuda? Devia ter um protetor.

– Venha, prove isso.

Deu-lhe as roupas que Blanchett acabava de comprar. Assim, sem fazer alarde, a tenente comprara roupas de ótima qualidade e o tamanho era perfeito. Quando esteve vestido, Hurley ficou estupefata com a mudança. Ninguém poderia reconhecer o homem que ele era uma hora antes. Era um rapaz bonito, apesar de sua dentição estragada.

– Gostou? – perguntou-lhe, colocando-o diante do espelho do quarto.

O jovem se olhou por longos segundos sem reagir. Então, as lágrimas começaram a correr em seu rosto.

Hurley mordeu os lábios para não chorar com ele. Com ternura, passou a mão em seus cabelos molhados.

– É um verdadeiro cavalheiro. Deve ter um nome. Pode dizê-lo para mim, não contarei para ninguém.

O jovem se desviou do espelho e lançou um olhar cheio de devoção para ela.

– Tom – respondeu, com um forte defeito de pronúncia.

Hurley sorriu-lhe. Pelo menos, compreendia o inglês.

– Está bem, Tom. A tenente Blanchett foi comprar algo para você comer. Precisa recuperar suas forças. Não precisará mais viver na floresta. Vou cuidar de você.

Já entrara em contato com um centro de alojamento. Estavam de acordo em recebê-lo, mas ele teria que respeitar certas regras, sobretudo de higiene.

– Continua não querendo falar? Sabe que sou sua amiga.

Tom balançou a cabeça e se olhou de novo no espelho.

– Eu estar contente! – disse, sorrindo.

Expunha assim seus cacos de dentes amarelados, mas Hurley não se importava. Estava ao mesmo tempo comovida com aquele menino no corpo de um homem, e com raiva daqueles que o tinham abandonado à própria sorte.

"Não há ninguém mais generoso e gentil do que uma criança retardada", dissera um psicólogo de renome. Hurley nunca tivera uma ideia clara sobre o assunto, mas, diante de Tom, disse para si mesma que devia ser verdade.

– Temos que lhe comprar também um calçado – disse, quando Tom sentou-se na cama para colocar seus velhos tênis.

Duas horas depois, chegavam à delegacia.

Hurley atravessou o espaço aberto em companhia de Tom, sob os olhares interrogativos dos policiais. Portnoy os seguia, acompanhado de Blanchett, aliviada por não ter nenhum acidente a deplorar. Fecharam-se numa das salas do fundo.

Hurley disse para Tom se sentar numa cadeira perto da janela e tomou lugar a seu lado.

– Pode nos deixar, por favor?

Portnoy se retirou.

– Gostaria de participar do interrogatório – interveio Blanchett.

Respeitava muito a *profiler*, mas aquela era sua investigação. Hurley compreendeu que era melhor não entrar em conflito com ela.

– É claro – disse em tom natural e amistoso.

Blanchett se sentou diante deles. Não estava convencida de que Hurley tomara a decisão certa. Se, por enquanto, nada provava que ele fosse o assassino do sem-nome, também nada provava o contrário. Havia um mínimo de regras a seguir. De qualquer forma, deixaria Hurley conduzir o interrogatório, depois veria.

– Tom, nós encontramos o corpo de um homem perto do lugar onde você nos observava. Tenho certeza de que você não é culpado de nada, mas também acho que você sabe alguma coisa. Estou enganada?

Hurley pegara a mão de Tom na sua e lhe falara da maneira mais doce possível. Tom não se mexeu e manteve silêncio. Hurley não deu mostras de nenhuma impaciência e, por um minuto, susteve seu olhar implorante.

– Pode me contar tudo, Tom. Sou sua amiga. Não corre nenhum risco. Pelo contrário, enquanto o assassino estiver solto, pode ser que recomece. Quer que ele mate mais alguém?

Tom olhou para Blanchett, depois para Hurley, e balançou a cabeça negativamente. Era a primeira vez que respondia a uma questão relativa ao caso. Hurley sentiu seu coração acelerar.

Era preciso tomar todo cuidado para que ele não voltasse a se fechar. Acabava de confessar implicitamente que assistira ao assassinato.

Seria ele o assassino? Uma briga que degenerara em assassinato? Hurley lembrou de seu corpo. Nenhuma marca, mas isso não provava nada. Se Tom fosse o assassino, certamente não se tratava de um caso de legítima defesa.

– Tom, não precisa ter medo de nada. Tenho certeza de que não quer que quem fez aquilo recomece, não é mesmo?

Mais uma vez, Tom olhou fixamente para Blanchett antes de voltar seu olhar para Hurley e balançar de novo a cabeça.

– Está bem, Tom. Está bem – disse ela, colocando a mão em seu ombro.

Blanchett sentira a animosidade do homem em relação a ela. Estava na cara que queria que os deixasse a sós. Mas podia correr aquele risco? E se o suspeito esperasse apenas esse momento para atacar Hurley? Aquele homem lhe dava medo. Não era normal. Mas tinha que reconhecer que já tivera mil chances de agredir Hurley no hotel. Seria louco o suficiente para fazê-lo agora, numa delegacia?

Não; por mais estranho que fosse, Tom não representava um perigo iminente.

– Preciso telefonar para minha filha, vou deixá-los – disse ela, levantando-se.

Hurley agradeceu-a com o olhar.

– Vá lá, ficarei com Tom.

Hurley esperou que a porta se fechasse para retomar as perguntas.

– Você assistiu ao assassinato? Viu o assassino? Tem medo dele?

Hurley viu que a indecisão tomava conta do rosto de Tom. Olhou várias vezes pela janela, como se procurasse um meio de escapar de alguma coisa. Começou a tremer e a chorar.

– Não culpa eu. Não poder salvar. Não saber nadar.

Hurley puxou a cadeira para ainda mais perto da do jovem e o tomou em seus braços. Tom encostou a cabeça em seu peito e chorou em silêncio.

– Tom, você é um bom rapaz. Não tem por que se recriminar. O homem já estava morto antes de cair na água. Não tem culpa de nada.

Hurley deixou que chorasse por um bom tempo. Estava feliz por não ter se enganado. Se a vida era difícil para os deficientes mentais, na prisão tornava-se um verdadeiro inferno.

– Lembra-se do assassino? Você o viu? – perguntou, quando a crise de choro passou.

Naquela grande sala cheia de mesas e cadeiras, Tom se

sentia totalmente perdido. Depois de se desencostar de Hurley, manteve sua mão apertada na dela.

– Fazer escuro. Não ver bem. Mas luz carro iluminar rosto.

– Acha que poderia nos ajudar a fazer um retrato? É importante se quisermos pôr esse assassino na cadeia.

– Sim, poder fazer. Gostar desenho.

Hurley sorriu para ele com ternura e passou a mão em seu rosto.

– Não, não precisa. Faremos um retrato-falado no computador. Vai ver, é como um jogo. Escolhemos cada parte do rosto uma a uma.

Tom não pareceu compreender muito bem, mas sorriu mesmo assim.

– Vamos para uma outra sala. Continua confiando em mim?

– Sinsinhora.

Aquilo era comovente. Um grandalhão que falava como um menininho. Sempre de mãos dadas, saíram da sala e encontraram Blanchett que esperava não longe dali.

– Vamos tentar fazer um retrato-falado. Chame Logan.

– É claro – disse Blanchett.

A tenente não conseguia acreditar. Hurley conseguira tirar alguma coisa daquele rapaz! Decididamente, aquela *profiler* merecia todos os elogios que o xerife lhe fazia.

Sem demora, foi procurá-lo em seu escritório. Logan estava ao telefone, mas fez sinal para que entrasse. Blanchett esperou que desligasse.

– Hurley continua com seu debiloide? – perguntou, assim que terminou de falar no telefone.

– Ela quer que você vá lá. Ele está disposto a fazer um retrato-falado do assassino.

Logan franziu as sobrancelhas. Na sua opinião, não havia dúvida de que ele era o assassino. Aliás, passara um sabão e tanto no sargento Portnoy por ter deixado Hurley sozinha com aquele retardado no quarto do hotel.

Atravessando o corredor que levava até a sala de

informática, não pôde evitar imaginar Hurley vítima de sua loucura assassina. Arrepiou-se quando o viu sentado ao lado dela. O sargento Brooks também estava ali, abrindo o *software* de retratos-falados.

– Jessica, posso falar com você?

Com o olhar, ela lhe deu a entender que não podia.

– Assim que terminarmos – disse ela, em tom categórico.

Logan fez uma careta de contrariedade. Colocou a mão maquinalmente no bolso e acariciou seu maço de cigarros.

– Daqui a pouco. Não vamos demorar.

Hurley compreendeu que ele não a deixaria. Virou-se para Tom e se dirigiu a ele em tom tranquilizador.

– Só vou ali até o outro lado da porta. Vou falar com o xerife e já volto, ok?

Tom balançou a cabeça, mas começou a tremer. Hurley pôde ver o pânico o invadindo. Logan era mesmo um estorvo quando resolvia se meter!

– Vou deixá-lo com Tania. Você a conhece. Foi ela que comprou suas roupas e a comida. Já lhe disse, somos todos seus amigos.

– Não vou lhe fazer mal – disse Blanchett, entrando na sala.

Com um nó no estômago, Hurley saiu e fechou a porta atrás de si.

– O que tem de tão importante a me dizer que não pode esperar? – atacou ela imediatamente.

Logan deu uma risadinha.

– Está agindo como uma idiota, para não dizer coisa pior.

Hurley o puxou pela manga. Um dos problemas daquela delegacia era a falta de isolamento sonoro.

– Encontrei uma testemunha capital no assassinato do sem-nome e você vem aqui me insultar? – disse ela, batendo no peito de Logan com seu indicador.

– O sargento Portnoy descreveu esse cara para mim. É um debiloide. Tem um parafuso a menos, e você dá banho nele. Já pensou se ele tivesse tentado violentá-la?

– O sargento Portnoy estava no corredor.

– Porque insistiu para ficar diante da porta. Você tinha lhe pedido para voltar à delegacia. É ou não é?

Hurley suspirou e cruzou os braços.

– Sou uma *profiler*. Sei quando tenho um criminoso na minha frente. Tom é tão inocente quanto um passarinho caído do ninho. Tem medo, está aterrorizado, mas não é louco!

– Você não é uma especialista em psiquiatria. Cabe à justiça estabelecer isso.

– Não está pensando em prendê-lo, espero!

– Gostaria de interrogá-lo quando tiver terminado esse interrogatório de mentirinha. Sabe muito bem no que dão esses retratos-falados. Ficam parecendo dez porcento dos habitantes da cidade. Isso não serve para nada!

– Sem mim, nunca teríamos encontrado essa testemunha. Se tratá-lo mal, vai se arrepender!

Hurley estava realmente com raiva. Ele estava indo além dos limites. Deu meia-volta e tentou refazer seu sorriso antes de entrar novamente na sala.

Tinham começado sem ela. Um rosto mais para oval e uma boca. Sem olhos, nariz ou orelha.

– Não – disse Tom.

Brooks pôs outra boca, outra e outra ainda. Hurley veio se sentar ao lado de Tom e voltou a pegar sua mão. Depois de umas trinta tentativas, Brooks parou o desfile e se virou para Tom.

– Quer que comecemos pelos olhos, talvez?

Hurley sentiu a animosidade latente. Brooks não acreditava mais na pertinência daquilo. Não estava longe de concordar com ele. Tom parecia não estar ali. Como se não compreendesse realmente o que estavam lhe pedindo.

– Sim – respondeu Tom.

Brooks lançou um olhar pouco convencido a Hurley, mas voltou ao trabalho. Fizeram desfilar dezenas de pares de olhos. Em vão. Tom foi incapaz de escolher. Hurley sentiu que o estresse estava dominando o rapaz.

– Tom, quer que paremos e tentemos mais tarde? Quer descansar?

– Pode descrevê-lo para nós? – interveio Blanchett. – Sua idade, se usava óculos, era careca, barbudo, gordo, magro, pequeno, entende?

– Eu querer lápis.

Blanchett olhou para ele e não soube mais o que pensar. Começava realmente a acreditar que Hurley tinha razão e que ele era inocente, mas quanto a tirar alguma coisa dali... Um retrato-falado desenhado por um retardado mental!

– Ok, fique aqui, vou trazer para você.

Hurley deixou a sala e voltou alguns instantes depois com um caderno em espiral, gizes e lápis.

– Tome, é para você, de presente.

Hurley viu o sorriso sarcástico de Brooks e prometeu que lhe diria duas palavrinhas em particular. Detestava aquela arrogância.

Tom pegou os lápis com uma delicadeza extrema e levou quase dois minutos para se decidir por um lápis preto de ponta fina. Pegou o caderno e, lentamente, com uma espantosa precisão, começou a desenhar o contorno de um rosto.

Brooks e Blanchett ficaram atônitos. Hurley estava nos céus. A natureza é muitas vezes caprichosa. O que tira de alguém, devolve-lhe de outra forma. Se Tom não sabia falar, tinha, por outro lado, um dom evidente para o desenho. Rapidamente, o rosto se definiu. Com pequenos toques extremamente precisos, desenhou o nariz, a boca, as orelhas, a barba.

– E essa agora, nunca imaginaria! – exclamou Blanchett.

Estava maravilhada com o talento do rapaz.

– Que Deus seja testemunha, esse garoto é um gênio! – lançou Brooks, encantado.

Hurley não pôde evitar de lhe dizer:

– Nunca se deve julgar um livro pela capa.

Porém, absorvido demais pela contemplação do artista, Brooks não captou a indireta.

A porta se abriu e Logan entrou.

– Repita que sou uma idiota – disse Hurley, num tom cheio de subentendidos.

Logan franziu as sobrancelhas e percebeu, pela atitude de

Blanchett e de Brooks que alguma coisa estava acontecendo. Viu Tom rabiscando o caderno e então arregalou os olhos ao descobrir o rosto.

– Inacreditável!

Era o melhor retrato-falado que já vira. Olhou para Hurley, todo arrependido.

Tom parou e baixou seu lápis.

– Ele! – disse, apontando seu desenho. – Jogar homem da ponte.

Seu tom era seguro. Não manifestava a menor dúvida. Logan teve que concordar com Hurley. Ele não era o culpado. Divulgaria o quanto antes aquele retrato na televisão e na mídia impressa.

– E não viu mais nada? – perguntou.

Tom olhou para ele e respondeu tranquilamente.

– Carro – disse, pegando de novo o lápis.

19

Stuart decidira passar a noite em seu quarto. Não estava no pique de sair com seus amigos da Delta. A tarde lhe parecera interminável. Agora, lia suas revistinhas, confortavelmente deitado na cama. Uma música de Fergie tocava no rádio.

Escutou batidas na porta. Olhou para o relógio. Nove e doze da noite. Certamente algum estudante da Delta vindo chamá-lo para sair na cidade. Não sentia a mínima vontade, mas talvez aquilo ajudasse a espairecer.

Levantou-se e abriu a porta.

– Posso falar com você? – perguntou Judith.

Stuart esperava qualquer coisa, menos aquilo.

– Sim, é claro.

– Queria me desculpar por hoje ao meio-dia. Fui injusta com você.

Ela se sentara na cama. De pé, à sua frente, Stuart não conseguia acreditar. Judith em seu quarto!

– Não fiquei chateado com você. Compreendo-a.

– Pelo contrário, deve ficar chateado. Agi como uma imbecil. Mas você não tinha como saber. É a minha irmã mais nova que sofre dessa doença. É terrível vê-la definhar dia após dia. Não consigo entender o que se passa na cabeça dela.

Stuart não sabia o que responder e ficou sem dizer nada enquanto o novo *single* de Britney Spears enchia o quarto.

– Queria tanto que ela melhorasse!

Aquele tom sinceramente triste bastou para fazer Stuart esquecer todo rancor.

– Eu me informei sobre essa doença. Tem cura.

Imaginava que ela soubesse bem mais do que ele sobre aquele flagelo, mas sempre valia a pena lembrar certas verdades.

– Eu sei, mas Shannon está cada vez pior, não quero que ela morra.

Stuart sentiu toda a aflição que havia naquelas palavras. Se ao menos fosse como Kyle! Teria sentado ao lado dela, abraçado-a e a reconfortado. Mas era apenas um gordinho tímido...

– Não há razão para que ela morra. Enquanto souber que há pessoas que gostam dela, ela viverá. Deve sempre ir vê-la.

Judith ergueu a cabeça.

– Obrigada. Estou realmente envergonhada pelo que disse ao meio-dia. Mas se soubesse como sofro por ver minha irmã nesse estado!

– Que idade ela tem?

– Dezesseis anos. Ela era tão bonita dois anos atrás.

– Talvez eu pudesse falar com ela. Tenho toneladas a mais do que devia e convivo com isso numa boa. Talvez consiga convencê-la a comer.

Judith sorriu.

– Não é tão simples. Shannon não tem nada contra a ideia de comer. Simplesmente não consegue fazê-lo.

– Podemos tentar de qualquer jeito, a menos que isso a incomode.

Judith se levantou da cama.

– Você é gentil, Stuart. Vou pensar na ideia. Em todo caso, espero que não esteja muito chateado comigo.

– Nem um pouco, juro – disse ele, sentindo-se um novo homem.

Ele, que sempre se sentira inferior aos outros, tinha a impressão de que ela o tratara como um grande sábio. Aquilo era agradável pra diabo.

– Bom, nesse caso, espero que nos vejamos na festa de sábado. Conto com você.

– Estarei lá.

Judith abriu a porta.

– Boa noite, Stuart.

– Boa noite, Judith.

Assim que fechou a porta, Stuart deixou sua alegria explodir. Não podia acreditar. Aguentara como uma fera. Nem uma nota em falso, nem uma observação inoportuna. Judith estava disposta a se tornar sua amiga. Era maravilhoso!

Aumentou o volume do rádio e se deitou na cama, emocionado e cheio de esperança.

Kyle subiu a pé a estrada que serpenteava por Golden Hill. A noite estava fria. No céu estrelado, a lua cheia dava à paisagem uma aparência espectral. As mansões disseminadas no flanco da colina, iluminadas como estrelas por projetores que ignoravam a economia de energia, podiam ser entrevistas além dos altos muros e das espessas fileiras de árvores.

Um carro chegou atrás dele. Kyle parou e viu passar uma Ferrari. O ronco do motor era fabuloso, uma joia de tecnologia e elegância. Cruzou o olhar de um homem na faixa dos quarenta que o perscrutou com atenção, mas continuou seu caminho em direção a outros céus, fazendo rugir seu motor.

Quanto dinheiro! Enquanto isso, milhões de americanos viviam numa pobreza extrema. Kyle sabia que o mundo era assim. Não tinha fé no homem em geral, e ainda menos nos políticos. Democratas, republicanos, eram todos filhos de uma rica elite. O dinheiro como único caminho para o sucesso.

Retomando sua caminhada em direção à mansão Paradise, Kyle mergulhou novamente em suas reflexões. Era mais de meia-noite, mas não conseguira se liberar antes. Seus irmãos da Alfa tinham-no convidado para uma noitada na cidade a que não podia se dar ao luxo de faltar se queria que suas relações com os membros da fraternidade não degringolassem. Detestava a maior parte deles. Filhos de famílias ricas que desprezavam todos aqueles que não faziam parte de seu círculo. Se não fosse tão bom no futebol americano, certamente estaria destinado ao mesmo desprezo.

Andou ainda cerca de trezentos metros antes de chegar a um pedaço da estrada que formava um cotovelo. Um suntuoso portão de ferro forjado delimitava a entrada da mansão Paradise, situada na ponta de uma longa alameda de cascalho e rodeada por uma vegetação muito bem cuidada. Adivinhou-a graças à luz do poste da rua: nenhum som, nenhuma luz provinham da casa

Viu a câmera de vigilância, mas não estava nem aí. Tinha certeza de que o dispositivo estava desconectado.

Escalou o portal de abertura eletrônica, esperando que nenhum carro passasse naquele momento, mas não percebeu nada no horizonte, nenhum barulho de motor. Pulou do outro lado, entrando na propriedade. Com passo tranquilo, subiu o caminho que levava até a casa, contornou a fachada principal e ladeou a parede da direita. Escutava o vento soprar nas árvores, e apreciou a vista de River Falls. Encontrou-se diante da imensa porta de vidro da sala e fê-la correr lentamente. Uma vez dentro da casa, fechou-a atrás de si.

O calor que ali reinava lhe provocou um arrepio de prazer. Abriu sua jaqueta e, usando a luz da tela de seu celular, atravessou a sala até a escada.

O silêncio era total.

Subiu a escada até o primeiro andar. O chão coberto de carpete absorvia o barulho de seus passos. Lentamente, mas certo de sua meta, dirigiu-se até o quarto do fundo. A porta estava fechada. Guardou o telefone no bolso e a abriu.

Uma jovem dormia numa cama. Ela não fechara a persiana e a luz da lua dava a seu rosto um brilho irreal. Kyle se aproximou sem fazer barulho. Estava terrivelmente excitado. Tirou a jaqueta, depois todas as roupas, cuidando para não fazer barulho. Levantou o edredom e se deitou ao lado da garota.

A esse contato, ela acordou e soltou um grito.

Kyle explodiu de rir soltando-se dela.

– Seu cretino, você me assustou! – recriminou-o Cheryl, mas o tom desmentia sua raiva. Aproximou-se dele e se grudou em seu corpo.

– Venha, vou aquecê-lo.

Kyle apertou-a em seus braços e cobriu-a de beijos. Fizeram amor. Quando acabaram, ficaram por longo tempo abraçados, olhando-se à luz da lâmpada de cabeceira.

Cheryl finalmente se sentou na cama e, encostada à parede, acendeu um cigarro. Sentia-se bem. Nunca pensara que pudesse se apaixonar tão rápido. Seus namorados eram sempre soberbos, rapazes bonitos de famílias ricas. Jovens que tinham tempo e dinheiro suficiente para cultivarem um corpo de Apolo sem por isso abandonar seus estudos.

Mas Kyle era diferente. Embora se recusasse a falar de sua vida, ela sabia que não era rico. Havia alguma coisa nele que a atraía furiosamente.

– Você é o rapaz mais estranho com que já transei.

– É porque é a primeira vez que fica com um cara de Seattle – replicou ele.

– Sai dessa. Já saí com muito mais caras do que imagina. Aliás, está longe de constar entre os melhores.

Kyle sorriu e pegou o bico do seio dela entre o polegar e o indicador.

– Diga isso de novo para ver? – disse, apertando levemente.

Cheryl soltou um gritinho.

– Ok, estou brincando, você é uma foda razoável – disse ela.

Tragou o cigarro e acrescentou em voz suave:

– Uma superfoda, na verdade.

Kyle pôs as mãos atrás da cabeça e deitou de costas. Cheryl era um presente do céu. Tinha tudo o que podia desejar. Bonita, cheia de humor, um caráter bem formado, e um apetite sexual notável. O que mais podia querer?

– Já pensou se seus pais morressem num acidente? Se dá conta? Tudo seria seu. Casava com você na hora!

Os pais de Cheryl tinham saído havia três dias para uma viagem de uma semana nas Bahamas. Tinham deixado a mansão nas mãos dela sob a condição de que não organizasse nenhuma festa e não convidasse qualquer um. Mantivera sua promessa: era a terceira noite que Kyle vinha encontrá-la.

– Não brinque com isso – indispôs-se ela.

Kyle sentiu que tinha dado uma bola fora. Ergueu-se e aproximou sua cabeça da de Cheryl.

– Estou cagando pro dinheiro. De qualquer modo, daqui a três ou quatro anos, estarei numa das melhores equipes da Conferência Oeste e ganharei dinheiro suficiente para comprar o que quiser: carro, mansão, talvez até um iate, quem sabe... Mas há uma coisa que nunca poderá ser comprada – disse ele, beijando-a na boca – o coração de uma mulher.

Cheryl perdoou-o imediatamente por sua bola fora. Tragou o cigarro e o apagou sem tê-lo acabado.

– Seu grande mentiroso. Não vê em mim mais do que um objeto sexual. Tem mesmo muita sorte de ter essa carinha de anjo.

Se não duvidava de que o fim da frase fosse exato, ambos sabiam que a primeira parte era pura mentira. Sentia realmente alguma coisa por Cheryl. Talvez não fosse amor, mas uma verdadeira afeição. Desde aquela primeira noite no hotel, tinham se visto quase todos os dias. Quanto mais tempo passavam juntos, mais gostavam um do outro. Não tinham muitos pontos em comum, mas uma mesma maneira de ver a vida.

E Cheryl adorava a maneira que ele tinha de olhar para ela. Via bem que não representava para ele um simples troféu que ele acrescentaria à sua lista de conquistas. Era um namorado afetuoso e delicado, não um daqueles imbecis que só pensavam no próprio prazer ou queriam filmar suas trepadas! Sob seus ares de *bad boy*, Kyle era o mais terno dos amantes.

– *Você* sabe que *eu* o amo – disse ela, apertando-se com força contra ele.

Kyle sentiu seu desejo voltar a galope e eles mergulharam novamente numa longa noite de paixão.

20

Eram quase oito da noite quando Logan voltou para casa. Hurley o avisara que não jantaria com ele; havia restos da véspera na geladeira. Logan pôs um gratinado de batatas no micro-ondas e atacou a salada de tomates direto na saladeira, de pé, com uma cerveja aberta em cima da pia.

Estava terrivelmente chateado consigo mesmo por seu erro de julgamento; aquele Tom era mesmo um bom rapazinho. Fora injusto e, pior, não demonstrara a menor compaixão por aquele pobre coitado.

Compreendia que Hurley estivesse brava com ele, merecera, mas esperava que ela o perdoasse quando apresentasse suas desculpas.

O apito do micro-ondas se fez escutar; faróis iluminaram a rua.

Logan foi até a janela e viu o Escort de Hurley estacionando à beira da calçada. Deu uma olhada para a saladeira na qual só restavam duas míseras rodelas de tomate. *Espero que ela esteja com vontade de comer o gratinado!*, pensou, sem chegar a sorrir.

Hurley saiu do carro de cara fechada. Aquilo não pressagiava nada de bom. Depôs a saladeira e bebeu um gole de cerveja. Ouviu a porta abrir, mas ficou na cozinha. O barulho de saltos no assoalho, um casaco sendo pendurado no armário da entrada, então Hurley apareceu na soleira da porta.

– Lamento muito. Fui um tolo, peço-lhe desculpas.

Hurley se encostou no armário sem dizer nada.

– Tive medo por você. Estava preocupado com a ideia de que ficasse sozinha com um possível assassino. Portnoy não me fez um retrato muito animador de Tom. Preferi seguir a opinião de meu agente à sua. Foi isso – disse ele erguendo os ombros.

– É tudo? E agora tenho que dizer que aceito suas desculpas e fazer como se nada tivesse acontecido?

O tom era implacável. Logan detestava aquilo. Não podia reconhecê-la.

– O que mais quer que eu lhe diga? Quer que suplique seu perdão? Que me ajoelhe aos seus pés?

Hurley soltou um profundo suspiro e foi se servir de um uísque.

– Estou com muita raiva de você – lançou ela numa voz controlada a custo. – Tem sorte por se dar conta de sua idiotice! Se tivesse tentado provar que estava certo... – ergueu os olhos para o céu e tomou um grande gole. – A vida de um rapaz estava em jogo. Percebe que estava prestes a fazer dele o culpado ideal apenas porque é diferente?

Logan susteve seu olhar, mas se sentia muito pequeno.

– Tom teria sido incapaz de se defender, teria assinado todas as confissões do mundo. O assassinato do sem-nome, o de Robert Gordon e mesmo os de Martin Luther King e Kennedy se lhe pedisse!

– Não sou tão estúpido assim.

Mas talvez fosse? Teria realmente levado Tom a confessar sem nenhuma prova circunstancial?

– Às vezes, tenho cá minhas dúvidas! – replicou Hurley.

Bebeu mais um gole de uísque e saiu da cozinha com passo determinado.

Logan não podia condená-la. Terminou sua cerveja antes de se atrever a ir atrás de Hurley na sala.

Ela colocara um CD de Schubert e diminuíra as luzes. Sentada no sofá, de olhos fechados, tentava se acalmar. Com a ajuda do álcool, estava começando a conseguir.

– Enviei o retrato-falado para a imprensa. Espero que dê resultado – disse, sentando-se de frente para Hurley. – Levou Tom para o albergue?

Hurley abriu os olhos. Não estava com a mínima vontade de falar com ele, mas não queria piorar a situação.

– Sim, concordaram em alojá-lo esta semana. Deram-lhe outras roupas limpas. Vai ter que preencher uma pilha de documentos, justificar sua identidade. Você se dá conta de que ele sequer tem documentos? Não sabemos seu sobrenome. Tenho quase certeza de que não está registrado em nenhum cartório. Teremos que lançar um aviso de busca. Tom não pode ter sobrevivido na floresta sem alguma ajuda. Devia viver com outros sem-teto. Valeria a pena interrogá-los para saber quem cuidava dele.

Aquelas eram de fato as coisas certas a fazer. Por que ele demorara tanto a compreender?

– Esse rapaz não deve ter tido uma vida fácil. Quando vejo isso, não posso evitar um sentimento de revolta. Um país tão rico quanto o nosso...

Logan aquiesceu. Foi até a cozinha e voltou com um copo na mão e a garrafa de uísque na outra.

– Toma mais um?

Hurley estendeu seu copo vazio. O álcool e a música de Schubert tinham acabado de acalmá-la. Sentia-se agora mais abatida do que com raiva.

– Um dia, isso vai ter que mudar. Este país anda de cabeça para baixo.

Logan concordava plenamente, mas não acreditava na mudança. Cada um por si e Deus por todos! Esse era o credo dos americanos.

– Felizmente, há pessoas como você, Jessica – disse, simplesmente.

Hurley suspirou: aquilo era tão irrisório... Egoísmo, individualismo e inveja demais. Do que servia lutar contra um sistema daqueles...

Logan, percebendo a escuridão dos pensamentos dela, instalou-se a seu lado. Abraçou-a e, num silêncio quase religioso, beberam seu uísque escutando todo o quarteto de cordas de Schubert.

Sábado, 20 de outubro de 2007

21

– Tom, tem alguém querendo vê-lo – disse a Sra. Winter.

O jovem levantou da cama.

– Sinsinhora.

Esperava que fosse a moça do FBI. Ela já viera terça e quinta, e prometera passar no fim de semana. Embora a Sra. Winter fosse gentil, Jessica Hurley era bem mais bonita, pensou, corando. Vestiu-se rapidamente e seguiu a diretora do albergue pelos corredores do prédio.

Acabara de dar sete horas. A maior parte dos pensionistas ainda dormia.

Desceram a escada que levava à recepção e o entusiasmo de Tom sumiu assim que reconheceu seu visitante: Ritchie, seu pai adotivo – pelo menos era assim que ele se autodefinia desde que passara a se ocupar de Tom.

– Tom, dê cá um abraço, meu filho! – disse Ritchie, lançando-se em direção ao rapaz com um grande sorriso.

A Sra. Winter se manteve recuada, emocionada com aquele reencontro. Podia ver que o homem, na faixa dos cinquenta, fizera um esforço para vir à cidade. Embora suas roupas estivessem gastas, caíam-lhe bem e, sobretudo, ele não recendia aquele cheiro horrível que impregnava os sem-teto que viviam havia muito tempo na rua. Ele penteara sua longa cabeleira, e até sua barba.

– Não imagina a preocupação que me causou! Faz dias que o procuro por toda parte – retomou Richtie.

Colocara suas duas mãozonas nos ombros de Tom e o admirava como se fosse a oitava maravilha do mundo.

– Puxa, eles o trataram mesmo muito bem, está bonito como um príncipe – disse, antes de se virar para a Sra. Winter. – Foi muito gentil de sua parte. Quanto lhe devo pelas roupas?

A Sra. Winter percebera muito bem que o homem não tinha mais dinheiro do que Tom, mas achou aquilo delicado de sua parte e não duvidou mais de suas boas intenções.

– Nada – disse ela com benevolência. – Então, Tom, está contente de rever seu pai?

Ele mantivera o rosto fechado e não pronunciara uma única palavra.

– Sinsinhora.

O tom era completamente frio.

– Algum problema, Tom? – perguntou.

Embora o homem parecesse honesto, não queria deixar um de seus pensionistas partir com qualquer um. Não era tão cândida quanto pensavam as pessoas de River Falls. Já perdera as ilusões quanto à alma humana.

– Não, estar contente. Voltar casa.

Apesar de tudo, a frase soou falsa aos ouvidos da Sra. Winter. Mas o que podia fazer, senão deixá-lo partir? Tom era maior de idade e, embora as condições de vida fossem melhores no albergue do que nos abrigos improvisados nas velhas serrarias, ele devia voltar aos seus. O albergue era um lugar de passagem, não para se passar a vida.

Acariciou-lhe o rosto.

– Espero você na segunda-feira. Deve retomar os cursos de dicção e escrita, promete?

– É claro que ele virá, não é mesmo, filhão? – disse Ritchie, sem perder seu bom humor.

– Poder pegar lápis? – perguntou Tom.

A Sra. Winter sentiu um aperto no coração; ele era tão comovente!

– É claro, Tom, pegue folhas para desenhar também. Não esqueça que devo lhe apresentar para algumas pessoas. Um talento como o seu não pode ser desperdiçado.

– É o que eu sempre lhe disse. Um dia, ainda há de ser célebre!

– Vamos lá arrumar suas coisas – retomou a Sra. Winter – Dê-nos um instante, sim?

Ritchie sorriu e fez sinal de que esperaria ali. Quinze minutos depois, com uma mala, vestido com suas melhores roupas, Tom voltou a encontrá-lo na recepção.

– Venha cá, deixe-me lhe dar um beijo – disse a Sra. Winter, dando-lhe uma beijoca no rosto.

Tom não se mexeu. Gostaria tanto de ficar ali. Adoraria ver pelo menos mais uma vez a moça do FBI.

– Vamos nessa, Tommy?

Tom balançou a cabeça e saiu do albergue sem olhar para trás.

Do lado de fora, ainda não era completamente dia, mas se podia ver que o céu estava coberto. Tom sentiu o frio agredi-lo e apertou seu longo cachecol malva. Era o mais belo presente que ganhara, depois do material de desenho. Seu nome fora bordado nele pela própria Sra. Winter.

– Caramba, capricharam no seu figurino. Estou vendo que o senhor agora quer viver a doce vida! – zombou Ritchie, assim que atravessaram a rua.

Olhando para os sapatos, Tom se manteve em silêncio.

– Você se dá conta que, se não tivesse visto sua cara no noticiário, nunca o teria encontrado? Pode agradecer ao xerife por ter feito grandes esforços para encontrar sua família! – ironizou.

Os dois se detiveram na primeira parada de ônibus. Ritchie sentou-se no banco e contemplou Tom.

– Não diz nada? Pode me explicar por que não me deu notícias? Achou que ia escapar assim? Depois de tudo que fiz por você! – retomou, em tom cada vez menos amistoso.

– Perdão – respondeu Tom.

Que besta quadrada!, pensou Ritchie, balançando a cabeça. *Isso não é um homem! É uma maria-mole!*

– Ah, acha que pode se safar com desculpas? Você me feriu profundamente, Tommy. Estava disposto a me abandonar por essas pessoas que nem conhece. Ao menos sabe o que pensam de você?

Quando Tom não voltara ao abrigo segunda-feira à noite, sentira-se traído. Fazia quinze anos que cuidava dele. Quinze anos suspirando pela puta da mãe dele, que abandonara o menino em seus braços. Um moleque que sequer era seu filho! Embora nunca tivesse se considerado seu pai, apegara-se a ele. Uma das raras razões para continuar vivendo aquela vida de merda!, pensava muitas vezes.

– Estão cagando para você. Acham muito engraçado, um bobalhão assim! Acha mesmo que gostam de você? Iam apenas mostrá-lo aos médicos, como um animal de feira. Não é como eles e nunca será. A única pessoa que o ama nessa porra de mundo sou eu!

Tom não o escutava. Só conseguia pensar em Hurley. Precisava revê-la. Fora a primeira pessoa a ser gentil com ele, a compreendê-lo. Ritchie não era mau, mas não era a mesma coisa. Nunca conversavam. Com a moça do FBI, pela primeira vez na vida sentira confiança em alguém. Com ela, tinha vontade de falar.

– E Cox? Pensou em Cox? O pobre cachorro não para de uivar a noite inteira.

Tom ergueu a cabeça. É claro que pensara nele. Era a única coisa que o consolava por voltar para casa: rever seu cachorro, um fiel labrador que Ritchie lhe dera em seu aniversário de doze anos. Fazia dez anos que formavam uma inseparável dupla de amigos.

– Querer voltar. Não partir para sempre.

Ritchie o fuzilou com o olhar.

– É o que diz agora – resmungou. Mas, se não tivesse vindo buscá-lo, tenho a impressão de que logo teria nos esquecido.

Tom não respondeu. Era inútil mentir. O barulho do motor de um ônibus anunciou sua chegada. Ritchie levantou-se do banco e deu um tapinha afetuoso nas costas de Tom.

– Nunca mais faça uma coisa dessas. Pensei que estivesse morto, grande pateta!

Um homem dirigindo um Mercedes alugado esperou que o ônibus arrancasse para segui-lo. Aquilo não podia durar.

Devia a qualquer preço neutralizar aquele elemento perturbador. O dia estava apenas começando, mas o homem sabia que seria particularmente longo.

Logan sentiu uma pressão. Abriu os olhos e descobriu Hurley que se apertava contra ele.

Havia cinco dias que não faziam amor. Embora o machado de guerra tivesse sido enterrado na própria noite em que tinham brigado, Logan sentia que Hurley continuava chateada com ele. Evitava suas carícias noturnas e dormia enrolada, virada para a parede. Durante o dia, não vinha mais almoçar com ele, evitava-o o máximo possível.

Sabia que ela estava cuidando do futuro de Tom, mas aquilo não lhe tomara mais do que dois dias. O que fazia o resto do tempo?

À noite, só abordavam assuntos insignificantes; nenhum deles tinha coragem de ir ao fundo das coisas. Logan tinha medo demais de suas próprias oscilações de humor. Sabia que aquele era seu pior defeito. Um temperamento sanguíneo que o fazia às vezes dizer as piores besteiras.

Naquela primeira manhã do fim de semana, sentir a mão quente de Hurley em seu peito foi uma benção. Virou-se para ela e saboreou o olhar que lhe oferecia.

– Não quero que briguemos nunca mais. Prometa para mim – disse ela.

– Prometo. Você é a pessoa que mais amo no mundo. Se lhe acontecesse alguma coisa, eu não sobreviveria.

Realmente pensava aquilo. A morte era bem mais desejável do que uma vida sem Hurley.

– Ninguém vai morrer, seu machista barato – zombou ela ternamente.

Suas bocas se aproximaram, assim como seus corpos.

– Pensei em ir ver Tom agora de manhã, se incomoda se nos encontrarmos depois do almoço?

Estavam na cozinha tomando o café da manhã. O relógio de parede marcava oito horas.

– Vá lá, eu irei à delegacia.

Apesar da exatidão do retrato-falado, sua divulgação não levara a nada: umas trinta chamadas, mas, feitas as verificações, o único erro dos incriminados era ter uma barba longa. Quanto ao carro desenhado por Tom, era um Ford série F, o carro mais difundido em todos os Estados Unidos. Interrogar cada proprietário levaria meses – sem falar que podia se tratar de um veículo roubado.

Sem-nome não era nenhuma princesa de Gales; ninguém iria acionar os grandes meios por causa dele. A menos que acontecesse um milagre, o sem-nome de River Falls iria engrossar a pilha dos casos arquivados sem solução.

E, quem sabe, talvez em vinte anos uma Lilly Rush venha reabrir o dossiê!, pensou Logan, terminando sua xícara de café.

Estava feliz por ver Hurley de bom humor naquela manhã nublada. Sua licença acabava dali a menos de duas semanas. Não conseguia se acostumar com a ideia, embora já não tivesse mais dúvidas de que ela voltaria para Seattle.

– Virá me ver todos os fins de semana? – perguntou.

Perdida em seus próprios pensamentos, Hurley olhou para ele sem compreender.

– Imagino que vá retomar seu trabalho dia primeiro de novembro, não?

Desde a promessa de Logan de que revelaria a causa de sua primeira ruptura, nunca mais tinham abordado o assunto – ainda menos naqueles últimos cinco dias.

– Sim, e virei vê-lo sempre que possível. Vai depender do trabalho. Não tenho a menor intenção de deixá-lo.

Logan balançou a cabeça e pegou um cigarro. Pronto, tinha a certeza que temia. Ela ia partir. Conseguiria suportar viver assim?

– Não quer mais saber o que me levou a deixá-la naquela época?

– Sim, mas isso não mudará minha decisão.

– Então fica para outro momento.

Deu uma tragada no cigarro e desviou o olhar para a janela. Longe dos olhos, longe do coração. *Não vai me esquecer em Seattle?*, pensou.

No entanto, sabia que não tinha moral para culpá-la se aquilo acontecesse. Fora ele que a deixara, fora ela que voltara...

– Tem que me compreender. Preciso voltar a Seattle – disse Hurley. – Preciso trabalhar. Não sou uma dona de casa. Lamento.

– Não precisa lamentar. Não se deve prender um pássaro numa gaiola. Por mais linda que seja sua plumagem e mais melodioso que seja seu canto.

Hurley ficou tocada com a comparação. Colocou sua mão sobre a de Logan.

– É como você. Gostaria que fosse mais sensato, menos impulsivo, mas aí não seria mais você e, pensando bem, amo-o assim do jeito que você é.

Logan percebeu a ambivalência daquele elogio. E até que se esforçara para mudar, mas era mais forte do que ele.

– Ok, tenho certeza de que conseguiremos.

Autossugestão, nada como ela, ironizou para si mesmo.

– Não tenho a menor dúvida – respondeu Hurley.

22

Stuart se sentia cada vez menos à vontade. O que lhe dera na cabeça de dizer aquilo? O que podia fazer para ajudar a irmã de Judith?

Mas era tarde demais para desistir; estava a menos de três portas do quarto de Shannon.

– Estou contente de que esteja aqui. Tenho certeza de que vai lhe fazer bem falar com você – disse Judith.

– Espero que sim – respondeu, com um nó na garganta.

O prédio da fundação era magnífico. A arquitetura e decoração interna manifestavam o desejo de criar um lugar de harmonia, serenidade e beleza. Stuart ficara sabendo na internet que Margareth-Smith construíra aquele centro dez anos antes, após a morte de sua filha. Lamentara que a caridade dos ricos só se manifestasse quando um drama pessoal os atingia. Todavia, no final das contas, era melhor do que nada. E se a irmã de Judith podia ser beneficiada...

Chegaram ao quarto de Shannon. Judith bateu na porta; nenhuma resposta. Mesmo assim, girou a maçaneta e entrou. Uma garota estava sentada numa poltrona colocada diante de uma janela pela qual podia se observar um jardim fechado. O chuvisco que caía de um céu cor de chumbo contribuía para dar um aspecto sepulcral à cena.

– Bom dia, Shannon – disse Judith, aproximando-se de sua irmã.

Shannon fez o esforço de virar a cabeça para ela. Stuart

teve dificuldade em esconder seu espanto. A adolescente estava esquelética. As maçãs do rosto saltadas, os olhos fundos e a tez de uma palidez cadavérica.

– Bom dia, Judith – disse ela, sem se levantar de sua poltrona. Lançou um olhar intrigado a Stuart, que tinha a impressão de que ela podia ver através dele, como um mutante dos *X-men*!

– Bom dia, meu nome é Stuart.

Shannon se levantou lentamente, virou sua poltrona de maneira que ficasse de frente para ele e voltou a sentar.

– Como o ratinho! Mas bem mais gordo! – zombou ela.

Tinha começado bem!

– Não é verdade, Stuart Little pesa quase cem quilos, mas, para o filme, eles o diminuíram: a magia dos efeitos especiais – defendeu-se espontaneamente.

Shannon olhou para ele, espantada, antes de se virar para sua irmã mais velha.

– Quem é esse cara?

– Um dos meus melhores amigos, portanto, peço que converse com ele.

– Que ideia é essa de trazer um gordinho para falar comigo? O que quer me provar? Acha que vê-lo vai me dar vontade de comer?

Judith conhecia as oscilações de humor de sua irmã. Podia ser de uma gentileza extrema ou a pior das pestes. Infelizmente para ele, ela estava num dos seus maus dias.

– Por favor, Stuart, não a leve a mal – disse Judith, que começava a se arrepender de tê-lo convidado.

Devia se sentir terrivelmente humilhado.

– Você não entendeu nada, minha cara, eu apenas queria ver com o que se parece um cadáver ambulante. Aliás, se pudesse se levantar para eu ver melhor... – disse ele, com uma ousadia que desconhecia em si mesmo.

Por incrível que pareça, Shannon não o intimidava. Parecia ter saído de uma de suas revistinhas. Uma daquelas criaturas cruéis e graciosas! Sabia como os heróis deviam falar com elas.

– Stuart! – disse Judith, injuriada.

Todos os tipos de emoções passaram pelo rosto descarnado de Shannon, e ela se levantou com um "buuu" de fantasma. Stuart quase soltou um grito, mas se controlou e pensou discernir uma ponta de malícia nos olhos da doente.

– É o melhor que pode fazer? Desse jeito nunca será contratada por Wes Craven.

– Um gordinho entendido de filmes de terror!

– O gordinho lhe diz que você é apenas uma pestinha de burguesa mal-educada – replicou Stuart, mais secamente do que pretendera.

Com o rosto vermelho de raiva, saiu do quarto e foi se sentar nos primeiros degraus da escada. Judith nunca mais lhe dirigiria a palavra; no entanto, não chegava a se arrepender de seu acesso de cólera.

Era a primeira vez na vida que não baixava a cabeça. Respondera a seu agressor com uma corajosa determinação. Podia se orgulhar de si mesmo!

Uma pobre anoréxica à beira da morte! Que ato de bravura!, ironizou uma vozinha em sua cabeça.

Já é um começo, cada coisa a seu tempo, tranquilizou-o uma segunda voz.

Ficou lá esperando que Judith saísse do quarto, mas, para sua surpresa, foi Shannon que veio e se sentou nos degraus a seu lado.

– Minha irmã acaba de me passar um sermão, mas está fula da vida com você por ter me insultado. Ela não imaginava que fosse capaz de ser tão cruel! A adorável idiota – começou Shannon, em tom de confidência.

– O que ela está fazendo?

– Pedi para que ficasse no quarto. Acho que me enganei a seu respeito. Talvez não seja tão diferente de mim no fim das contas. Seu físico lhe dá a aparência de um balofinho gentil mas um pouco tolo, tenho certeza de que ninguém se interessa pelo que realmente se passa em sua cabeça. Ninguém o compreende, não é mesmo?

Stuart não sabia o que pensar. Devia rir ou chorar? Viera

para ajudá-la e agora era ele que estava sendo analisado! E por uma espécie de espectro. Aquilo era o cúmulo!

– Minha irmã o convidou na esperança de que me mostrasse que podemos muito bem nos assumir com nossos problemas de peso. Mas a idiota não percebe que você daria tudo para não ser um gordinho. Estou enganada? – perguntou ela, com uma perspicácia surpreendente – Ela ainda não entendeu que minha doença não tem nada a ver com a fome. Simplesmente não consigo comer. Me dá vontade de vomitar. Tenho fobia a comida, como outros tem a aranhas.

Judith saiu do quarto e se aproximou deles.

– Stuart, vamos embora – disse.

– Não, ele fica comigo. No final das contas, gosto desse gordinho. Você o convidou para me ajudar, não foi?

Judith implorou a Stuart com o olhar, mas Shannon se interpôs:

– Não vai tê-lo assim tão fácil!

Apertou com força a mão de Stuart na sua.

– Sabe muito bem que ele está caidinho por você. Isso salta aos olhos. Ele não veio para me ajudar, apenas encontrou um meio de se mostrar heroico a seus olhos. O único porém é que está completamente enganado. Adoro você, Judith, mas você não entende muita coisa da natureza humana.

Stuart teve a impressão de que acabavam de enfiar um punhal em seu coração. Sentia tanta vergonha... Se ao menos pudesse morrer naquele instante!

Shannon apertou de novo seus dedos na mão dele.

– Deixe-nos, por favor. Faça isso por mim – concluiu, com voz mais suave.

Judith estava vermelha de confusão. Adorava sua irmã, mas ela era às vezes completamente histérica. E aquele pobre Stuart... Bom, ele que se virasse! Afinal, fora ideia dele ir lá.

– Muito bem, como quiser. Tchau, Shannon.

Desceu a escada sem se virar. Alguns instantes depois, ouviram o barulho da porta batendo.

Stuart sentia vontade de chorar, mas também de estrangular Shannon. Esta plantou seu olhar no dele e explodiu de rir antes de abraçá-lo. Sua crise de riso pareceu durar uma eternidade, mas, estranhamente, o contato com o corpo descarnado de Shannon não o repugnou. Bem pelo contrário, ele teve a impressão de que ela lhe passava uma energia boa.

Ela se acalmou por fim e soltou Stuart. Outros pacientes tinham saído ao corredor para ver que algazarra era aquela.

– Venha, vamos para o meu quarto. Tenho certeza de que tem coisas interessantes para dizer, mas nada a ver com o que minha irmã imaginava.

Stuart estava completamente desorientado, mas aceitou a mão que Shannon lhe estendia e a seguiu docilmente.

23

Logan voltou para casa no início da tarde. A manhã não trouxera mais do que alguns novos testemunhos, nada de interessante. O retrato-falado estava sendo divulgado havia quase uma semana e as chances de que alguém reconhecesse o assassino diminuíam. Mais dez dias e seria obrigado a enterrar o caso.

Afundou-se na grande poltrona comprada no início do mês, com uma cerveja na mão, e fechou os olhos. Sentia-se esgotado e desamparado. Duas investigações em menos de um mês e era incapaz de levá-las a termo. Continuava sem conseguir digerir a morte de Robert Gordon. Estava convencido de que aquela era uma história que envolvia grana alta e que Hilton tinha sua parte de culpa no assassinato. Mas como provar aquilo sem infringir a lei? Imaginara todo tipo de ação, mais ou menos legais: grampeá-lo, segui-lo, interrogar seus parentes... Mas sem algum tipo de prova, nada disso resistiria face a um advogado.

Embora acreditasse na justiça de seu país, sabia que ela não era perfeita – como toda instituição humana. Hilton ia escapar incólume, por maiores que fossem as certezas de Logan.

Ouviu a porta se abrir. Perdido em seus pensamentos, não prestara atenção no Ford que acabava de estacionar na frente da casa.

– Mike? – exclamou Hurley, avançando no corredor da entrada.

– Aqui! – respondeu ele, ajeitando-se na poltrona.

Ela largou sua bolsa e veio se sentar diante dele.

– O pai adotivo de Tom veio buscá-lo no albergue – disse ela. – Ele o reconheceu no jornal.

Fora Logan que colocara sua foto na mídia na véspera. "Tom, um jovem amnésico, procura sua família", indicava o comunicado. Nenhuma referência ao fato de ser um sem-teto e, ainda menos, ao de ser o autor do retrato-falado divulgado alguns dias antes. Era necessário evitar que seus parentes se assustassem supondo que estivesse ligado de alguma forma ao assassinato do sem-nome. Tom precisava encontrar os seus.

– Fico feliz por ele. Só espero que realmente seja seu pai – disse Logan.

Mas sua piadinha não foi bem recebida.

– O quê? – respondeu Hurley, nervosa.

– Nada, estou brincando. Bom, que tal dar uma volta na cidade? Fazer umas compras...?

– Não consigo parar de pensar nisso.

Logan franziu as sobrancelhas. O que estava passando na cabeça dela?

– E se tiver razão? Qualquer um poderia vir buscá-lo. Tom é como um menino obediente. Não sabe dizer não e tem medo de autoridade. Quem garante que quem o buscou não foi uma pessoa mal-intencionada?

– Mas ela teria que saber que Tom é retardado. Tomei o cuidado de não mencionar isso. Só uma pessoa que já o conhecia pode ter vindo buscá-lo – tranquilizou-a Logan, acrescentando em tom mais severo: – Foi você que quis publicar sua foto, não foi?

– Eu sei, mas gostaria de ter estado lá para verificar a identidade do pai.

– O que a diretora do albergue disse? Suponho que ela não o tenha deixado partir com qualquer um?

– Não, ela me garantiu que Tom o reconhecera e que ele parecia realmente simpático, mas que evidentemente se tratava de um vagabundo.

Logan se levantou e veio se sentar pertinho de Hurley.

– Sabe o que podíamos fazer? – ela olhou bem nos olhos dele. – Ir lá ver se está tudo certo com ele, topa?

Hurley assumiu um ar cândido.

– Faria isso por mim?

– Acho que lhe devo isso. Embora não seja muito regulamentar. Tom é maior de idade e, até que provem o contrário, não está sob a tutela de nenhuma instituição. É, portanto, livre para ir onde quiser e se relacionar com quem quiser.

– Sim, mas todo sistema é imperfeito.

Logan se espantou ao ouvir aquele eco a seus pensamentos precedentes. Eram mesmo feitos para viver juntos... Forçou-se imediatamente a não pensar em sua partida.

Lá fora, o céu estava pesado, mas a chuva continuava se recusando a cair.

– Melhor irmos preparados. Pode chover a qualquer momento.

Então, após um silêncio:

– E adoro quando usa suas botas de couro.

Era de se esperar. Um raio iluminou o céu, logo seguido de uma trovoada e de uma forte chuva.

– Merda, um dia tenho que consertar esse telhado – praguejou Ritchie, olhando a chuva que pingava do teto.

Morava havia mais de cinco anos naquela antiga cabana de caçador perdida na floresta. Fabricada com material encontrado em canteiros de obras, ficava afastada da comunidade de mendigos que viviam nas antigas serrarias.

Ritchie não suportava a promiscuidade. Prezava sua solidão. Por isso gostava de Tom e Cox: nenhum dos dois costumava falar.

Sua vida era uma porcaria, mas gostava dela. Aos cinquenta anos, sabia-se velho demais para mudá-la. Acabaria seus dias naquela cabana podre e, com um pouco de sorte, Tom se viraria para lhe pagar um enterro.

Abriu mais uma garrafa de vinho. Aquela noite era de festa. A volta do filho pródigo! Além de seu talento para o desenho, Tom tinha outra grande qualidade: era um excelente caçador. Formava uma dupla e tanto com Cox. Ritchie nunca teria tanta carne sem eles: traziam alguma coisa quase todo dia.

A caça clandestina era evidentemente proibida, mas fazia sentido deixar morrer de fome bons americanos que tinham lutado no Vietnã?, pensava com frequência. Mesmo que não tivesse mais de quinze anos quando a guerra terminou. Ritchie tinha raiva do mundo inteiro. Estava certo de ser alguém excepcional em quem o destino pregara uma peça, para começar, colocando em seu caminho a cadela da mãe daquele retardado. Ela partira seu coração. Ele se consolara da maneira que podia, afogando sua mágoa no álcool.

– À sua saúde, Tommy! – exclamou Ritchie, erguendo sua garrafa.

O fim do dia se aproximava e tivera que acender a lamparina para ver alguma coisa. Levou o gargalo à boca e meteu três grandes goles na goela.

– Ahhh! Isso faz um bem da porra!

Limpou a boca com a manga de seu velho casaco.

Nem uma puta podia lhe dar tanto prazer quanto uma garrafa de vinho, o que era bastante conveniente, pois fazia meses que não montava numa. Caras demais para ele! Vida de merda...

Os relâmpagos se sucediam, acompanhados do ribombar dos trovões. Eram agora verdadeiros fios d'água que caíam dentro da cabana, formando uma grande poça sobre o tapete.

– Não podem me deixar em paz? – rugiu, erguendo o punho contra os elementos em fúria.

Deu mais três talagadas e se levantou para colocar potes sob os buracos do telhado.

Aproveitou para aumentar o aquecedor a gás e dar uma olhada pela única janela. A chuva estava forte, o crepúsculo se abatera sobre a floresta, de maneira que não via quase nada. Para piorar, sua visão diminuíra muito.

– O que está fazendo, Tommy? Não vai pegar nada com um tempo desses!

Não gostava que o pequeno estivesse fora naquele tempo. Uma espécie de reflexo paterno, ou o medo de estar só na tempestade. Foi então que lhe passou pela cabeça que Tom podia ter usado o pretexto da caça para fugir de vez, levando Cox consigo. Essa ideia o gelou mais do que o frio.

Sentou-se novamente, voltando a pegar a garrafa de vinho.

– Não faria isso comigo, não é mesmo Tommy? Não deixaria o seu bom e velho pai morrer sozinho como um cão! – pronunciou em voz alta.

Engoliu raivosamente novos goles de vinho. O desgraçado devia ter tomado gosto pela cidade! A ingratidão dos filhos! Você dá o seu sangue por eles e eles enfiam uma faca em suas costas. Não lhe deixaria nem o cachorro!

– Filho da puta! Devia tê-lo deixado morrer quando sua mãe partiu. E dizer que você nem sequer saiu dos meus bagos!

Com a ajuda do álcool, começou a soluçar sozinho e, depois a rir de sua vida miserável. Terminou a garrafa e se levantou para pegar outra. Ao fazer isso, viu com o canto do olho uma silhueta se esgueirando entre as árvores.

Sentiu um intenso alívio. Como era tolo! Acreditara realmente que ele não voltaria. Foi até a porta e, apesar do vento e da chuva, escancarou-a.

– Tommy! Tommy? – chamou-o, procurando-o com o olhar.

Era estranho, não escutava os latidos de Cox.

Droga, estava mesmo precisando de uns óculos!

– Tommy? – gritou novamente.

Através da cortina de chuva, escutou um barulho à sua esquerda. Alguém vinha em sua direção. Grande demais para ser Tommy.

– Quem é você?

Mas, quando a lâmina penetrou sua garganta, a resposta se tornou a menor de suas preocupações.

Tommy parou atrás de um arbusto. A chuva não tardaria a cair. Era agora ou nunca.

– Não falar, Cox – sussurrou para o labrador.

Sob a cobertura das árvores, parecia noite. Mas, diferente

de Ritchie, Tom tinha uma excelente visão. Estava à espreita de um jovem cervo. Não era todos os dias que encontrava uma caça daquelas. Controlou sua respiração, posicionou o fuzil e caprichou na pontaria. O animal parecia desesperado. Devia ter sentido o cheiro deles.

Tom segurou a respiração e, num verdadeiro transe, apertou o gatilho. A bala atingiu o animal em plena caixa torácica. O jovem cervo caiu imediatamente.

Tom levantou o cano de sua arma e deu um tapinha na cabeça de Cox.

– Comer carne!

Cox latiu e saltou sobre o animal.

Tom estava contente. Embora a vida na cidade não o tivesse desagradado, seu elemento era a floresta. Gostava daquela vida, longe do tumulto dos humanos, sem necessidade de falar. Os outros sentidos eram bem mais importantes. A única coisa que lhe fazia falta era o rosto da moça do FBI. Era tão bonita. Esperava realmente poder revê-la.

Saiu da moita e juntou-se a Cox que, empolgado em excesso, dava voltas ao redor da carcaça do cervo, lançando breves latidos em direção a seu dono.

– Bom cachorro! – disse Tom.

Sacou sua faca de caça. Ritchie não queria que ele esquartejasse os animais muito perto da cabana.

Tom esperava que a chuva lhe desse ainda alguns minutos antes de começar a cair.

O Cherokee avançava no caminho de terra. Logan estava feliz por ter um carro daqueles, tão acidentado era o terreno. Tinham deixado a estrada havia mais de dez minutos e penetravam na floresta em direção às antigas serrarias, o refúgio dos marginais e sem-teto.

Aqueles pobres coitados tentavam sobreviver como podiam, não valia a pena prendê-los por bagatelas. Enquanto não perturbassem a ordem pública e ficassem na deles, Logan não via para quê perseguir aqueles que a prosperidade esquecera.

– Está incomodado, né? – perguntou Hurley, enganando-se sobre o que lia no rosto de seu homem.

Ela mesma estava em dúvida quanto à pertinência de ir procurar Tom. Ele não era tão imaturo assim. Não teria seguido um homem contra sua vontade.

– Não, nem um pouco. Só estava pensando nesses pobres coitados que vivem ali. Para eles, o sonho americano é realmente apenas um sonho.

Talvez fosse esse o problema, pensou Hurley. Deixar Tom viver sua vida. Mas que vida? A de um mendigo? Aquela de milhares de americanos que não tinham nenhum apoio. Alguns gestos de caridade aqui e ali não substituíam um sistema de reinserção à altura da tarefa.

– O sonho americano – continuou ela – se é que isso existe!

O silêncio voltou a reinar na cabine.

Logan percebeu finalmente as placas enferrujadas que anunciavam as antigas serrarias. Mais adiante, adivinhavam-se as construções arruinadas através da densa vegetação.

– Estamos quase chegando. Espero que falem um pouco mais do que na última vez.

Vários policiais tinham ido ali interrogar os moradores depois da descoberta do corpo do sem-nome. Ninguém vira nada, ninguém escutara nada. De qualquer modo, pelo tom de suas respostas, Hurley desconfiava que, mesmo se tivessem visto alguma coisa, não teriam dito nada! Aquela pobre gente vivia em comunidade. A sociedade os ignorava; faziam o mesmo em troca.

Logan chegou numa clareira e estacionou diante de uma imponente construção onde, por décadas, pinheiros de tamanho impressionante eram regularmente transformados em tábuas. Ao lado, ficavam hangares onde era armazenada a madeira antes do corte.

Logan desligou o motor, acendeu um cigarro e saiu do carro. Colocando o chapéu, deu uma olhada pouco confiante para o céu. Tinha a impressão de ver relâmpagos ao longe.

A luz dos latões onde faziam fogo para se esquentar era visível em diversos pontos. No momento de fechar o negócio, o liquidador não encontrara nenhum comprador para o estoque de madeira que ainda havia nos hangares, algumas centenas de toneladas. Os sem-teto o utilizavam como combustível havia anos.

– Separamo-nos? – perguntou Hurley.

– Está brincando?

– O que você acha? – disse ela, tentando tornar a atmosfera mais leve. Além da chuva, das rajadas do vento que aumentara, da noite que caía e do estado de abandono da serraria, ao pensar nas pobres criaturas que viviam ali, o moral do mais aguerrido teria se quebrado.

Nenhum comitê de recepção. Logan entreabriu sua jaqueta, pronto a tirar sua arma se fosse o caso. Avançaram para a imensa porta do prédio principal, que se abriu antes que Logan tivesse tempo de tocá-la, revelando um homem da estatura de um campeão do WWE, a liga profissional de luta greco-romana, de barba loira; Logan achou-o mesmo parecido com Hulk Hogan, o que não o tranquilizou nem um pouco.

– Xerife? Que porra vem fazer aqui de novo? Já dissemos aos seus homens que não conhecíamos o cadáver, vocês são tapados ou o quê?

O tom estava dado. Logan tragou seu cigarro e soprou a fumaça em seu rosto.

– Tome cuidado com o que diz, campeão. Tenho a impressão de que se meus homens e eu vasculhássemos bem por aqui encontraríamos motivo para deixá-los em cana pelo resto da vida. Então é melhor ficar na sua – disse, num acesso de autoridade.

Se Hurley não estivesse do seu lado, talvez tivesse sido mais conciliador. Mas estava fora de cogitação se deixar insultar na frente da mulher de sua vida. O homem lhe lançou um olhar mau, antes de relaxar.

– Você tem uma bela companheira, xerife. Ao contrário do imbecil que substituiu.

Estendeu-lhe a mão.

– Jacob Petersen. Eu não estava aqui quando seus homens vieram interrogar os meus. Se não, teria lhes dito logo de cara que estavam perdendo tempo.

E onde estava? O que estava aprontando?, controlou-se para não perguntar Logan.

– Por quê? – interveio Hurley.

O olhar que lançou para ela desagradou profundamente Logan: aquele Petersen se demorava tempo demais nas formas da *profiler*.

– Porque não temos nada a lhes dizer. Por que o faríamos? Quem se preocupa com a gente? Hein? Veem em que condições somos obrigados a sobreviver?

Atrás de Petersen, outros sem-teto se agrupavam. Dava pena vê-los em seus trapos.

– Alguém matou um dos seus. Parece-me que deviam estar interessados na identidade do assassino.

– Isso é problema nosso. O que vocês têm que ver com a morte de um mendigo? Estão apenas querendo esconder sua incompetência para resolver o assassinato de Robert Gordon. Não é por vivermos longe de tudo que não sabemos do que se passa na boa sociedade, xerife!

– Estão enganados a meu respeito. Qualquer morte suspeita exige uma investigação, quer a vítima seja milionária ou não tenha o que comer.

Um zum-zum-zum de descontentamento se fez no pequeno grupo. Invectivas começaram a ser lançadas:

– Mentira!

– Propaganda de merda!

– Não os queremos aqui!

– Voltem para casa!

Logan temeu por um instante que a situação degringolasse, mas Jacob ergueu a mão e impôs silêncio.

– Quer falar de justiça exemplar? Então explique por que ninguém nunca se deu ao trabalho de investigar os desaparecimentos.

– Que desaparecimentos?

– Não se faça de tolo – disse Jacob, que, parecendo se lembrar de algo, acrescentou: – É verdade que não faz nem um ano que se tornou xerife. Talvez o calhorda do seu antecessor não tenha lhe falado disso.

– Falado do quê?

Os sem-teto se aproximaram um pouco mais de Jacob. Alguns outros apareceram nos andaimes e nas plataformas internas do prédio. Logan estava prestes a sacar sua arma.

– Não se passa um mês sem que alguns de nós desapareçam sem deixar rastros. E isso há anos. Já alertamos as autoridades, mas é sempre a mesma resposta: fodam-se, bando de inúteis!

– É verdade!

– Só há justiça para os ricos!

– Podem nos matar todos, ninguém está ligando! – continuaram outros sem-teto.

Logan ergueu as mãos abertas em sinal de apaziguamento.

– Escutem todos. Prometo que reabrirei todos os casos. Se algum dentre vocês quiser vir segunda-feira prestar queixa de um desaparecimento, eu a tomarei pessoalmente e garanto que uma investigação será aberta, ok?

Atrás de Jacob, os sem-teto se faziam cada vez mais numerosos. Quantos deviam viver ali?

– Deixe para lá, xerife, já faz muito tempo que não acreditamos mais na justiça.

– Pois estão enganados – replicou Logan, olhando-o nos olhos.

Jacob manteve seu olhar, considerando o xerife.

– Talvez, mas é assim que somos. Pedimos apenas que nos deixem em paz.

Então, depois de uma pausa:

– Ele se chamava Vinnie Lowry.

Logan franziu a sobrancelha.

– É assim que se chamava o sem-nome. Se puderem colocar esse nome em seu túmulo e alertar o resto de sua família... Ele era de Whitehall, Montana. Acho que tinha uma filhinha que ficou com a mãe.

O trovão ribombou ao longe e a chuva começou a cair.

– Se têm mais perguntas, apressem-se. Se não, vão ficar encharcados – disse Jacob, que continuava na porta do prédio.

– Sim, apenas uma – interveio Hurley.

Jacob olhou-a com um fundo de lubricidade nos olhos.

– Estou escutando.

– Sabe onde podemos encontrar Tom e seu pai? Sabe, o rapaz amnésico.

Jacob soltou um suspiro irônico.

– Rimos muito quando ficamos sabendo que o estavam procurando. Entre. Vai estragar sua bela escova.

Jacob deu licença para que Hurley e Logan entrassem.

O prédio era ainda mais impressionante por dentro. Um espaço imenso com plataformas, escadas e máquinas de tamanho incrível. Os moradores eram pelo menos cinquenta, adultos, mas também havia crianças. Certamente não escolarizadas, pensou Hurley. Por que ninguém se preocupava com elas?

– Tom não é amnésico. Só é meio estranho da cabeça. Quase não fala, mas sabe falar – explicou Jacob. Seu pai e ele moram mais adiante, dentro da floresta. Preferem ficar isolados, é o jeito deles. Nós os deixamos tranquilos. De vez em quando, Tom nos traz...

Jacob se interrompeu bruscamente. Aqueles desgraçados quase o tinham feito dizer que o pequeno caçava ilegalmente. Sempre desconfiar dos tiras!

– Não se preocupe, não escutei nada. Queremos apenas saber se alguém pode nos conduzir até a cabana deles.

Logan imaginava que Tom cometesse alguns pequenos furtos. Qual sem-teto nunca roubara nada em sua vida?

– Nunca fui lá, mas talvez alguém saiba onde fica – disse Jacob, virando-se.

– Eu, eu sei! Posso levá-los, mas vai lhes custar dez mangos – disse um rapaz desdentado, pulando.

Risos zombeteiros ressoaram em todo prédio.

– Eu lhe darei até vinte se estiverem em casa quando chegarmos lá – respondeu Logan.

Um sorriso iluminou o rosto do rapaz.

– Apresento-lhes Louis, nosso melhor guia – disse Jacob.

As risadas recomeçaram. Logan não estava gostando daquilo.

– Conhece mesmo o caminho – perguntou.

– É claro, sem problemas.

– Muito bem, então não vamos perder tempo.

Logan e Hurley cumprimentaram Jacob e saíram na chuva para pegar a lanterna no porta-malas do Cherokee.

Depois de vestir uma capa, Louis juntou-se a eles e convidou-os a acompanhá-lo.

– Não fica longe, logo chegaremos.

Quando Cox começou a latir sem razão, Tom compreendeu que havia alguma coisa errada, embora não notasse nada de diferente. A cabana continuava no mesmo lugar e havia luz em seu interior. As venezianas estavam fechadas, mas Ritchie costumava fechá-las ao entardecer. O isolamento térmico não era o ponto forte da cabana.

Tom esquartejara o animal e carregava-o orgulhosamente sobre os ombros, com as patas amarradas duas a duas.

Cox correu até o barraco e começou a latir ainda mais alto diante da porta.

– Cox! – gritou Tom.

Não ia se deixar contagiar pelo medo nervoso do cão. No entanto, achou estranho não ouvir Ritchie praguejar contra o animal. Devia estar já bêbado demais para gritar...

Tom não gostava daquilo. Ritchie às vezes ficava cruel e batia nele. Tom poderia facilmente dominá-lo e devolver seus golpes com o cêntuplo da força, mas era seu pai; sabia que não se deve bater no próprio pai. Então recebia os golpes, sem sofrer demais, esperando que o cansaço vencesse o corpo encharcado de álcool.

Os cães têm o olfato mil vezes mais desenvolvido do que o homem. Talvez Cox estivesse sentindo o cheiro do vinho?, pensou Tom.

Soltou a carcaça do cervo ao lado da pilha de lenha encostada na cabana. Ao redor, tudo parecia normal, mas sentia que havia alguma coisa errada. Tom confiava em seu sexto sentido, que chamava de instinto animal.

Então, um pensamento terrível o invadiu: Ritchie estava morto! Era o cheiro da morte que Cox sentira!

Precipitou-se para a casa.

– Oi, Tom. Não tente nenhuma besteira e fique calmo, recebeu-o um homem, apontando uma pistola para ele.

Tom reconheceu imediatamente o estranho. Fora ele que jogara o sem-nome no rio.

– Falta muito? – perguntou Logan.

Embora seu chapéu e a abóbada silvestre o protegessem um pouco da chuva, já estava mais do que farto de andar naquele emaranhado de galhos quebrados, folhas mortas e terra fofa.

– Paciência, estamos quase lá. É só que aqui não há realmente uma trilha – desculpou-se Louis, o jovem guia desdentado.

– É melhor não estar sacaneando com a gente, ou passará suas próximas noites na cadeia – ameaçou-o Logan.

Tropeçou numa raiz e teria se estatelado no chão se não fosse Hurley, que o segurou pelo braço.

– Cuidado onde pisa. Não estamos na cidade, xerife – advertiu-o Louis.

E ainda se atrevia a zombar dele! Logan estava a ponto de explodir.

– Ele tem razão, tente se acalmar. Se não for por você, faça isso por mim – pediu-lhe Hurley.

Não que apreciasse muito andar na floresta debaixo de chuva. Também preferiria estar em casa tomando um chá quentinho. Contudo, assegurar-se de que Tom estava bem era muito mais importante do que seu pequeno conforto pessoal.

– Está bem, mas logo não veremos mais nada.

– Não esqueça que estou com a lanterna – disse Hurley, brandindo-a diante do nariz dele.

Imaginara que o caminho seria mais longo do que o guia dera a entender. Um estrondo de água em fúria os surpreendeu. O jovem apressou o passo e se adiantou alguns metros.

– Mas o que esse idiota está fazendo? – rugiu Logan.

– Pode parar de resmungar por um instante? – foi a resposta de Hurley.

Alcançaram o guia que se detivera um pouco mais adiante, num promontório que dominava o rio. As fortes precipitações tinham-no tornado ainda mais caudaloso.

– Não fiquem chateados, mas acho que errei o caminho! – disse Louis.

Logan balançou a cabeça, mas a pressão da mão de Hurley em seu braço incitou-o a manter o controle.

– Mas acho que agora reconheci. Se subirmos um pouco mais, não deve estar longe. Prometo que chegaremos lá.

Logan gostaria de acreditar, mas o tom de sua voz não era mais tão firme quanto no início da expedição.

– Se não tem certeza do caminho, não tem problema, voltaremos amanhã – disse Hurley, também começando a duvidar da competência do jovem guia.

– Sim, sim, tenho certeza de que é por aqui. Estamos chegando.

Voltou a caminhar. Logan lançou um olhar desesperado para Hurley, que sacudiu os ombros e sorriu para ele.

– Um pouco mais de paciência – tentou acalmá-lo, acendendo a lanterna.

E, na escuridão que aumentava, seguiram os passos do rapaz.

– Você é realmente um excelente desenhista. Parabéns – disse o homem.

Estava de pé dentro da cabana e mantinha Tom sob a mira. À sua esquerda, Ritchie estava prostrado na cadeira, a cabeça caída sobre o peito, o pulôver com uma enorme mancha de sangue. Sangue que pingava gota a gota no assoalho.

Tom estava chocado demais para reagir. Não podia acreditar em seus olhos. Ritchie estava morto!

– Nessa vida, é preciso saber ficar em seu lugar, meu pequeno. Nunca lhe ensinaram que a curiosidade é um grande defeito?

Tom estava completamente imóvel. As palavras do homem não faziam o menor sentido para ele. Não entendia o que estava acontecendo. Apenas um pavor infernal o invadira. Um relâmpago rasgou o céu, dando ao rosto do homem um aspecto ainda mais demoníaco.

– Bom, vai fazer exatamente o que lhe disser, senão terei que ser mau, entende?

Tom continuava sem se mexer.

– Entende ou quer mesmo que eu fique irritado?

Sua voz tinha um tom glacial. Tom balançou a cabeça.

– Entender.

– Muito bem. Então vamos dar uma volta lá fora, nós dois. É melhor fazer exatamente o que eu disser – falou o homem, fazendo um gesto explícito com sua arma.

– Sim.

Os dois saíram. Cox não parava de rosnar, prestes a saltar sobre o estranho. A chuva não estava mais tão forte, mas o céu escurecera. Não se via mais quase nada. O homem não gostava de agir precipitadamente, mas não tivera escolha.

Quando descobrira seu retrato-falado na imprensa, felicitara-se por nunca sair sem sua falsa barba e seus grandes óculos quando ia cometer um crime. Alguns de seus próximos tinham, mesmo assim, gozado dele a propósito de sua semelhança com o retrato.

Aquele rapaz tinha uma memória visual impressionante. Se seus caminhos se cruzassem em River Falls, ele o reconheceria na hora.

– Realmente não teve sorte, sabe? – disse o homem, obrigando Tom a avançar.

Ao lado deles, Cox soltava pequenos ganidos. Estava tão desorientado quanto seu dono.

– Se a polícia não tivesse divulgado seu retrato na imprensa, nunca teria ficado sabendo quem era o cara que tinha me surpreendido quando estava jogando o corpo na água!

Se Tom tinha visto o homem, a recíproca também era verdadeira, mas teria sido muito arriscado tentar achá-lo sem nenhuma preparação. Quem sabia quantos sem-teto havia naquela região?

Agora, retomara o controle.

Fora fácil descobrir o lugar onde Tom estava alojado. Desde então, ficara à espreita.

Quando um homem de meia idade foi buscá-lo aquela manhã, percebeu que era sua chance de virar a situação e elaborou um novo plano – mais um crime perfeito!

– Dizer nada. Jurar. Dizer nada – choramingou Tom sem parar de andar.

O cano encostado em suas costas o arrepiava muito mais do que o frio da noite.

O homem acendera uma lanterna e indicava o caminho.

– Eu sei.

O homem acabava de perceber que Tom não era amnésico como diziam os jornais, e sim retardado! Os policiais não tinham notado a diferença. Uns incompetentes, que facilitavam sua vida...

– Agora pare – ordenou.

Tom se imobilizou. Estavam à beira de uma pequena clareira. Tom conhecia aquele lugar como a palma de sua mão. No verão, costumava descansar deitado ali. Era um belo lugar... quando o tempo estava bom.

– Olhe a árvore – disse o homem, apontando o primeiro galho.

Ele formava um ângulo perpendicular com o tronco principal. Uma corda com um nó corrediço estava amarrada nele.

Tom lançou um olhar aterrorizado para o homem.

– Não morrer. Piedade, não morrer.

– Todo mundo tem que morrer um dia. Não lhe parece um dia magnífico para isso?

Aquele homem era o diabo em pessoa.

– Vai subir nesse galho e colocar a corda no pescoço. Se obedecer direitinho, prometo que não matarei seu cachorro.

– Não. Não morrer. Não poder – suplicou Tom, caindo de joelhos aos pés do homem.

Tom poderia tê-lo derrubado se tentasse, mas, por estranho que pareça, mesmo entre os desesperados a coragem é rara. Se os escravos tivessem mais colhões, jamais teriam se deixado dominar por seus senhores, pensava o homem muitas vezes.

– Shhh, calminho aí – consolou-o o homem com voz tranquila. O cachorro começou a uivar para a lua. Aquilo era quase tocante.

– Vamos, um pouco de coragem. A morte não é nada. O sofrimento é bem pior. Não imagina quantos homens pedem para morrer quando o sofrimento se torna insuportável. E olha que não costumo ser tão bonzinho.

Tom continuou de joelhos no chão encharcado. O homem colocou o cano do revólver em sua testa.

– Agora levante-se, ou não apenas matarei o cachorro como também o farei sofrer até que peça para morrer de uma vez.

O tom era categórico. Tom recomeçou a chorar, mas encontrou forças para se levantar.

Acabava de passar à quarta etapa da morte. Depois do estupor, da negação e da súplica, finalmente chegara o tempo da resignação, congratulou-se o homem.

– Acho que esse imbecil está perdido! – sussurrou Logan no ouvido de Hurley.

Ela era obrigada a lhe dar razão.

O jovem se oferecera para ganhar algum dinheiro, mas estava na cara que não tinha o menor senso de orientação. Seus comparsas ainda deviam estar rindo do xerife.

– Vamos voltar – disse ela.

Então, em voz alta:

– Louis, é inútil. A noite já caiu, vamos acabar nos perdendo de verdade. Leve-nos de volta para a serraria, viremos de novo amanhã.

Tinham deixado a lanterna com o guia, que a apontou para suas caras.

– Abaixe essa luz, seu imbecil! – ralhou com ele Logan.

Louis obedeceu e se derramou em desculpas antes de acrescentar:

– Tenho certeza de que não estamos longe. Mais um pouco de paciência, prometo.

– Promete o quê? – gritou Logan. – Faz quase uma hora que andamos para lá e para cá. Você é realmente um...

– Tome, aqui está seu dinheiro, mas, por favor, leve-nos de volta agora – interveio Hurley.

Contanto que ele soubesse voltar...

– Lamento de verdade. Se não fosse essa chuva, já teríamos chegado.

– Não tem problema, apenas nos leve de volta até nosso carro. Não estamos bravos com você – tranquilizou-o Hurley.

Logan fervia de raiva. Havia quanto tempo que ele sabia que estavam perdidos sem ousar lhes dizer? E agora, quem garantia que seria capaz de encontrar o caminho de volta?

– Imbecil – praguejou entre os dentes.

Louis escutou o insulto e baixou a cabeça.

– Deve ser para lá – disse, indicando a direção oposta. Logan e Hurley seguiram-no em silêncio. Ambos estavam persuadidos de que teriam que passar a noite na chuva, em plena floresta, sem ter onde se abrigar. Logan não ia chamar suas tropas de reforço para que organizassem uma busca!

Dez minutos depois, Louis parou de andar e soltou um grito de alegria.

– Aí está, chegamos! – exclamou todo feliz.

– Chegamos aonde? – rosnou Logan.

– Olhem, há uma luz ali adiante!

De fato, Logan discerniu uma luz ao longe. Aliviado, começou a rir como um tolo e deu um tapa no ombro do rapaz.

– Meu caro Louis, não sabe a sorte que tem. Estava disposto a fazê-lo engolir a lanterna!

– Bom, e se andássemos logo? Estou começando a ficar realmente com frio.

Hurley estava completamente encharcada e tremia.

O guia apressou o passo, encorajado pela luz que crescia à medida que se aproximavam.

– Quero chegar logo. Estou com uma fome de lobo – disse Hurley. Logan passou o dedo em seu rosto. Não tinha mais vontade de resmungar. Dali a algum tempo, ririam daquela trapalhada. Louis era o mais aliviado dos três. Temia mais a zombaria dos outros sem-teto do que as reprimendas do xerife, e aquela luz era como um farol no meio de um mar bravio.

Mas, de repente, uma dúvida o invadiu, logo tornando-se certeza. Parou de novo; Logan quase o atropelou.

– O que foi desta vez? – disse o xerife, impaciente.

– Tem fogo.

Logan explodiu de rir, designando a chuva que continuava a cair.

– Não, ele tem razão – inquietou-se Hurley, para quem a cintilação da luz parecia de mau augúrio.

Começaram a correr atrás do guia sem se preocupar com o terreno acidentado. Logo não havia mais dúvidas; podiam ver as chamas dançarem ao longe.

Chegando ao lugar do fogo, uma zona aberta fora da cobertura das árvores, assistiram impotentes ao terrível espetáculo. A chuva não fora forte que chega para impedir a propagação do incêndio. A madeira, certamente molhada de gasolina, consumia-se rapidamente.

Logan se aproximou o máximo que pôde. Pela janela escancarada, distinguiu um corpo jogado no chão.

– Merda! – praguejou entre os dentes.

Virou-se para Louis e o segurou pela gola de sua jaqueta.

– Seu idiota, se não tivesse errado o caminho!

As lágrimas começaram a correr dos olhos do jovem guia, tanto pela fumaça quanto pelo sentimento de culpa.

– Solte-o! – interveio Hurley, em tom peremptório. – Ele não tem culpa de nada.

Logan morria de vontade de deixar sua raiva e sua frustração explodirem, mas percebeu que o jovem estava aterrorizado. Detestou a imagem que recebeu de si mesmo: um ser impulsivo, incapaz de se controlar.

Soltou-o imediatamente e se afastou.

Hurley reconfortou o guia e foi até Logan.

– Não é hora de desistir. Temos que encontrar Tom o quanto antes.

– O quê? – disse Logan, acreditando que era o cadáver dele que estava queimando no chão da cabana.

– Tom certamente não queria voltar. Aceitou apenas para preparar sua partida definitiva. Não devia ter uma relação muito boa com seu pai.

Nunca deveria tê-lo deixado ir embora daquele jeito. Um erro de principiante. Ela, que se achava uma das melhores psicólogas forenses dos Estados Unidos, fora incapaz de perceber a dor escondida na alma daquele pobre garoto. Ela o abandonara quando ele precisava de sua ajuda.

– Temos que encontrá-lo antes que faça mais alguma besteira.

– Besteira?! – quase se esgoelou Logan. – Ele matou o próprio pai! Sabia que era um maluco. Devia tê-lo trancafiado e não dar ouvidos a você!

Vira a loucura nos olhos daquele rapaz. Soubera por instinto que era um doente mental. Por que dera mais ouvidos ao coração do que à razão? Um homem inocente acabara de pagar com a vida por seu erro.

– Teremos todo tempo do mundo para acertar nossas contas. O que urge é encontrá-lo o quanto antes. O fogo é recente, Tom não deve estar longe – insistiu Hurley.

Logan pegou seu celular e ligou para os bombeiros. Ela tinha razão, a prioridade era pegar Tom para evitar que cometesse mais algum crime.

– Louis, você fica aqui e espera os reforços, ok? – disse Hurley.

– Não ficarei sozinho, vou com vocês – respondeu o guia em tom firme.

Por certo era arriscado se lançar no rastro de um homem em pânico, mas ainda pior era ficar ali sozinho na floresta.

Uma questão torturava Hurley: e se Logan tivesse razão desde o início? E se fosse mesmo Tom quem matara o sem-nome? Esforçou-se para afastar aquele pensamento e se concentrou num único objetivo: encontrá-lo o quanto antes.

– Chamei os bombeiros. Estão enviando um helicóptero

para nos procurar. Espero que vejam o fogo quando sobrevoarem a região.

Logan não sabia o que fazer. Devia alertar toda a delegacia e organizar uma busca em plena noite? Embora a chuva tivesse diminuído, aquilo não seria exatamente agradável. A floresta era o território de Tom. Devia conhecer todos os lugares onde poderia se esconder.

– Ei, alguém está vindo em nossa direção! – disse Louis.

Logan sacou sua pistola e apontou-a imediatamente na direção designada. Viu uma forma que se movia a toda velocidade através da espessa floresta. Estava escuro demais para que distinguisse o que quer que fosse.

– Pare ou atiro!

Primeiro aviso.

A forma se aproximou. Logan estava pronto para atirar. Se Tom queria morrer, pior para ele. Não correria o risco de deixar mais alguém morrer naquela noite.

Mas, alguns segundos depois, viram um cão sair dos arbustos e começar a rodar em volta deles.

– Não atire! – gritou Hurley.

Tom lhe falara de seu cachorro.

– Cox, acalme-se – disse ela, dirigindo-se ao animal.

O cachorro pareceu reconhecer seu nome e se aproximou de Hurley, ganindo. Girava ao seu redor, sacudindo o rabo freneticamente de um lado para o outro. Ela se abaixou, colocou a mão em sua nuca e o acariciou.

– Calma, está tudo bem, está tudo bem.

Logan mantinha a pistola apontada para o animal. Se tentasse saltar no pescoço de Hurley, uma bala perfuraria antes seu crânio. Cox pareceu se acalmar. Afastou-se de Hurley e dirigiu-se de volta à floresta.

– Quer que o sigamos – disse a agente do FBI.

– Ok, mas eu vou na frente – disse Logan. E, virando-se para Louis: – Me dê a lanterna.

Cinco minutos depois, a lanterna de Logan iluminou uma visão terrível.

– Não! – gritou Hurley, correndo na direção de Tom.

Seu corpo pendia do galho.

Logan foi mais rápido do que ela e colocou o toco de árvore cortado de pé, o que lhe permitiu subir e erguer o corpo de Tom. Hurley se lembrou de um detalhe e, levantando a calça dele na perna direita, pegou a faca de caça. Passou-a a Logan que, ato contínuo, cortou a corda que prendia Tom à árvore. Em equilíbrio precário, Logan caiu para trás, com o corpo de Tom nos braços. Hurley escapou por pouco. Debruçou-se sobre Tom e tomou seu pulso, mas não sentiu nenhuma pulsação.

Por favor, fazei com que ele ainda esteja vivo, rogou em silêncio.

Hurley fizera estágios em socorrismo. Esforçou-se para recuperar um pouco de seu sangue-frio e começou uma série de massagens cardíacas e respirações boca a boca.

Logan e Louis observavam-na em silêncio. Cox girava ao redor, ganindo cada vez mais. Depois de algum tempo, Logan se aproximou e colocou a mão em seu ombro.

– É inútil. Ele está morto – anunciou em tom definitivo.

– Um, dois, três – continuou Hurley, com as mãos sobre o peito de Tom. – Um, dois, três.

Então fechou sua narina, colou a boca na sua, e soprou ar em seus pulmões.

– Ele está morto! Escute, Jessica, ele está morto!

– Me deixe, me deixe! – gritou Hurley.

Fez uma última série de massagens cardíacas, então explodiu em choro sobre o peito sem vida de Tom. Comovido, Louis começou a chorar também. Logan tampouco era feito de mármore, mas sabia que tinha que manter a calma. Havia um momento para cada coisa, aquele não era o de chorar.

Escutou as hélices de um helicóptero que zumbiam no céu noturno.

24

Naquele sábado à noite, a chuva finalmente parara de cair. Kyle e Cheryl já tinham bebido alguns copos antes de chegarem à residência Delta. Uma grande festa fora organizada, aberta a todas as fraternidades. Cheryl insistira para ir e Kyle não tivera como recusar. Especialmente considerando que, se ele não fosse, ela era bem capaz de ir sozinha!

A música podia ser ouvida a léguas de distância. "Makes me Wonder", do Maroon 5. Cheryl apertou com força a mão de Kyle e o presenteou com seu mais belo sorriso.

– Adoro essa música – disse ela.

Kyle, por sua vez, adorava a maneira como ela o olhava. Sentia-se bem, quase eufórico.

De todos os cantos do campus universitário, os estudantes convergiam para o pavilhão mais afastado. Kyle sabia que poucos estudantes da Alfa iriam lá, o que não o desagradava. Salvo um ou outro, realmente não os suportava. Filhinhos de papai, cheios de si mesmos, arrogantes e hipócritas.

Stuart lhe pintara um quadro bem diferente da Delta. Era hora de verificar. Um grupo de membros da Delta fazia o papel de vigia. Deixavam entrar todas as garotas, mas barravam a maior parte dos rapazes que chegavam sozinhos ou em grupo.

– Ei, o que é isso, pensei que fosse aberto a todas as fraternidades – queixou-se um ruivo bem vestido. Seu amigo, atrás dele, parecia igualmente frustrado.

– Isso aqui não é uma festa gay. Então, ou volta com uma garota, ou vai jogar Scrabble com seu amigo! – zombou um rapaz barbudo, particularmente musculoso.

– Deixe-o entrar, ele é tão fofo – disse uma garota loira, com uma cerveja na mão. – Eu adoro os gays!

O rapaz corou, mas ficou todo feliz por poder entrar com seu amigo.

Kyle e Cheryl se apresentaram na sua vez.

– Por acaso não é da Alfa? – perguntou o barbudo.

– Você é o talentoso recebedor de Seattle? – acrescentou a loira. – Caramba, realmente é um gato visto de perto!

O barbudo não via as coisas do mesmo modo.

– Dê o fora. Não nos misturamos com babacas da sua laia.

Os dois outros estudantes vigias, que estavam um pouco mais atrás, vieram para perto.

– Porra, é um daqueles babacas da Alfa – disse um deles. – Quem ele pensa que é? Não sabe que a Delta nunca receberá um membro da Alfa entre suas paredes?!

Kyle mostraria aquilo de que um cara da Alfa era capaz, mas, com Cheryl a seu lado, não estava certo de que provocar uma briga era a melhor coisa a fazer.

– E eu que pensava que a Delta era a melhor das fraternidades! Que pena, vamos embora – disse Cheryl.

Estava louca de raiva e morria de vontade de colocar aqueles babacas em seu lugar. No entanto, temia que Kyle se sentisse obrigado a mostrar seus músculos para defender sua honra.

Kyle plantou seu olhar no do barbudo, que não se deixou intimidar. Dava para ver as faíscas.

– Vamos, Kyle? – disse Cheryl.

– Está bem – respondeu, dando meia-volta.

– Acho bom! – zombou o barbudo, inchando o peito.

Começou a tocar “Rockstar” do Nickelback. Cheryl também adorava aquela música. Era realmente uma pena.

Atravessaram a massa de estudantes que se amontoava no portal. Assim que se afastaram um pouco, Kyle se virou para o pavilhão e mostrou um suntuoso dedo do meio. Cheryl explodiu de rir e o imitou.

– Vão se foder! – acrescentou ela. – Bando de bonecas barbudas!

Kyle também riu. Continuavam sentindo os efeitos do álcool e, se a Delta não os queria, conheciam outros lugares onde poderiam continuar sua noite de maneira memorável.

– Ei, você! – disse um rapaz que Kyle reconheceu sem lembrar seu nome. – Não é amigo de Stuart Simmons?

Kyle estancou e sentiu seu coração acelerar. A regra era clara: não dizer a ninguém que eram irmãos e, ao se cruzarem no campus, fingir que não se conheciam.

– O que quer de mim? – respondeu, com agressividade.

– Ei! Calminha – disse Joey. – Sou o presidente da Delta. Stuart me falou de você, o recebedor de Seattle. Disse que viria com sua namorada. Caramba, tem bom gosto. Stuart não me contou isso.

Estranhamente, Kyle sentiu sua raiva desaparecer num instante. Aquele cara tinha um carisma evidente e não mostrava nenhum desprezo por ele.

– Conheci Stuart em Seattle. Temos o mesmo sobrenome – explicou. – Gosto daquele garoto. Pelo menos não é um babaca como os caras que estão vigiando o refúgio de vocês!

Joey sorriu e lhe estendeu a mão. Kyle hesitou antes de apertá-la. Uma mão firme, mas não agressiva.

– Venham comigo. São meus convidados de honra. Ninguém irá dizer que Joey Barney barrou a entrada a um cara da Alfa e a uma garota tão bonita.

O ciúme devia ter apertado o coração de Kyle, mas não havia malícia naquela frase, apenas um elogio desinteressado.

– Ok, mas se pudesse dar uma lição naquele barbudo da entrada, ficaria eternamente agradecido a você.

Joey deu uma gargalhada.

– Você topou com Neil! Ele leva sua função de segurança a sério demais. Vou falar com ele. Não quero ter que juntar os dentes quebrados dele, no futuro. Seria uma bagunça.

Kyle e Joey se consideraram. Kyle soube imediatamente que aquele cara merecia sua confiança. Quem sabe não se tornariam amigos?

Cheryl não perdera nada da conversa e sentira toda a intensidade do encontro daqueles dois fenômenos. Saltou no pescoço de seu namorado e o beijou com entusiasmo. Nunca se sentira tão apaixonada.

– E eu que pensei que tinha alguma chance! – brincou Joey.

– Se tocar nela, é um homem morto!

– Não se preocupe, já estou apaixonado. Uma amiga do Stuart. Imagino que ele tenha lhe falado.

Kyle logo compreendeu o problema.

– Stuart gosta muito dela também, não sacaneie com ele.

– É claro, gosto daquele pequeno. Está fora de cogitação alguém lhe fazer mal. Se Judith me preferir a ele, farei isso com tato.

– Não gostaria de ter que quebrar seus dentes.

– Não gostaria de perder meu sorriso sedutor – replicou Joey.

Kyle apreciou que Joey não tentasse se mostrar mais forte do que ele. Muito sensato para um burguês. Ponto para ele.

– Me acompanham?

– Com prazer – respondeu Cheryl.

Kyle se sentia tomado por uma emoção estranha. A impressão de que finalmente podia deixar Stuart viver sua vida. Se ele desaparecesse, haveria alguém para ajudá-lo. Estava certo disso.

Enquanto faziam o caminho de volta, “Big Girls Don’t Cry”, de Fergie, começou a tocar, para a alegria de Cheryl.

25

Encolhida em seu robe, Hurley continuava prostrada no sofá quando Logan desceu com seu roupão de banho. Acabava de chegar e de tomar um banho. Eram mais de duas da manhã.

– Não consegue dormir? – perguntou, sem saber o que dizer.

– Sinto-me tão culpada.

Ela fixava a lareira apagada com um olhar vazio. Voltara para casa com o helicóptero quando este finalmente conseguira pousar. Logan ficara lá à espera do tenente Heldfield, o único que não tinha mulher nem filhos, para fazer as constatações habituais.

Mas o desenrolar dos fatos era claro como água da fonte: assassinato seguido de suicídio.

– Uísque? – propôs Logan.

Com as pernas encolhidas, o queixo sobre os joelhos, Hurley amaldiçoava sua burrice. Como não evitara aquela tragédia? Dois homens tinham morrido por causa de sua incapacidade de compreender a psicologia de Tom.

– Por favor.

Logan foi até o bar e serviu um copo para cada, então se sentou ao lado de Hurley e passou o braço em volta de seus ombros.

– A culpa é toda minha. Não devia ter mandado publicar a foto dele nos jornais. Você teria tido mais tempo para cuidar dele e perceber seus problemas.

Ela deu um pequeno gole que a esquentou.

– Boa tentativa, mas fui eu que insisti para que a publicasse – disse ela, sempre olhando para o nada. – Fiz tudo errado, do início ao fim.

– Ninguém podia prever aquilo. Tem que parar de pensar nisso.

Hurley deu mais um gole. Era impossível. O corpo sem vida balançando na ponta da corda estava gravado no primeiro plano de sua memória. Um pobre rapaz no limiar de uma nova vida. Por que não fora capaz de ver os demônios que atormentavam sua alma? Será que ainda era capaz de fazer aquele trabalho? Não faltavam nem duas semanas para voltar a Seattle... Ainda podia ser eficiente? Aqueles seis meses de inatividade não teriam feito com que perdesse toda sua capacidade de julgamento?

Eram as questões que a torturavam.

– É a primeira vez que cometo um equívoco tão grosseiro. Não consigo me perdoar. Não imagina o que estou sentindo. Sou culpada pela morte dele – disse, em voz de choro.

Logan apertou os lábios. Mesmo na pior das adversidades, não sabia se exprimir com delicadeza. Só lhe ocorriam as banalidades habituais.

– Não gosto de vê-la assim – disse, finalmente.

Hurley não reagiu e continuou em posição fetal.

Logan terminou seu copo de um gole e se levantou.

– Jessica, vamos deitar. Amanhã vai ser um longo dia. Combinei de encontrar o tenente Ascott e mais dois policiais às sete horas na frente da delegacia. Vamos voltar até o local.

Como ela continuava sem reagir, acrescentou:

– Acho que seria bom você vir junto. Precisa exorcizar esse drama e, sobretudo, ninguém melhor do que você para examinar a cena de um crime.

– Se você diz – suspirou Hurley, pouco convencida.

Largou seu copo de uísque pela metade e decidiu se levantar. Logan a abraçou. Hurley apoiou a cabeça em seu ombro. Subiram e, em silêncio, deitaram-se abraçados.

26

Quando Stuart chegou à entrada do pavilhão Delta, já era tarde. Vários estudantes começavam a partir em direção aos dormitórios. Stuart não olhara a hora ou não prestara atenção. Passara todo o fim do dia e o início da noite em companhia de Shannon.

Era incrível tudo o que tinham para dizer um ao outro.

Embora ela estivesse horrível, com sua tez cadavérica e aquela pele que deixava entrever seus ossos, havia nela algo de mágico...

Acabava de voltar de táxi para o campus universitário. Esperava que Kyle não tivesse tido problemas com os membros da Delta. Alguns tinham deixado bem claro que não deixariam nenhum membro da Alfa entrar. Ele pedira a Joey para fazer uma exceção para Kyle e sua namorada, sob pretexto de ser um amigo seu de Seattle.

Subiu os degraus do alpendre e encontrou a entrada vazia; a música não estava tão alta quanto esperava.

Isso está cheirando a fim de noite, pensou, entrando na residência onde ressoava a voz de Beyoncé.

Atravessou várias salas até topar com um de seus melhores companheiros de fraternidade.

– Onde você estava? Não o vimos a noite inteira. Não vai dizer que pegou uma burguesinha na cidade? – disse Phil.

Stuart não o escutou, distraído. Estava procurando seu irmão. Precisava falar para ele de Shannon. Tinha que falar dela para alguém de confiança a qualquer custo. Era a primeira vez na vida que se entendia tão bem com uma garota. Era estranho. Uma emoção o levava para além de tudo. Pouco importava sua aparência, ela tinha uma beleza interior inacreditável, com um humor incisivo que ele adorava. Várias vezes ela zombara de seu físico e de sua timidez, mas ele percebia que era para rir e para desdramatizar a situação deles: "Dois feiosos reunidos numa câmara mortuária! Formamos um belo casal!", brincara ela.

– Ei, está me escutando? – perguntou Phil.

– Sim, mas estou procurando um cara da Alfa, ele é recebedor na equipe...

– O cara que sai com aquela gata? Vi os dois agora há pouco. A namorada dele é uma gostosa. Uau! Um tesouro daqueles é para se guardar num cofre!

Então eles tinham vindo e causado sensação. Ótimo. Aquele dia seria memorável para ambos.

– Sabe onde eles estão?

– Não faço ideia. Certamente já foram embora. Pergunte para o Joey, foi ele que os fez entrar. Fez todo um discurso sobre o primeiro membro da Alfa a entrar na Delta. Foi imperdível. Puro Joey! – concluiu, erguendo sua cerveja.

Stuart também gostaria de ter visto aquilo. Mas tudo bem, Kyle lhe contaria em detalhes.

– Ele está lá em cima?

– No escritório, está trabalhando num negócio. Vai ser bom para ele fazer uma pausa – respondeu Phil.

Sly e Andrew caíram na gargalhada. *Os efeitos do álcool...*, pensou Stuart, deixando a sala enquanto ressoavam as notas do último Timbaland. Subiu a escada que levava ao primeiro andar. Casais se agarravam nos degraus sem o menor pudor. Stuart ignorou-os e chegou ao patamar. Encaminhou-se direto para o escritório de Joey. Queria tanto saber o que ele pensara de seu irmão... de seu amigo, corrigiu-se. Atravessou o corredor em passo rápido e passou por Zachary, que fumava tranquilamente um baseado sentado no chão com uma garota de outra fraternidade. Stuart não diminuiu o passo e colocou a mão na maçaneta da porta. No momento em que a abria, Zachary o interpelou:

– Ei, cara, acho que não é...

Stuart não teve tempo de escutar o fim da frase.

Com estupor, deu de cara com Joey e Judith nus como atores de filmes pornográficos. Judith, de joelhos, fazia um boquete em Joey.

Os dois rostos se viraram ao mesmo tempo para ele. Stuart fechou imediatamente a porta. Por um instante, não soube o que pensar. Mas quando o riso de Zachary chegou a seus ouvidos, começou a rir com ele e se aproximou dos dois maconheiros.

– Tome, dê uma bola, seu pateta – disse a garota.

Stuart ouviu o barulho de uma chave girando e riu ainda mais.

Nunca esqueceria da cara daqueles dois! Fora muito engraçado.

Por incrível que pareça, Stuart não sentia nenhum ciúme. Sempre soubera que Judith não era uma garota para ele. Se estava ficando com Joey, tanto melhor. Era um cara realmente legal...

E a cara que tinham feito! Começou a rir de novo.

27

Heather temia aquele dia havia quase um mês. Desde o momento em que Babeth, Grace e Louise tinham lhe garantido que fariam de seu aniversário um dia inesquecível.

Naquele dia, 3 de julho, Heather festejava seus treze anos.

O verão estava no auge. Um sol radiante brilhava acima da cidade. Os preparativos para a comemoração da independência ocupavam todo o pessoal do pensionato para garotas.

Depois do café da manhã, Heather pedira autorização para voltar a seu quarto. Não se sentia bem. Tinha apenas um desejo, ficar sozinha em seu quarto o dia inteiro.

A supervisora não tentara compreender e aceitara, fazendo-a prometer que consultaria a enfermeira se não melhorasse. Heather prometera, mas, na verdade, não tinha nada além de uma terrível tristeza.

O aniversário, assim como todas as outras festas familiares, era para ela um dia de sofrimento.

Sua mãe morrera havia sete anos. Sete anos se dando conta de que sua vida seria um longo calvário...

Na impossibilidade de encontrar qualquer vestígio de seu pai, tinham colocado Heather numa família adotiva. Infelizmente, apesar de todos os esforços de Heather para se fazer aceitar, os filhos legítimos do casal Wingin a rejeitaram. Logo teve que ser tirada daquela primeira família quando "acidentalmente" quebrou a perna. Heather nunca esqueceria o sorriso cruel do mais velho de seus "irmãos" quando a empurrara com toda força escada abaixo.

Fora então colocada por dois anos numa família adorável. Contudo, o pai caíra gravemente doente e, por causa de um seguro-saúde capenga, a família ficara em grandes dificuldades financeiras. Tiveram que se separar de Heather e devolvê-la à assistência pública.

Ela estava então com nove anos e não encontraram nenhuma família disposta a aceitar uma criança tão grande. Foi levada para um pensionato de Portland, onde permanecera até o mês anterior. Foi quando houve uma briga entre as garotas. Decidiram que ela era a culpada e a transferiram para um pensionato disciplinar no interior de Seattle.

A partir dali, Heather compreendeu que o pior ainda estava por vir. As outras internas evitavam-na como a peste. Era a última a ter chegado e todas suas tentativas de estabelecer contato foram infrutíferas. Passava o tempo sozinha. Embora fosse mesmo de caráter solitário, era difícil suportar os olhares desconfiados das outras garotas.

O que fizera para estar ali?

Heather gostaria de se justificar, explicar que não tinha causado a briga generalizada que acabara com cinco garotas no hospital. Mas quem acreditaria nela? Os adultos tinham decidido que a culpa era dela e a tinham punido exemplarmente.

Três garotas lhe dirigiam regularmente a palavra. Três grandes garotas de quinze anos, entre as quais Babeth, que tinha um físico assustador e que se divertia ameaçando-a quando as supervisoras não estavam olhando...

Heather deu uma olhada pela janela de seu quarto. Tinha uma vista privilegiada para o pátio. O pessoal estava pendurando bandeiras americanas em tudo quanto era canto.

Algumas meninas pulavam corda, adolescentes praticavam street dance *na parte coberta ou lagarteavam na grama, aproveitando o belo dia de verão.*

Era quase meio-dia, hora de ir almoçar.

Heather temia as gozações naquele dia de aniversário. Mas, se não aparecesse, certamente uma supervisora iria buscá-la. Todas as internas tinham que assinar a lista de presença no refeitório. Quando os inspetores da assistência vinham fazer suas visitas, era essencial que encontrassem as garotas em boas condições físicas. Quanto às condições mentais, quem se preocupava?

Heather ia sair quando bateram à sua porta. Não estava esperando ninguém. Uma dúvida a invadiu. Ficou sentada na cama sem fazer barulho.

– Heather, não banque a tímida, sei que está aí – disse Babeth.

Heather se encolheu na cama e continuou em silêncio.

Meu Deus, eu lhe suplico, ajude-me, *rezou.*

O capelão do pensionato era a única pessoa de quem gostava. Um velho que sabia escutar, era o único a compreendê-la. Infelizmente, ele só vinha uma vez por semana e falava com ela não mais do que meia hora. Mesmo assim, conseguira persuadi-la de que havia um Deus no céu e de que, por todos os sofrimentos suportados na terra, uma felicidade eterna nos esperava no paraíso. Heather gostava da ideia de que sua mãe estivesse lá.

– Heather, abra a porta, por favor! Tenho um presente para você.

Um arrepio percorreu o corpo da adolescente.

A maçaneta girou e a porta se abriu.

– Feliz aniversário, Heather! – lançou Babeth.

Atrás dela, Louise e Grace sorriam com todos os dentes.

– Me deixem em paz – gaguejou Heather.

Apenas dois anos a separavam das três garotas. Porém, para ela, era um abismo. A seus olhos, eram como adultas.

Babeth entrou no quarto com suas duas amigas, que fecharam a porta atrás delas.

– Prometemos que seu aniversário seria inesquecível e sabe que, para nós, promessa é dívida.

– Vão embora! – suplicou Heather, encolhendo-se ainda mais na cama.

Babeth chegou bem perto dela e tirou de sua bolsa uma grande faca de cozinha.

– Se tentar fugir ou se der o menor grito, juro que corto sua garganta – disse Babeth, num tom que não dava margem para dúvida.

Heather começou a chorar. Por mais que detestasse sua vida, não queria morrer. O reverendo Gardner tinha lhe prometido que um dia sua vida mudaria, que ela se tornaria uma bela mulher em flor. Deus não podia abandoná-la naquele momento.

Começou a rezar, os olhos embaçados de lágrimas.

– Segurem-na – ordenou Babeth a suas cúmplices.

Grace pegou um braço, Louise o outro, imobilizando-o atrás das costas.

– Já fez amor? – perguntou Babeth, em tom sarcástico.

Heather não respondeu e, em vão, tentou se debater, mas quando a faca tocou sua garganta, ficou paralisada.

– Queremos apenas seu prazer. É uma garota bonita, Heather. Vai ver como é gostoso.

Duas horas depois, preocupada por não vê-la descer para o almoço, uma supervisora bateu em sua porta.

Quando entrou no quarto, foi chocada pela visão de uma menina de olhar vazio, despida, com o corpo coberto de cortes ensanguentados.

– Meu Deus, quem fez isso com você? Quem fez isso? – guinchou a supervisora, horrorizada.

Quarta-feira, 31 de outubro de 2007

28

– O quê? O que foi? – perguntou Hurley.

Com os olhos inchados de sono e a cabeça num nevoeiro, sentou-se na cama.

– Tem que ouvir isso, venha rápido!

Logan não conseguia ficar parado.

– Que história é essa? Pode me explicar?

Olhou para o despertador: sete e dez. No entanto, pedira para que a deixasse dormir até as oito.

– Não, desça, precisa ver isso com os próprios olhos.

– Ok, já vou. Me dê só um minuto, e apague a luz, por favor.

Logan estava nos céus.

Se pudesse imaginar isso!, pensou ele, atendendo o pedido de Hurley.

Estava de roupão, tomando café, quando ouvira a notícia. Quase derrubara sua xícara. Fora imediatamente acordar Hurley.

Três minutos depois, com uma cara péssima, Hurley desceu de calcinha e sutiã até a sala.

– Posso finalmente saber o que me valeu um despertar tão brutal?

De pé diante da TV de cinquenta e duas polegadas, Logan estava pronto para a cena.

– Sente-se e aprecie o espetáculo.

Ligou a televisão no canal River's TV. Hurley viu Martin Harris, o homem do tempo, diante de um mapa da região.

– ...e mais a oeste também deve fazer sol, embora com algumas nuvens...

– Foi para me mostrar isso que me acordou desse jeito?! Diga que é mentira!

Logan a fez entender com um gesto que não era nada daquilo.

– Não seja idiota. Espere, o noticiário vai recomeçar. Sente-se, já lhe disse.

Ela se sentou no sofá de pernas e braços cruzados em sinal de protesto.

Harris terminou seu pequeno show meteorológico e, depois de uma dezena de *spots* publicitários, o noticiário recomeçou.

Janet Stand estava em seu lugar de apresentadora. Um enorme "*Breaking news*" preenchia a parte superior esquerda da tela. O interesse de Hurley cresceu exponencialmente.

– Caros habitantes de River Falls. Nesse dia de Halloween, acabamos de receber uma notícia de máxima importância. Segundo um artigo publicado no *Seattle Tribune* de hoje, tudo leva a crer que diversas personalidades de nossa cidade estariam envolvidas em transações imobiliárias fraudulentas. O delito envolveria milhões de dólares e abre uma nova pista para o assassinato de Robert Gordon. O conhecido tabelião Jeremy Hilton é uma das personalidades mais citadas. O artigo do *Seattle Tribune* está acompanhado de cópias de contratos autenticados. Por enquanto, nenhuma declaração foi feita pelas partes incriminadas. Ouviremos agora Alex Kelly ao vivo do tribunal de River Falls...

Logan tirou o som e se virou para Hurley. Eles se olharam e começaram a rir ao mesmo tempo. Um riso de alívio e de satisfação.

Hurley saltou do sofá e se aproximou de Logan.

– É inacreditável. Finalmente vai poder colocar as mãos nesse Hilton! Nolden vai paparicá-lo como nunca.

Ele a abraçou com força. Tinha a impressão de que aquele terrível mês de outubro finalmente ficara para trás e que novembro representaria um novo começo.

– Nolden! – repetiu ele em eco, pensando no prefeito. – Espero que ele não esteja implicado nesses cambalachos, pois, se o *Tribune* tiver razão, e não acredito que não tenham provas do que estão afirmando, todos esses crápulas vão para a prisão bem antes do que imaginam!

Hurley passou a mão com carinho em seus cabelos. Não se arrependia mais de ter pedido dois meses a mais de licença no FBI. Depois do suicídio de Tom, sentia-se totalmente incapaz de retomar o trabalho. Tinha primeiro que digerir aquele terrível fracasso. Ainda podia ser útil ou perdera todas suas faculdades de dedução e empatia?

– Amo você – disse ele, beijando-a na boca.

– Então vai me amar ainda mais quando lhe contar um segredinho.

Contou-lhe que vira um homem idoso em companhia de Spike no dia do furto da pasta azul de Gordon, e que Callwin deduzira que se tratava de Sam Pommery.

– Pommery? – perguntou Logan em eco.

O pobre coitado não sobrevivera a seus ferimentos, apesar dos esforços dos médicos. Sua principal testemunha não estando mais neste mundo, Logan tivera que enterrar definitivamente a investigação. Ao menos era o que pensava até aquela manhã.

– E você esteve com Callwin naquele dia? – perguntou, recriminando-a de leve.

Não podia acreditar que uma garota estúpida como Callwin tivesse sido capaz de trazer a lume um caso daquela complexidade. No entanto, embora a River's TV silenciasse o nome da jornalista responsável pelo artigo, Logan só conhecia uma pessoa de River Falls que trabalhava naquele jornal.

– Não apenas a vi, mas fui eu que lhe pedi para ir arrancar aquilo de Spike. Ao que parece, ela soube se arranjar com ele.

Hurley nunca mais se atrevera a ligar para ela depois de tê-la incitado a voltar a encontrá-lo. Detestara-se por aquilo. Mas o mal já estava feito. Esperava apenas que um dia Callwin desse o primeiro passo e que aceitasse suas desculpas.

– Dar a buceta em troca de informações, isso é que é jornalismo – ironizou Logan.

– Proibo-lhe de dizer isso, e fique feliz que há pessoas como ela para fazer o trabalho da polícia – replicou ela, com severidade.

Logan entendeu que tinha exagerado e pediu desculpas com o olhar.

– Perdão, retiro o que disse. Tenho que confessar que ela fez um bom trabalho. Um excelente trabalho.

– Fico feliz que reconheça finalmente.

O mínimo que podia fazer agora era telefonar para Callwin parabenizando-a. Esperava sinceramente que Spike não tivesse abusado da situação.

– Bom, que tal preparar um café para mim? – perguntou ela, para fechar a conversa.

Sentada no trigésimo andar de uma torre que dava para a Elliot Bay, Callwin estava em êxtase. Aquele 31 de outubro de 2007 seria o melhor dia de sua vida.

Era quase meio-dia e não conseguira sair do telefone. Todo mundo queria detalhes: os outros jornais e televisões, mas também personalidades políticas da região e dos estados envolvidos nas revelações de fraudes imobiliárias.

Depois de uma semana de mau tempo, São Pedro parecia estar do seu lado naquele dia de Halloween. Um sol radiante iluminava a baía.

Alguém bateu à porta e, sem esperar resposta, Richard Paris entrou. O escritório dele ficava dois andares acima, ao lado dos da direção editorial.

Quarentão, mas com um impecável físico de esportista, era um dos jornalistas mais importantes do *Seattle Tribune*.

– Então agora anda com segredinhos – disse ele, em tom falsamente acusador.

– Golding e Bahier estavam a par. Mas quanto menos gente soubesse, mais tínhamos chance de ser os primeiros a desvelar o caso – respondeu Callwin.

Paris estava saindo justamente de uma conversa com os dois codiretores do jornal. Ficara sabendo de todo o dossiê, mas precisava saber mais sobre aquela Callwin. Uma *freelance* que arranjava um furo daqueles precisava ser conhecida.

– Que tal almoçarmos juntos? – propôs ele, com voz sedutora.

– Eu adoraria!

Não podia acreditar. Richard Paris convidando-a para almoçar! Ele, que mal olhava para ela quando passava pelos escritórios!

– Le Rover's, pode ser?

Um dos restaurantes mais chiques de Seattle. Claro que ela topava!

– Perfeito, adoro cozinha francesa – acrescentou ela, para mostrar que conhecia o lugar.

Paris deu um sorrisinho.

– Muito bem, espero você na recepção às... – olhou o relógio, então ergueu os olhos – doze e trinta?

– Estarei lá.

– Perfeito.

E saiu do escritório.

Que homem! Que classe, com aquele queixo quadrado... que tesão!

Decididamente, aquele Halloween seria um dia memorável.

O celular tocou. O nome da pessoa mais desprezível do mundo apareceu na tela. Sentiu vontade de não atender, mas sabia que ele não desistiria. Respirou fundo, virou sua poltrona para a baía, e respondeu.

– Bom dia, Spike, feliz Halloween.

– Bom dia, gata. Li seu artigo. Parabéns, suponho que deve ter rendido uma bela grana.

O dinheiro, sempre o dinheiro!

– Bem menos do que para você, se isso o tranquiliza.

Ela conseguira os trinta mil dólares que ele pedira e, vendo a facilidade com que a direção os fornecera, percebeu que ele poderia duplicar ou até triplicar a soma! Aquele tipo de furo não tinha preço para um jornal como o *Seattle Tribune*. Não apenas corroborava a imagem de seriedade e a reputação do jornal, mas permitia também aumentar sensivelmente as vendas.

– Eu bem que mereci. Graças a mim você se tornou uma vedete.

"Vedete" era por certo um exagero, mas ela já fora convidada a falar na maior rádio de notícias da costa oeste, sem falar na CNN e na Fox News, que disputavam a alto preço a primazia de seu depoimento ao vivo.

– E eu lhe agradeço, mas fiz apenas meu trabalho. Você sabe, o lado celebridade das mídias é muito pouco para mim.

Spike deu uma gargalhada. Callwin não podia reclamar. Sonhara tanto com aquele situação!

– Bom, estarei em Seattle à tarde. A que horas posso vê-la?

Uma nuvem isolada passou diante do sol.

Callwin imaginava que ele não tinha telefonado só para parabenizá-la.

– Acho que isso não será possível. Estarei particularmente ocupada nos próximos dias. Lamento.

Não queria ser desagradável. Mas Spike não ia estragar seu dia.

– Qual é a sua, gata? Não me diga que esqueceu sua promessa?

O tom era bem menos amistoso.

– Que promessa? Você me entregou os documentos e nós lhe pagamos na hora. Negócio concluído. Ponto final.

Silêncio.

Callwin devia ter desligado, mas sabia que fugir não era a solução. Tinha que ir até o fim daquela conversa.

– Prometeu que faríamos amor assim que o caso fosse revelado. Não diga que mentiu para mim – disse ele, antes de retomar com uma voz que se queria terna. – Compreendo que esteja sobrecarregada de trabalho nesse momento, mas não deve esquecer quem é. A Callwin que conheço sempre mantinha suas promessas. Estou muito afim de você, *baby.*

Como aquilo era repugnante vindo de Spike. Ele realmente acreditava que podia seduzi-la assim?

– Pare, não insista. É não e pronto!

Um novo longo silêncio. Então Spike se soltou.

– Sua putinha ordinária. Juro que vamos trepar, quer queira quer não!

Callwin sentiu um arrepio percorrer sua espinha, mas estava determinada a manter o controle sobre suas emoções. Não se deixar intimidar.

– Do que está se queixando, imbecil? – atacou-o, tomada por uma inspiração súbita. – Não vê que sou eu que posso fodê-lo de frente, de lado, por trás? A maior foda da sua vida de merda!

Spike ficou mudo. Callwin aproveitou para acrescentar:

– E saiba que, se me procurar, basta que eu revele seu nome aos seus queridos mandantes para que você vá parar no oceano com dois sapatos de concreto.

– Sua puta, juro que vou...

– Vá se foder, e feliz Halloween! – interrompeu-o ela, desligando em sua cara.

Seu coração estava disparado. O rosto pegando fogo, uma necessidade premente de destruir alguma coisa. Cerrou os punhos e conteve a raiva. Aquele verme! Simplesmente ameaçara estuprá-la! Sorte dele que ela não gravara a conversa. Estava a um passo de prestar queixa. Por que todos os homens tinham que ser uns doentes? Não haveria um só que soubesse respeitar as mulheres em todo o planeta?

Pensou novamente em Richard Paris. Conhecia sua reputação de sedutor inveterado. Pegou o telefone para desmarcar o almoço. Não estava mais no pique para aquilo. Mas antes que tivesse tempo de ligar, alguém bateu à porta.

– Entre! – exclamou ela em tom agressivo.

A porta se abriu. Richard Paris entrou no escritório, com ar preocupado.

– Consegui me liberar antes. Vim ver se já estava pronta, mas acho que não cheguei num bom momento.

– Ah, você? Melhor não me irritar. É claro que vamos almoçar, agora mesmo – disse, por espírito de contradição.

Levantou-se e pegou seu casaco.

– E é bom que consiga me divertir ou juro que será a

primeira e a última vez que comeremos juntos – disse ela, sempre peremptória.

Paris ficou estupefato com a reação dela. Escutara-a gritando antes de abrir a porta. Não imaginava que pudesse ter tanto caráter. Que mulher! Antes, estava na dúvida se lhe concederia a honra de comê-la; agora, aquilo se tornara seu grande desafio.

– Ouso crer que estarei à altura de suas expectativas – sussurrou.

Callwin olhou-o nos olhos e ficou surpresa com sua própria ousadia e insolência. No final das contas, Spike não estava enganado, ela não mudara tanto assim!

29

Cheryl estava confortavelmente deitada numa espreguiçadeira no jardim da mansão familiar. O sol estava radiante e a temperatura agradável. Nada a ver com o frio da semana anterior.

O Halloween ia bombar aquele ano – ainda mais com Bridget organizando a festa. Seus pais tinham uma das mais belas mansões de Golden Hill. A nata dos estudantes de River Falls estava convidada. Uma festa imperdível.

Por sorte, não tinha aula aquela tarde. Embora a regra fosse se fantasiar de monstro, ela pretendia se dar o tempo de ficar o mais bela possível em sua fantasia de Elvira, a senhora das trevas.

Um grupo de pássaros cruzou o céu e sobrevoou a propriedade antes de desaparecer além dos pinheiros.

Cheryl estava se espreguiçando quando o celular tocou.

– Alô?

– Quer fazer uma brincadeirinha comigo? – perguntou uma voz que se queria assustadora.

– Quem é você?

– Diga seu nome e eu direi o meu.

Cheryl se levantou e olhou ao redor.

– Não digo – respondeu ela, percorrendo o vasto gramado.

– O que estou escutando?

– Estou fazendo pipoca. Aluguei um filme de terror para esta noite – disse ela, fazendo o jogo de seu interlocutor.

Estava encostada na cerca que separava a propriedade de seus pais da dos Preston. Mas não viu ninguém no jardim deles.

– Qual é o seu filme de terror preferido?

– Não sei.

– Deve ter um. Diga-me o primeiro que lhe vem à cabeça.

Cheryl atravessou o gramado no sentido contrário, em direção à mansão dos Robinson.

– *Halloween*, o filme com o cara de máscara branca que apunhala as babás.

– Muito bem, você tem namorado?

– Por que, quer me convidar para sair? – replicou, sempre com o mesmo tom cândido.

– Por que não, ainda não me disse seu nome.

Ela sorriu e passou a mão nos longos cabelos.

– Por que quer saber?

– Porque gosto de saber o nome de quem estou espiando – disse, num tom mais inquietante.

Cheryl acelerou o passo e chegou à outra cerca. Viu Marcy Robinson tomando banho de sol com rodelas de pepino sobre o rosto.

– O que você disse?

Mas ninguém respondeu.

– Alô? – insistiu ela, voltando para o terraço. Nenhuma resposta. Apressou o passo e cruzou o grande álamo, que era o orgulho de seu pai.

De repente, Kyle se jogou sobre ela de surpresa, soltando um grito lúgubre. Cheryl não pôde reprimir um grito de pavor.

Imaginara desde o início que ele estivesse escondido em algum lugar.

– Você quase me matou de susto, seu estúpido! – disse, antes de lhe dar um afetuoso beijo na boca.

– Espero que sim, me esforcei ao máximo – retorquiu ele, retomando sua voz assustadora.

Ela o abraçou e curtiu seu contato.

– Como você entrou?

– Um ladrão nunca revela seus segredos. Não esqueça que sou um *bad boy*.

Com a cabeça no ombro dele, ela podia ver a cidade lá embaixo. Tantas coisas a fascinavam nele. Em particular, as fraquezas que adivinhava. Era evidente que possuía uma força de caráter excepcional, mas também uma sensibilidade à flor da pele.

Suas noites de amor não eram simples trepadas. Nenhum namorado a compreendera como ele. Ele a respeitava. Ela adorava seu olhar quando ele gozava dentro dela.

– Gostaria tanto que me contasse seu passado. Até hoje não sei nada sobre você. Só que é de Seattle e conhece um Stuart da fraternidade Delta – deplorou ela. – Não sei nem se tem irmãos e irmãs e o que seus pais fazem.

Kyle enrijeceu imperceptivelmente.

– Nunca me perguntou antes.

– Poderia ter me falado sem que eu perguntasse. Eu não escondo nada de você. Conhece minha vida, o que minha família faz... Conte-me tudo sobre você.

Kyle sorriu com ternura e pegou as mãos dela nas suas.

– Minha vida é de uma banalidade assustadora. Não venho dos bairros ricos. Nada de Porsche na garagem e férias em Aspen. Um americano médio de uma família americana média. O que mais dizer? Que gosto de você?

Talvez aquilo fosse verdade, mas estava longe de ser *toda* a verdade, pensou Cheryl.

– Imagino que devo me contentar com isso?

Kyle segurou o queixo dela.

– No dia em que perder todo meu mistério, você vai me trocar pelo primeiro comerciante que aparecer.

– É claro que não. Amo você, Kyle.

Kyle fechou os olhos e abraçou-a forte.

Tinha tantas coisas para dizer a ela, mas sabia que não poderia escutá-las. A relação deles não tinha futuro. Entretanto, ele também a amava sinceramente. Não eram do mesmo mundo; no dia em que descobrisse seu passado, ela o deixaria sem pestanejar. Tinha certeza disso.

A nobreza não se mistura com a plebe.

Se Cheryl aproveitava sua crise de adolescência para sair com ele, a pressão social logo a colocaria no caminho certo.

– Sorria para mim, por favor. Não gosto quando faz essa cara.

Ele apertou a bunda dela.
– Quando seus pais voltam?

– Está brincando? Acha mesmo que vou com você? – melindrou-se Shannon.

Era fim da tarde. Stuart saltara do banco da universidade e pegara o primeiro ônibus para encontrar Shannon na Fundação Margareth-Smith.

Só tinham se visto duas vezes desde o primeiro encontro, mas conversavam todas as noites pela internet. Conversavam sobre coisas à toa, cinema, música, as últimas fofocas das celebridades, mas também sobre assuntos mais profundos, que os interessavam mais, como seu ressentimento diante do olhar das pessoas, a hipocrisia dos bem pensantes ou a injustiça do mundo.

– Hoje é Halloween, vai dizer que nunca festejou?

Shannon baixou o olhar.

– Sim, mas olhe para mim! Sou um monstro sem precisar de fantasia. Todos vão zombar de mim e é a última coisa que desejo.

– Justamente, ninguém vai reparar em você. Esta noite todos os monstros vão estar à solta!

Shannon não achou graça.

– É assim que me vê? Um monstro?

– Não, é claro que não – disse ele, corando.

Não era bem verdade. O primeiro contato visual era sempre perturbador. Ela era tão magra!

– Não tente mentir. Leio você como um livro aberto, e é por isso que gosto de você. É uma das raras pessoas honestas que conheço. Todo mundo faz de conta que se preocupa comigo, mas, na verdade, não estão nem aí. Sentem é vergonha de ter uma maluca anoréxica na família. Já lhe disse quantas vezes minha irmã mais velha veio me ver?

Stuart fez que não com a cabeça, feliz por mudar de assunto.

– Nunca. Nem no meu aniversário. Foi Judith que trouxe o presente dela, se é que realmente o escolheu!

Stuart ficou horrorizado. Sabia que Kyle nunca o abandonaria, fizesse o que fizesse.

– É apenas uma coitada de uma idiota – disse, espontaneamente.

– Proíbo-o de insultar minha irmã – reagiu ela imediatamente.

Stuart encolheu a cabeça entre os ombros. Percebia que Shannon não estava nos seus melhores dias. Porém, em geral, aquilo não durava muito. Bastava esperar a tempestade passar e ela voltava a ser a garota encantadora de que ele gostava.

– Levante a cabeça e olhe para mim – disse ela, sorrindo.

Dizem que o sorriso embeleza todo mundo, menos os anoréxicos, pensou Stuart, tentando logo afastar aquele pensamento inoportuno.

– Está desculpado. Apenas disse em voz alta aquilo que não ouso admitir. Você é o rapaz mais gentil e íntegro que conheço. Tenho tanto medo de que lhe aconteça algo ruim. As pessoas gentis sempre acabam se dando mal. Você precisa se tornar mais duro.

Stuart nunca tivera tanta vontade de contar sua vida para ela. Queria gritar que sabia o que era sofrer. Mas fizera uma promessa a Kyle e, enquanto este não o liberasse, não revelaria nada de sua vida. Ninguém podia saber.

– Bom, se não quer sair, pior para você. Vamos passar a noite na frente da TV. Eles passam um monte de filmes de terror nessa noite.

– Acha mesmo que quero passar a noite inteira com você?

– Dessa vez, o tom mudara, e Stuart viu seu sorriso disfarçado.

– E quem disse que tem escolha? Tem que me proteger. Olhe, o sol está se pondo e os monstros vão sair de seus esconderijos. Realmente quer que o pobre Stuart seja devorado?

– Não, é verdade, me sentiria culpada se eles morressem de indigestão. Então pode ficar, mas sou eu que escolho os filmes.

Stuart estava contente. Ela realmente voltara a ser a adorável Shannon e, novamente, começou a se acostumar com seu aspecto exterior.

30

O dia finalmente terminara. O relógio de parede marcava sete e trinta e três. Sentado diante de sua escrivaninha de carvalho maciço, Gary Borden não aguentava mais de dor nas costas. Mal completara 35 anos e já sentia os achaques da velhice!

Diretor da Borden & Co, uma das mais importantes empresas de construção do estado de Washington, Borden Junior era o filho único de uma antiquíssima família de River Falls. Até onde remontava sua árvore genealógica, a família sempre vivera ali. A mansão fora construída por seus ancestrais; pelo menos essa era a lenda que os Borden gostavam de propagar.

Porém, havia dias em que Borden sentia vontade de chutar o balde e não ser mais do que um simples empregado, que pudesse simplesmente esquecer o trabalho ao voltar para casa.

Enquanto acariciava um ridículo e caríssimo bibelô que sua mulher lhe dera por seus dez anos de casados, Borden disse para si mesmo que aquilo era besteira. Era um homem de ação. Gostava de tomar decisões, conduzir sua equipe com mão de ferro e elaborar projetos de envergadura. Na vida, havia as ovelhas e os pastores, e Borden logo fizera sua escolha. Mesmo se aquilo fosse por vezes extenuante.

Acabava de passar a tarde inteira evitando os jornalistas. Com o escândalo imobiliário que envolvia Hilton e companhia, todos os olhares se voltaram para ele. Era possível que o corretor nº 1 de River Falls não tivesse nada a ver com aqueles negócios fraudulentos?

Borden girou sua poltrona de couro e abriu a gaveta de baixo da escrivaninha. Uma garrafa de *brandy* o esperava ali. Pegou um copo e despejou o líquido cor de âmbar. Desde o primeiro gole, a tensão de suas costas diminuiu sensivelmente. No segundo, voltou a encontrar uma espécie de serenidade.

Entretanto, tinha que admitir que tivera uma sorte danada naquela história. A única razão pela qual jamais quisera participar do esquema montado por Robert Gordon era o ódio imenso que alimentava pelo advogado. Mesmo assim nunca avisara ninguém a respeito daquilo, já que alguns de seus melhores amigos estavam envolvidos até o pescoço naquela fraude.

O fato era que Gordon morrera no mês anterior e que o segredo fora enfim revelado. Borden sorriu pensando em sua sorte. Hilton, Sinise, Hillsberg e outras personalidades de menor influência seriam incriminados pelo FBI, que iniciara uma investigação e já começara a fazer buscas nos grandes escritórios da cidade. Mesmo com os melhores advogados, Borden não via como poderiam sair daquela. Quando o FBI entrava na história, tudo estava perdido de antemão.

Secou seu copo de *brandy* e decidiu se levantar. A noite caíra em River Falls. O Halloween ia começar. Esperava que Tenny, nove anos, e Tyron, sete, não ficassem chateados com ele por não participar da festa. Adorava seus filhos mais do que tudo no mundo. Eram Bordens escarrados! Nem dez anos e já tinham personalidades fortes. Estava na cara que tinham puxado mais a ele do que à mãe. No entanto, tinha outro compromisso que não podia adiar.

"Se quer continuar a fazer compras na Versace e na Gucci, é preciso que um de nós dois trabalhe!", era sua frase favorita, que adorava repetir para a esposa. Ela então lhe lançava um olhar venenoso, mas o deixava em paz. Aquilo fazia parte do privilégio de ser um pastor e não uma ovelha.

Levantou-se, pegou seu sobretudo e apagou a luz antes de sair.

Todos já tinham ido embora.

Como bom republicano paternalista, Borden fazia questão de tratar bem seus empregados. Pelo menos aqueles que estavam diretamente sob suas ordens. Deixara-os sair do trabalho mais cedo para que tivessem tempo de cuidar do Halloween de seus filhos.

Aliás, tendo filhos ou não, Borden não se importava. Não havia nenhuma discriminação na sede de sua companhia. Homem, mulher, negro, branco, latino, solteiro ou casado, não importava, desde que fizesse bem seu trabalho. Todos reconheciam isso e nenhum sindicato jamais conseguira penetrar na Borden & Co. Um dos grandes orgulhos dos Borden, de pai para filho.

Entrou no elevador, que o levou até o térreo do prédio de cinco andares, situado perto do centro da cidade. Passou diante da recepção vazia, atravessou o *hall* de entrada e saiu pelas portas envidraçadas. Dois vigias de uma empresa de vigilância privada já estavam em seus postos.

– Boa noite, senhor Borden.

Borden cumprimentou-os sem se deter. Foi até o estacionamento e entrou na sua Maserati Quattroporte, uma limusine esporte preta que continuava a surtir efeito. Deu a partida e apreciou o barulho do motor. A dor nas costas acabara desaparecendo. Ligou o rádio e colocou um CD: *The Best of Robert Palmer.* “Every Kinda People” ressoou dentro do carro. Mantendo uma mão firme na direção, acendeu um cigarro com a outra e começou a rodar rumo à via expressa exterior.

A vida realmente valia a pena! Nunca compreenderia aquelas pessoas que estragavam seus cérebros com antidepressivos e outros ansiolíticos. Esporte, pensamento positivo, e a vida se tornava um mar de rosas. Ok, uma carreirinha de cocaína de tempos em tempos também ajudava!

Saiu da cidade e pegou o acesso que levava para o oeste. O trânsito estava tranquilo. Não levou mais de dez minutos para deixar a via rápida por uma estrada paralela que levava ao Pacific Express, um motel simples, sem firulas, mas que tinha a grande vantagem de ficar afastado o suficiente para que não encontrasse nenhum conhecido. A floresta rodeava aquele pequeno recanto tranquilo.

Estacionou diante da recepção principal. Luke Lamar, um velho de quase setenta anos, com seu eterno macacão jeans grande demais para ele, veio ao seu encontro.

– Boa noite, senhor, vou abrir a garagem.

Borden guardou seu carrão e saiu respirando o ar puro.

– Um belo Halloween este ano – disse.

– Sim – aprovou Lamar, acionando novamente a porta da garagem para fechá-la.

Tirou de um de seus bolsos a chave do quarto 12. Borden lhe deu os costumeiros cento e cinquenta dólares. Lamar enrolou as notas e colocou-as em sua carteira.

– Boa noite – disse, antes de voltar para a guarita da recepção.

Borden adorava Lamar. Um cara que conhecia seu trabalho. Discrição garantida, nenhuma palavra em excesso, um verdadeiro profissional.

Todo feliz, Borden andou, fazendo os gravetos rolarem sob seus sapatos, e passou diante de uma série de pequenos bangalôs colados uns nos outros.

Três carros parados no estacionamento externo. Pouco movimento aquela noite.

Acendeu a luz do quarto. Como de costume, a limpeza fora bem feita. A decoração, embora discreta, não era destituída de gosto. Borden gostava daquele motel. Nada a ver com o luxo dos quartos do Fairmont Olympic, do Monaco e de outros grandes nomes da hotelaria de Seattle. Ali, ele se tornava um simples americano médio, e gostava daquilo.

Colocou seu sobretudo numa poltrona e abriu o frigobar. Ficou feliz por encontrar ali a indispensável garrafa de champanhe.

Talvez não tão americano médio assim, pensou, pegando a garrafa. Sob sua aparência de caipira, Lamar sabia escolher o que havia de melhor.

Borden recolocou a garrafa na geladeira e foi até o banheiro se olhar no espelho. Caralho, ele realmente tinha classe! Arrumou a gravata e ajeitou o cabelo com a mão. Sorriu e piscou para si mesmo. Que cara bonitão!

Bateram na porta. Borden olhou para o relógio: oito e dez. Alysson devia ter sido liberada mais cedo do que previsto. *Ótimo*, pensou Borden, aproximando-se do espelho para ver se nenhum ponto negro estragava o quadro. Não, sua pele estava perfeita.

Saiu do banheiro satisfeito, atravessou o quarto e abriu a porta.

– Feliz Halloween – disse a Morte, metendo-lhe uma descarga de Taser na barriga.

Vestida com sua capa preta, foice na mão, com uma máscara de esqueleto, a Morte entrou rapidamente no quarto e fechou a porta atrás de si.

Borden tentou se recuperar, mas uma segunda descarga o deixou inconsciente. Quando voltou a si, compreendeu imediatamente o horror de sua situação. Estava nu, amarrado às barras da cama. A seu lado, Alysson, aparentemente inconsciente, na mesma posição.

O pior foi a visão da Morte, sentada numa poltrona, olhando-o através de sua máscara.

– Quem é você? Por favor, me solte!

Nunca sentira tanto medo em sua vida.

– Mais baixo ou vou matá-lo – disse a Morte, se levantando.

O disfarce era realmente convincente e aquilo aumentava ainda mais seu cagaço. Sabia muito bem o que estava acontecendo. A cadela da sua mulher não suportava mais ser traída. Aquela vaca não podia simplesmente pedir o divórcio, como toda mulher de boa sociedade que se respeita?

– Eu lhe darei dinheiro. Diga-me quanto ela lhe pagou e eu lhe darei o dobro.

A Morte se aproximou e quase colou seu rosto no dele. Borden pôde distinguir suas pupilas, brilhando de intensidade. Um arrepio percorreu seu corpo.

– Diga-me seu preço!

A Morte manteve silêncio e se afastou da cama.

– Não é uma questão de dinheiro...

31

– Boa noite, xerife, estou atrapalhando?

Com um vidro cheio de balas na mão, Logan esperava ver todos os tipos de monstrinhos, mas não o pior de todos.

– Que porra está fazendo aqui?!

– Ei, Leslie! – disse Hurley, interpondo-se imediatamente.

As duas se abraçaram com afeição.

– Entre, por favor.

Logan ergueu os olhos para o céu e deu o fora.

– Li seu artigo. Perfeito! Ninguém fala de outra coisa no noticiário. Parabéns.

– Mais uma vez, devo muito a você.

Leslie tirou seu sobretudo. Hurley pegou-o e o pendurou no armário da entrada.

– Estou tão contente por você. Quero que me conte tudo – disse Hurley, olhando para trás para ver se Logan não estava espiando, mas ele não estava mais ali. – Como foi com Spike? – perguntou, em tom mais baixo.

– Quer saber se dei para aquele escroto para conseguir as informações?

Hurley mordeu os lábios, constrangida.

– Estou brincando! – explodiu Callwin, sem esconder sua alegria. – Preciso lhe contar. Modéstia à parte, fui genial!

O nó que se formara no estômago de Hurley desapareceu como que por encanto. Odiaria a si mesma se Callwin tivesse voltado a seus velhos demônios por causa dela.

– Mas acho que não sou bem-vinda – acrescentou a jornalista, olhando por cima do ombro de Hurley.

Esta se virou e viu Logan observando-as com olhar inquisidor do alto da escada.

– Deixe pra lá. Vou dar uma volta. Fiquem à vontade – disse ele em tom sarcástico.

Era mais forte do que ele. Não a suportava. Era algo epidérmico. Mesmo se fosse graças a ela que diversos frutos podres caíssem em River Falls, a seus olhos ela seria sempre uma arrivista disposta a tudo para vencer.

Passou diante delas, pegou sua jaqueta e, sem olhar para trás, saiu da casa. Não fazia ideia de onde passaria a noite. Um restaurante? Afinal, já eram quase oito horas. Adeus para o jantarzinho que tinham preparado.

Entrou no Cherokee e viu um grupo de crianças fantasiadas subir a alameda. Sorriu, e lembranças de sua tenra infância vieram à memória – uma idade em que se acredita ainda que os monstros só existem nas histórias.

Deu a partida e saiu noite adentro. Estava quase chegando ao Jonathan's Burger quando teve uma ideia. Pegou o celular, ligou para a delegacia e pediu para falar com Heldfield.

– Oi, Tim, tudo certo por aí?

– Aqui tudo bem. Por quê? Algum problema? – inquietou-se o tenente em serviço.

– Não, tudo certo. Estava pensando se toparia fazer uma ronda nos bairros quentes. Você já comeu?

Logan parou o Cherokee num sinal vermelho e arregalou os olhos ao ver uma réplica perfeita de Jabba, o Hutt passar na sua frente.

– Pedi comida chinesa, mas posso oferecer para alguém. Como um sanduíche na cidade.

– Pensei num bom bife. Conhece o Jonathan's Burger?

– Claro.

– Espero você lá. Deixe o turno com Dowley e diga-lhe para não hesitar em ligar para a gente se houver algum problema.

– Ok, estou a caminho – disse Heldfield.

Aquela não era mesmo uma noite para ficar sozinho

tendo pensamentos obscuros. Por mais paradoxal que pareça, o Halloween era uma noite de festa e alegria para todas as crianças. Uma maneira de exorcizar os pesadelos que as assombravam de noite.

O sinal abriu. Logan subiu a Rua Field mais uns cem metros antes de estacionar.

A fachada de neons coloridos do Jonathan's Burger se refletia na rua e nos prédios vizinhos. Uma imensa placa representando um *cowboy* a cavalo sobre um hambúrguer reinava diante do restaurante.

Logan saiu do carro e fechou sua jaqueta até a gola. Um leve vento frio começara a soprar. Apesar do céu limpo, aquela última noite de outubro tinha um antegosto de inverno. Entrou no restaurante e ficou satisfeito ao constatar que havia pouca gente. Cumprimentou o garçom que lhe deu uma mesa numa das salinhas do fundo. Esperando o tenente, pediu um pequeno coquetel da casa.

– Está congelando, é incrível. O tempo estava tão bom à tarde – disse Heldfield, tirando as luvas e a jaqueta.

À luz da lâmpada que iluminava a mesa, estava com as bochechas e o nariz vermelhos.

– Estamos entrando no inverno. Quando o sol sai, o frio se instala.

Heldfield concordou, sentou e logo pediu uma cerveja. O restaurante fora enchendo pouco a pouco desde a chegada de Logan, mas estavam suficientemente isolados para falar sem preocupação.

– Então, o que foi? – perguntou Heldfield a queima roupa.

Logan se surpreendeu com a pergunta, inabitual da parte de Heldfield, normalmente reservado.

– Nada, estava com vontade de me assegurar de que tudo estava bem na cidade. É o meu primeiro Halloween como xerife, não quero que haja excessos. Uma pequena ronda não fará mal a ninguém.

– Devia passar mais tarde. Se houver excessos, provavelmente será mais no fim da noite.

O garçom trouxe a cerveja do tenente. Logan aproveitou para pedir mais um coquetel da casa.

– Aonde quer chegar? – perguntou Logan na defensiva. Só queria passar uma noite tranquila e, sobretudo, esquecer que Hurley estava jantando com aquela imbecil da Callwin.

Heldfield desviou o olhar, constrangido. Não fazia seu estilo falar do que não lhe dizia respeito, mas já que o xerife dera a deixa...

– Nós estamos preocupados com o senhor – soltou.

Logan arregalou os olhos, estupefato.

– O que está querendo dizer? Está tudo bem! Leu os jornais hoje? Aquele crápula do Hilton e seus amigos vão ser pegos pelo FBI. Vão passar um bom tempo nas grades. Posso lhe garantir que estou muito feliz com isso.

Então se deu conta do pronome pessoal.

– "Nós" quem?

Sempre constrangido, o olhar de Heldfield era fugidio. Já estava arrependido de ter falado demais. No dia seguinte, os outros iam lhe passar um baita sabão. Dane-se, era melhor colocar o dedo na ferida de uma vez.

– Blanchett, Ascott, Morris e eu. Temos a impressão que você não está mais contente em River Falls.

Logan não acreditava no que estava ouvindo. Que história era aquela? Seus quatro mais fiéis tenentes duvidavam dele!

– De onde tiraram essa ideia? Sinto-me em plena forma e não tenho a mínima intenção de ir embora, a menos que seja obrigado.

Heldfield juntou forças e se obrigou a sustentar o olhar.

– Aí é que está o problema. Me avise se estiver indo longe demais, mas sua relação com Hurley parece preocupá-lo muito. Sabemos que ela prolongou seu período de licença. Perguntamo-nos se o senhor não cogita voltar com ela para Seattle. Não é um provinciano, e a agente Hurley não é do tipo que se satisfaz com uma cidade como a nossa. Não faz nem um ano que se tornou xerife, e temos a impressão de que começa a se entediar.

Era incrível o que podia passar na cabeça das pessoas! Logan estava atônito. Teria rido se aquilo não fosse tão sério.

– Com quem falou sobre essas teorias? A delegacia inteira pensa assim?

Heldfield não conseguiu suportar aquele olhar.

– Se Tania quis que conversássemos entre nós, foi porque sua relação com Hurley dá muito o que falar. Uma mulher bonita, jovem, inteligente e ambiciosa ficar em River Falls por amor...

– Pare, não quero ouvir mais nada! – cortou-o Logan bruscamente.

Aquilo era demais. No que estavam se intrometendo? Nunca tinham ouvido falar em respeito à vida privada? O Ato Patriota ainda não chegara àquele ponto!

– Minha vida pessoal só diz respeito a mim mesmo! – concluiu em tom categórico.

– Ok, perdão – disse Heldfield, ressentido.

O garçom trouxe o coquetel da casa.

– Vamos pedir – disse Logan, querendo pôr fim naquela conversa incômoda.

Feito o pedido, Heldfield virou-se para a janela.

– Pouca gente na rua.

E Logan pegou o gancho daquele assunto bem mais consensual.

Tinham terminado suas sobremesas e esperavam o café quando Heldfield se aventurou novamente naquele terreno escorregadio.

– Sabe, todos o apreciam. Não estou brincando.

Tinham tomado uma garrafa de um excelente vinho californiano, que regara uma ótima refeição. Heldfield se sentia agora suficientemente disposto para atacar de novo.

– Obrigado. Quer que eu pague a conta, é isso? – reagiu Logan, constrangido com o elogio.

– Não, mas... Se tememos que parta é porque detestávamos seu antecessor. Sabe, o xerife Wesley era um verdadeiro imbecil.

– Sei, mas passado é passado. Essa época acabou. É preciso esquecer tudo isso.

– Sim, tem razão – concedeu Heldfield.

Não sabia o que fazer. Devia mesmo lhe falar daquilo? Ele compreenderia?

Então decidiu se jogar de cabeça.

– Queria apenas lhe dizer que fomos eu, Morris, Blanchett e Ascott que trouxemos à baila aquela história de relações ilícitas do tão "puritano" xerife Wesley – soltou ele, fazendo um gesto de aspas com os dedos.

Se não fosse aquilo, era óbvio que Wesley ainda seria o xerife. Ambos sabiam disso.

– O que é isso? Quer me pedir um favor? – disse Logan, fazendo de conta que não estava entendendo.

Sem hesitar, Heldfield enfiou seu olhar no dele:

– Sim, quero que permaneça no posto, pelo menos até que encontremos alguém tão bom quanto o senhor para assumi-lo.

Os cafés foram trazidos. Um longo silêncio se instalou entre os dois.

Logan sabia que era inútil continuar negando. Sim, estava prestes a deixar River Falls por causa de Hurley. Sim, todo mundo já devia ter percebido, e não, não podia culpar ninguém além de si mesmo.

– Ok, devo-lhe desculpas. Julguei-o mal. Vocês são uns danados de uns marotos, todos os quatro.

– Devo tomar isso como um elogio? – perguntou Heldfield, com um sorriso nos lábios.

– Sim, deve.

O garçom trouxe a conta. Cada um tirou seu cartão, mas Logan deteve Heldfield.

– Deixe comigo, eu pago.

– Não tem obrigação de fazer isso!

– Mas quero e...

O celular de Heldfield tocou.

– Atenda – disse Logan, entregando seu cartão ao garçom.

Heldfield assumiu um ar embaraçado e respondeu à chamada. Logo seu rosto mudou de expressão.

– O quê? Não! Onde? – disse, aterrado.

Logan olhou para o tenente e compreendeu que a noite estava apenas no começo.

32

O álcool corria solto. Os estudantes estavam a mil; o DJ tocava as músicas do momento. Uma iluminação estroboscópica fora instalada no grande salão do qual tinham sido tirados todos os móveis para a festa.

Bridget caprichara. A festa era um enorme sucesso. Os convidados tinham vindo com suas melhores fantasias de monstros. Os grandes clássicos como Frankenstein, Drácula, Jack o'Lantern, os filmográficos como Freddy, Jason, Godzilla, mas também personalidades como George Bush Jr. ou Bin Laden.

O bom humor reinava. Nenhuma nota em falso.

A varanda estava entreaberta e, apesar do frio, muitos convidados conversavam tranquilamente no jardim iluminado por projetores.

Só uma pessoa não estava completamente satisfeita com o clima geral.

– Puxa, está levando seu papel muito a sério – disse Cindy.

Cheryl levantou os ombros. Não estava com a mínima vontade de falar.

Estava completamente fora do clima. Só desejava uma coisa: tirar sua fantasia de Elvira e voltar para casa.

– É por causa do seu namorado? É isso? – perguntou Cindy.

– Não sei o que houve com ele. Não consigo ligar pra ele. Espero que não tenha lhe acontecido nada.

Mas, no fundo de si mesma, sabia que ele estava bem. Não, era outra coisa. Ela percebera uma mudança de atitude aquela tarde. Quando fizeram amor, percebeu que ele estava ausente. Foi a primeira vez que ele brochou. Ele riu, ela também. Agora, ela se perguntava se aquilo não significava alguma coisa.

– Você se preocupa demais. Ele deve ter ido festejar com seus amigos da equipe. A essas horas, deve estar bêbado, caído em algum jardim público.

Era possível. Mas metade da equipe de futebol americano da universidade estava ali e ninguém vira Kyle.

– Deu o endereço certo para ele?

Com seus cílios falsos, Cheryl ergueu os olhos para o céu.

– Ok, desculpa, mas tem que parar de fazer essa cara. Está realmente de dar medo. Venha se divertir. Tenho certeza que ele deve estar fazendo o mesmo.

A imagem de Kyle nos braços de outra garota se imprimiu no espírito de Cheryl. Ela se sentiu esvanecer; então afastou aquele pensamento horrível. Aquilo não era seu gênero.

Olhou por um momento para seu copo vazio. Fora muito razoável até ali. Chegara às oito, como previsto, e já era quase meia-noite. Ele não viria mais.

– Tem razão, vou tomar um pouco de ar e já volto.

– Não vai embora, né?

– Prometo, já volto – disse ela num tom que se queria assegurador.

De pé num canto da sala, King Kong percebeu que chegara sua hora. Viu Cheryl sair e seguiu-a até o jardim.

Sem que ninguém notasse, Stuart ficara no quarto de Shannon depois do horário de visita. Sabia que era proibido, mas não estava nem aí. Que risco corria? O de ser posto pra fora, só isso.

Contudo, até ali ninguém se dera conta de nada. Quem desejaria passar a noite num lugar como aquele?

Os créditos de *O albergue* desfilavam na tela. Acabava de soar meia-noite e Stuart estava com uma fome de lobo. Shannon descera na hora da janta, mas não pudera trazer nada para ele do refeitório, com medo de se fazer notar. De todas as internas, ela era a que menos comia.

– Acho que vou embora – disse Stuart. – Tem certeza de que a porta não está trancada?

Estava sentado na cama ao lado de Shannon, com uma almofada entre eles.

Shannon levantou os ombros.

– Não sei, nunca tentei fugir!

Stuart empalideceu. O filme não conseguira lhe dar o mínimo arrepio de angústia, mas a ideia de passar a noite naquele quarto o gelou.

– Está brincando, tinha me prometido!

– Só lamento!

– Essa não!

Stuart olhou para ela sem saber o que pensar. Teria feito de propósito? Devia ter insistido para ir embora mais cedo. Agora se arrependia amargamente.

– Se quiser, pode dormir aqui. A cama é grande o suficiente.

Gelado de pavor um segundo antes, agora ele ficou vermelho.

– Não trouxe meu pijama – disse, sentindo o suor escorrer no rosto.

– E quem precisa de pijama. Não me diga que também está sem cueca?! – zombou ela.

Stuart não tinha a mínima vontade de dormir com ela. Shannon tinha apenas dezesseis anos e ele dezoito. Já ouvira um monte de histórias sobre assédio a menores. Mas, se fosse sincero consigo mesmo, devia confessar que estava morrendo de medo de que ela o tocasse. O que deveria fazer nesse caso?

– Tudo bem, diga logo que tem nojo de dormir comigo e será mais simples.

O tom era ácido. Ele a aborrecera.

– Não, é claro que não, mas entro na cama primeiro!

A frase saíra sozinha. Tarde demais para voltar atrás.

– Vou ao banheiro. Quando voltar, se não estiver na cama, coloco você pra fora e começo a gritar!

Stuart não levou a ameaça a sério, mas compreendeu que não tinha escolha.

Quando Shannon entrou no banheiro, Stuart se assegurou de que não podia observá-lo pela fechadura. Apagou a luz principal, deixando apenas a lâmpada de cabeceira acesa. Sentou na cama e tirou os sapatos. Nenhum cheiro nauseabundo. Uma sorte, pois fazia três dias que usava as mesmas meias! Então parou. A ideia de tirar a calça o paralisava.

Faça isso antes que ela volte. Stuart, controle-se!

Fechou os olhos e imaginou seu irmão. Kyle estaria na cama há muito tempo.

Como dois gêmeos podiam ser tão diferentes? – perguntou-se pela enésima vez em sua vida.

Coragem, coragem.

Levantou-se e, num esforço sobre-humano, soltou o cinto e desabotoou sua calça jeans. Tirou-a rapidamente, assim como seu pulôver. De cueca e camiseta, enfiou-se embaixo das cobertas e teve o prazer de perceber que eram deliciosamente suaves. Nada a ver com aquelas do dormitório.

Escutou a água correr no lavabo. Shannon fazia sua toalete; sem poder controlar o que quer que fosse, sentiu seu pau endurecer. Tentou se distrair. Repassou na cabeça as cenas de tortura de *O albergue*. Mas de nada adiantou. Continuava duro como aço.

A água parou de correr e a porta do banheiro se abriu. Shannon saiu de camisola, como um espectro fantasmático. Uma visão que, infelizmente, não bastou para acalmar os ardores de Stuart.

Shannon se aproximou da cama.

– Me dá um lugarzinho?

Stuart já estava encostado na parede.

– Não sou tão gordo assim! – replicou em tom falsamente ultrajado.

Shannon entrou debaixo das cobertas. Seus rostos estavam muito próximos. Ela sorriu, Stuart tentou corresponder.

– Passei uma ótima noite, e você?

– Maravilhosa!

Ela apagou a lâmpada e, sem aviso prévio, colocou seus lábios sobre os dele. Surpreso, Stuart teve um movimento de recuo, e a turgescência de seu membro desapareceu tão rápido quanto surgira. Estava completamente em pânico. Nunca ficara com uma garota. Nem mesmo um beijinho. Tinha tanto medo de não saber como agir! Sem falar que, por mais adorável que fosse Shannon, estava longe de ser o tipo de garota que o atraía fisicamente.

Shannon voltou ao ataque e colou seu corpo contra o dele. Mais uma vez, sua língua tentou encontrar a dele e sua mão foi direto à procura de seu pênis.

Stuart estava no cúmulo do pânico. Incapaz de reagir, estava imóvel, de pau mole.

Shannon se desgrudou dele.

– Desculpe-me – disse com a voz carregada de emoção.

Stuart não sabia o que dizer. Amaldiçoava-se por ser o cabaço mais desastrado da história dos Estados Unidos!

Shannon acendeu de novo a luz.

– Menti para você, tenho a chave da porta de entrada. Todo mundo tem a sua.

Stuart não ousou encarar seu olhar. Saiu da cama e começou a se vestir, morrendo de vergonha. Não conseguia pronunciar uma palavra sequer. Tinha apenas um desejo, sair logo daquele quarto.

Shannon se levantou também e vasculhou numa gaveta em busca da chave da fundação.

– Aqui está, pode entregá-la para Judith amanhã.

O tom tentava ser natural, mas Stuart sentiu toda a emoção ali contida.

Pegou a chave e terminou de colocar os sapatos. Sempre incapaz de olhar Shannon na cara, dirigiu-se para a porta e colocou a mão na maçaneta. Se saísse sem tentar se desculpar, estava certo de que nunca mais a reveria. Ele fora um verdadeiro desastre. Se pudesse ter um centésimo da segurança de Kyle!

Fechou a porta atrás de si sem um olhar. No corredor, seu coração se partiu em mil pedaços quando ouviu Shannon soluçar.

Cheryl pegara discretamente seu longo sobretudo e saíra sem se fazer notar. Tomou a longa aleia que levava ao portão. A música e as risadas dos jovens ressoavam por toda a colina.

Antes de atravessar o portão, pegou o celular e ligou mais uma vez para Kyle. Depois de três toques, a caixa de mensagem foi ativada. Não teve coragem de deixar mais uma.

Uma coruja ululou acima dela. Procurou o pássaro noturno, mas não conseguiu distingui-lo. Segundo algumas lendas, a coruja era símbolo de sorte e prosperidade. Cheryl se agarrou àquela fraca esperança e abriu o portão.

Naquele instante, uma mão viril pousou em seu ombro. Ela teve um sobressalto e soltou um grito.

– Não precisa ter medo, gata! – disse o King Kong.

Só pelo timbre da voz, Cheryl percebeu que o horrível gorila estava em estado avançado de embriaguez.

– Se pudesse ver sua máscara, entenderia – disse ela, esperando que aquilo bastasse.

– Não se deve zombar dos monstros. Todo mundo tem direito ao amor – respondeu, num tom que se queria solene e que confirmava seu lamentável estado.

Cheryl procurou ao redor por algum reforço, mas todos os estudantes estavam na mansão ou do outro lado do jardim.

– Claro que sim, e tenho certeza de que encontrará tudo de que precisa lá dentro. Tenha uma ótima noite – disse ela, tentando manobrar o portão.

Mas King Kong bloqueou-o com o pé.

– Cheryl, pare de besteira, precisamos conversar.

– Eu não acho. Deixe-me passar, por favor.

King Kong tirou sua máscara. Era Steven, o *quarterback* célebre da equipe de futebol.

– Me deixe. Realmente quer que eu conte para Mary?

– Dei um pé na bunda daquela imbecil. É você que eu quero.

Cheryl realmente não sabia como se livrar dele. Fedia ainda mais a álcool sem sua máscara.

– Kyle não vai demorar. Se o pegar me importunando, a coisa vai ficar feia. Me deixe, por favor.

Olhou para atrás, mas nada de aparecer alguém. Steven seguiu seu olhar e começou a rir com sarcasmo.

– Está procurando ajuda? Seu querido Kyle deu um bolo em você. Sabia que ele diz pra todo mundo que você tem fogo no rabo?

– Jura? – disse ela sem acreditar naquilo.

Steven segurou-a pelos ombros.

– Vai me beijar agora, gata, você vai ver, vai...

Uma joelhada no saco o interrompeu. Cheryl se soltou e saiu correndo na esperança de chegar à mansão.

Mas uma mão agarrou seu braço. Steven a fez cair com ele no chão. Uma dor intensa a paralisou.

Steven aproveitou para ficar em cima dela e colocar a mão em sua boca.

– Tente gritar e acabo com você – sussurrou em seu ouvido, apertando sua garganta com toda força.

Aquela imbecil por pouco não acertara seus bagos. Realmente merecia uma lição. Colocou a mão por baixo de suas roupas e tocou em seu ventre. Apesar da dor na garganta e do medo que a paralisava, ela conseguiu gritar.

Steven levantou o braço, mas uma silhueta se interpôs, fazendo com que levantasse os olhos.

– O que foi? – exclamou, reconhecendo um Quasímodo.

No segundo seguinte, um pontapé o atingiu no rosto, fazendo-o cair para trás e perder dois dentes. Ainda meio tonto, prostrado sobre o braço direito, Steven, segurando o queixo com as duas mãos, não teve tempo de reagir antes que o corcunda de Notre-Dame se jogasse sobre ele e o enchesse de pontapés em todas as partes do corpo.

– Pare! Vai matá-lo! – disse Cheryl, surpreendendo-se por sentir pena de Steven.

Quasímodo se virou para ela e, sem que precisasse tirar sua máscara, ela reconheceu seu olhar.

– Kyle – disse, jogando-se em seus braços. – Por que não estava na festa? Onde você estava?

Pôs-se a chorar abraçada nele.

– Venha, vamos sair daqui.

Steven, inconsciente, jazia no chão.

– Temos que chamar a polícia. Ele tentou me estuprar – disse Cheryl, ainda chocada.

– Não, não faça isso. Prefiro que fique entre nós. Acho que ele já teve o que merecia.

– Mas esse desgraçado tentou me estuprar!

Kyle passou a mão carinhosamente em suas costas.

– Se prestar queixa, o advogado de Steven vai fazê-la passar por uma piranha. Enumerarão todos os caras com quem você já transou e os colocarão para testemunhar no tribunal e conspurcá-la, pelo menos os que são amigos dele – explicou Kyle, com um sangue-frio espantoso.

Cheryl compreendeu que ele tinha razão. Mas era tão injusto, ela nunca sequer dera em cima dele!

– Foi horrível! Por que você não chegou antes? – acrescentou ela, com voz rouca, à beira das lágrimas.

– Eu estava na festa – afirmou ele, em tom sincero.

Era verdade, Quasímodo estava na festa, mas não tinha se aproximado dela. Por que aquela atitude?

Kyle tirou a máscara, visivelmente constrangido.

– Devo lhe confessar uma coisa, e compreenderei se ficar chateada comigo.

– O quê?

– Eu a espionei durante toda a festa. Cuidei para que não me visse, queria saber se era fiel. Tive a resposta.

– Mas por que deixou que ele tocasse em mim?

– Estava no banheiro quando decidiu ir embora. Procurei-a por toda parte, mas não no lugar certo. Pensei que estivesse num quarto com alguém.

A explicação era convincente. Ela finalmente começou a andar.

– Seu paranoico débil mental! – disse, apertando-o com força. – Não quero voltar para casa, quero passar essa noite com você. Uma noite num hotel, como a primeira.

– O mesmo hotel, o mesmo quarto, será perfeito.

Cheryl lhe deu um beijo na boca.

Sob a lua quase cheia, desceram a longa rua que serpenteava ao longo da Golden Hill para buscarem o carro de Cheryl.

33

O cascalho estalou sob os pneus do Cherokee quando Logan parou no estacionamento do Pacific Express. Eram dez e meia da noite. Umas quinze pessoas estavam do lado de fora, apesar do frio noturno.

Os clientes fixos do motel, pensou ao sair do carro.

Afundou o chapéu na cabeça e foi direto à recepção. Um velho de macacão veio ao seu encontro.

– Boa noite, xerife – disse Lamar.

– Boa noite. Pode me conduzir até o quarto?

Lamar concordou e tomou a frente. Vendo o xerife, os clientes pararam de tagarelar. Logan se deteve. Com os polegares enfiados no cinto, olhou-os com autoridade.

– Entrem todos em seus quartos, e peço-lhes para não saírem daqui. Viremos interrogá-los. Tratem de tentar lembrar de qualquer detalhe suspeito desta noite.

Um assentimento geral foi a resposta e, como crianças bem comportadas, cada um entrou em seu quarto.

O tenente Heldfield se aproximou de Logan.

– Adoraria ter o mesmo poder de persuasão que o senhor – disse-lhe, admirado.

Logan sabia que tinha muitos defeitos, mas também sabia ter as qualidades de um líder natural. Assim, apreciou aquela observação.

– Vamos lá.

Lamar, que esperava Logan acabar sua pequena alocução, conduziu-os ao quarto 12.

– É aqui.

– Ok, pode nos deixar.

Logan tirou um par de luvas de látex, vestiu-as e ia abrir a porta quando notou o embaraço de Lamar.

– Tocou nele?

– Sim, lamento – respondeu o velho.

Diante de seu constrangimento, Logan não teve coragem de lhe dar um sermão. De todo modo, era tarde demais. Manteve as luvas mesmo assim e girou a maçaneta.

O cheiro de sangue fresco o atingiu.

Acendeu a luz e descobriu o corpo nu de Gary Borden, o magnata da construção de todo o estado de Washington. Degolado.

– Pobre homem – disse baixinho, aproximando-se da cama. Heldfield fechou a porta atrás deles. Tinha dificuldade em olhar para o cadáver. O crime era bastante recente. Uma hora ou duas no máximo. Lamar jurara no telefone que Borden chegara por volta das oito.

A garganta de Borden fora nitidamente aberta, constatou Logan, enojado.

Procuraram a arma do crime em vão. Após cerca de dez minutos, Logan cessou a busca.

– Bom, vamos deixar isso com os especialistas do FBI.

Durante o trajeto até o motel, telefonara para o escritório de Seattle, comunicando a morte de Borden.

Dada sua importância no domínio da construção, parecia evidente que aquele assassinato estaria ligado ao de Robert Gordon e aos negócios imobiliários suspeitos deste. Um novo acerto de contas.

Que papel desempenhara Borden naquela história? Logan não tinha a mínima ideia. Seu nome não fora citado no artigo de Callwin, mas nada garantia que ela dispusesse de todas as informações sobre as personalidades implicadas naquele escândalo.

– Acha que se trata mesmo de um prolongamento do caso Gordon? – perguntou Heldfield, agora hipnotizado pelo cadáver.

– Acha que pode ter sido de outro?

– A opção mais clássica. Uma vingança de mulher. A de Borden.

Enquanto Logan estava no telefone com o FBI, Heldfield conversara com Lamar. Este lhe explicara como as coisas tinham se passado. Sobretudo, lhe dissera que a prostituta dera o fora assim que a liberara.

– Sim, pensei nisso, mas não acredito muito. Isso tem todo cheiro de crime financeiro. Morto no dia da revelação do escândalo. Coincidência? Não creio.

Heldfield resmungou um "hum" pouco convencido. Preferia sua teoria. Para que complicar? A solução mais evidente era muitas vezes a melhor.

– E se fôssemos assistir a um filmezinho de horror? – tentou brincar Logan.

– Vamos lá.

Saíram do quarto e foram falar com Lamar de novo na recepção.

– Já pegou as fitas das câmeras de vigilância?

Lamar assumiu um ar contrito.

– Esqueci de colocá-las em funcionamento.

Logan suspirou e avançou lentamente para ele. Heldfield fechou a porta da recepção. Quando chegou perto do balcão, Logan agarrou Lamar pela parte de cima do macacão e o puxou violentamente para si.

– Escute, meu velho, não tente bancar o espertinho. Traga-me essas fitas ou juro que vou trancafiá-lo por cumplicidade em homicídio. Se não gosta da polícia, isso é problema seu, mas se tentar entravar minha investigação, aí, juro que terá boas razões para me detestar.

Soltou Lamar que lhe lançou um olhar cheio de ódio. Logan ostentou um sorriso sarcástico.

– Vou buscá-las – disse finalmente o velho.

– Vamos com você – disse Logan.

Nunca se é velho demais para fazer besteiras. Não daria a Lamar a chance de fugir. Chegaram a uma pequena sala onde se encontravam três gravadores que registravam as imagens das câmeras de segurança.

Lamar ligou a tela de controle e rebobinou as fitas. Deu *play* na primeira. O dia e a hora estavam marcados no canto esquerdo. Era uma vista tomada do balcão da recepção.

Sem uma palavra, Lamar entregou o controle remoto para Logan e saiu da sala.

– Fique com ele – ordenou Logan a seu tenente. Estava cada vez mais desconfiado daquele Lamar. Ele escondia alguma coisa, mas o quê? Esperava que o circuito interno lhe trouxesse o início de uma resposta.

Desligou o primeiro gravador e ligou o segundo, desejando obter assim as imagens da câmera colocada sobre a sacada do primeiro andar, com vista para os bangalôs do térreo e para a escada que levava ao primeiro andar, mas era a imagem do estacionamento. Ligou o terceiro e obteve, enfim, o que queria.

Uns bons dez minutos depois, viu Borden entrar no quarto. Eram exatamente oito e cinco. Lamar não mentira a esse respeito. Então, cinco minutos depois, alguém fantasiado de Morte apareceu no campo de visão e foi até a porta 12.

Que danado!, pensou. Eis a arma do crime. A foice da grande ceifadora.

O pobre Borden devia ter sofrido um martírio até que aquele utensílio lhe talhasse definitivamente a carótida. Além disso, naquele traje negro, as projeções de sangue se tornavam invisíveis e o assassino pudera deixar o motel sem se preocupar com os olhares. Ele calculara bem seu golpe. O Halloween era o único dia do ano em que ninguém estranharia ver um monstro percorrer as ruas com uma arma ensanguentada na mão! Belo golpe.

A Morte bateu na porta e deu, ao que parecia, uma facada em Borden. Mas este estava dentro do quarto, fora do campo da câmera. Uma facada? Não, não havia marca na barriga. Repassou a cena em câmera lenta e obteve a solução. Uma Taser, certamente.

A Morte penetrou no quarto e a porta se fechou.

Sapateando de impaciência, Logan acelerou de novo a fita e parou-a às oito e meia. Uma mulher apareceu, a prostituta, sem dúvida.

Não conseguia distinguir seu rosto, mas, só pelo porte, percebeu que se tratava mais de uma garota de programa de quinhentos dólares do que de uma puta de trinta! Ela parou diante da porta, revelando seu perfil.

Logan sentiu seu coração desfalecer. Embora a definição da imagem fosse péssima, estava certo de conhecer aquele rosto, mas era incapaz de lhe atribuir um nome ou lembrar de onde a conhecia. Em todo caso, não era nem uma prostituta nem uma garota de programa.

Logan deu uma risadinha irônica.

– Desgraçado! – exclamou, pensando em Lamar. – Agora entendo melhor.

Pôs a fita para rodar de novo.

A porta se abriu. Desta vez, viu o braço negro da Morte sair da moldura da porta e dar um tiro de Taser na mulher. Mas o assassino a segurara em seus braços antes que caísse e a levara para dentro do quarto. Dez minutos depois, a Morte, vestida com seu amplo traje negro e carregando uma foice ensanguentada, saía tranquilamente do quarto.

Bingo!, pensou Logan, voltando ao modo acelerado. Uma hora e meia depois, viu alguém descer a escada e se dirigir em passo furioso para o quarto 12. Lamar garantira-lhe que os dois bangalôs vizinhos estavam vazios. O assassino os reservara por precaução? Lamar providenciara para que estivessem vazios? Ou fora por acaso? Logan tinha com o que elaborar múltiplas hipóteses. Não ia lhe faltar trabalho nos dias seguintes.

O vizinho de cima bateu na porta com ar furioso e entrou no quarto. Saiu imediatamente e se debruçou para vomitar. Os acontecimentos se precipitaram. Lamar entrou no quarto. Outros vizinhos saíram dos seus. Então, Logan viu a mulher deixar o quarto na surdina, como quem não sabe de nada, evitando o ajuntamento.

Cadela. *Eu pego você!*, pensou, parando a fita.

Pegou um cigarro, acendeu-o e, depois de uma grande tragada, levantou-se e voltou para a recepção. Não havia ninguém.

Logan pegou o celular e ligou para seu tenente.

– Onde você está?

Heldfield respondeu que estava interrogando os clientes do motel.

– Não creio que isso vá nos trazer grande coisa, mas se puder voltar aqui com o velho, tenho duas palavras a dizer para ele.

Desligou e esperou, mal contendo sua impaciência. Lamar e Heldfield não tardaram a chegar.

– Senhor Lamar, acha mesmo divertido me fazer de idiota?

O velho assumiu um ar de surpresa, mas manteve silêncio.

– Não tem a nada a me dizer antes que eu enfie meu punho na sua cara? – vociferou Logan.

Heldfield achou o comportamento do xerife completamente inadequado. Esperava que ele soubesse o que estava fazendo. No entanto, não era nada bonito ameaçar um velhinho daquele jeito.

– Conheço meus direitos. Sou inocente! – replicou Lamar, com firmeza.

Logan se aproximou dele e sacudiu seu ombro com um gesto de desprezo.

– A puta que estava com Borden. Tem trinta segundos para me dizer seu nome.

– Não tem esse direito. Se bater em mim, vai se ver com meu advogado.

– Você tem um advogado? Realmente me faz rir – ironizou Logan. – Não estamos em Nova Iorque e, aqui, estamos cagando para os advogados. Fui eleito para fazer a lei ser respeitada e não é uma velha sucata como você que vai me impedir de fazê-lo. Então, diga logo seu nome.

Passou um braço familiar em volta dos ombros de Lamar. Heldfield não estava gostando daquilo. Parecia mais um chefe de bandidos do que um xerife. Esperava que ao menos ele não fosse bater no velho.

– Não sei seu nome, juro.

– Quanto ela lhe deu para que ficasse quieto?

Lamar não respondeu.

– Posso transformar sua vida num inferno. Mandar fazer todas as inspeções possíveis. Posso até mandar fechar esse motel por milhares de razões. Acho que seu patrão não ficaria muito satisfeito. Quer realmente acabar na rua, sem aposentadoria?

Lamar baixou os olhos e finalmente se deu por vencido.

– Mil dólares. Ela me deu mil dólares, mas juro que realmente não sei seu nome.

– Ok. Vamos assistir à fita da entrada e você me dirá qual é o carro dela.

Heldfield ficou aliviado e, ao mesmo tempo, satisfeito com o resultado. Iam obter o nome da mulher, a testemunha nº 1 do assassinato.

Voltaram para a salinha dos gravadores e Lamar fez o que prometera. Em pouco tempo, pausou a fita numa soberba Ferrari Spider vermelha. O ângulo da câmera não permitia que se distinguisse o rosto da motorista, mas a placa estava bem visível.

– Perfeito! – exclamou Logan.

Tirou um caderninho e uma caneta do bolso interno de sua jaqueta e anotou o número.

– Pode voltar a seu posto. Será convocado amanhã para fazer seu depoimento.

Lamar saiu sem dizer palavra e deixou os dois policiais a sós.

– Teria batido nele se não tivesse falado? – perguntou Heldfield.

Logan franziu a sobrancelha.

– Acha mesmo que eu seria capaz?

Heldfield manteve uma atitude inflexível.

– Responda, por favor.

– Não, é claro que não. Além do fato de que seu advogado teria evidentemente acabado comigo, não costumo bater em quem é mais fraco do que eu.

Heldfield acreditou e ficou tranquilizado.

– Como pôde pensar uma coisa dessas? – retomou Logan.

Heldfield não respondeu.

– Bom, você continua a interrogar todos os clientes do motel. Eu vou para a delegacia descobrir a quem pertence essa placa.

– Posso interrogar a mulher com o senhor?

– Se quiser...

– Tenho certeza de que se trata de uma história de ciúme entre mulheres – explicou-se Heldfield.

Logan deu uma risadinha curta.

– Acho que está completamente enganado. Aposto um jantar que não é nada disso.

– Já lhe devo um. Dois jantares então!

Logan estendeu a mão e Heldfield bateu sua palma na dele.

Logan olhou o relógio. Quase meia-noite: estava na hora de avisar Hurley que não voltaria para casa aquela noite.

– Era Mike. Houve um assassinato no Pacific Express. Ele me fez prometer que não contaria para você – disse Hurley, ao desligar o telefone.

– Sabe que não gosto muito dele, mas não acaba de traí-lo?

Hurley convidara Callwin para dormir no quarto de hóspedes. De pijamas na sala, as duas mulheres estavam conversando sobre homens e amores quando Logan ligara.

– Depende se vai se servir de minha informação ou não...

– Quem foi morto?

Hurley hesitou em revelar tudo, mas tinha confiança:

– Gary Borden.

Callwin ficou de boca aberta.

– Borden da Borden & Co?

– O próprio.

– E não quer que eu saia em busca de informações?

Hurley levantou os ombros.

– Não posso obrigá-la a nada.

– Se dá conta de que isso está certamente ligado ao assassinato de Robert Gordon? Embora eu não tenha nada sobre Borden, ele é o rei dos negócios imobiliários na região!

– É bem provável. Mas você obteve o furo perfeito. Espere

até ver mais claro antes de anunciar que este assassinato está ligado ao caso Gordon. Se estiver enganada, é o seu novo estatuto de superjornalista que poderá cair por terra. Pense bem.

Callwin estava prestes a lhe suplicar que a deixasse escrever um artigo relâmpago para o *Tribune* do dia seguinte. O fechamento ocorria por volta das duas horas. Era apertado, mas ainda tinha tempo. Mas Hurley conseguira refrear seu ardor. Tinha esperado tanto para ter o reconhecimento de seus pares, não corria o risco de estragar tudo em sua precipitação?

– Acha melhor eu esperar?

Hurley sorriu. Tinha certeza de que Callwin seguiria seu conselho.

– Francamente e indubitavelmente: sim!

Logan mantivera sua promessa e esperara o retorno de Heldfield para se dirigir à mansão de Alysson Harper. Trinta e dois anos, casada com um homem de sessenta, uma filhinha de seis anos. Esposa e mãe.

Quando finalmente conseguira consultar sua ficha de estado civil, Logan lembrara-se de onde a tinha visto: numa festa de caridade para os orfanatos da cidade. Uma linda mulher, muito sofisticada... até demais.

Já estavam em Golden Hill. Era um pouco mais de meia-noite. Heldfield não tirara nada dos testemunhos dos clientes do motel. Não tinham visto nada, não tinham escutado nada. Só o vizinho de cima que se incomodara com o barulho de móveis arrastados que chegava até seu quarto.

Logan imaginou a cara do coitado quando descobriu o cadáver de Borden e a senhora Alysson Harper amarrada nas grades da cama, se remexendo como uma diaba, com a boca amordaçada.

– Cuidado com Esmeralda e Quasímodo – avisou-o Heldfield, percebendo um casal de jovens ao lado de um carro estacionado na rua.

– Elvira – corrigiu-o Logan, reconhecendo a fantasia da garota.

Passaram por eles e Heldfield brindou-os com um sorriso. O casal os ignorou totalmente.

Algumas curvas depois, estacionaram diante de uma suntuosa mansão, talvez a mais luxuosa de River Falls. Saíram e Logan tocou o interfone. Ninguém respondeu. Tocaram de novo e, finalmente, uma luz se acendeu dentro da casa.

– Deem o fora ou chamo a polícia! – respondeu uma voz masculina furibunda.

– Não vale a pena, somos a polícia! – replicou Logan no interfone. – Se puder abrir...

A voz não respondeu, mas, dois minutos depois, um homem de pijama e chinelos de couro, agasalhado com um sobretudo, entreabriu a porta. Desceu o alpendre e avançou até em direção deles apontando-lhes um fuzil-metralhadora.

– Não se mexam, seus merdinhas.

Compre umas lunetas, imbecil!, injuriou-o Logan em pensamento.

Quando John Harper chegou perto do portão, finalmente reconheceu Logan e baixou a arma.

– Xerife? O que houve?

– Gostaríamos de falar com sua esposa. Ela está?

– É claro, passamos a noite toda juntos.

Heldfield olhou para Logan e compreendeu que era melhor guardarem suas cartas na manga. Harper acabava de mentir descaradamente.

Ele fazia parte do golpe? Heldfield talvez tivesse razão: era, no final das contas, apenas uma história de ciúme.

– Mas o que querem com ela?

– Não posso lhe dizer nada. Tenho que falar diretamente com ela.

Harper lançou-lhe um olhar atravessado.

– Sigam-me – disse, no entanto.

Subiram a aleia e entraram na vasta residência.

Alysson Harper, de robe, interpelou seu marido do alto da escada central.

– Querido, o que está havendo?

Parecia sair do sono.

Que boa atriz, pensou Logan.

– Gostaríamos de lhe fazer uma ou duas perguntas. Não demoraremos.

– Estou escutando – replicou ela, sem se aproximar.

Logan avançou até o pé da escada.

– Gostaria de lhe falar em particular.

– Não tenho nada a esconder do meu marido – disse ela, sem se mexer. Gostava de aproveitar as posições de poder. Por sorte, ele não entrava naquele jogo.

– Insisto.

– Querida, faça o que eles estão dizendo. Conversem na sala do primeiro andar, eu ficarei assistindo televisão.

– Obrigado – disse Heldfield, que estava ao lado do Sr. Harper.

Os dois agentes subiram até Alysson, que os convidou a segui-la num labirinto de corredores que levava a uma suntuosa sala decorada com bom gosto.

– Bebem algo, xerife? – disse, dirigindo-se ao bar.

Havia quadros de grandes mestres cubistas na parede. Heldfield, conhecedor de pintura, acreditou mesmo reconhecer um Braque.

– Não, estamos de serviço, mas pode beber se assim desejar.

A Sra. Harper assim desejava, e se serviu de um copo de gim.

– O que querem saber?

– Se pudesse nos contar exatamente o que aconteceu no Pacific Express, ganharíamos tempo.

– Não saí daqui, meu marido pode confirmar isso.

Logan olhou para o tenente e suspirou.

– O que fazemos? Botamos os dois em cana por obstrução à justiça ou só a mulher? – disse, usando o termo em tom de desprezo.

– Vamos lhe dar uma última chance – respondeu Heldfield. – Sra. Harper, não queremos chegar a esse ponto, mas a senhora assistiu a um assassinato. Tem que nos dizer tudo. Temos as fitas das câmeras de vigilância do motel. Foi claramente identificada. Entende?

A Sra. Harper bebeu seu gim e amaldiçoou Lamar. Ele lhe prometera apagar as fitas. Aquele cretino não mantivera seu acordo!

– Ok, mas quero que prometam que essa história permanecerá confidencial. Não são obrigados a citar meu nome, não é?

– Na medida do possível, tentaremos. Contudo, se houver processo e se tornar necessário revelar a identidade da pessoa que se encontrava com Gary Borden, não teremos escolha.

A Sra. Harper foi se sentar num sofá próximo às portas de vidro da sacada. Dali, via-se toda a cidade iluminada.

– Antes de mais nada, saibam que amo meu marido – disse ela, como preâmbulo. Entre mim e Gary havia apenas uma história de sexo, nada mais. Meu marido sempre esteve a par de nossa relação. Se imaginarem que ele possa ter cometido o crime por ciúme, estão muito enganados. John é um marido perfeito e moderno. Sabia que, ao desposar uma mulher trinta anos mais nova do que ele, corria o risco de não estar à altura, se entendem o que quero dizer.

Logan e Heldfield entendiam. Inconscientemente, Logan colocou a mão no bolso.

– Pode fumar. Também tenho esse defeito – disse a Sra. Harper.

Logan agradeceu e acendeu um cigarro depois de ter lhe oferecido um também.

– Foi John que praticamente me empurrou para os braços de Gary. Ele o respeita muito. O respeitava... – corrigiu-se.

Logan viu que sua máscara de gelo não era muito sólida. Ela devia ter um caráter e tanto para manter aquela dignidade depois daquilo por que acabava de passar.

– John prefere que eu esteja com um homem que me respeita do que com um playboyzinho sem neurônios. Ao menos, se minha relação fosse descoberta, ele salvaria a cara alegando a posição de Borden. É menos desonroso ser enganado por um rival de igual qualidade do que por um simples jardineiro – acrescentou, para garantir que eles entendessem a diferença.

Logan compreendeu, sobretudo porque John Harper era perdidamente apaixonado por sua mulher e disposto a tudo para mantê-la. Alysson Harper era de um carisma devastador.

Não lhe cabia julgar seu comportamento, bem pelo contrário; não via nada a censurar.

– Encontrávamo-nos com toda discrição, duas ou três vezes por mês, e essa noite...

Sua voz se quebrou e ela se desfez em lágrimas. Heldfield foi mais para frente e se sentou ao lado dela.

– Tudo bem, senhora Harper, não tenha pressa.

Mas ela se recompôs rapidamente e narrou os fatos de maneira circunstanciada. Terminou dizendo que não tivera tempo de ver nada e que despertara amarrada à cama, ao lado do cadáver ensanguentado de Borden.

Logan estava desolado por tê-la feito reviver aquele momento horrível, mas, agora, estava persuadido de sua inocência.

– Foi a mulher dele! Tenho certeza! Meredith Borden. É ela que deviam prender! Como pôde fazer isso?

Alysson Harper voltou a chorar. Logan não tinha mais perguntas, pelo menos naquele momento.

– Vamos deixá-la. Agradeço por ter nos dado um pouco de seu tempo, mas, se quiser minha opinião, procure um psicólogo o quanto antes. Eu lhe enviarei uma lista de pessoas competentes. Não pode guardar isso para si mesma.

Heldfield ficou surpreso com tanta solicitude. Decerto, o fato de viver com uma *profiler* causava boa influência sobre o xerife.

Deixaram a sala e voltaram sozinhos para o térreo.

John Harper escutara seus passos e os esperava no *hall* de entrada.

– Sua mulher vai precisar muito do senhor – disse Logan, persuadido também da inocência dele.

Harper não disse nada. Não tinha a mínima ideia do que sua esposa lhes dissera. Não se trairia de maneira tão tola.

– Boa noite, me desculparão por não acompanhá-los até seu carro.

– Sem problemas.

Os dois policiais saíram da mansão e o frio da noite os envolveu novamente.

– O que acha? – perguntou Heldfield.

– Que ela nos disse a verdade.

Heldfield deixou seu olhar vagar pelo jardim iluminado por uma meia-lua.

– Penso como o senhor, e acho que seria interessante interrogar a viúva.

Logan olhou a hora. Treze minutos para uma da manhã. Estava cansado e bem que gostaria de ir para casa dormir, mas...

– Topa continuar?

– Temos que avisar a Sra. Borden, não? – respondeu Heldfield.

– O quê? Não! Não é possível!

Meredith Borden caiu aos pés dos dois policiais.

Heldfield se abaixou para socorrê-la, adiantando-se nisso à srta. McGregor, a governanta dos dois jovens Borden.

– Vá, cuide para que as crianças não acordem – disse Logan a Miss McGregor.

Se aquela Meredith Borden organizara mesmo o assassinato de seu marido, era uma atriz de primeira. Porém, apenas para provar a Heldfield que fazia seu trabalho sem se deixar levar por sua convicção íntima, decidiu representar o papel do tira durão. Abaixou-se ao lado de Heldfield, que tentava desajeitadamente ajudar Meredith Borden a se levantar, e pegou em seu braço.

– Deixe comigo.

Acompanhou sua frase de uma piscada explícita. Heldfield captou a mensagem e recuou.

– Deixe de encenação, isso não funciona comigo. Sabia que seu marido a traía com Alysson Harper. Detestava-o pelo que a fazia passar, não aguentou mais e pagou alguém para matá-lo!

– Como ousa? – lançou Meredith Borden, estupefata com tanta ignomínia.

Levantou-se e se apoiou contra a parede. Logan encarou-a com ar compadecido.

– Não a culpo. Na verdade, compreendo-a. Se minha mulher me traísse com um cara que detesto, acho que também seria capaz do pior. Sabe, acho que o júri lhe concederia circunstâncias atenuantes e lhe daria cinco anos de prisão e ainda, com um bom advogado...

Meredith Borden não conseguia acreditar. Desde o caso da primavera, passara a estimar imoderadamente aquele xerife vindo de Seattle. Um homem íntegro, justo e correto. Todos diziam isso, seu marido em primeiro lugar. "Uma sorte para nossa cidade ter enfim um xerife acima de qualquer suspeita", repetia Borden muitas vezes ao lado de sua esposa. Se soubesse o crápula que ele era na verdade!

– Vamos, já disse que a compreendo, fará sua confissão e... – continuou Logan.

Uma bofetada sonora atingiu seu rosto e lhe deixou a marca de cinco dedos.

Heldfield pôs a mão em seu cinturão, mas Logan o impediu de completar seu gesto, fazendo-lhe sinal de que estava tudo bem. Mas a cadela pegara pesado.

– Seu crápula imundo – disse Meredith Borden, por trás de uma cortina de lágrimas. – Meu marido o estimava. Pensava que fosse um homem honesto, mas não é mais do que um ignóbil misógino que acha que as mulheres são tão estúpidas quanto podem ser os homens! O que sabe do amor? Nada! – gritou ela, antes de retomar, com o mesmo tom cheio de uma cólera fria: – Se decidisse matar alguém, seria Alysson Harper que estaria morta agora!

Logan estava plenamente de acordo com ela. Meredith não seria tola a ponto de matar seu marido e não fazer o mesmo com sua rival. Era inocente, estava claro como água da fonte.

Quanto a Alysson Harper, não teria ido ao encontro

no motel se soubesse que o assassino atacaria aquele dia. O único culpado potencial era John Harper, mas Alysson parecia tão sincera ao explicar o modo de funcionamento do casal... John Harper devia saber que, mesmo que eliminasse Borden, Alysson encontraria outro garanhão para satisfazer plenamente seus desejos de mulher jovem.

A hipótese do ciúme parecia definitivamente eliminada.

– Senhora Borden, peço-lhe as mais sinceras desculpas, precisava apenas me certificar de que não era culpada.

Terminada sua diatribe, Meredith Borden permaneceu prostrada contra a parede da entrada, chorando em silêncio.

– Cale-se! E vá para o inferno!

Logan devia ter ido embora, mas não suportava a ideia de que ela o tomasse por um escroto.

– Sabe... As pessoas vão falar. Alguns vão acusá-la de ser a culpada. Eu queria estar completamente convencido de sua inocência para poder defendê-la se...

– Já lhe disse para ir ao diabo! – gritou ela, à beira de uma crise de histeria.

Logan se sentia péssimo. Não insistiu. Despediu-se da viúva, que o ignorou ostensivamente, e saiu em companhia de Heldfield.

– Continua achando que se trata de uma história de mulher traída e marido corno?

No frio da noite, os dois se dirigiram para o Cherokee.

– Devo admitir que é difícil acreditar que alguém possa simular tamanha dor – disse Heldfield, abalado. – Porém, talvez esteja chorando por estar arrependida de tê-lo matado?

Logan suspirou e acendeu um cigarro.

– Sei, você está é contrariado porque me deve um jantar.

– Não – insurgiu-se Heldfield, antes de entender a brincadeira e retomar em tom mais tranquilo: – Mas acho que seria bom estudar o emprego do tempo de cada um, verificar as contas bancárias, se não houve nenhuma transferência ou saque suspeitos. A rotina, oras.

– Nenhum juiz nos dará um mandato para isso sem um indício forte. Se não podemos provar que Meredith Borden ou John Harper estavam no local do crime, não temos nada para inculpá-los, exceto as vagas suposições de um tenente pão-duro!

Heldfield se fez de ofendido.

– Está realmente querendo passar vexame no tribunal. Essas pessoas têm meios para pagar a melhor defesa possível, sem falar da imprensa. Já vejo as manchetes: "Incapaz de conduzir a investigação, a polícia de River Falls se obstina contra a viúva do defunto!" – disse Logan, imitando a leitura de um jornal.

– Você deve ter razão.

– Tenho razão, Tim – insistiu Logan, em tom categórico. De qualquer forma, tenho certeza desde o início que esse crime está ligado aos negócios escusos de Gordon. Verá que o FBI não demorará a trazer tudo isso a lume.

– Espero que sim – respondeu Heldfield. Aliás, por falar neles, não devem tardar a chegar ao motel para recolher os indícios. Está com sono?

Logan poderia ter deixado Heldfield e voltado para casa. Sua presença no motel não acrescentaria nada à investigação, mas correr o risco de encontrar Callwin em sua casa era pior do que observar Blake e seus homens fazerem a coleta de amostras no motel.

– Não, vamos lá, mas vamos tomar alguma coisa antes.

Embora não parecesse, ele também estava profundamente abalado pelas duas conversas que tivera aquela noite. Acusar duas mulheres inocentes do assassinato do homem que amavam era uma tarefa que não desejaria nem ao seu pior inimigo. Precisava mesmo de algo para relaxar, além de suas piadinhas.

– Eu o acompanho – respondeu Heldfield.

34

– Pega, porra! – rosnou Jack Mitchell, girando a chave pela sexta vez consecutiva.

Eram oito e vinte da manhã. Já vinte minutos de atraso e ainda não saíra de sua casa. Não devia ter voltado tão tarde. Estava com uma dor de cabeça horrível, um bafo de onça, apesar de ter escovado bem os dentes, e uma cara de dar medo.

Festejara o Halloween no Poney's Club, uma boate de *strip-tease* para burgueses sequiosos de sensações fortes. Teria ido embora bem antes do fechamento, mas Dick e Peter tinham insistido para que ficasse com eles. Não devia tê-los escutado...

Mitchell se ajeitou no banco de seu carro, fechou os olhos e, com toda suavidade, recolocou os dedos na chave e a girou com um golpe seco.

O milagre aconteceu. O motor roncou.

Mitchell pisou duas vezes no acelerador. Satisfeito com a resposta, acionou a abertura do portão da garagem.

Já era hora, pensou, aliviado. Detestava chegar atrasado. Cada gesto de sua vida era preciso como um relógio; era a única maneira de estar sempre no topo.

Lá fora, um magnífico sol matinal acabava de se instalar acima da floresta.

O Ford Mustang vermelho lançou-se às pressas e assustou uma família de pássaros que se refugiara numa das torrezinhas da residência Mitchell.

Construída no início do século XX com o dinheiro

do avô de seu avô, o solar nunca deixara a família, mesmo durante a crise de 1929 que quase causara a ruína dos Mitchell. Eram todos banqueiros, pais e filhos, e acionistas majoritários do BBM, Bank of the Big Mountain. O solar era seu estandarte, símbolo pomposo de seu passado na região e, sobretudo, de seu poder. Agora que seus pais estavam mortos, Mitchell era o único herdeiro e gastava uma fortuna para mantê-lo. Mas valia a pena, disse para si mesmo, vendo o solar diminuir no retrovisor interno. Fora construído ao norte de River Falls, na região de North Peak, em plena floresta e longe das serrarias que se encontravam mais a leste, com a vantagem de também estar à beira do rio. Uma localização ideal.

Naquela época, todos os burgueses de River Falls tinham sua residência em North Peak, até que a Borden & Co obteve autorização para construir na colina melhor situada da cidade, no fim da Segunda Guerra Mundial. O dinheiro que Borden generosamente doara para a guerra logo seria reembolsado, centuplicado, graças à construção de um novo bairro: Golden Hill. O fim de North Peak estava próximo. A nova burguesia ascendente tinha arquitetos de renome, que projetavam coisas bem diferentes daqueles velhos solares de madeira, sempre sujeitos a incêndios. Os solares foram destruídos uns após outros. O dos Mitchell se tornara o último templo do passado glorioso desse recanto de River Falls.

Mitchell deixou a estradinha pedregosa que serpenteava através da floresta de pinheiros e pegou a estrada que levava a River Falls. Distraidamente, escutava uma melodia de Mendelssohn. A aspirina que tinha acabado de tomar começava a fazer efeito, sua dor de cabeça diminuía. Já desaparecera totalmente quando chegou ao centro da cidade. O trânsito estava bem mais intenso do que na hora em que costumava chegar a seu trabalho.

Esforçou-se para permanecer calmo, com medo de que a dor voltasse, mas detestava mais do que tudo no mundo aquela sensação sufocante de ficar preso nos engarrafamentos matinais. Dez minutos depois, virava na Rua Dixon, abrindo com um clique a porta da garagem do imóvel onde ficavam os escritórios da sede do BBM. Vários carros já estavam estacionados. Olhou mais uma vez para seu relógio: nove e doze. Estava doze minutos atrasado para seu primeiro compromisso. Uma vergonha.

Entrou no elevador e verificou sua aparência. No fim das contas, não estava tão ruim assim. Bafejou em sua mão e amaldiçoou seu hálito. Tinha que arranjar um chiclete a qualquer preço antes de encontrar Howard Thuner, o dono de uma cadeia de *fast-food* local que pretendia abrir mais três restaurantes em River Falls e vinha lhe pedir uma importante linha de crédito. A que preço? A negociação prometia ser dura. Thuner precisava de seu empréstimo, mas, por seu lado, Mitchell precisava garantir novos clientes daquela envergadura.

A porta do elevador se abriu no sétimo e último andar do edifício.

– Bom dia, senhor Mitchell – disse Mady, a recepcionista.

Uma mulher com um encanto particular, suficientemente idosa para que ele não se sentisse tentado a ter um caso com ela. Nada de sexo no trabalho. Esta era sua decisão. Nenhuma de suas funcionárias era muito bonita. Classe e estilo, sem dúvida, mas nada de silhuetas que fizessem os empregados do banco terem fantasias.

– O Sr. Thuner já chegou, pedi que esperasse na Sala Floresta.

– Ok – disse Mitchell se apoiando no balcão. Por acaso não tem um chiclete ou uma bala?

A recepcionista sorriu e tirou da gaveta um *spray* para o hálito. Mitchell o pegou e sorriu também. Mady era realmente uma funcionária perfeita. Discreta, compreendia tudo sem que fosse preciso insistir. Mitchell tinha o dom de encontrar esse tipo de pérolas.

Apesar do apetite voraz dos magnatas da finança de Seattle, Los Angeles, e mesmo Nova Iorque, o BBM permanecera independente dos grandes grupos financeiros americanos, graças a uma gestão implacável que garantia a lealdade cega dos investidores atuais do banco para com Mitchell.

Atravessou o corredor e lançou um jato de *spray* na boca. Logo se sentiu melhor. Mais um jato e voltou a ser o rei do mundo. Sem bater, entrou na Sala Floresta, uma das salas privadas do andar da direção.

– Caro Howard, como vai? – interpelou-o Mitchell, dirigindo-se a ele com a mão estendida.

Howard Thuner estava de pé diante do imenso aquário incrustado numa das paredes da sala. Observava o balé aquático dos peixes coloridos, aparentando grande interesse. Era um homem baixo e corpulento, começando a ficar calvo, bigodudo e vestido como um americano médio.

Nunca julgue um homem por sua aparência, pensou Mitchell, que conhecia a fortuna do sujeito.

– Nem me fale – respondeu este. – Passei a noite em Seattle. Minha mulher queria assistir o concerto especial de Halloween de Alice Cooper. Estou com os ouvidos cozidos e o cérebro assado – desculpou-se Thuner – Passei da idade!

Mitchell detestava o rock em geral e o *hard rock* em particular. Música de bárbaros. Nada a ver com as maravilhosas melodias dos compositores clássicos de outrora.

– *Billion Dollar Babies*, seu melhor álbum – disse, no entanto, como se tivesse sempre sido seu fã.

A surpresa se estampou no rosto de Thuner.

– Um banqueiro que gosta de boa música! Respeito! – disse, realmente impressionado.

Normalmente, Thuner desprezava aquela raça. Todos ladrões!, gostava de dizer.

– Kiss, Mîtley Crüe, Led Zeppelin, toda minha juventude – continuou Mitchell, mentindo descaradamente.

Contratara um detetive particular para saber tudo dos gostos de seu cliente potencial. Manifestar os mesmos interesses era, a seu ver, a melhor maneira de fechar um negócio.

– Só coisa boa – congratulou-o Thuner.

– Aceita um café?

– De bom grado. *Smoooooke on the waaaater* – cantarolou Thuner, indo se sentar.

– *And fire in the sky* – acrescentou Mitchell que, como todo mundo, conhecia aquele clássico básico.

Com um Nespresso na mão, sentou-se diante de Thuner.

– A propósito, soube da notícia? – perguntou Thuner. É horrível. Me pergunto se é uma boa ideia investir em sua cidade.

Mitchell manteve sua aparência tranquila, mas amaldiçoou-se por não ter escutado o noticiário matinal. Do que ele estava falando?

– Temo não estar por dentro.

Thuner assumiu um aspecto grave.

– Encontraram o corpo de Gary Borden degolado num motel, nos arredores da cidade.

– E essa agora – soltou Mitchell, estupefato.

Por um instante perdera sua legendária impassibilidade.

Mas, pensando bem...

– Deve ter alguma relação com o escândalo Gordon, esse caso de fraude imobiliária revelado pelo *Seattle Tribune*.

– Pode ser – disse Thuner, que não estava nem aí para o motivo. – Se dá conta? Degolado como um porco. Não se sabe mais do que isso, mas terminar assim? Bleargh, horrível. Depois do grande advogado, o grande empresário...

Horrível... mas aquilo era exagero. Borden não passava de um imbecilzinho pretensioso, retificou Mitchell em seu foro interior.

– Ei, o próximo pode ser o senhor. O grande financista da cidade completaria a lista! – lançou Thuner, começando a rir.

– Borden era um amigo – replicou Mitchell em tom seco. Thuner parou de rir imediatamente e ficou vermelho como um pimentão.

– Desculpe-me, sempre faço isso. Não posso evitar dizer besteiras.

Mitchell olhou o sol pela janela e conseguiu fazer brotar uma lágrima, que enxugou com falsa discrição.

– Se quiser, podemos adiar nossa conversa.

– Não, pelo contrário. Se ficar sozinho, só pensarei nisso. Que tal falarmos de negócios? – propôs, em tom animador.

– É claro, senhor Mitchell.

Thuner era um finório e um falastrão, mas de uma emotividade juvenil, como muitos homens que tinham criado seu próprio sucesso, vindos de suas cidadezinhas. Agora que o colocara em posição de inferioridade, tiraria o máximo proveito. Negócios eram negócios. Não havia mal momento para se ganhar dinheiro.

– Então, dizia que pretendia abrir três restaurantes?

Quinta-feira, 1º de novembro de 2007

35

– Que horas são? – perguntou Logan, acordando sobressaltado.

– Dez e quinze. Teria deixado você dormir mais, mas é Nathan. Quer falar com você – disse Hurley, entregando-lhe o telefone.

Logan passou a mão nos cabelos e, jogando as pernas por cima das cobertas, se sentou na ponta da cama.

– Oi, Nathan – disse com voz cavernosa.

Já vestida, Hurley abriu as persianas e a luz do dia invadiu o quarto. Logan apertou os olhos.

– Oi, Mike, tenho uma boa notícia.

Blake e sua equipe estavam em pleno trabalho quando Logan os encontrara de noite. Ele ficara duas horas com Heldfield, vendo-os trabalhar, antes de se decidir a ir para casa dormir.

– Diga.

– Lembra da pegada no chão do motel?

Logan a visualizou. O sangue esguichara da carótida de Borden. Manchara a parede e a cama, mas também o chão. O assassino pisara em cima e deixara uma pegada bem visível.

– Mesma marca e mesmo tamanho que aquela encontrada no terraço de Gordon – constatou Blake.

Era um dos raros indícios que tinham encontrado na casa do advogado. Uma pegada deixada na lama.

– Sabe quantos caras usam Nike, apenas na minha cidade?

– Sabe muito bem aonde quero chegar.

Logan sabia. Era apenas para encher o saco.

– Sim. Você é o cara, Nathan, e isso confirma minhas suspeitas. Os dois casos estão ligados.

Lembrou de Heldfield e de sua certeza de que se tratava de uma simples história de ciúme. *Vou mostrar pra você, ciúmes!* Se tivessem esperado um pouco, não precisaria ter humilhado aquelas pobres mulheres de luto.

– Bom, vou tomar um banho e encontro você. Onde está?

– No necrotério, com nosso amigo.

Logan não fazia muita questão de rever o cadáver de Borden, mas era o trabalho. Combinou com Blake e desligou.

– Então? – perguntou Hurley, na expectativa.

Logan lhe contou a descoberta da pegada.

– Acha que está ligado ao caso Gordon?

– E você ainda duvida? – espantou-se Logan. – Foi a mesma pessoa que cometeu o crime. E no mesmo dia em que o *Seattle Tribune* revelou o caso. O que falta para convencê-la?

Hurley sabia que Logan não estava errado, mas seu sexto sentido não se satisfazia com aquelas explicações. Faltava alguma coisa, mas não conseguia saber bem o que era. Não ficaria tranquila enquanto não a encontrasse.

– Suponho que tenha razão.

Logan sentiu que ela não estava convencida, mas não tentou persuadi-la. O pior cego é o que não quer ver, pensou, espreguiçando-se, os braços estendidos para o teto, soltando um grito liberador.

– Sua amiga ainda está aí?

– Não, ela foi para Seattle hoje cedo.

Logan avançou até Hurley e lhe passou a mão carinhosamente atrás das costas.

– Passei uma noite horrível. Nada pior do que anunciar a morte de alguém.

Por mais evidente que fosse, sentia necessidade de falar daquilo. Imagens terríveis o tinham assombrado por um bom tempo antes que conseguisse dormir.

– A tragédia do mensageiro de más notícias. Em outras

épocas, teriam matado você por isso. Fique feliz por ainda estar vivo – disse Hurley, tentando desdramatizar.

Logan suspirou.

– Talvez.

Saiu do quarto. Uma boa ducha o ajudaria a encontrar um humor mais sereno.

Naquele momento, graças a uma associação de ideias, Hurley teve um estalo e compreendeu finalmente o que a incomodava nos assassinatos de Gordon e Borden.

– Mike, não tenho certeza de que esses assassinatos estejam ligados aos negócios escusos de Gordon.

Logan parou na soleira da porta e se virou.

– Olhe lá o que vai me dizer! – disse ele, agoniado para entrar no banho.

– O assassino não toca nas mulheres. Ele deixou a namorada de Gordon viva e fez o mesmo com Alysson Harper.

– E então? – perguntou Logan, com tom irônico. – Suponho que ele tenha sido pago apenas para matar os dois homens.

Hurley sacudiu a cabeça negativamente.

– Isso não se encaixa com o perfil de um matador profissional. Nenhum deles correria o risco de deixar uma testemunha. E, além disso, lembre-se, há elementos que também lhe pareceram estranhos no assassinato de Gordon.

Logan se encostou na parede.

– Por exemplo?

Hurley andava de um lado para o outro no quarto, tentando seguir o fio de seus pensamentos.

– O assassino tentou disfarçar o crime de Gordon em acidente doméstico. Mas, com toda evidência, não soube como fazê-lo.

– Um amador, e?

Logan não entendia aonde ela queria chegar.

– Acha mesmo que pessoas tão importantes quanto aquelas implicadas nas fraudes de Gordon contratariam os serviços de um simples amador? Eles têm dinheiro para pagar os melhores matadores do mundo.

Aquilo era verdade, mas no que mudava a situação?, pensou Logan, prestando, no entanto, mais atenção.

– E se disfarçar de Morte? Há um lado teatral aí que também não se encaixa com o comportamento de um profissional.

– Sim, mas se a decisão de eliminá-los não vem dos figurões implicados nos cambalachos de Gordon, quem supõe que seja o culpado? A menos que estejamos lidando com um *serial killer* de ricaços, não consigo imaginar outro motivo...

– Ainda há esse problema – acrescentou Hurley. – Se Leslie pôde revelar os negócios de Gordon e de seus pares, foi porque ele morreu e você abriu seu cofre. Sem isso, ninguém teria sabido de nada.

Logan sentiu imediatamente que ela tinha posto o dedo no verdadeiro ponto nevrálgico do caso.

– Consideramos sempre a hipótese de que alguém pagara os serviços de um assassino para matar Gordon e colocar a polícia a par desses negócios. Nesse caso, por que mandar matar Borden também, se a meta já fora atingida? – disse ele.

– Talvez Borden não esteja implicado. Justamente, Leslie afirmou que seu nome não aparecia em nenhum documento da pasta azul de Gordon. Talvez tenha sido ele o mandante do assassinato de Gordon? Mas, não sendo do meio, recorreu a um miserável dos bairros pobres e não a um profissional – disse ela, sentindo que estava se aproximando da meta. – De algum modo, Hilton e consortes souberam que Borden os entregara e mandaram matá-lo.

Aquilo fazia sentido, de fato, mas Logan logo viu o último problema.

– E eles teriam contratado o mesmo assassino amador para matá-lo?

O castelo de cartas de Hurley desmoronou. *Droga!*, pensou ela, antes de voltar ao ataque.

– Foi o assassino que virou a casaca. Aceitou a proposta de Borden para matar Gordon, então, quando viu o barulho que aquilo fizera nos jornais de ontem, resolveu oferecer imediatamente seus serviços a Hilton, traindo seu primeiro mandante. Assassinou-o então, ganhando pelos dois lados.

Logan olhou Hurley bem nos olhos e disse para si mesmo que tinha a mulher mais inteligente do mundo.

Tudo se encaixava agora.

– Adoro você.

– É você que tinha razão, o assassinato de Borden realmente está ligado ao caso Gordon – replicou Hurley, que sempre ficava constrangida com elogios.

Logan a abraçou e sentiu sua virilidade se manifestar.

– Fico feliz em escutá-la dizer isso – disse ele, antes de sussurrar em seu ouvido: – que tal um banho a dois?

36

Stuart não estava triste que a última aula da manhã terminasse. Queria voltar logo para seu quarto e ficar sozinho. Ainda não conseguira digerir o incidente da véspera.

Fora um verdadeiro desastre.

Pobre Shannon. O que dera na cabeça dele? Ir embora como um ladrão, sem explicação! Mas como dizer para ela que era virgem e tinha vergonha de sê-lo? Que não sabia nada dos jogos do amor? Que era a primeira vez em sua vida que sentia os lábios de uma garota nos seus?

Estava saindo do anfiteatro, perdido em seus pensamentos, quando uma mão viril pousou em seu ombro. Ele se sobressaltou e deu um gritinho ridículo.

– Calma, Stuart! – disse Joey.

Stuart se recompôs. Não era o momento de relaxar. Ainda não falara com Joey desde que o surpreendera com Judith no escritório da residência Delta. Os dois se evitavam, um tão sem jeito quanto o outro.

– Oi, Joey, tudo bem?

Os outros estudantes atravessavam os corredores sem prestar atenção nos dois. Era meio-dia, hora de ir ao refeitório para o almoço.

– Sim – respondeu ele em tom morno, antes de acrescentar: – soube da notícia, lamento muito.

Stuart não pôde evitar corar e baixou os olhos. Shannon contara tudo. Só lhe restava cavar uma cova e se enfiar dentro.

Todos logo saberiam dos desastres de Stuart, o maior cabaço da terra.

– Compreendo que seja difícil, mas deve ser corajoso. Sou seu amigo. Pode contar comigo se quiser falar com alguém.

Stuart achou aquilo gentil. Joey não ia espalhar a novidade. Shannon devia ter contado tudo a sua irmã, que o repetira a Joey. Contanto que a difusão da notícia parasse por ali...

– Obrigado, mas o que há para se dizer? – disse Stuart, levantando os ombros.

Joey fez um pequeno movimento aprovador com a cabeça.

– Judith me disse que você podia passar para vê-la no hospital hoje, se quiser.

– O quê? – sobressaltou-se Stuart, desconfiado de que não captara tudo.

– Pode ir vê-la. Sabe, há muitos médicos que pensam que, mesmo em coma, os doentes nos escutam.

Stuart sentiu um nó crescer em seu estômago e em sua garganta.

– Mas do que está falando?

– De Shannon – respondeu Joey, irritado. – Do que mais podia ser?

Stuart sentiu seu coração explodir no peito, ficando sem ar.

– O que houve? – implorou, levantando a voz.

Os estudantes que estavam passando olharam para ele com certa repulsa. Joey observou Stuart. Realmente não sabia?

– A irmã de Judith tentou se suicidar.

Stuart sentiu suas pernas vacilarem. O sangue abandonou seu rosto. Sentou-se no chão. Joey se agachou a seu lado.

– Não, não – disse, começando a chorar.

Joey passou o braço em volta de seus ombros.

– Eu estava com ela ontem à noite, nós brigamos. Nunca imaginaria... – conseguiu articular antes que um soluço o impedisse de prosseguir.

Joey via mais claramente agora. Estava triste por Stuart. Era evidente que o gordinho não tivera uma vida fácil.

– Guarde isso para você. Em compensação, vá vê-la.

Tenho certeza de que isso fará bem a ela – tranquilizou-o. – Ela tomou remédios. Os médicos não querem se pronunciar sobre seu estado, mas eu estou convencido de que Shannon só está esperando que você lhe diga aquilo que tem no coração.

Stuart enxugou os olhos com a manga e agradeceu Joey com um olhar fraternal.

– Diga-me onde ela está, preciso vê-la.

– É claro, venha, vou levá-lo lá.

Apesar do bom tempo, o treino fora moroso.

Todos tinham ficado sabendo do que acontecera a Steven: alguém aproveitara a festa para enchê-lo de porrada. Estava no hospital com uma fratura no maxilar inferior e uma costela partida. A família queria prestar queixa, mas ninguém vira ou ouvira nada.

Quando Flynn apitou o fim do treino, os membros da equipe voltaram para os vestiários, com o moral mais baixo do que nunca. Além de estarem chocados com o que acontecera a Steven, tinham perdido seu melhor *quarterback*. Não tinham a mínima chance de ganhar seu primeiro jogo na semana seguinte se Steven não estivesse de volta, o que era de se temer.

Com o rosto fechado, Kyle parecia partilhar o abatimento de seus camaradas. Levara a impostura ao ponto de jogar mal para mostrar que ele também estava abalado.

– Kyle, posso lhe dizer duas palavras? – perguntou Flynn.

Parado, Flynn encarou-o com um olhar acusador. Kyle sustentou seu olhar. Acima de tudo, não parecer culpado.

– Sim – disse ele e, virando-se para seus camaradas: – Já vou, guardem um lugar para mim à mesa.

Flynn esperou que os estudantes deixassem o gramado do estádio para se explicar.

– Fui ver Steven no hospital esta manhã. Ele está num estado lamentável.

Kyle não piscou e assumiu um aspecto compadecido.

– Ele me contou tudo – continuou Flynn.

Kyle duvidava muito. Um blefe do treinador?

– Não tenho nada a dizer.

Flynn se aproximou dele. Kyle podia sentir a respiração do treinador em seu rosto.

– Escute bem. Quero saber exatamente o que há entre vocês dois. Ele me disse que você o procurou e o pegou de surpresa. Você tem sorte, ele não quer prestar queixa.

Kyle decidiu manter sua posição.

– Não sei do que ele está falando.

Flynn colocou uma mão firme sobre seu ombro e o apertou dolorosamente.

– Não banque o idiota comigo, pequeno – preveniu-o, antes de prosseguir. Steven me pediu para tirá-lo da equipe, senão o entregará para os tiras.

– O senhor é o treinador.

Kyle teve dificuldade em se controlar. Um ódio surdo corria em suas veias.

– É só o que tem a dizer? Estou prestes a tirá-lo da equipe e você parece não estar nem aí!

Kyle não baixou os olhos e continuou encarando seu treinador.

– Por que bateu nele? Conheço você, Kyle. É como eu. Não é um filhinho de papai. Você é um guerreiro, um lutador, não um miserável que desiste na primeira batalha.

Kyle sentiu seu pulso acelerar. As palavras de Flynn ressoavam forte nele. Acertara bem no alvo. De fato, ele lutara muito para chegar aonde estava. E deixaria um imbecil de um filhinho de papai o tirar dos estádios.

Flynn percebeu que abrira uma brecha.

– Não acredito numa palavra do que Steven disse. Você não o agrediria sem razão. Diga-me o que ele fez.

Kyle gostaria de poder lhe contar, mas devia segurar sua língua. Tinha que proteger Cheryl da vergonha.

– Estou do seu lado, Kyle – disse Flynn, apertando um pouco mais seu ombro. Se Steven fez algo grave, deve me dizer.

Kyle sentiu seus olhos arderem. Seria porque não piscava ou simplesmente porque a emoção o submergia?

– Se não falar hoje, se arrependerá pelo resto da vida. Conte-me o que aconteceu! – intimou-o Flynn, sentindo que o estava perdendo.

– Me largue! – rugiu Kyle, soltando-se com um movimento brusco.

O treinador não insistiu e observou seu jovem recebedor se afastar dele. Não podia fazer mais nada. Ia tirá-lo da equipe. Não deixaria Steven prestar queixa. Sem dinheiro, acuado em seu silêncio, Kyle teria que pagar uma indenização faraônica, se não fosse para a cadeia por vários anos.

Flynn fechou os punhos e se prometeu que não deixaria uma injustiça daquelas se perpetrar.

37

Jack Mitchell estava nos céus.

A manhã com Howard Thuner decorrera maravilhosamente. Acabava de acompanhá-lo até o elevador e concluíra um acordo que, por trás de uma construção engenhosa elaborada pelos financistas do BBM, era-lhe amplamente favorável.

Thuner decidira assinar sem consultar seu advogado. O idiota!

O mais engraçado era que, se por uma razão qualquer, Thuner quisesse voltar atrás do contrato, ele se veria na obrigação de desembolsar vinte por cento da soma que ele, Jack Mitchell estava lhe emprestando. O cúmulo!

Voltou a se sentar à sua escrivaninha e ligou o som. Um pouco de Verdi para saborear aquela negociação.

Ele usara o estilo "melhores amigos do mundo", empregando a linguagem familiar e mesmo vulgar de Thuner. O imbecil não se dera conta de nada. Ainda mais com um acompanhamento daqueles! Thuner emborcara seis copos de Bourbon.

Mitchell girou sua poltrona para aproveitar a vista. Era realmente o rei do mundo. Consciencioso, calculador e metódico. Uma máquina de ganhar. Estava prestes a ligar para o diretor de recursos humanos, a fim de convidá-lo para almoçar com ele, quando o telefone tocou. Era a secretária.

– Sim?

– Senhor Mitchell, um tal de Daniel Johnson gostaria de falar com o senhor.

O bom humor de Mitchell se desfez na hora.

– Diga-lhe que estou em reunião – respondeu, desligando secamente.

Com os cotovelos na escrivaninha, pôs o queixo nas duas mãos.

O que queria com ele aquele fantasma do passado? Daniel Johnson, vulgo "o perdedor"! O pobre idiota dilapidara a fortuna de seu falecido pai num projeto de centro comercial que nunca fora concluído. Deixara-se enganar direitinho e não conseguira se recompor. Mitchell nunca se preocupara em saber o que acontecera com ele. Um vagabundo pedindo esmola? A ideia era divertida.

Esperou cinco minutos para ter certeza de que aquele dejeto não estaria mais lá.

Abandonando sua ideia de almoçar com o diretor de RH, decidiu ir ao Soleil de France, um restaurante francês de alta reputação. Tinha vontade de ficar sozinho.

Pegou seu Ford Mustang no estacionamento, rodou até a saída e acionou o portão, que se abriu lentamente para a rua. Ali apareceu uma silhueta que se lançou sobre o carro.

– Jack, sou eu! Daniel! – disse Johnson, com as mãos sobre o capô. – Precisamos conversar.

Mitchell bem o teria atropelado, mas aquilo não se fazia... É preciso às vezes se dar por vencido para ganhar depois. Baixou o vidro.

– O que quer comigo? Tenho um compromisso, não tenho tempo de escutá-lo.

Parecendo completamente desvairado, Johnson se inclinou na janela do carro. Mitchell deu uma olhada para o porta-luvas. Havia ali uma pistola, pronta para ser usada.

– Soube de Gary?

– Sim, e daí? Está me importunando, deixe-me ir.

– Robert, depois Gary, quem será o próximo? Você ou eu? – perguntou Johnson, em tom de pânico.

Era a segunda vez que lhe prediziam a morte naquele dia. Aquilo estava começando a incomodá-lo.

– Não temos nenhuma razão para morrer. Por acaso estava envolvido nas fraudes deles?

Johnson fez que não com a cabeça.

– Eu também não, então está tudo bem! – disse, sem esconder sua irritação.

– Jack, não está entendendo. Não pode ter esquecido. Não me diga que esqueceu?

Mitchell começava a ficar realmente nervoso, mas aquilo o levou a se perguntar.

– Me dê seu cartão. Ligo para você essa noite. Não fale disso para ninguém, combinado?

– Sim, Jack. Temos que fazer alguma coisa.

– Daniel, deixe-me pensar. Ligo para você à noite e veremos o que fazer, ok? Pode esperar até lá?

Johnson tirou um cartão de sua carteira e entregou para ele. Parecia mais calmo. Mitchell era decididamente alguém muito persuasivo.

– Está bem, ficarei quieto, mas promete me ligar?

– Juro em nome de nossa amizade, Daniel – respondeu Mitchell, em tom solene. – Agora deixe-me ir, estou atrasado.

Johnson se afastou do carro. Mitchell engatou novamente a primeira e seguiu em frente.

Aquele imbecil conseguira estragar seu dia.

"Não me diga que esqueceu?", gritara ele.

Como poderia ter esquecido...

Heather passara a manhã toda fazendo compras no grande centro comercial, na saída de River Falls, com Jennifer e Melody. Um dia agradável, durante o qual tinham rido muito.

As três garotas tinham, em seguida, almoçado num dos melhores restaurantes da cidade, divertindo-se em nomear certas pessoas que, por sua vez, claramente não tinham a mínima intenção de reconhecê-las. Então tinham passado a tarde andando no Parque Garden. Naquele final de verão, o sol estava deliciosamente quente. Não eram as únicas a aproveitá-lo.

Eram quase seis da tarde quando finalmente decidiram voltar para casa.

Tomaram um táxi e, quando indicaram o endereço, a atitude do motorista mudou de repente, mas não estavam nem aí. Já fazia muito tempo que o olhar dos homens não as incomodava mais.

Evitando os engarrafamentos, o táxi tomou a via expressa norte em direção a North Peak. Afora alguns velhos teimosos, pouca gente morava ainda naquele recanto. As fortunas vão e vêm. Fazia tempo que Golden Hill era o lugar de residência dos privilegiados pela fortuna.

O taxista ficou mudo durante todo o trajeto. Em nenhum momento perguntou-lhes o caminho. Rapidamente, penetrou na floresta pela última estrada em bom estado. O casarão apareceu diante delas depois de uma última curva. A fachada tinha sido pintada em cores audaciosas. Guirlandas elétricas enfeitavam as janelas.

O táxi cruzou a ponte que atravessava o riozinho e chegou ao pátio do Pretty Follies, o bordel mais famoso da região. Dizia-se que ali se encontravam as prostitutas mais bonitas de River Falls. Católico convicto, o taxista desprezava todas aquelas pessoas que chafurdavam na luxúria. Aquelas garotas não percebiam que estavam possuídas pelo demônio. Quantos homens já teriam pervertido?

Preferia nem pensar naquilo. O mundo ia de mal a pior e não era a recente eleição de Bill Clinton que ia melhorar as coisas. Deixou as garotas diante da entrada, embolsou o pagamento da corrida e foi embora, rezando por suas almas.

Com suas sacolas de compras na mão, as três garotas subiram os degraus do alpendre e passaram diante de Madame Georgia, a dona do lugar.

– Bonsoir, demoiselles – *disse ela, com um pretenso sotaque francês.*

Com sessenta e três anos de idade, Madame Georgia exercera por muito tempo o ofício de suas garotas, até que a idade acabasse com sua carreira. Todavia, seus clientes ricos tinham lhe permitido assumir o negócio quando Edward Dayton, o proprietário anterior, fora preso por pedofilia. Ele afirmara ser vítima de um complô, mas nunca conseguiu provar sua inocência. Acabou assado na cadeira elétrica.

Georgia sentia remorsos às vezes, mas, afinal, era aceitável que um homem ganhasse sua vida nas costas das mulheres?

– Entreguem-me suas notas.

Georgia protegia suas garotas como a menina de seus olhos: elas eram a fonte de sua renda, mas, além disso, fazia questão de que tivessem uma vida de princesa. No início dos anos 1950, Georgia sobrevivera vendendo seu corpo nos subúrbios de River Falls, o período mais negro de sua vida. Não permitiria que suas garotas passassem pelo que tinha passado.

Cada uma entregou sua nota, que Georgia nem se preocupou em verificar.

As garotas subiram para o primeiro andar. Imediatamente, as outras, escutando-as entrar, se precipitaram para elas.

– Mostrem-nos tudo! – diziam, impacientes.

Na hora que se seguiu, desembrulharam suas compras, divertindo-se provando as roupas amontoadas em cima das camas, saboreando plenamente aquele momento de descontração.

Quando soou a hora da janta, Heather sentiu necessidade de ficar sozinha. Estava cansada. Bem que gostaria de folgar aquela noite, mas, se Georgia era a mais encantadora das mulheres para satisfazer suas necessidades, era intratável no que dizia respeito ao trabalho. O cliente em primeiro lugar!

Heather se fechou em seu quarto do terceiro andar. Sua janela dava para o rio. Naquele período do ano, seu curso era calmo. Aquela visão a relaxou. Queria tanto que aquele dia terminasse. No dia seguinte finalmente poderia voltar para Seattle!

Aquele curto momento de repouso passou mais rápido do que desejava. Os carros dos clientes começavam a chegar – apenas carros de luxo. As tarifas elevadas do Pretty Follies selecionavam uma clientela de alta classe, discreta e que pagava sem reclamar.

Heather sentiu o nervosismo invadi-la. Fazia dois anos que chegara àquele estabelecimento. Tinha agora dezenove anos recém-completados, mas sua carteira de identidade falsa lhe atribuía dois a mais.

Nunca se habituaria àquilo. A prostituição era a pior das profissões para as mulheres, pois tocava naquilo que tinham de mais precioso: o berço da maternidade. Os homens só sabiam conspurcar aquilo que havia de mais sagrado no mundo. Também não suportava os discursos daqueles falsos livres pensadores que gabavam os méritos da prostituição em nome da liberdade da mulher!

Por acaso sabiam do que estavam falando? Ser penetrada dez vezes por dia por homens libidinosos, geralmente idosos, raramente atraentes, que viam nelas apenas bonecas prontas para satisfazerem suas fantasias, entre as quais algumas particularmente insuportáveis. Mas pagavam. E tinham, por isso, todos os direitos. Alguns clientes chegavam a acreditar que lhes davam prazer. Na cabeça de Heather ressoavam as frasezinhas de seus habitués.

Sentiu um aperto no coração. Naquela véspera de sua partida para Seattle, não sentia a mínima vontade de ser violada por dinheiro! Quando a prostituição seria chamada por seu verdadeiro nome? Um estupro comercializado, fundado no desespero ou na alienação das mulheres.

Bateram em sua porta.

Heather se esforçou para colocar de lado aqueles pensamentos terríveis. De qualquer forma, fazia muito tempo que ela não tinha mais ilusões sobre coisa alguma. Foi abrir e um sorriso factício acolheu seu primeiro cliente.

– Trouxe rosas para você, espero que goste.

Barthélemy Candle. Um homem de cinquenta anos. Fazia questão de sempre se mostrar gentil para com ela. Não compreendia que aquilo que fazia era simplesmente imundo?

– Que gentileza, o senhor é um amor – respondeu ela, mesmo assim.

Georgia nunca a perdoaria se o tratasse mal. Era um dos melhores clientes do bordel.

– Nada mais natural, Romance, você é uma pérola – disse ele, utilizando o pseudônimo dela.

Ele avançou, colocou seus lábios de outras eras sobre os dela e enfiou sua língua...

Heather terminara de atender seu terceiro cliente quando Georgia entrou no quarto.

– O que houve? Ele não está satisfeito? – inquietou-se Heather.

– Não é isso, é que tenho algo especial a propor para você.

Heather percebeu que Georgia estava constrangida. O que ela entendia por "especial"?

– Dois mil dólares para você.

A soma era enorme. E Deus sabia que ela precisava daquele dinheiro. Mas, a que preço?

– O que é?

– Quatro rapazes ao mesmo tempo. Jovenzinhos que querem perder o cabaço antes de entrar na universidade.

Quatro filhinhos de papai cheios da grana que queriam realizar uma fantasia, traduziu Heather. Aquilo infringia as regras de boa conduta da casa. Ali, as garotas só atendiam um cliente por vez. Para que fosse aberta uma exceção, aqueles jovens deviam ser realmente importantes.

– Ok.

– Nesse caso, eles a esperam embaixo, irá com eles.

Heather franziu a sobrancelha. Georgia nunca autorizava as garotas a saírem da casa.

– São filhos de excelentes famílias da cidade. Não posso recusar, a menos que não esteja de acordo. Não a obrigarei.

– Tudo bem, eu vou. Eles são bonitinhos, pelo menos?

– Quatro atletas – respondeu Georgia, que sabia que, para Heather, aquilo não tinha a menor importância.

As duas desceram até o térreo. Heather sentiu suas pernas tremerem ao vê-los. O problema não era tanto o olhar quanto o aspecto juvenil deles. Dezoito anos no máximo. Pareciam tão mais jovens do que ela!

Aquilo a repugnava.

Com os homens mais velhos, era diferente. Frequentemente

eram patéticos. Mas, ali, ela sentia que iam abusar dela para se divertirem, para humilhá-la! Com suas carinhas bonitinhas e seu dinheiro, podiam ter todas as garotas que quisessem. Mas isso não bastava para eles, queriam mais: uma garota disposta a realizar todas suas fantasias sem reclamar.

– Oi, Romance – disse Daniel Johnson. – Eu sou Dany.

Ele é que tivera a ideia daquela festinha para fechar o verão com chave de ouro. Estendeu a mão e Heather apertou-a, esforçando-se para sorrir.

– Jack – disse Jack Mitchell, com ar altivo.

– Bob – cumprimentou-a Robert Gordon por sua vez.

– Eu sou Gary – disse Gary Borden, visivelmente constrangido.

– Tragam-na de volta antes das oito horas – disse Georgia, em tom peremptório.

Daniel se adiantou até ela.

– Não haverá nenhum problema, garanto-lhe, madame.

Heather foi buscar um longo sobretudo de pele e se juntou aos rapazes no estacionamento do solar, perto de uma Lamborghini. Gary abriu a porta e a fez subir no banco traseiro, antes de sentar-se ao seu lado. Jack sentou-se do outro lado, enquanto Daniel se instalava no banco do motorista e Robert no do carona.

Era quase meia-noite.

O carro italiano arrancou com um violento rugido e penetrou na noite escura sob a cobertura das árvores da floresta.

– Aonde vamos? – perguntou Heather em voz normal.

Ela não lhes mostraria seu desprezo. Eles não valiam a pena.

– Não se preocupe. É uma surpresa, você vai adorar.

Uma mão pousou em sua perna. Era a de Jack. Ela o deixou continuar. A mão subiu até sua coxa.

– Ei, não pode esperar? Não vai fazer isso no carro! – interveio Gary.

Ele sentia um mal-estar cada vez maior. Os efeitos do álcool que tinham absorvido durante toda a noite começavam a desaparecer. O que estavam fazendo ali com uma puta? Realmente não precisavam daquilo!

Jack lançou-lhe um olhar sardônico e retirou sua mão. Heather detestou aquela impressão de não existir. Era apenas um objeto aos olhos deles. Malditos garotos mimados!

O carro deixou North Peak, pegou a via expressa que ia para o oeste e, rapidamente, o Lamborguini começou a subir Golden Hill. Os pais de Daniel Johnson iam ficar fora por um mês. Tinha a mansão apenas para ele. Iam passar uma noitada maravilhosa.

O carro parou diante do portão da mansão. Com problemas de insônia desde a morte de seu marido, Jane Korgan, que levava seu cachorro para passear no meio da noite, reconheceu o carro do filho dos Johnson. Ele e seus amigos tinham escutado música a todo volume o dia todo. Vendo-os deixar a mansão no início da noite, pensara que finalmente teria paz. Agora estava duvidando.

O Lamborghini atravessou o portal, que se fechou atrás dele. Jane Korgan aproximou-se sem se fazer notar e os espiou. O carro parara na frente da mansão, a uns dez metros dali. Sob a luz das lâmpadas externas, Jane Korgan reconheceu os quatro pirralhos quando desceram do carro. Havia uma garota com eles!

Se fosse mais jovem, Jane Korgan não teria hesitado em chamá-los para lhes dar um sermão. No entanto, com seus quase setenta anos, sabia que não colheria mais do que uma chuva de insultos. Naquela América decrépita, os jovens não respeitavam mais os mais velhos. Que vergonha!

A garota olhou para trás, como se quisesse fugir. Seu olhar cruzou com o de Jane Korgan, que ficou perturbada e recuou até a mureta.

– O que está olhando? – disse Jack Mitchell, virando-se, à espreita.

– Nada – respondeu Heather, esquecendo imediatamente a velha senhora e seu cão.

Entraram na casa e aquela ostentação e luxo chocaram Heather.

– Aproveite bem, não é todo dia que terá a chance de voltar aqui! – vangloriou-se Daniel Johnson, orgulhoso de sua riqueza.

– Pare com isso – disse Gary Borden.

Não valia a pena humilhar aquela pobre garota. Embora ela se esforçasse ao máximo para não deixar transparecer, ele percebia seu desconforto. Deviam ter desistido daquilo. Fora uma péssima ideia.

Passaram para a grande sala. Daniel apertou o interruptor. Imediatamente, a iluminação criou um ambiente íntimo muito agradável. Ligou o som e sintonizou na WKFM. "Two Princes", do Spin Doctors.

Robert pegara taças e uma garrafa de champanhe. Fez a rolha saltar e encheu os copos que estendeu a cada um. Heather só bebia muito raramente, mas aceitou de bom grado, esperando que aquilo a ajudasse a relaxar.

– Proponho um brinde à nossa convidada de honra – disse Daniel.

Os três outros aprovaram, Gary com certa reticência.

– A Romance! – gritou Daniel, levantando seu copo.

– A Romance!, repetiram os outros.

Esvaziaram suas taças de um só gole e se serviram mais. Heather bebeu a sua e apreciou o calor que se espalhou imediatamente pelo seu corpo.

– Bom, e se começássemos? – propôs Daniel, que se aproximou de Heather dançando.

Adorava aquela música do Spin Doctors. Era legal demais!

Heather se aproximou dele e colocou a mão em sua camisa. Daniel se soltou lentamente.

– Faça um strip-tease para nós, um lance tipo Flashdance, saca?

Heather vira o filme, mas não se lembrava de nenhum strip-tease. Mas eles teriam o que queriam.

"Mmm Mmm Mmm Mmm", do Crash Test Dummies. Os quatro rapazes, instalados nas poltronas e sofás, fizeram um círculo em volta de sua convidada. Heather entrou em "modo Romance" e esqueceu todo pudor. Lenta e langorosamente, foi tirando todas as suas roupas, guardando apenas suas lingeries sugestivas. Os quatro estavam no auge da excitação. Até Gary reencontrara certo entusiasmo. A garota era boa mesmo. E os sorrisinhos que lhe dirigia...

Caralho, como é bonita!, *pensou, degustando o uísque que Daniel servira para eles.*

Heather, continuando sua coreografia sensual, se aproximou da poltrona de Daniel e, como boa profissional, começou seu show. Fez seu sutiã voar, liberando os seios e fazendo-os balançar no ritmo da música. Num vaivém lânguido, roçava o rosto de Daniel, então se afastava um pouco antes de recomeçar sua dança lasciva. Finalmente, ficou de joelho diante dele e, com um olhar safado, colocou a mão sobre o cinto dele e abriu o zíper de sua calça. Com uma perícia evidente, ela pegou seu pênis na mão.

Jack soltou seu copo e se despiu completamente, sem se importar com o olhar de seus camaradas. Estava bêbado, mas com uma ereção de búfalo. Aproximou-se da puta e, sem aviso prévio, baixou sua calcinha. Ela continuou a cuidar de Daniel. Que bela cadela!, *pensou, penetrando-a lentamente.*

Gary lançou um olhar para Robert. Os dois garotos estavam visivelmente tão constrangidos quanto excitados. Robert se levantou e aumentou o som antes de diminuir mais um pouco a iluminação. Gary resolveu fumar um baseado para tomar coragem. Ele e Robert o fumaram todo. Em seguida, se despiram e se juntaram a seus camaradas.

De manhãzinha, um urro acordou o pequeno bando. Jack, Gary e Robert correram para o quarto de onde vinha o grito. Uma visão horrível os esperava.

– O que você fez, Daniel? – exclamou Gary, completamente abalado, aproximando-se de Heather.

A cabeça da jovem formava um ângulo impossível com seu corpo.

– O que deu na sua cabeça! – rugiu Jack, sacudindo Daniel vigorosamente.

– Não fui eu, acabo de encontrá-la assim, juro, não fui eu!

Apesar de uma longa discussão, nenhum deles confessou. Estava claro, no entanto, que algum dos rapazes voltara para se divertir com a puta e as coisas tinham degringolado. Vestígios de golpes no corpo e sangue em volta da vulva não deixavam margem a dúvidas.

– Ok, vamos jogá-la no rio e fechar nossa boca – propôs Daniel.

– Devíamos chamar os tiras – disse Gary. – Foi um acidente.

– Um acidente! – rugiu Jack, apontando para o cadáver. Vamos todos terminar na cadeia, isso sim!

Depois de meia-hora de discussão, todos concordaram que seria melhor guardar silêncio. Daniel colocou o Lamborghini dentro da garagem. Enrolaram Heather num lençol e, sem que ninguém pudesse ver, colocaram-na no bagageiro do carro. Decidiram jogá-la em North Peak. Pouca gente ainda morava lá, e Jack conhecia o lugar como a palma de sua mão.

Robert foi encarregado de explicar a Georgia que Heather decidira não voltar para o bordel. Ela não acreditou naquilo nem por um segundo, mas também não fez nenhuma pergunta. Atacar os poderosos era causa perdida. Inventou uma história convincente para as outras garotas e não se falou mais em Heather.

Os quatro pensavam que estava tudo acabado quando um passante encontrou o corpo dez dias mais tarde, numa das margens do rio, mais a leste do lugar onde o tinham jogado.

Um retrato-falado da jovem foi divulgado na imprensa para identificá-la e Jane Korgan foi com todo prazer levar seu testemunho à polícia.

Porém, o simples depoimento de uma velha não bastou. Ao longo do processo, o advogado de defesa soube reverter seu testemunho, alegando, com ajuda da perícia, sua visão defeituosa. Os quatro foram absolvidos e isentos de qualquer suspeita. Ninguém pediu a Georgia que viesse depor no tribunal.

De qualquer jeito, o cheque que recebera costurara sua boca para todo sempre. Sem contar que o xerife Wesley, grande amigo dos pais dos rapazes, fez de tudo para que a morte de uma putinha fosse logo esquecida...

Dirigindo seu Ford Mustang, Jack Mitchell não esquecera nada. Tudo voltava à sua memória como se tivesse acontecido na véspera.

Imbecil!, pensou, lembrando de novo do alerta de Daniel Johnson.

Conseguira contagiá-lo com seu estresse. Mas quem poderia estar querendo castigá-los quinze anos depois? Aquilo não fazia sentido! Robert e Gary estavam mortos por causa de seu envolvimento em negociatas imobiliárias. Nada a ver com a noite com a putinha!

E, no entanto, será que podia haver uma ligação?

Esforçou-se para se acalmar, pegou seu telefone e ligou para sua secretária para avisá-la de que não voltaria mais aquele dia. Precisava tirar aquilo a limpo.

Quem poderia querer vingar a morte daquela garota? Ela não tinha nem pai nem marido... De repente, uma lembrança lhe veio à memória. Como pudera negligenciar aquele detalhe? Ele, Jack Mitchell, tão meticuloso, tão cauteloso. No processo, fora feita alusão a gêmeos de três anos, deixados com uma ama em Seattle.

Seria concebível que aqueles meninos, uma vez adultos, quisessem vingar sua mãe? Era possível que não tivessem acabado como a puta da mãe deles, numa vala?

Dirigiu-se a seu solar, decidido a averiguar direitinho aquela história.

38

Stuart subiu as escadas do hospital o mais rápido que pôde. Nunca, em sua vida, sentira-se tão desesperado – e sua vida não fora fácil. Com a morte de sua mãe, a ama os entregara à justiça, que os colocara num orfanato. Como Heather antes deles, passaram por diversas famílias e pensionatos. Inadaptáveis, decidiu finalmente uma junta de especialistas.

No entanto, diferente de sua mãe, que não tivera essa sorte, eles tinham sido apoiados ao longo de toda a adolescência por um supervisor benevolente, o Sr. Flanagan. Ele os ajudava nos momentos difíceis, persuadindo-os a continuarem seus estudos com perseverança. Enquanto psicólogos ou especialistas psiquiátricos estavam de acordo ao reconhecer, abertamente ou de maneira mais insidiosa, sua crença no inato, uma disposição hereditária devida a maus genes, aquele supervisor, aquele homem bom que lera estudos sobre a resiliência queria lhes provar que nada era inelutável.

Dê uma chance a qualquer criança e ela encontrará seu caminho.

Stuart se mostrava talentoso em numerosas matérias ditas nobres. Já Kyle tinha dificuldade em se concentrar por muito tempo. Em compensação, era muito dotado para o esporte. E todos sabiam que o esporte era a via régia para a universidade.

O Sr. Flanagan morrera de um ataque cardíaco no ano anterior, mas deixara o mundo de consciência tranquila. Passara a vida tirando de seu destino trágico centenas de crianças. Decerto, muitas delas não tinham conseguido integrar a boa sociedade, mas nenhuma esqueceria jamais o que ele fizera por ela.

Precipitando-se para o quarto de Shannon, Stuart não parava de pensar naquele homem. O Sr. Flanagan sempre lhe ensinara a respeitar seu próximo, a perdoar, a nunca ferir ninguém. "O mundo já é duro que chega para que o tornemos ainda mais", dizia muitas vezes. A ideia de que Shannon tivesse tentado se suicidar por causa dele era simplesmente insuportável. Se ela morresse, ele nunca conseguiria viver com aquela culpa.

Sr. Flanagan, eu lhe peço, faça com que ela viva!, rogava Stuart.

Stuart não acreditava em Deus, mas nos anjos sim. Tinha certeza de que Flanagan estava nos céus velando por toda a humanidade em companhia das boas almas que tinham feito sua estadia na terra, como sua mamãe, que jamais conhecera.

Ofegante, chegou ao quarto andar, com Joey logo atrás dele. Num amplo corredor, cruzou com um velho senhor que caminhava com um andador, o que o obrigou a diminuir o passo.

Assim que encontrou a porta 425, parou para retomar fôlego.

A dúvida o invadiu. Estava realmente sendo esperado? Olhou pelo vidro do quarto. Reconheceu Shannon, com uma perfusão em seu braço descarnado.

– Não vai entrar? – perguntou Joey.

– Não sei – respondeu Stuart, com o coração apertado.

Joey colocou uma mão reconfortante em seu ombro e abriu a porta. Stuart se decidiu e entrou no quarto.

Ela parecia morta. Seu rosto não exprimia nenhum sentimento. Inerte. Apenas sua caixa torácica se mexia ao ritmo da respiração.

Aproximou-se lentamente da cama, observou-a atentamente e se deu conta de que não a achava feia de modo algum. Tinha traços muito delicados, uma pele diáfana. Ela era magnífica. Não podia, ela não podia morrer!

– Shannon, sei que está me escutando – disse, com uma voz sumida. – Eu lamento, eu lamento tanto.

As lágrimas correram de seus olhos, mas ele conseguiu controlar sua voz.

– Estou tão arrependido, se você soubesse.

Colocou com ternura sua mão na dela. Era suave e quente. Aquele contato era tão forte! Tinha a impressão de que sua timidez doentia desaparecera. Pouco importava a presença de Joey, ele não viveria mais no medo e na vergonha.

– Shannon, quero que você viva, tem que aguentar, eu amo você, eu amo você – murmurou.

Era a primeira vez na vida que pronunciava aquelas palavras. Não tinha mais dúvida agora. Ela era a mulher de sua vida. Se morresse, ele também morreria.

– Não me deixe. Preciso de você. Vai sair dessa.

– Quem é você? O que está fazendo aqui? – indignou-se uma voz feminina.

Stuart se sobressaltou e percebeu Judith em companhia de uma senhora que olhava para ele como para um monstro de feira.

– É Stuart, mamãe, um amigo – disse Judith. E este é Joey, já lhe falei dele.

– Não têm nada que fazer aqui. Saiam imediatamente ou chamarei a segurança!

Com toda evidência, ela considerava insuportável que um rapaz como Stuart tivesse a pretensão de se acreditar um íntimo de sua filha. Tudo nela manifestava aquela arrogância própria às mulheres de seu mundo. Vestia-se nos grandes costureiros, frequentava diariamente o cabeleireiro e a esteticista, mas esta não conseguira suavizar seu rosto severo e seus olhos inquisidores. Por mais ricas que fossem, as três filhas daquela senhora não deviam ter tido uma vida tão agradável quanto ele imaginara inicialmente.

– Desculpe-me, senhora – disse Stuart, tentando soltar a mão de Shannon, mas uma pressão em seus dedos o impediu.

– Aproxime seu ouvido – sussurrou Shannon, numa voz quase inaudível.

Houve um instante de silêncio.

Judith, com a mão diante da boca, chorava em silêncio. Sua mãe permaneceu paralisada, sem entender. Comovido, Joey tentou em vão não deixar transparecer e tomou Judith em seus braços.

Stuart se debruçou para Shannon; as lágrimas continuavam a correr de seus olhos vermelhos.

– Aproxime-se mais.

Sua voz era tão fraca...

Ele colou seu ouvido aos lábios dela e ouviu a mais bela das frases:

– Eu também amo você – disse Shannon, num murmúrio.

Esquecendo o resto do mundo, ele virou lentamente a cabeça e deu o mais terno dos beijos em seus lábios.

Kyle matara as aulas da tarde. Estava no ginásio de esportes jogando na parede uma bola de beisebol que a seguir agarrava com sua luva.

Precisava pensar. Não fazia mais parte da equipe de futebol americano. Acabava de arruinar todas as esperanças que o Sr. Flanagan depositara nele, e tudo pelo coração de uma garota que o deixaria um dia!

No fundo, tudo aquilo não tinha maior importância. Inscrevera-se em River Falls por uma só e única razão: eliminar os assassinos de sua mãe. No entanto, não conseguia se desfazer de uma terrível sensação de fracasso.

Nunca imaginara que, chegando em River Falls, encontraria uma garota tão legal quanto Cheryl. Ela tinha tudo o que ele procurava. Sentia-se tão bem com ela. E o futebol americano? Era bem mais do que uma simples maneira de liberar estresse. Adorava aquilo. O exercício físico, a competição, fazer parte de uma equipe universitária era uma satisfação imensa. Por mais que tentasse relativizar, não conseguia.

Barulhos de passos o fizeram virar a cabeça. Flynn vinha até ele em passo decidido. Kyle permaneceu sentado e continuou jogando sua bola contra a parede.

– Pode parar dois segundos?

Kyle lançou uma última vez sua bola, mas, antes que voltasse para sua luva, Flynn a apanhou. A seguir, agachou-se na ponta dos pés de frente para Kyle.

– Não vou tirá-lo da equipe.

Kyle olhou para ele, sem compreender.

– Se fizesse isso, todo mundo relacionaria sua saída com a agressão de Steven. Apenas será reserva todo o ano e, de propósito, não jogará muito bem.

– O senhor é o treinador.

Se não ia ser titular, ser dispensado da equipe ou se tornar reserva não fazia a mínima diferença.

– O que tem que compreender é que sua carreira não acabou por causa desse incidente. Ano que vem, deixará River Falls e se inscreverá em outra universidade.

Kyle deu uma risada sardônica.

– E quem vai querer um recebedor que não jogou uma única partida em seu primeiro ano numa equipe universitária!?

– Não se preocupe com isso, assegurou Flynn com voz firme. Não me subestime. Tenho uma rede de contatos com que posso contar. Se digo que será aceito em outra universidade, deve acreditar em mim.

Kyle devia lhe agradecer, mas não fazia parte de seus hábitos.

– Você é um forte, Kyle. Soube-o desde a primeira vez em que o vi. Não sei pelo que passou, mas me informei sobre você, sei que veio de uma instituição para crianças inadaptadas.

– E o que o senhor tem a ver com isso?

Flynn meneou lentamente a cabeça.

– Escute, eu também tive uma infância difícil e foi o esporte que me salvou. Poderia ter me tornado um delinquentezinho, um traficante, e acabar minha vida viciado ou na prisão. Mas consegui sair dessa. Conte para mim, o que está pegando?

Kyle não sentia vontade de falar. No entanto, Flynn parecia realmente sincero. Talvez pudesse compreendê-lo e ajudá-lo?

– Kyle, vou deixar com você o número do meu celular. Se um dia quiser conversar confidencialmente, pode contar comigo. O que quer que possa ter feito que o perturbe, não o julgarei. Todos cometem erros. Não baixe a cabeça, Kyle.

– Ok, treinador, vou pensar.

Flynn pegou sua caneta e sua caderneta no bolso interno de sua jaqueta, anotou seu número, rasgou a página, e entregou-a para Kyle.

– Pode me contar tudo. Embora tenha conseguido entrar na "boa" sociedade, guardei um certo código de honra. Nunca traio os meus, ok?

Kyle balançou afirmativamente a cabeça e pegou o pedaço de papel.

Flynn se levantou e o deixou só.

Kyle jogou a bola de novo contra a parede e conseguiu focalizar no único pensamento que realmente importava: restavam ainda dois crápulas a eliminar.

Só mais dois e, finalmente, se libertaria de seus demônios.

39

Jack Mitchell se afundou em sua poltrona e sentiu uma estranha sensação se insinuar nele. Medo? Talvez não, mas era realmente perturbador saber que alguém estava disposto a tudo para matá-lo.

Não levara mais de uma hora para coletar todas as informações de que precisava. Alguns telefonemas aqui e ali e, para seu grande estupor, ficara sabendo que Kyle e Stuart Simmons, os gêmeos, estavam inscritos na universidade de River Falls desde o início do ano escolar.

Aquele imbecil do Johnson tinha razão.

Mitchell não acreditava em coincidências. Na vida, nada acontece por acaso, tudo é fruto de um encadeamento dos atos conscientes e inconscientes que perpetramos. Mitchell passara a vida analisando cada uma de suas ações, fazendo de tudo para ser bem sucedido naquilo que empreendia. Uma ou outra vez, seus projetos tinham falhado. Ninguém é perfeito nesse mundo. Todavia, com o estudo dos riscos como ofício, sua meta era justamente reduzi-los ao mínimo.

A presença de Stuart e Kyle era realmente um risco maior.

Hesitou bastante a respeito da atitude a tomar. O mais simples seria avisar a polícia. Mas o que ela pensaria? Ele não recebera nenhuma ameaça da parte dos rapazes. Não poderia inculpar os gêmeos por assassinato. Mesmo que tivessem cometido a estupidez de deixar vestígios de DNA nos locais dos crimes, nenhum juiz daria um mandato para a identificação. Faltava o motivo que pudesse levar Kyle e Stuart a matar Robert Gordon e Gary Borden: a vingança pelo assassinato de sua mãe!

Impossível lembrar a polícia daquilo. Quinze anos tinham se passado, ninguém fizera a ligação. Mitchell não tinha a mínima vontade que aquele caso ressurgisse – seria péssimo para seus negócios. Só lhe restava, portanto, uma única solução.

Mitchell pegou seu celular, foi atrás do cartão de Johnson no bolso de seu sobretudo e digitou seu número. Johnson atendeu. Sua voz transpirava medo.

– Daniel, fiz as averiguações necessárias. Tem razão, alguém está querendo nos matar – disse em tom de certeza.

Escutou Daniel suspirar e então choramingar. Mitchell quis que ele se recompusesse. O medo é mau conselheiro.

– Daniel, acalme-se, acalme-se, porra! – disse, em tom peremptório.

Aquilo pareceu fazer efeito.

– Desculpe-me, Jack, mas o que vamos fazer? Temos que chamar a polícia.

– Não – intimou-o Mitchell, continuando em tom mais suave. – Daniel, sei quem fez isso e tenho um plano para obrigá-lo a nos deixar em paz.

– Mas temos que chamar a polícia! Informe o nome deles para ela!

– Farei melhor do que isso, mas é preciso que se acalme e me escute.

– Estou escutando, Jack, estou escutando.

Mitchell começou a batucar na escrivaninha com a ponta dos dedos. Raramente perdia o controle de seus nervos, mas Johnson era um elemento imprevisível. Não gostava daquilo.

– Vou lhe explicar tudo, mas não por telefone. Espero-o aqui no solar às sete da noite. Não fale nada para ninguém, e certifique-se de não estar sendo seguido.

– Prometo, mas acha mesmo que estou sendo vigiado?

Imbecil! Não pode tentar se acalmar!, sentia vontade de lhe gritar Mitchell.

– Daniel, não fraqueje agora. Nosso assassino mata uma vez por mês. Robert no início de outubro. Gary ontem. Um de nós deve morrer dentro de um mês. Mas com aquilo que planejei, teremos resolvido esse caso bem antes disso.

– O que vai fazer, matá-lo? – perguntou Daniel, nem um pouco tranquilo.

Mitchell se forçou a rir.

– Daniel, acha mesmo que tenho o perfil de um assassino? – ironizou ele. – Não, tenho um plano que nos garantirá a tranquilidade e que satisfará o matador. Conheço seus motivos. Deixe tudo comigo. Não corre nenhum risco se fizer o que lhe disser.

– Ok, estou com você.

Mitchell se lembrou de um detalhe importante.

– Daniel, não diga à sua mãe que virá me ver esta noite!

– Por que, acha que ela está envolvida?

Mas que idiota! Mitchell se lembrou por que não falava com ele havia tanto tempo.

– Não, mas ela fala demais, sabe muito bem disso. Então, uma vez na sua vida, evite contar tudo para ela e faça como estou lhe dizendo.

– Prometo, Jack, mas jure que seu plano vai funcionar.

– Por acaso costumo fracassar naquilo que empreendo?

Johnson não tinha o que contestar.

– Vamos, trate de se acalmar e até daqui a pouco.

Mitchell desligou. Sentia-se extenuado. Nada pior do que lidar com incapazes, dotados de uma rara estupidez.

Johnson era um perdedor de marca maior. Dos quatro, fora o único a jogar fora sua vida. Com a morte de seu pai, cerca de dez anos antes, herdara a fortuna familiar e tomara os negócios em suas mãos. Em menos de cinco anos estava arruinado. Agora, era gerente de uma loja de artigos esportivos no centro comercial, e morava com sua mãe num modesto apartamento de dois quartos num bairro popular de River Falls.

Mitchell se informara sobre ele antes de investigar sobre Kyle e Stuart.

Agora era só aguardar, e esperar que aquele idiota agisse de acordo com suas recomendações.

Quando escutou o barulho do motor de um carro chegando ao solar, Mitchell finalmente relaxou. Foi até a janela e, na escuridão, observou o feixe luminoso dos faróis.

Desceu a ampla escada, atravessou o *hall* central até a porta dupla da entrada e foi ao encontro de seu visitante. Johnson saiu de seu Maserati e, com passo rápido, dirigiu-se a seu antigo amigo. Mitchell notou que tinha o aspecto bem menos apavorado que ao meio-dia, quando se lançara como um doido no estacionamento.

– Boa noite, Jack, está fazendo um frio do cão.

– O inverno vai ser rigoroso este ano – respondeu maquinalmente Mitchell – Vamos, entre.

O tom era bastante cordial. Como dois amigos que se encontrassem após uma longa separação.

– Não mudou nada – constatou Johnson, deslumbrado pela beleza do solar.

– Zelo muito para isso.

Subiram a escada e atravessaram o corredor onde estavam expostos os retratos de família.

– Tantas recordações me vêm à memória. Lembra como andávamos sempre juntos, aprontando, eu, você, Gary e Robert? – perguntou Johnson.

Com a evocação de seus dois camaradas assassinados, o ambiente esfriou de repente.

– Sim, foi uma bela época. Os anos 80, toda nossa juventude – retomou Mitchell.

Verdade que tinham vivido bons momentos juntos. Pena que a vida faça os destinos se separarem! Mas nada é eterno.

– Você se deu bem, ao contrário de mim – disse Johnson.

Não havia rancor em sua voz, simplesmente a expressão de uma realidade.

– Fui realmente um tolo. O rei dos tolos.

Tentava não pensar nunca em sua juventude dourada, mas rever aquele solar fazia com que tivesse muitas recordações.

– Daniel, tudo vai mudar para você. Não vai mais precisar trabalhar naquela loja de esporte. Vou ajudá-lo.

– Verdade? Faria isso por mim? – surpreendeu-se Johnson.

Não conseguia acreditar. Na época de sua falência, nenhum de seus amigos quisera ajudá-lo.

– Sim, devo-lhe isso. Se não fosse você, jamais teria sabido que alguém estava querendo minha pele.

Entraram na grande sala de estilo clássico. O piano de cauda continuava no mesmo lugar, sobre o tapete persa. Johnson se aproximou dele.

– Posso?

– Claro.

Com um cerimonial quase religioso, Johnson levantou a tampa e colocou os dedos nas teclas de marfim. Que sensação agradável. Fazia anos que não tocava, mas seus dedos não tinham esquecido. As *Gymnopédies* de Eric Satie ressoaram em notas cristalinas na sala de excelente acústica. Mitchell se lembrou das noites em que escutavam Daniel tocar até tarde. Ele era muito talentoso. Pena que fosse tão idiota!

– Aceita um conhaque?

– Com prazer – disse Johnson.

Tinha a impressão de estar numa bolha, fora do tempo. Nada mais tinha importância. A morte que pairava sobre sua cabeça; sua vida miserável; sua mãe...

Estava tranquilo. Sozinho com Satie.

Mitchell colocou o copo na ponta do teclado e foi se instalar numa poltrona, com seu conhaque na mão. Estava apreciando aquele momento.

– Isso queima! – disse Johnson, que acabava de tomar um golinho do conhaque.

– Se preferir, tenho suco de laranja.

– Não, é exatamente disso que estou precisando.

Johnson se soltou completamente. Não sabia quando teria oportunidade de tocar de novo e resolveu aproveitar.

As peças se encadeavam uma depois da outra: o artista só se interrompia o tempo de tomar mais um gole.

Estava em transe, começava a suar, quase a delirar.

Mitchell olhou para ele, comovido. Havia algo de místico naquele momento. De fascinante.

Mas como tudo tem um fim, Johnson parou de tocar e olhou para Mitchell com um olhar estranho.

– Jack, não me sinto bem, estou com um formigamento nos olhos.

Mitchell deixou seu copo na mesinha e se aproximou de seu antigo amigo.

– Não é nada. Simplesmente, você vai morrer. Não se preocupe, não vai sofrer.

– O quê? – tentou dizer Johnson, caindo do banquinho do piano e se estatelando no tapete.

Mitchell se sentou ao seu lado e o pegou em seus braços com uma espécie de ternura.

– Nunca quis lhe fazer mal. Mas não me deixou escolha. Nunca se deve despertar os antigos demônios.

– Você prometeu que ia me ajudar! – conseguiu articular Johnson.

– É o que estou fazendo. Você estragou sua vida, ao menos terá uma partida bem sucedida. Desejo-lhe boa viagem, meu amigo.

Johnson não conseguia mais falar. Sentiu seu corpo se paralisar. Sentia tanto frio, tanto medo.

– Feche os olhos, não pense mais em nada.

E, num sobressalto, Johnson expulsou seu último sopro de vida.

Sexta-feira, 2 de novembro de 2007

40

Logan estava muito bem disposto. Tinha dormido maravilhosamente e se sentia em excelente forma. Passara a maior parte da manhã no telefone com o FBI, acertando os detalhes de sua desvinculação do caso Gordon. Cedia-lhes o dossiê completo e estava muito feliz com aquilo. A calma voltaria a reinar na delegacia, embora tivesse aceitado reservar dois escritórios inteiros para os enviados do FBI a fim de que pudessem conduzir suas investigações *in loco*.

Logan estava até disposto a colaborar um pouquinho, mas as investigações financeiras estavam longe de ser seu forte, e ainda menos o de seus subordinados. Nenhum deles era capaz de ler um plano de financiamento ou de investimento.

Era quase meio-dia e ele ficara de encontrar Hurley no restaurante.

Estava desligando o computador quando a silhueta da tenente Blanchett apareceu atrás da porta de vidro de seu escritório. Antes mesmo que batesse, ele fez sinal para que entrasse.

– Xerife, há uma senhora que quer falar com o senhor de qualquer jeito.

– O que ela quer? – perguntou ele, distraído.

Fechou as gavetas, levantou-se e deu a volta em sua escrivaninha.

– Seu filho desapareceu. Não voltou para dormir em casa ontem à noite.

– O quê? – disse Logan, surpreso com a calma de Blanchett.

Aquilo não combinava com ela. Devia haver algo errado naquela história.

– O problema é que seu filho tem trinta e cinco anos.

Logan não pôde reter um pequeno sorriso.

– Então tranquilize-a dizendo que ele deve ter passado a noite com uma namorada. São coisas que acontecem depois da adolescência.

Logan pegou sua jaqueta. A fome já o estava incomodando. Não tinha por que perder tempo com uma mãe possessiva.

– Tentamos tranquilizá-la, mas ela não quer nos ouvir. Está certa de que lhe aconteceu alguma coisa.

– Ela tem alguma prova do que está dizendo? – disse Logan, sentindo que não ia se livrar tão fácil daquilo.

– Diz que quer falar com o senhor, unicamente com o senhor. Ela sabe coisas – respondeu Blanchett, pouco convencida.

Logan suspirou, mas vestiu sua jaqueta mesmo assim.

– Ok, eu cuido disso. Com um pouco de sorte, ela vai nos revelar o esconderijo de Bin Laden!

Blanchett balançou a cabeça e tomou a dianteira. Atravessaram o corredor e entraram numa das salas do fundo.

Uma senhora de elegância um pouco capenga estava sentada diante de uma mesa, com sua bolsa sobre os joelhos.

– Bom dia, senhora, sou o xerife Logan. Em que posso ajudá-la?

Blanchett também entrou na sala.

– Já disse a essa preta que meu filho desapareceu, mas ela não quer escutar. Somos obrigados a falar com pretos neste país?

Na cabeça de Logan uma corda surgiu numa árvore e o corpo daquela senhora foi se pendurar nela.

– Vai pedir desculpas imediatamente à tenente Blanchett ou vou prendê-la agora mesmo por insultos racistas e ultraje a um agente em cumprimento de suas funções – rugiu ele, sentando-se diante dela.

A Sra. Johnson pareceu hesitar e, sem olhar para Blanchett, pediu desculpas pouco sinceras. Então continuou:

– Xerife, precisa encontrá-lo. Tenho certeza de que lhe fizeram mal.

– O que a faz dizer isso? – retomou Logan, com a paciência curta.

– Meu filho é tudo que me resta. Vivemos juntos. Ele sempre me conta tudo o que faz. De resto, às vezes não dorme em casa, o que é muito normal para um rapaz bonito como ele. Mas sempre me avisa. No pior dos casos, liga-me no dia seguinte. Mas, dessa vez, não consigo falar com ele. Seu celular logo cai na caixa de mensagens. Isso não é normal, xerife, precisa lançar um aviso de busca!

Logan se afundou em sua cadeira.

– Escute, talvez ele não tenha mais vontade de vê-la, esteja buscando uma certa independência – disse Logan, acrescentando, em tom de desprezo: – Consegue entender isso?

– Por quem me toma? Não sou uma idiota. Sei que tenho razão – respondeu, antes de lançar um olhar para Blanchett. – Sou mesmo obrigada a falar diante dela? Sei coisas que só quero dizer para o senhor. Não tenho confiança nela.

Logan ia repreendê-la novamente, mas Blanchett se adiantou. Não responderia por seus atos se ficasse mais um segundo com aquela mulher.

– Vou almoçar – lançou, num tom que não admitia apelação.

Logan captou a mensagem.

– Bom apetite, eu cuido dela.

Blanchett apreciou a maneira como ele insistiu na palavra "cuido".

– Bom, agora que estamos sós, diga-me por que deveria me preocupar com seu filho.

A Sra. Johnson se inclinou para ele e, em tom de complô, se explicou:

– Meu filho era um dos melhores amigos do advogado Robert Gordon e do corretor Gary Borden. Eles eram unidos como os dedos da mão em sua adolescência. Acho que alguém está querendo atacá-los.

– Ah, agora sim tudo faz sentido – disse ele, com ironia.

Mas a Sra. Johnson não deu bola. Tirou uma fotografia de sua bolsa. Nela se viam quatro rapazes em trajes de formatura.

– Olhe, é uma foto do meu Daniel com Robert e Gary.

– E o quarto?

– Esse é Jack, um banqueiro. Nunca gostei dele. Pão duro como um judeu! Se tivesse nos ajudado, não estaríamos arruinados hoje!

Logan tinha que fazer esforços sobre-humanos para não pegá-la pela gola de seu casaco e colocá-la para fora, mas o que acabava de dizer o intrigou. Mortificado, engoliu seus princípios e fez de conta que não escutara a injúria aos judeus.

– Disse que estão arruinados?

– Não tanto assim. Mas, se soubesse, naquela época os Johnson eram uma família respeitada. Meu marido lutara para construir nosso nome, mas morreu antes de ter podido formar nosso filho na direção de nossa empresa familiar. Em suma, perdemos tudo.

– Senhora Johnson, pode me emprestar uma foto recente de seu filho?

A senhora pegou uma segunda foto.

– Tome, veja como ele é bonito.

Aquele rosto não dizia nada a Logan.

– Vou fazê-la circular em todas as mídias e também no FBI. Se o seu filho tiver sido sequestrado, é melhor não negligenciar nenhuma pista.

A Sra Johnson pareceu tranquilizada. Fechou sua bolsa e se levantou.

– Sabia que o senhor era um homem de bem. Podem dizer o que quiserem, mas os...

– Mais uma palavra e mudarei de ideia – preveniu-a Logan.

A Sra. Johnson não completou a frase, mas era evidente que continuava pensando aquilo que teria dito.

– Jura que vai encontrá-lo?

– Farei tudo que estiver ao meu alcance, pode estar certa – disse ele, com toda seriedade.

E como! Ela não imaginava a que ponto se esforçaria para encontrar seu filho! Acompanhou a Sra. Johnson até a saída e fez exatamente o que prometera. Lançou um aviso de busca de Daniel Johnson, então ligou para o FBI e lhes comunicou sua última teoria, antes de deixar a delegacia para encontrar Hurley num restaurante do centro da cidade.

– Está atrasado. Espero que tenha uma boa desculpa – disse ela, em tom brincalhão.

Estava sentada à mesa, com um aperitivo na mão.

– Não vai acreditar no que tenho para lhe contar – retorquiu Logan, pendurando sua jaqueta.

Instalou-se confortavelmente diante dela. Passara uma ótima noite, uma manhã agradável, e aquele almoço prometia ser dos mais deliciosos. Estranho como tudo pode mudar em pouco tempo. Ele já se conformara com o fato de que Hurley retomaria seu trabalho no FBI. O mais duro fora aceitar sua partida, mas, agora, estava tudo bem. Ele iria visitá-la. Ela também viria vê-lo o máximo possível.

Um excelente dia – pensou novamente, devorando Hurley com o olhar.

– Se pudesse me explicar em vez de ficar me olhando desse jeito!

Logan sorriu.

– Tenho o nome de nosso assassino. Acabo de colocar o FBI no seu encalço e de divulgar seu retrato na imprensa.

Hurley soltou seu copo na mesa. Nunca acreditara que ele fosse obter um nome. Os matadores profissionais faziam parte da parcela mais discreta da humanidade, junto com os agentes secretos.

– E quem é ele?

Logan pegou o copo de Hurley e bebeu um gole, a fim de prolongar seu prazer.

– Daniel Johnson. Gerente da loja Sport & Fitness no centro comercial.

– Tem certeza disso?

– Não poderia estar mais certo. Foi sua própria mãe que me disse, então...

Não terminou sua frase. Hurley percebia muito bem que ele estava se divertindo a suas custas. Não podia esclarecer tudo de uma vez?

– Se me explicasse, talvez eu pudesse parabenizá-lo e exclamar: "gênio!" – respondeu Hurley, entrando no jogo, com um sorriso falso.

Logan se virou para o garçom que acabava de chegar. Fizeram o pedido e, finalmente, Logan lhe contou o que a mãe de Daniel Johnson lhe dissera e expôs sua teoria.

– Tudo o que ela disse é verdade, eu verifiquei. Então, eis o que penso: alguém que conhecia a antiga ligação de Johnson com Gordon o pagou para matá-lo.

– E por que não os serviços de um matador experiente? É bem mais simples utilizar um profissional – contra-argumentou Hurley, bancando a advogada do diabo.

– Sim, mas sabemos que foi um amador que o assassinou.

Hurley balançou a cabeça, mas havia mais um elemento que não se encaixava.

– Se Johnson tinha tanta raiva de Gordon, ao ponto de matá-lo, por que não o fez antes?

– Não, justamente: o rancor raramente basta para desencadear um gesto assassino. Mas o dinheiro... Aliás, acho que sei o nome do mandante do assassinato de Gordon, sabe a quem me refiro?

Hurley não o estava acompanhando.

– Não.

Logan achava que ela teria compreendido. Não importava.

– Gary Borden – disse e, sem dar tempo para que Hurley objetasse, continuou: – Voltamos, assim, ao que lhe disse no dia seguinte à morte desse coitado. Quanto mais penso, mais me convenço de que ele não estava ligado ao escândalo Gordon. Jamais investiu um tostão naqueles negócios. Pelo menos é o que o FBI pensa por enquanto. Em compensação, um grande número de seus concorrentes se deixou tentar.

Hurley concluiu o raciocínio em sua cabeça, mas deixou que Logan fosse até o fim de sua exposição.

– Então, ele decide ao mesmo tempo se vingar de seu amigo que o traiu, fraudando as ofertas de diversos programas imobiliários, e conta com a polícia para descobrir tudo durante a investigação sobre o assassinato.

– É plausível, mas tenho algumas objeções.

– Deixe-me terminar – disse Logan, superexcitado. Borden contata Johnson. Promete-lhe uma soma enorme, do tipo um milhão de dólares, para eliminar Gordon. Depois do assassinato cometido, Johnson se dá conta da amplitude do que acaba de desencadear e decide virar a casaca contatando Hilton e seus amigos, propondo-se por uma soma bem gorda a eliminar Borden.

– E agora está solto no mundo com seus milhões – disse Hurley, pensativa.

Apesar de alguns buracos, aquela hipótese parecia defensável. Em todo caso, havia dúvidas o suficiente para lançar um aviso de busca. Johnson não era um matador profissional e o FBI logo colocaria as mãos nele, a menos que...

– Não acha mais provável que encontremos seu corpo? Por que pagá-lo e deixar uma testemunha comprometedora solta no mundo? Ao passo que, colocando seus dois pés no cimento, garante-se que nunca falará e ainda se faz economia.

Logan perdeu sua certeza. Não vira as coisas por aquele ângulo. No entanto, parecia óbvio.

– Ainda mais que, a crer em sua mãe, ele era realmente apegado a ela – disse em voz alta.

– Deixe passar um dia. Se Johnson não se apresentar ao ver o aviso de busca, é porque está mesmo foragido, ou morto. Nesse último caso, temo que nunca encontremos seu corpo.

Logan fez uma expressão de desgosto. Aquele final o agradava bem menos do que aquele que inventara.

O garçom voltou com as entradas e colocou-as na mesa.

– Agora vou lhe explicar por A + B tudo o que não fica de pé em sua teoria – retomou Hurley. – Antes de mais nada, há uma grande probabilidade de que essa mulher seja apenas uma mãe possessiva que está preocupada à toa e, assim que seu filho ficar sabendo que está sendo procurado no país inteiro, ele próprio se apresentará para dissipar qualquer mal entendido.

O momento de excitação passara.

Logan se deu conta de que talvez tivesse tirado conclusões demasiado apressadas. Ele também começava a ver as fraquezas de sua teoria. Em primeiro lugar, para que disfarçar o assassinato de Gordon em suicídio, se a finalidade era atrair a atenção da polícia?

– Bom, só nos resta esperar.

– Sabe, ele pode ter morrido num acidente de carro noite passada.

– Ok, acho que me empolguei demais. Esperamos até amanhã para que você me imole em público se Johnson reaparecer?

– Com grande prazer – disse Hurley, espetando uma folha de alface com seu garfo num grande gesto sacrificial.

41

Deitado na cama, Kyle escutava música em seu iPod. As aulas de Cheryl terminavam às seis da tarde. Dali a uma hora se encontrariam para passar o fim de semana juntos.

Pensou escutar alguém batendo na porta. Tirou o fone e foi abri-la. Era Stuart, que estava com uma cara um tanto estranha.

– Está tudo bem? – inquietou-se Kyle, fazendo-o entrar.

– Sim, eu lhe contarei, mas viu o noticiário?

– Não, por quê? Devia?

– A polícia lançou um aviso de busca de Daniel Johnson. Ele teria desaparecido noite passada.

Kyle identificou imediatamente o problema e andou até a janela. Johnson certamente compreendera o que o esperava.

– Kyle, começo a me perguntar se é uma ideia tão boa. Está se arriscando demais. Tinha prometido que esperaria um mês a cada vez. Tenho tanto medo de que a polícia compreenda!

Kyle se encostou na janela e olhou para seu irmão. Parecia realmente preocupado.

– Não matei Johnson – defendeu-se Kyle. – Temo é que ele tenha feito a associação. Se todos esqueceram nessa cidade o assassinato de nossa mãe, estou certo de que não é o caso desses quatro caras.

– Mas o que vamos fazer? Se ele for à polícia, estamos fodidos. Pare tudo, eu lhe peço!

Nunca fora muito a favor daquela vingança, ao contrário de seu irmão, para quem aquilo se tornara uma razão de viver. Mas nunca deixaria de lhe ser solidário.

– Johnson não chamará a polícia. Deve apenas estar se perguntando quem poderia querer se vingar.

– Ora, nós! Basta que leia as notícias da época e ficará sabendo que mamãe tinha dois filhos!

Kyle balançou lentamente a cabeça. Stuart tinha razão. Desde o início, estava certo de que a polícia nunca associaria o assassinato de Robert Gordon ao de Gary Borden. Tentara desastradamente maquiar o de Gordon num acidente doméstico. Ora, seu erro acabara dando certo, revelando um caso financeiro que desviara completamente a polícia do motivo real.

Matara a seguir, Borden esperando fazer sua morte passar por um crime passional, mas logo os jornais locais tinham suposto uma ligação com o escândalo financeiro. Era perfeito. Todos estavam seguindo aquela pista falsa.

– Não precisa temer nada, Stuart. Não tem nada pelo que se condenar. Não iremos para a prisão. De qualquer forma, você não fez nada. Sou o único responsável.

Kyle fez uma expressão de desolação.

– Escute, Stuart, vamos manter o plano. Nada garante que Johnson não tenha fugido por outras razões. Nada indica que ele vá procurar a polícia. Aliás, por que fugiria se pretendesse nos acusar?

Aquilo fazia sentido. Talvez Johnson tivesse, como Gordon, outros pesos na consciência?

– Tem razão. Se ele soubesse que fomos nós que matamos seus amigos, já teria nos denunciado, não?

– Sim, exatamente – tranquilizou-o Kyle. Mas nunca mais diga "nós". Você não matou ninguém, Stuart.

A tensão diminuiu um pouco.

– Vamos esperar e ver o que acontece – retomou Kyle.

Esperava que, em sua fuga, Johnson não alertasse o último do bando: Jack Mitchell, o próximo da lista. O grande banqueiro de River Falls. Um homem discreto que havia pouco ele começara a espionar. Mas não era fácil. Stuart fora incapaz de entrar em seu computador; o cara devia ser um paranoico e tanto.

Mais um que não devia ter esquecido seu delito!

– Promete tomar cuidado? – perguntou Stuart.

– Prometo, caçula!

– Eu não sou caçula coisa nenhuma! – queixou-se maquinalmente Stuart, mudando de assunto: – Bom, agora preciso lhe contar uma coisa.

Kyle estava feliz por falar de outra coisa. Não gostava muito de discutir seu plano de vingança com Stuart.

Quando começou a elaborá-lo, sabia que, apesar das precauções que tomaria, o risco de que cometesse erros era muito alto. Se a polícia chegasse até eles, não suportaria que seu irmão fosse penalizado. Stuart era a bondade em pessoa. Não sobreviveria um dia na prisão.

– Eu lhe falei da irmã de Judith?

– Sim, a anoréxica – disse Kyle.

Stuart sentiu vontade de corrigi-lo, mas, afinal, era verdade.

– Estou namorando com ela! – anunciou, todo feliz. E contou-lhe seu beijo matinal.

Sábado, 10 de novembro de 2007

42

Mais de uma semana se passara desde que pusera fim aos dias de Johnson. Jack Mitchell se sentia, enfim, tranquilo. A decisão de eliminar seu antigo camarada não fora simples de tomar. Ele, que sempre analisava tudo, examinava todos os problemas, os riscos e as consequências de suas ações, tivera que agir precipitadamente. Detestava aquilo.

Foi sem surpresa que viu o aviso de busca de Johnson na televisão desde a manhã seguinte. Temera por um instante que aquele idiota não tivesse sido capaz de não dizer a sua mãe aonde estava indo, mas, como ninguém veio incomodá-lo no dia seguinte, ficou tranquilo quanto a esse ponto.

Além disso, era evidente que o desaparecimento de Johnson alertara os irmãos Simmons. Será que precipitariam seu projeto, tentando matá-lo antes do previsto?

Mitchell não se sentia nem um pouco confortável no papel da presa. Era terrivelmente desagradável – e léguas distante da imagem que tinha de si mesmo, de um verdadeiro tubarão, sem fé nem lei. Tivera que se controlar para não fazer algo ainda mais radical do que o assassinato de Johnson. Devia ter paciência e aguardar o momento certo.

Kyle e Stuart deviam ter espionado suas primeiras vítimas a fim de pegá-las de surpresa. Mitchell passou, portanto, a evitar qualquer saída imprevista fora das horas de trabalho. Passou os dez dias seguintes trabalhando na sede do banco da manhã até a noite. Depois, voltava direto para casa, parando apenas para fazer alguma compra ou encher o tanque. Devia parecer um homem de negócios apressado, mas certamente não um homem acuado.

Se os irmãos Simmons começassem a supor que ele estava com medo, era evidente que agiriam rapidamente, e Mitchell não gostava de ser surpreendido. Ele devia ser o mestre do jogo.

Aquele sábado seria o grande dia. Estava na hora de descobrir as cartas de seus adversários.

Sem nenhuma dificuldade, conectou-se ao servidor da universidade. O *site* era extremamente vulnerável. Qualquer *hacker* de meia tigela podia entrar ali facilmente. Em pouquíssimo tempo, Mitchell chegou aos dossiês de inscrição de Kyle e Stuart Simmons.

A primeira coisa que o impressionou foi a diferença física dos dois. Um era bonitão, seguro de si, enquanto o outro tinha um rosto gordinho e um olhar fugidio.

Mitchell não teve mais dúvidas sobre qual dos dois era o líder. Estudou a ficha de Kyle, encontrou o número de seu celular, anotou num arquivo pessoal e saiu do servidor da universidade.

Levantou-se e se dirigiu à janela. A floresta se estendia a perder de vista. Nunca compreenderia como alguém podia preferir Golden Hill a North Peak. A floresta protege, a colina expõe.

Pegou o telefone pré-pago que comprara durante a semana e o ligou. Repetira cem vezes para si mesmo o que ia dizer. Estava pronto para tomar as rédeas daquele jogo de gato e rato.

Com uma calma absoluta, controlava perfeitamente as palpitações de seu coração.

– Alô?

– Kyle Simmons? – perguntou Mitchell, com uma voz desvairada.

Houve um segundo de silêncio.

– Um momento – disse Kyle, sem compreender.

Saltou da cama. Estava com Cheryl em Seattle, no quarto de um dos hotéis mais luxuosos da cidade. Tinham voltado de uma boate por volta das três e feito amor até depois das quatro.

– Quem é? – perguntou Cheryl, espreguiçando-se embaixo das cobertas.

– Meu tio – respondeu ele, afastando o telefone da boca.

– Então tem família? Eu começava a duvidar.

Kyle fez uma careta e retomou a chamada.

– Escute, vou me vestir e ligo de volta, pode me dar de novo seu número?

– Quer me matar, é isso! – retomou Mitchell, que escutara o rapaz falar com sua namorada.

Kyle sentiu o golpe. Seu primeiro pensamento estava certo. Johnson! O aviso de busca fora divulgado toda a semana na imprensa. O homem simplesmente desaparecera. Agora, Kyle sabia por quê.

– Escute, posso ligar mais tarde para você? – disse, como se não fosse nada.

– Qual é a sua? Por favor, não desligue. Preciso lhe explicar – replicou Mitchell, sempre em tom desvairado.

– Titio, agora não é o momento.

Desligou imediatamente. Como aquele desgraçado conseguira seu número? Também teria o de Stuart?

– Algo errado? Está com uma cara! – disse Cheryl, sentando-se na cama.

– Problemas de família. Realmente prefiro não falar disso – replicou ele, num tom mais seco do que teria desejado.

– Também não precisa ser grosso. Cada um com sua vida – sentida, ela saiu da cama, vestida como Eva, e passou na frente dele.

– Ligue de volta para ele. Vou tomar um banho. Quando terminar, se por acaso isso o tentar, venha me fazer companhia! – disse ela, beliscando sua bunda de passagem.

Kyle tocou de leve na dela. Olhou-a passar enquanto ela acentuava seu andar de modelo.

O celular tocou de novo.

Kyle esperou que a porta do banheiro estivesse fechada para atender.

– Alô?

– Por favor, não desligue – disse Mitchell. – Posso lhe explicar tudo.

De pé diante de uma das janelas da sala do primeiro andar de seu solar, Mitchell não conseguira conter sua cólera e derrubara um vaso centenário quando Kyle desligara em sua cara. Quem aquele pirralho achava que era? Ele, Mitchell, era o mestre do jogo!

Apelara a todos seus recursos interiores para se acalmar e voltar a encarnar Daniel Johnson antes de ligar de novo.

– Quem é você? – perguntou Kyle, para não ter mais nenhuma dúvida.

A água do chuveiro começou a correr.

– Sabe muito bem quem eu sou. Você matou Robert e Gary, e eu o compreendo. Eram uns imprestáveis. Mas eu, eu não fiz nada. Juro que não fiz nada.

– Eu sei – disse Kyle.

Mitchell esperava por tudo, menos por aquela resposta: ele admitia implicitamente ser culpado dos assassinatos, o que era uma excelente notícia. Mas o que queria dizer com "eu sei"? Aquele moleque estava longe de ser um imbecil. Mitchell teria que usar toda sua astúcia.

– É verdade? Acredita em mim?

– Sim, Gary Borden confessou o assassinato. Ele deixou bem claro que Robert Gordon, Jack Mitchell e você não tinham culpa de nada – mentiu Kyle.

Se acusasse Johnson de ser culpado como os outros, ele nunca aceitaria encontrá-lo. O homem parecia completamente aterrorizado. Não correria o risco de conversar face a face com o homem que o considerasse o assassino de sua mãe.

– É verdade? – fingiu-se espantado Mitchell, sem se deixar enganar. Então não vai me matar?

– Não tenho a mínima intenção, mas acho que sua passividade merece ser punida.

Kyle escutou seu interlocutor se arrepiar do outro lado da linha.

– Vinte mil dólares, em dinheiro. Se tentar avisar os tiras, é um homem morto – advertiu-o Kyle.

– De acordo, mas promete me deixar em paz depois?

– Vinte mil dólares e depois terá o resto da vida para ruminar sua covardia – cuspiu Kyle.

Se parecesse muito amável, o outro talvez desconfiasse.

– Combinado, mas quero que seu irmão esteja junto quando eu entregar o dinheiro e que também prometa que não tentará me matar.

Merda!, pensou Kyle. Então, aquele merda daquele Johnson descobrira tudo, ao passo que ninguém na universidade fizera a ligação entre seus dois nomes – um sobrenome dos mais comuns. Johnson fizera sua pesquisa direitinho.

– Ele estará lá – blefou.

Estava fora de questão convidar Stuart para aquele encontro. Seu irmão já o ajudara bastante tomando parte na espionagem das duas primeiras vítimas e, agora, na de Mitchell.

– Quero que ele próprio me diga – insistiu Mitchell, persuadido de que Kyle não correria o risco de levar seu irmão com ele.

– É pegar ou largar – respondeu Kyle, sentindo que estava prestes a perdê-lo. – Tem que confiar em mim.

Mitchell não previra que a conversa tomasse esse caminho. Nunca ninguém ousara impor-lhe o que quer que fosse. Embora aquilo tornasse as coisas mais perigosas, desligou, jogou o celular no chão e o esmagou com diversas pisadas raivosas.

– Resolveu vir atrás de mim e agora vai pagar muito caro – disse Mitchell, com os punhos cerrados de raiva.

A muitos quilômetros dali, Kyle se amaldiçoou por não ter sabido encontrar as palavras adequadas. Se Johnson não voltasse a ligar, não teria mais oportunidade de completar sua vingança.

Mas será que podia correr o risco de levar Stuart consigo? Johnson não tentaria matá-los? Não, fizera a escolha certa. Nada poderia ser pior do que a morte de seu irmão.

Soltou o telefone e, quando compreendeu que Johnson não ligaria mais, foi até o banheiro. Cheryl continuava no chuveiro. Abriu o boxe e se colou à sua bela.

43

Quando Logan transpôs a porta de sua casa, um delicioso cheiro de comida o fez salivar. Tirou sua jaqueta, pendurou-a no armário da entrada e, guiado pelo apetitoso odor, encontrou Hurley, que estava preparando o jantar.

– Então, suponho que ainda não tem notícias de Johnson – disse Hurley, ocupada diante do fogão elétrico.

Logan se esticou e suspirou com força.

– Por favor, já tive minha conta. É sábado, estou acabado.

Normalmente, sua semana de trabalho já teria terminado. Mas como Blanchett não pudera ficar de serviço naquele sábado, ele a substituíra na última hora. A noite caíra já fazia algum tempo. Ele não aguentava mais aquele dia interminável, grudado no computador, redigindo os relatórios atrasados da semana anterior. Ele precisaria de reforços, porém não os teria.

Pegou uma cerveja na geladeira, sentou-se à mesa e apreciou como um dom do céu seu primeiro gole.

Tendo retomado fôlego, enxugou os lábios e finalmente se dignou a responder.

– Vamos desistir. Que o FBI o encontre se quiser, para mim deu.

Sem parar de mexer o molho sobre o fogão, Hurley se virou para Logan.

– Você desiste muito fácil. Johnson é certamente uma das chaves de nosso caso e você abandona a busca assim?

Será um prato cheio para qualquer um que queira suceder você no xerifado.

Ela não conseguia parar de pensar em Daniel Johnson. Sua mãe lhe garantira que seu filho calçava 42. Ora, as pegadas deixadas nos lugares dos crimes eram de um sapato 44; Hurley riscara definitivamente Johnson da lista dos suspeitos dos assassinatos de Gordon e Borden. Talvez cúmplice, mas não matador.

Sua teoria precedente trazia a seus olhos demasiados elementos duvidosos. Borden mandando assassinar Gordon? Os testemunhos recolhidos pelos agentes de Logan indicavam que, se os dois tinham deixado de ser amigos havia anos, nunca tinham sido vistos brigando ou se ameaçando de qualquer forma. O mesmo para Johnson.

Ninguém se tornava, depois dos trinta, matador amador da noite pro dia. Aquilo realmente não colava.

– Desejo-lhe muita sorte. Pelo menos, se for vencido nas próximas eleições, poderei ir morar em Seattle com você e, queira ou não, terá que me aguentar a semana inteira – respondeu Logan.

Hurley fez uma expressão de terror e se virou para o fogão. Com a cerveja na mão, Logan se aproximou dela.

– O que quer que eu lhe diga? Passei a semana inteira interrogando a vizinhança. Não imagina o número de pessoas seguras de tê-lo visto em algum lugar. Um em Seattle, no meio da rua, outro num hotel, etc., mas absolutamente nada de concreto. Johnson está simplesmente desaparecido e, a menos que façamos vir Jack Malone de Nova Iorque, não vejo como poderei encontrá-lo. Ou está enterrado não sei onde, ou está foragido para além das fronteiras do estado. Nos dois casos, não posso fazer nada.

– E seu carro? Procurou bem em todas as garagens, em todos os ferros-velhos?

Não, mas não ia dizer para ela. Um carro, e daí? Se Johnson não estava dentro, do que adiantaria? Não se podia esquecer que, até que se provasse o contrário, Johnson não era acusado de nada e tinha todo direito de desaparecer da noite para o dia sem deixar rastros.

– De qualquer forma, o FBI vai assumir o caso. Eles também acham que seu desaparecimento está ligado ao assassinato de Gordon e Borden. Garantiram que me manteriam informado dos avanços da investigação.

– Se você diz! – disse ela, desfazendo o nó de seu avental. – Está pronto.

Ela tirou a salada da geladeira e eles se sentaram à mesa. Havia mais uma informação que ainda não transmitira a Hurley, mas o que ela poderia tirar dali? Se falasse daquilo para ela, ela elaboraria mais trezentas hipóteses, e era a última coisa que ele desejava.

– Passe seu prato, vou lhe servir – disse ela. – A propósito, falei com Blake, ele me contou algo muito interessante.

– Por favor, podemos mudar de assunto? – disse ele, colocando na mesa seu prato cheio de salada.

– Sim, mas deixe apenas lhe contar que Daniel Johnson esteve envolvido numa história de assassinato há mais de quinze anos.

Droga! Aquele idiota do Blake contara para ela. Devia ter imaginado. As reprovações não iam tardar, e Hurley ia elaborar teorias da conspiração *à la* Oliver Stone!

– Sim, eu sei. Ele foi acusado por uma velha louca e meio cega, assim como Gary Borden e Robert Gordon, ele também me contou.

– Quando ia me contar? – disse ela, servindo-se.

Logan bufou com força.

– Jessica, pare com isso. Você não está na investigação. Lembre-se que ainda está de licença. O fato de eu ser um péssimo policial só diz respeito a mim e a meus concidadãos.

Hurley assumiu um ar de desprezo.

– A verdade, afinal, pouco importa, não? Só serve para desmancha-prazeres como eu!

– Não é isso, Jessica. Estou cansado. Por favor, me desculpe – disse ele, sinceramente consternado. – Mas queria apenas passar uma noite tranquila com você. Hoje é sábado, gostaria que fizéssemos de conta que somos um casal normal.

Hurley achou sua resposta comovente e decidiu deixar quieto. Aquele idiota tinha sorte de ser tão encantador.

– Ok, vamos parar, mas quero que me prometa que vai me levar junto para interrogar Jack Mitchell segunda-feira.

– Mas o que esse cara veio fazer na conversa? – surpreendeu-se Logan.

– Era um dos quatro acusados quinze anos atrás. Talvez possa nos dar informações interessantes. Não esqueça que sou "a melhor *profiler* do mundo", então, se esse cara tiver coisas a esconder, saberei ao primeiro olhar.

– Se gosta de perder seu tempo, vá lá, eu não! Colocarei Blanchett nessa. Você se entende bem com ela, acho.

– É ela que devia ser xerife – suspirou Hurley, feliz por ter vencido a partida. – Ah, já ia esquecendo, ainda tem a foto que a mãe de Johnson lhe deu?

– Acho que a coloquei na minha carteira. Foi bom ter lembrado, vou chamá-la segunda para buscá-la.

– Posso olhá-la de novo?

– Pensei que fôssemos comer.

– Perdão, sem pressa – desculpou-se Hurley.

Na verdade, desde que ele a mostrara para ela no começo da semana, Hurley não conseguia parar de pensar nela. Sentira uma espécie de ressonância fugaz quando a vira. Contudo, por mais que vasculhasse na memória, não conseguia saber o que era. E aquilo a irritava no mais alto grau!

– Está bem, vou pôr a louça na máquina. Minha carteira está no bolso interno de minha jaqueta – disse Logan, quando terminaram a sobremesa.

Hurley lhe deu um beijo no rosto e, com passo rápido, foi buscar a foto. Quatro belos rapazes na flor da idade. Todos de boas famílias, com um futuro brilhante pela frente. Pareciam tão felizes e tão orgulhosos em seus trajes de formandos! No entanto, um sentimento de mal-estar a invadiu.

Foi para a sala e ficou longos minutos observando aqueles rostos sem conseguir determinar o que a incomodava.

– Se está procurando um namorado novo, melhor se

apressar. Só um deles ainda está vivo! – zombou Logan, aproximando-se.

– Muito engraçado!

– Bom, e se assistíssemos um filme, uma comédia sentimental, estilo Hugh Grant, que tal?

– Eu topo.

Sabia que o clique aconteceria em algum momento. Não adiantava ficar fritando os neurônios.

– *Grand Canyon,* com Steve Martin e Danny Glover. Nunca assisti. O que acha? – perguntou Logan, folheando a programação da TV.

– Eu já vi, mas é muito bom – disse Hurley, largando a foto na mesinha.

Logan apagou a luz e ligou a televisão, antes de voltar a se sentar no sofá.

Hurley se aconchegou nele, feliz por ter evitado uma crise.

Segunda-feira, 12 de novembro de 2007

44

Cheryl não sentia a mínima vontade de ir para a universidade. Kyle e ela tinham voltado para River Falls na véspera. Haviam passado um fim de semana maravilhoso em Seattle e, mesmo que em alguns momentos Kyle parecera um pouco distante, Cheryl tinha a cabeça cheia de lembranças, umas mais românticas do que as outras.

– Cheryl, levante-se, vai se atrasar! – gritou sua mãe pela porta do quarto.

– Sim, mamãe – respondeu com voz sonolenta, obrigando-se a deixar sua cama tão aconchegante.

Gostaria tanto de acordar com Kyle ao seu lado. Achava seus pais muito antiquados. Apesar dos seus dezoito anos, era por pouco que não pensavam que ainda fosse virgem! Tivera que alegar uma festa entre amigas para ter o direito de passar o fim de semana em Seattle.

Cheryl se levantou e abriu as persianas do quarto. O tempo estava nublado. Fez uma expressão emburrada e, vestida com sua camisola, foi até o banheiro. Mais de meia-hora depois, saiu dele, totalmente acordada e maquiada.

Olhando a hora, soube que chegaria atrasada. Não fazia mal, perderia a aula de História. Para que servia aquilo? Só se importava com o presente e com o futuro. O passado devia permanecer onde estava, no passado!

Deu-se o tempo de escolher cuidadosamente sua roupa, depois desceu para a cozinha.

– Vai se atrasar, apresse-se – disse sua mãe, que lhe preparara um suco de laranja e torradas.

– Mãe, eu já sou maior de idade, pare de me tratar como uma criança – disse, sentando-se na banqueta próxima à mesa alta.

Sua mãe sacudiu a cabeça e deixou a cozinha.

Cheryl ligou a televisão na MTV e a carinha de Britney Spears apareceu. "Gimme more". A garota rebolava num traje leve, como uma *go-go dancer* em volta de um poste metálico. Incrível como aquela moça conseguia perder tanto peso em tão pouco tempo. O grande medo de Cheryl era engordar ao envelhecer, e não era a silhueta abundante de sua mãe que a tranquilizaria.

Terminou seu café da manhã diante do último clip de Nelly Furtado. Muita massa acaba com a loiraça!, disse para si mesma, desligando a TV. Saiu da copa, pegou sua bolsa e vestiu seu casaco.

– Estou indo – disse.

Sem esperar a resposta de sua mãe, saiu da mansão. O trânsito nunca era intenso em Golden Hill àquela hora, dez para as nove da manhã. A hora ideal para ir para a universidade: os homens de negócios saíam bem mais cedo e as donas de casa bem mais tarde!

Entrou no carro, deu a partida e entrou na rua. Alguns instantes depois, um Maserati, a toda velocidade, ultrapassou-a perigosamente. Cheryl teve que frear para deixá-lo passar.

– Imbecil! – gritou ela, mostrando o punho. O cara estava no telefone. – Não pode tomar mais cuidado? Idiota!

Cheryl teria continuado sua chuva de insultos, mas seu celular começou a tocar. Diminuiu a velocidade e, com a mão direita, procurou o telefone na bolsa, que estava no banco do carona. Sem nenhuma razão, o carro da frente freou bruscamente. Ocupada com o celular, Cheryl mal teve tempo de frear com tudo para não bater. Foi projetada para frente, mas o cinto a reteve.

– Mas que idiota! – disse, fora de si.

Tirou o cinto e desceu do carro. O homem continuava

sentado ao volante. Ia dizer para ele o que achava de sua conduta.

Outro carro chegava por trás e ultrapassou-os em marcha lenta, sem parar.

Cheryl se aproximou da porta do motorista. O homem se virou para ela com ar consternado.

– Lamento muito – desculpou-se.

Saiu do carro e deu uma olhada ao redor.

– O que está procurando?

Atingida por um cassetete elétrico, Cheryl desmaiou nos braços de Jack Mitchell, que colocou-a rapidamente no banco de trás de seu carro e voltou a dirigi-lo.

Toda a cena não durara mais do que dois minutos.

Rodou uns cem metros e parou num caminho privado que descobrira pouco antes. Seu cassetete era capaz de emitir uma voltagem suficientemente forte para derrubar qualquer um. Mas já correra riscos demais.

Com uma corda, amarrou as mãos e os pés da garota e passou uma fita em sua boca, antes de metê-la no bagageiro do Maserati de Daniel Johnson.

Precisava ir embora. Logo alguém repararia no carro de Cheryl parado no meio da rua. Voltou à direção e, suando em bicas, esforçou-se para não acelerar demais, sobretudo para não se fazer notar.

Ao descer de Golden Hill, tomou a rua que levava à via expressa leste de River Falls. O trânsito estava bem mais intenso agora. Contornou a cidade pelo norte e saiu no entroncamento que dava em North Peak. Nenhum helicóptero no céu, nenhuma sirene de polícia ligada. Mais vinte minutos e estaria feito. Subiu por alguns quilômetros por dentro da floresta, depois deixou a via principal para entrar na sinuosa estrada que levava a seu solar. Definitivamente, vencera.

Agora teria sua revanche.

Ele detestara a maneira como Kyle o tratara. Quem ele pensava que era? A partir de então, esquecera todo e qualquer princípio de precaução e ficara à espreita na entrada principal da universidade.

O sábado inteiro e todo domingo ficara esperando para vê-lo sair. Fora obrigado a mudar várias vezes de lugar para não atrair a atenção, mas sem tirar os olhos do imenso portal que dava acesso ao campus. Quando já estava pensando que tinha passado mais um dia improdutivo, por volta das dez da noite, viu um Mercedes deixar Kyle diante da entrada. A jovem motorista saíra e os dois tinham se beijado apaixonadamente antes que ela finalmente fosse embora.

Mitchell soube que estava ali sua revanche.

Eliminar Kyle Simmons não bastava. Uma bala no silencioso e estaria acabado. Não, queria fazê-lo sofrer, mostrar quem era o mestre.

Esperou a Mercedes arrancar de novo e pôs-se a segui-la. Seguir veículos não era bem sua especialidade, mas a garota dirigia com prudência e não tinha nenhuma razão para desconfiar. Fora fácil segui-la até a mansão de seus pais.

A seguir, tivera toda a noite para preparar o sequestro matinal – muito arriscado, mas tão delicioso agora. Ninguém chegaria até ele. Atuara como um deus.

Daria tudo para ver a cara de Kyle quando soubesse que sua namorada fora raptada.

Se por acaso chamasse os policiais, aquele cretino juraria ter falado com Johnson no telefone. E como tomara o cuidado de utilizar o carro de Johnson, se alguém o tivesse notado, era sobre Daniel que as suspeitas recairiam.

Jack, você é o melhor!, pensou, ao entrar em sua propriedade. Ouviu golpes ressoando na cabine. Sobressaltou-se, depois começou a rir. A garota devia ter voltado a si e batia como podia no bagageiro.

– Não tenha pressa de sair, minha bela, logo vai se arrepender.

45

De volta a seu escritório, Logan sentou-se tranquilamente. Acabava de ordenar à tenente Blanchett que satisfizesse o capricho de Hurley: interrogar Jack Mitchell. Tinham ligado para o banco que ele dirigia e uma secretária lhes garantira que Mitchell não demoraria a chegar.

Eram nove e pouco.

Logan se afundou na poltrona e massageou a têmpora. Dormira mal e um resíduo de enxaqueca persistia apesar do remédio que tomara. Gostaria de acender um cigarro, mas, naquelas condições, não era muito recomendável.

O telefone tocou e Logan praguejou antes de atender.

– Sim... Ok... Tenho certeza de que não deve ser nada... Passem-na para mim – respondeu a um de seus sargentos.

Esperou que a linha fosse transferida e se esforçou para encontrar um tom mais agradável.

– Xerife Logan, às ordens.

O tom fora seco. Era mais forte do que ele.

– Minha filha desapareceu! – disse uma mulher desvairada.

– Acalme-se, por favor, conte-me tudo.

– Minha filha desapareceu – repetiu a mulher. – Um vizinho acabou de encontrar seu carro abandonado no meio da rua. Sua bolsa e seu telefone estão dentro do carro!

Ela estava histérica. Logan teve a impressão de que uma bigorna caíra em sua cabeça.

– Seu vizinho tem certeza de que ela não foi satisfazer uma necessidade premente?

Ele próprio não acreditava naquilo, mas sempre era bom averiguar.

– Sim. Ele esperou uns dez minutos. Chegou mesmo a procurar nos arredores da rua para ver se ela não tinha saído para tomar ar por causa de um mal-estar súbito. Mas não a encontrou!

Ninguém deixaria o carro no meio da rua com seus pertences dentro. Aquilo cheirava muito mal.

– Me dê seu endereço e o do lugar onde se encontra o carro de sua filha. Vou enviar uma equipe imediatamente. E se puder me enviar uma foto recente dela pela internet para que eu divulgue na televisão...

A Sra. Norman forneceu-lhe as informações solicitadas. Logan pediu para que não entrasse em pânico e assegurou-a de que sua equipe chegaria o mais rápido possível.

Desligou e foi direto até o espaço aberto onde trabalhava a maior parte de seus agentes.

– Portnoy, Vance, Heldfield e Stanley, no meu escritório.

Sem dizer palavra, os agentes se levantaram, sob o olhar interrogativo de seus colegas, e seguiram o xerife.

– Um rapto. Uma garota de dezoito anos chamada Cheryl Norman.

O rosto dos quatro se fechou.

– Stanley e Heldfield, vocês vão até esse endereço interrogar a testemunha que encontrou o carro abandonado. Vance e Portnoy, vão à casa da família da desaparecida para saber tudo sobre a garota: se tinha um namorado, inimigos. Uma gravidez a esconder? Em suma, tudo – disse em tom profissional, olhando para cada um bem nos olhos. – Não preciso lembrá-los que, em caso de rapto, o tempo é nosso pior inimigo. Se quisermos encontrar Cheryl viva, não há um segundo a perder e nenhuma possibilidade a ser descartada, de acordo?

– Sim, xerife – responderam em uníssono.

– Vão, eu me encarrego do FBI e da televisão.

Os quatro agentes partiram, com a angústia estampada nos rostos. Logan voltou a se sentar e procurou o *e-mail* da Sra. Norman. Descobriu uma linda garota sorridente, numa foto escolar, sem dúvida.

Cerrou os punhos e lembrou da matança que acontecera em River Falls alguns meses antes. Por que tinha que haver doentes que atacavam aquilo que havia de mais puro na humanidade?

Torturado por essa questão recorrente, apanhou o telefone e ligou para a televisão local.

Quando Blanchett estacionou a viatura, uma chuva fina começava a cair.

– Tivemos um lindo fim de semana, já é alguma coisa – disse Hurley.

As duas saíram do carro e subiram a rua até a entrada do Bank of the Big Mountain. Os transeuntes apressavam o passo, surpreendidos pela mudança súbita do tempo. Blanchett tocou o interfone e as portas de vidro correram. Atravessaram o *hall* majestoso, recoberto de mármore, até a recepção.

– Bom dia, gostaríamos de falar com Jack Mitchell – disse Blanchett.

Se, normalmente, a recepcionista escorraçava qualquer pessoa que chegasse sem ter agendado um encontro, o uniforme de Blanchett a incitou a atender imediatamente a sua solicitação.

– Vou avisar a secretária dele – respondeu, com um sorriso profissional.

Hurley se afastou do balcão e foi contemplar os quadros que decoravam as paredes. Paisagens da região na época do Velho Oeste. Estava longe de ser uma especialista em pintura, mas gostou daquelas telas. Ergueu os olhos e sorriu diante das dimensões daquele *hall* cujo teto se perdia em alturas que tinha dificuldade em calcular.

– Ok, vou dizer a elas que subam.

A recepcionista desligou e voltou sua atenção para as duas mulheres.

– O Sr. Mitchell não vai demorar. Podem esperá-lo no seu escritório.

Deu-lhes crachás e lhes indicou o elevador. – Sétimo andar.

Ao chegarem, a secretária particular de Mitchell recebeu-as e as convidou para esperarem na Sala Floresta, oferecendo-lhes um refresco ou uma bebida quente.

– Café – responderam as duas.

A secretária saiu, dizendo que ficassem à vontade.

– Os banqueiros! – disse Blanchett, inspecionando a sala. – Estão sempre se queixando de que os negócios vão mal, mas olhe onde vai parar nosso dinheiro.

Hurley não conhecia aquele meio, nem queria conhecer. Sabia apenas que o mundo das finanças era um mundo à parte, onde bilhões eram aplicados a cada dia nas bolsas e fortunas colossais se faziam de uma hora para outra.

A secretária voltou com uma bandeja carregada com os cafés, acompanhados de pequenos doces verdadeiramente apetitosos.

– Adocem a gosto – disse ela, colocando a bandeja sobre a mesinha central.

– Obrigada.

A secretária se reergueu e disse, em tom hesitante:

– Posso lhes fazer uma pergunta?

– É claro – disse Blanchett.

– Acham que a polícia tem chance de encontrá-la viva?

As duas agentes se olharam, manifestando sua total incompreensão.

– Do que está falando?

A secretária pareceu realmente constrangida. Não lhe ocorrera que elas pudessem não estar informadas.

– Acabam de anunciar o rapto de uma garota em Golden Hill.

– Tem certeza? – perguntou Blanchett.

– Sim – confirmou a secretária, consternada.

– Pode ligar a televisão? – perguntou Hurley, apontando para a tela de plasma presa à parede.

A secretária pegou o controle remoto e ligou na River's TV. Uma jornalista falava ao vivo do estúdio do noticiário.

– ... *achar que tiver visto qualquer coisa que lhe pareça suspeita, não hesite em ligar para esse número.*

O retrato da garota desaparecida estava sendo exibido permanentemente no canto direito da tela. Seu rosto não dizia nada para Hurley, mas era muito bonita e tinha tudo para atrair os maníacos sexuais.

– Diga ao Sr. Mitchell que passaremos outra hora – decidiu Hurley.

Cheryl tinha uma expectativa de vida de menos de 24 horas, segundo as estatísticas do FBI. Todos os meios deviam ser acionados para encontrá-la o quanto antes.

– Eu lhe direi, mas talvez possam me dizer a razão de sua presença?

– Nada grave, uma bagatela – esquivou Blanchett.

As duas saíram da sala e voltaram ao elevador.

– Nunca me acostumarei com isso – disse Blanchett. – Se o mundo pudesse ser povoado apenas por mulheres!

Hurley fez uma cara de "não sei, não...".

46

Foi no intervalo das dez horas que a notícia chegou aos ouvidos de Kyle. O rumor se espalhara como rastro de pólvora. Ninguém falava de outra coisa. Cheryl Norman fora raptada naquela manhã quando estava indo para a universidade.

Abalado, Kyle não conseguia pensar. O ódio submergira seu espírito.

– Eles vão encontrá-la.

– Não se preocupe, ela não é do tipo que se entrega.

– Sabe onde ela está?

Seus amigos da Alfa estavam reunidos a seu redor tentando reconfortá-lo.

– Me deixem em paz – disse ele.

– De jeito nenhum, estamos com você, precisa...

– Me deixem! – gritou, empurrando um deles.

Transpôs a barragem que formavam ao seu redor e saiu correndo pelo corredor central do segundo andar.

Lançou-se escada abaixo pulando os degraus de quatro em quatro. Chegando ao térreo, começou a correr pelo campus com uma raiva que não parava de crescer. Sob a chuvinha fina, corria sem saber aonde ir.

Precisava se isolar. Sua dor era atroz. Nunca imaginara que aquilo pudesse doer tanto. No entanto, conhecia o sofrimento de perder um ser amado, mas agora era muito pior. Cheryl não era apenas uma imagem numa foto. Ele a conhecera, a amara, sentira seu corpo contra o seu, seu cheiro...

Parou sob uma das grandes árvores do parque e, cerrando os punhos de raiva, urrou seu ódio para os céus.

– Não! – gritou ele, com os olhos cheios de lágrimas.

Se tocar em um fio de cabelo dela, juro que terá a morte mais horrível que possa haver, prometeu a si mesmo, pensando em Johnson. Não tinha a menor dúvida quanto à identidade do sequestrador. Um daqueles crápulas que tinham matado sua mãe quinze anos antes. Se tivesse sabido negociar com ele! Odiava-se por ter manobrado tão mal.

Derrotado, sentou-se ao pé da árvore e, com uma mão sobre o rosto, soluçou descontroladamente.

Do fundo do parque, um rapaz se aproximava o mais rápido que podia. Ofegante, Stuart se sentou ao lado de seu irmão.

– Kyle, aguente. Eu lhe suplico, não quero vê-lo nesse estado.

Era um suplício vê-lo assim. Para Stuart, Kyle representava a coragem, a força, a determinação. Nunca o vira fraquejar. Não podia se dar por vencido. Sobretudo naquele momento.

– Me deixe em paz – repeliu-o Kyle.

Não queria falar. Não tinha nada a dizer. Seu sofrimento era insuportável.

– Não, Kyle. Levante-se. Cheryl precisa de você, você é o mais forte, você é...

Com um gesto súbito, Kyle empurrou violentamente seu irmão, derrubando-o para o lado.

Stuart olhou-o como se estivesse diante de um desconhecido. Kyle cruzou seu olhar e, de repente, tomou consciência do que acabava de fazer.

– Stuart, me perdoe – disse, aproximando-se dele. – Nunca lhe farei mal. Me desculpe, você é tudo o que me resta.

Sua voz estava cheia de emoção. Realmente não estava bem. Stuart se levantou e, pela primeira vez na vida, inverteu os papéis.

– Kyle, Cheryl ainda não está morta. Não deve perder

a esperança. Se sabe de alguma coisa sobre quem a raptou, chame a polícia. Diga-lhes o que sabe.

Sim, Stuart tinha razão, mas para que serviria aquilo?

– Daniel Johnson telefonou para mim sábado de manhã. Queria nos ver, você e eu, para conversar. Jurou não ter tido culpa na morte de nossa mãe. Disse-lhe que aceitava vê-lo, mas sem você. Ele desligou na minha cara e, desde então, nenhuma notícia – disse ele com uma voz desanimada.

Stuart não conseguia acreditar. Johnson telefonara para ele?

– Por que não me disse nada? Devia ter me contado!

– Pelo contrário, queria protegê-lo e fiz bem. Olhe o que ele acaba de fazer. Esse cara é um crápula, eu sabia que não podia confiar nele.

Stuart teve que admitir que aquilo era verdade, mas, mesmo assim, não podiam se dar por vencidos.

– Tem que chamar a polícia e dizer para eles que foi Daniel Johnson que a raptou.

– Ele já é objeto de um aviso de busca. No que isso vai ajudá-los?

Stuart não sabia, mas lera revistinhas suficientes para saber que os heróis não deixavam nada ao acaso. Eles tinham um elemento que a polícia precisava conhecer.

– Não sei, mas devemos fazê-lo. Pense em Cheryl.

É a única coisa que consigo fazer, teve vontade de lhe gritar, mas conseguiu se acalmar e responder calmamente:

– Ok – aceitou, persuadido de que aquilo não adiantaria nada.

47

As ligações choviam de toda parte, boa metade delas para perguntar como iam as investigações, consternava-se Logan. Compreendia que todas as mães da cidade se sentissem atingidas por aquela história, mas não podiam se tocar de que assim só atrapalhavam, ocupando as linhas telefônicas, ao passo que alguém poderia ter alguma verdadeira pista para dar?

Sentado no espaço aberto em companhia de todos os seus subordinados, ele acionara todos os meios possíveis. O FBI decidira enviar ao local seus melhores agentes, e tinham sido feitos bloqueios em volta da cidade. Aquilo não tinha por finalidade, evidentemente, encontrar o culpado. O sujeito não seria estúpido o suficiente para tentar deixar a cidade. Aquele exagero serviria para atemorizá-lo, mostrar-lhe que se tornara o inimigo público nº 1 e que nada deteria a polícia.

E aquela maldita enxaqueca que não queria ir embora! Logan passou a mão na testa.

– Mike, tudo bem? – preocupou-se Hurley.

Ela tinha acabado de voltar do banco. Blanchett e ela tinham feito o trajeto de volta ligadas na frequência da polícia. Todos os xerifes da região tinham oferecido sua ajuda.

O FBI não tardaria a chegar e as rádios locais tinham suspendido sua programação para colocar os ouvintes ao vivo no ar. A população de River Falls ainda estava abalada pelo massacre daquela primavera. Ninguém queria reviver aquele horror. Cheryl tinha que ser encontrada viva.

"Não podemos ficar parados deixando que matem nossos filhos."

"Para que serve a polícia?"

"Piedade, meu Deus, ajudai-a!"

Hurley não aguentava aqueles desabafos de compaixão. Se o cara que tinha raptado Cheryl pertencesse à categoria "perverso sádico", devia estar gozando ao escutar aqueles transbordamentos de bons sentimentos e raiva. Era melhor que não tivesse nem rádio nem televisão, o que era pouco provável.

– Estou com uma enxaqueca terrível – disse ele, sentindo a dor ressurgir.

– Tomou algum remédio?

– O que você acha? – respondeu ele grosseiramente. – O que está fazendo aqui?

Hurley pegou uma cadeira e se sentou ao lado dele.

– Descarregar seu mau humor em cima de mim não vai ajudar Cheryl de maneira alguma – disse ela, controlando suas emoções.

Logan suspirou e se afundou na cadeira.

– Daria tudo para não estar no meu lugar. Conhece as probabilidades... – disse, sem terminar a frase.

Hurley as conhecia, mas preferia não pensar naquilo.

– Xerife, tenho uma testemunha que garante ter visto o culpado! – gritou a agente Martinez, levantando-se com um salto.

Os outros se calaram. O silêncio era total.

– Ele jura que é Daniel Johnson.

Após um instante de excitação, a dúvida se abateu sobre eles. Aquilo não fazia nenhum sentido. Mais um imbecil dizendo merda.

– Passe-o para mim – disse Logan, levantando-se.

A enxaqueca dominava metade de seu crânio. Quase cambaleou de tanto que aquilo doía.

– Ele desligou – disse Martinez, consternada.

– Pelo menos pegou seu nome, para que possamos ligar para ele?

– Ele desligou quando lhe perguntei isso – respondeu Martinez, percebendo que se empolgara rápido demais.

– Vamos tentar rastrear a ligação, mas aposto o que quiser que foi feita de um telefone público.

Logan chamou o sargento Polasky e pediu que fizesse o rastreamento. Cada um voltou a seu posto no telefone.

Logan voltou a se sentar.

– Palhaçada... Nunca entenderei como alguém pode se divertir com um rapto – resmungou.

– Acho que é mais complexo do que isso. Essa pessoa deve estar mesmo persuadida de ter visto Johnson com Cheryl. As pessoas têm tanta vontade de se tornar heróis nesse país que seu inconsciente é capaz de inventar qualquer coisa para lhes dar essa oportunidade.

Verdade, pensou Logan, mas coisa de debiloide!

Dois minutos depois, Polasky voltava com o número: o de um bar perto da universidade.

– Bando de pirralhos de merda!

Logan decidiu, mesmo assim, enviar uma viatura para interrogar o dono do bar. Se pegasse o moleque que fizera aquilo, ele ia passar uma meia-hora bem desagradável.

– Xerife! Uma testemunha que diz ter visto o carro: um Maserati Quattroporte preto. O mesmo carro de Johnson – disse o sargento Morris, levantando-se.

A testa de Logan se franziu de raiva. Ainda aqueles pentelhos.

– Ele desligou, naturalmente.

– Não, ele quer vir testemunhar. Ele viu o sujeito e está disposto a nos ajudar a fazer um retrato-falado.

– Passe-o para mim – disse Logan, evitando levantar-se de supetão. Atravessou o espaço aberto e pegou o telefone das mãos de Morris.

– Aqui é o xerife Logan, com quem falo? – disse, de lápis na mão.

– Meu nome é Kelvin Hamilton. Moro em Golden Hill – respondeu o sujeito, com uma voz vibrante de emoção. – Estava indo para o trabalho hoje de manhã, estava atrasado.

Quando vi o carro de Cheryl parado atrás de um Maserati, pensei que se tratasse de uma batidinha. Não cheguei a parar.

O homem parou bruscamente de falar e foi com uma voz tremida que retomou:

– Ela estava viva. Quando ultrapassei o Maserati, dei uma olhada e vi a cara do sujeito: na faixa dos quarenta, com grandes óculos e uma barba. Se tiverem especialistas, acho que posso ajudá-los a fazer um retrato-falado.

– Ok, esperamos o senhor na delegacia o mais rápido possível. Sabe onde fica?

– Sim, já estou a caminho. Em casos de sequestro não há um minuto a perder, não é verdade?

–Sim, fez muito bem. Até logo, senhor Hamilton.

Desligou e decidiu voltar para seu escritório onde estavam as fotos que a mãe de Johnson tinha lhe entregado. Hurley seguiu-o, tomada por um terrível pressentimento. Obrigou-se a não pensar naquilo. Logo ficaria fixada. Logan pegou sua carteira e tirou as duas fotos. Pegou o retrato mais recente, fez uma fotocópia e desenhou por cima uma barba e óculos grandes.

Hurley ficou olhando, mas aquilo não concordava com sua nova teoria. Em vez de comunicá-la a Logan, concentrou-se e pegou a segunda foto, aquela em que Daniel, ainda estudante, posava com seus três amigos na formatura. Havia alguma coisa naquela foto, um detalhe capital com que não conseguia atinar.

– Vou avisar o FBI de que Johnson é nosso suspeito nº 1 – disse Logan.

– Ok – disse Hurley, sem escutá-lo.

Estava numa espécie de transe. Tinha que descobrir o que havia de estranho naquela fotografia. A vida de uma adolescente estava em jogo. Não podia aguardar que a solução chegasse sozinha. Tinha que forçar a barra. E, de repente, a inspiração surgiu.

Com mão febril, desenhou uma barba e óculos...

– O que foi? – perguntou Logan, esperando que o transferissem para seu contato no FBI.

O rosto de Hurley estampava uma expressão terrível.

Ele pegou a foto de suas mãos e viu que ela tinha desenhado no rosto de Mitchell.

– Você se enganou, Johnson é o da esquerda.

– Olhe bem, e acrescente uns quinze anos a Mitchell.

Logan o imaginou quinze anos mais velho e teve a mesma terrível revelação.

– E essa agora! Parece o retrato-falado feito por Tom!

Hurley confirmou com a cabeça e, pegando o telefone da mão de Logan, desligou-o bem na hora em que o agente do FBI estava entrando na linha.

48

Heather estava numa espécie de transe, incapaz de pensar. Sofrera as piores humilhações sem se queixar. Os quatro rapazes tinham abusado dela de maneira imunda. Quanto mais bebiam, mais se pareciam com porcos lúbricos, obrigando-a a posições aviltantes e a saciar todas suas fantasias.

Gary foi o último a se satisfazer nela. Depois de um orgasmo inesquecível, decidiu pegar Heather em seus braços e levá-la para um quarto, sob as vaias de seus camaradas.

– É apenas uma puta, não uma princesa! – zombou Daniel Johnson.

Ele também gozara como nunca. Nenhuma garota de sua classe teria suportado um quarto do que ela aceitara fazer.

– Cale a boca! – replicou Gary, levando-a para cima.

Heather estava além de qualquer emoção. Incapaz de chorar ou de gritar, resignada. Quando Gary a deitou numa cama sedosa, Heather se encolheu sobre si mesma. Constrangido, Gary saiu do quarto sem dizer palavra.

Sozinha, ela chorou, Nunca se sentira tão suja. A ideia de que um dia Kyle e Stuart pudessem seguir o mesmo caminho que aqueles rapazes a torturava ainda mais. Esgotada e apática, adormeceu em pouco tempo.

Um punho viril a despertou no meio da noite.

– Oi, minha cadelinha, está pronta para mais uma? – disse Jack Mitchell, deitando-se ao lado dela.

– Por favor, me deixe – gemeu Heather.

Uma terrível bofetada foi a resposta.

– Cale a boca, putinha! Quem pensa que é?

Nunca ele se sentira tão poderoso. Podia ver o medo que ela sentia dele. Uma sensação exaltante, embriagante!

– Acha que é...

Interrompeu sua frase quando Heather torceu seu pênis em plena ereção.

Ela não aguentava mais. Não podia sofrer de novo toda aquela humilhação. E Mitchell fora o mais perverso de todos.

– Sua puta de merda, volte aqui – latiu ele, agarrando-a antes que saísse do quarto.

Mitchell sentiu o medo da puta. Aquilo era tão bom! Colocara uma mão em sua boca e a segurava com força em seus braços. Ela tentou se debater, mas Mitchell era muito mais forte, de uma força animal.

Pegou a cabeça de Heather, enfiou-a embaixo de seu braço e girou-a como se fosse desaparafusá-la. Com estalos horríveis, as vértebras se romperam. Seu corpo ficou inerte em seus braços.

Mitchell saboreou aquele momento e não pôde reter uma ejaculação. Acabava de compreender quem ele era. Até então tinha tentado conter os pensamentos bizarros que o assaltavam desde sua tenra infância. Agora, sabia que era hora de liberar o homem que devia se tornar.

As fantasias eram uma coisa, mas a realidade era muito superior!

Mitchell nunca esqueceria aquele dia em que tomara consciência de seu destino.

Feliz por ter rememorado aquele momento, pegou seu novo telefone pré-pago e ligou para Kyle. O rapaz atendeu ao primeiro toque.

– Alô?

Mitchell se preparara para representar de novo o papel de Daniel Johnson. Foi com uma voz apavorada que tomou a palavra.

– Não quero fazer mal a ela – disse. – Juro. Queria apenas

conversar sobre vocês com sua namorada. Ela me tratou como um louco. Eu entrei em pânico!

– Não lhe faça mal, por favor. Não lhe faça mal.

Kyle estava na cidade. Perambulava pelas ruas havia mais de uma hora debaixo de uma chuva que não parava de cair. Logo se dera conta de que os policiais não o tinham levado a sério. Aquele telefonema era sua última chance.

– Não sou um assassino. Já lhe disse que não matei a mãe de vocês. Quero apenas que venha aqui com seu irmão e que façamos um acordo por escrito em que prometerei nunca contar que você assassinou Gordon e Borden. Por sua vez, vocês prometerão me deixar em paz e convencerão sua namorada a não prestar queixa! – terminou numa voz em falsete, próxima da histeria.

Kyle estava quase chorando de alívio. Aquele imbecil do Johnson apenas entrara em pânico. Nunca tivera intenção de fazer mal a Cheryl. Enfiara a mão num terrível vespeiro e não sabia como tirá-la. Dava-se conta da debilidade de sua proposição?

– Ok, acredito em você. Se tivesse assassinado minha mãe, não teria deixado Cheryl viva.

Devia, a todo custo, mostrar que acreditava nele. Se Johnson suspeitasse de uma armadilha, quem sabe do que seria capaz no estado de pânico em que estava...

– Obrigado – disse Mitchell, em tom aliviado. – Juro que não farei nenhum mal a ela, e que não matei a mãe de vocês.

Kyle estava a ponto de acreditar naquilo. Mas que a tivesse matado ou nada feito para salvá-la, dava no mesmo: devia pagar!

– Vou lhe dizer onde estou – retomou Mitchell – Mas que fique claro que se chamar os tiras ou o FBI, serei obrigado a matá-la, entende?

– Sabe tão bem quanto eu que não quero nada com a polícia. Não haverá nenhum problema, desde que não toque em Cheryl.

Contrariando todas as suas regras de prudência, Mitchell se expôs a um risco insensato e explicou para Kyle como chegar até ele. Se ele chamasse os policiais, estaria perdido.

Contudo, aquilo valia a pena. Depois da mãe, matar os filhos. Que magnífica tragédia!

Que o jogo comece, disse Mitchell para si mesmo ao desligar.

Por seu lado, Kyle ligou para seu irmão. Ia trair todos os seus princípios, mas a vida de Cheryl merecia aquele sacrifício.

– Kyle, é você? – disse Stuart, respondendo ao primeiro toque.

– Sim, maninho, preciso de você.

Contou sua conversa com Daniel Johnson e, mortificado, lhe perguntou se estava disposto a arriscar sua vida para salvar a de Cheryl. Mesmo morrendo de medo, Stuart não hesitou e respondeu afirmativamente.

Agora, só restava a Kyle alugar um carro e rezar para que Johnson mantivesse sua palavra.

49

– O que isso quer dizer? – perguntou Logan, perplexo.

Não entendia mais nada. O que Mitchell vinha fazer naquela história? Aquilo não se encaixava em nenhuma de suas teorias sobre os assassinatos, e ainda menos com o rapto. Abriu uma gaveta de sua escrivaninha, tirou uma garrafinha de uísque e deu um bom gole.

– Isso quer dizer que estamos na pista falsa desde o início – respondeu Hurley.

O problema é que ela tinha muito pouco tempo para recolocar todos os elementos no lugar. Bastava se acalmar e retomá-los um a um. Mas a cada minuto que passava, diminuíam as chances de encontrar Cheryl viva. Não tinham o direito de errar. Um passo em falso e ela morreria.

– Não entendo mais nada. Já estava me perguntando por que um homem foragido teria raptado uma simples estudante, agora fico sabendo que não é Johnson e sim Jack Mitchell no carro de Johnson, e que ele se faz passar pelo assassino do sem-nome! Nada disso faz sentido!

Pegou de novo a garrafa e levou-a aos lábios, mas a mão de Hurley o fez soltá-la. Um olhar e ele não insistiu.

– É um quebra-cabeças, basta recolocar as diferentes peças na ordem – disse Hurley, sentada ao seu lado.

Tirou uma folha da impressora e, com sua caneta, começou a anotar os diversos elementos.

– Comecemos em ordem cronológica. O que sabemos para começar?

– Robert Gordon foi morto – disse Logan, não muito seguro de estar no caminho certo.

– Não – corrigiu-o Hurley, seguindo seu instinto. Tudo começa há quinze anos. Jack Mitchell, Robert Gordon, Gary Borden e Daniel Johnson são acusados do assassinato de uma prostituta e absolvidos por falta de provas.

Logan aprovou e acendeu um cigarro.

– Suponhamos agora que fossem realmente culpados, e que o fato de terem sido inocentados tenha criado um desejo de vingança em alguém – disse ela.

O problema era: quem? E por que esperar quinze longos anos? Ela sabia que a vingança era um prato que se come frio, mas não congelado!

– Pessoas que a amavam, obviamente. Que só recentemente souberam o que aconteceu com sua filha – disse Logan, com o cérebro em ebulição. – Muitas garotas sonham em ser independentes, por viverem numa família em que não têm liberdade, e tentam a aventura na estrada. Como ela se chamava?

– Heather. Heather Simmons – disse Hurley, que sentia que aquele era o caminho certo, mas não a direção.

– Então nossa jovem Heather se vê obrigada a vender seu corpo para sobreviver, orgulhosa demais para voltar para casa – retomou Logan.

Uma ideia surgiu no espírito de Hurley, e ela soube que era a ideia certa. Um sorriso vitorioso se estampou em seu rosto.

– Descobri!

Ela continuava verificando em sua cabeça se alguma coisa não se encaixava em seu novo raciocínio. Mas não. Tudo funcionava perfeitamente, assegurou-se, antes de lançar:

– Não são seus pais que estão se vingando, mas sua filha – disse, pensando em Cheryl. – Uma filha que devia ter sido adotada ainda pequena. Quinze anos depois, fica sabendo, ainda não sei como, que é filha de Heather Simmons, uma prostituta encontrada morta. E que os principais suspeitos de seu assassinato tinham sido inocentados.

– Decide então se vingar – encadeou Logan, admirado com tanta perspicácia.

Hurley era a mulher mais genial da terra!

– Decide matar Robert Gordon primeiro, maquiando o assassinato como suicídio para não despertar as suspeitas dos três outros.

– Mas está longe de ser uma assassina profissional. Comete diversos erros que nos levam a compreender que se trata de um assassinato. Golpe de sorte: Gordon está implicado em negócios sujos e nós pegamos a pista errada – prosseguiu Logan.

Apesar da gravidade do momento, ele não pôde se impedir de sorrir. Era o momento preferido de qualquer policial: aquele da resolução de um enigma, quando todas peças se encaixavam perfeitamente.

Percebeu Blanchett andando no corredor em direção a seu escritório. Logan fez sinal para que não entrasse, mas Blanchett continuou seu caminho e bateu na porta de vidro.

– Entre – disse ele, rogando aos céus que aquilo não os fizesse perder o fio da meada.

– O namorado de Cheryl está sumido. Sua mãe pensa que ele é um marginal.

Logan se levantou da poltrona e colocou duas mãos vigorosas em seus ombros.

– Tenente Blanchett, adoro você!

Cheryl não tinha agido sozinha. Precisava de um cúmplice. São muito raras as garotas que calçam 44...

Blanchett olhou para ele sem entender.

– Pode me explicar?

– Daqui a dois minutos. Vá pesquisar o passado desse garoto. Já vamos lá – disse ele, colocando-a para fora.

Fechou a porta e ficou de pé.

– Nosso matador – concluiu Hurley, na mesma frequência de onda.

Logan confirmou com a cabeça.

– Seu cúmplice – retificou ele.

Tudo se encaixava até ali, contanto que a sequência também...

– Então, a seguir, matam Gary Borden, e mais uma vez

tentam mascarar os fatos como uma vingança de esposa ou marido corno – retomou Hurley.

– E é então que Daniel Johnson faz a ligação entre os dois assassinatos. Há quinze anos que ele vive com a morte de uma garota na consciência e, a menos que seja um psicopata, deve pensar nisso todos os dias, ou quase. Sua culpa fez todo o trabalho que estamos fazendo agora. Compreendeu que alguém estava querendo se vingar. Como nós, investigou e descobriu que nossa prostituta tinha uma filha – encadeou Logan.

– Mas não é isso – disse Hurley, desconcertada. – Foi Mitchell disfarçado de Johnson que a raptou.

Aquilo não se encaixava, mas tinha certeza de que estavam próximos da meta.

– Espere. Esqueçamos por um momento e retomemos o caso do sem-nome – retomou ela.

Ainda havia um elemento a encontrar.

– Cheryl também matou Johnson, Mitchell sendo o último... – arriscou Logan.

Ele também sentia que a solução estava ao alcance da mão.

– Retomemos o caso do sem-nome, por favor.

– Não, primeiro vou chamar o FBI e pedir que lancem imediatamente um aviso de busca de Mitchell.

– Espere! Eu lhe disse que ele não estava no trabalho?

Logan ficou parado com a mão em cima do telefone. Tinha esquecido completamente de perguntar como fora a conversa no banco.

– Não, mas isso confirma nossas dúvidas. Vou lançar o aviso de busca – retorquiu Logan em tom definitivo.

Hurley se levantou e ficou na frente dele.

– Mais dois minutos, por favor. Deixe-me terminar, sinto que vou encontrar. Não sei dizer por que, mas estou certa de que é melhor não afobar Mitchell. Confie em mim, por favor.

Diante de seu olhar suplicante, a contragosto, Logan aceitou. Sabia no fundo de si que nunca se devia interromper uma *profiler* em plena ação.

– Obrigada – disse Hurley, voltando a se sentar e retomando o caso do sem-nome. – Mitchell disfarçado com sua barba e seus grandes óculos é surpreendido numa ponte jogando o cadáver do sem-nome na água. Podemos então supor que o matou. Assim como podemos supor agora que Tom não se suicidou e sim que, sabendo-se reconhecido, Mitchell matou a única testemunha que podia ligá-lo àquele assassinato.

– Isso parece meio forçado – interveio Logan, sem esconder sua impaciência.

Hurley concordava. A menos que levassem em conta outro elemento que tinham negligenciado totalmente por não terem acreditado muito nele.

Oh não! Seria possível que aquilo que tinham tomado por simples paranoia fosse mesmo uma triste realidade?

– É forçado, a menos que Jacob tenha razão – soltou, sentindo um arrepio gelado no corpo.

– Do que está falando? – disse Logan, sem entender.

– Lembra do que Jacob nos disse quando fomos procurar Tom? Ele acusou a polícia de nunca ter procurado saber quem atacava a comunidade deles havia anos – respondeu Hurley, que não ousava acreditar em tamanho horror.

– Está brincando? Os mendigos nunca ficam muito tempo no mesmo lugar. Todo mundo sabe disso. Não têm apego e desaparecem da noite para o dia. É uma terrível realidade, mas não tem nada de anormal.

– Não – contrariou-o Hurley – alguém ataca os mendigos, os esquecidos de nossa sociedade para satisfazer suas pulsões assassinas impunemente, e isso há anos.

Ela sabia que estava certa. Seu sexto sentido de *profiler* lhe soprava aquilo.

– Jack Mitchell seria um *serial killer*? – espantou-se Logan.

Dessa vez, pegou a garrafinha e deu uma grande talagada de uísque.

– Sei que é estranho, mas não impossível. Temos que encontrá-lo o mais rápido possível. Nunca deixará Cheryl viva. Sobretudo, ele não pode saber que estamos atrás dele ou a matará na mesma hora!

Surpreendentemente, a enxaqueca de Logan passara. O uísque era decididamente o melhor remédio para a dor de cabeça.

– O que quer que a gente faça? Aliás, isso não explica o desaparecimento de Johnson.

– Não, a menos que Johnson e Mitchell sejam parceiros há anos – disse Hurley.

Logan detestou aquela resposta.

– Dois *serial killers*! Vou ligar para o FBI, pedir que não digam nada às mídias e vamos para a casa de Mitchell, o que acha desse plano de ação?

Nada garantia que Mitchell cometesse seus crimes em casa, mas onde mais procurar?

– Espere, verifique primeiro se Heather Simmons tinha mesmo uma filha. Se não, teremos que remontar tudo desde o começo – disse Hurley, não querendo acreditar naquilo.

Logan aquiesceu. Chegava a torcer para que realmente estivessem errados. O dossiê datava de 1993. Nem todas as delegacias eram informatizadas naquela época, mas quando digitou o nome de Heather Simmons em sua base de dados, sua ficha apareceu. Em 1991 ela fora detida por prostituição em via pública. Aquilo devia ter sido antes de sua entrada no Pretty Follies.

O agente que preenchera a ficha era do tipo meticuloso. Constavam não apenas todas as informações habituais, como data e local de nascimento, altura, cor dos olhos, número do seguro social, mas também o mais importante de tudo.

– Heather não tinha uma filha – disse laconicamente – mas dois filhos gêmeos. Ela indicou que eram de pai desconhecido, mas que seu namorado cuidava deles muito bem.

– Seu cafetão! – corrigiu-o Hurley, deixando Logan continuar.

– Se lhe disser que acho que o namorado de Cheryl é um dos gêmeos, o que me diz?

– Digo que penso como você.

50

– Tem certeza de que quer vir? – perguntou Kyle, dirigindo um carro alugado.

– Não sou um frouxo. Para a vida ou para a morte, maninho! – respondeu Stuart.

Na verdade, nunca estivera tão aterrorizado. Sentia-se na pele de um soldado enviado ao *front* para combater as forças do mal! Pouco importava o medo. Era seu dever defender aquilo em que acreditavam.

Estavam adentrando cada vez mais na floresta e deixaram a estrada principal para tomar uma estradinha de terra que margeava o rio. Kyle seguira as placas como Johnson lhe indicara e finalmente chegaram às proximidades de uma ponte de madeira. Não havia nenhum carro e ninguém à vista. Kyle rogou aos céus que Johnson não tivesse mudado de ideia.

Seu celular tocou; mantendo uma mão na direção, ele atendeu.

– Alô?

– Estou vendo vocês – disse Mitchell. – Parem o carro e venham a pé até a ponte. Encontro vocês ali.

A voz não tinha mais nenhum sinal de pânico. Embora devesse se regozijar com aquilo, Kyle teve um mau pressentimento.

– Algum problema? – disse Stuart.

– Não, está tudo certo – tranquilizou-o Kyle, olhando-o nos olhos.

Ainda podia dar meia-volta e deixar Cheryl entregue a seu destino pelo bem de seu irmão.

– Ótimo, vamos nos tornar os heróis da cidade – brincou Stuart.

Kyle não chegou sequer a esboçar um sorriso.

– Ele vai nos esperar na ponte – disse Kyle, desligando o carro.

Antes de sair, acrescentou:

– Fale o mínimo possível e responda "sim" a tudo que ele pedir. Teremos tempo para cuidar dele e fazê-lo pagar quando chegar a hora.

Não era exatamente o que Kyle previa, mas tinha certeza de que, se contasse a verdade para Stuart, ele não conseguiria esconder seu nervosismo. Devia ignorar tudo, até o último segundo...

Os dois irmãos saíram do veículo sob uma leve chuva.

– Está vendo o cara? – perguntou Stuart.

Kyle ia responder "não", quando distinguiu uma silhueta que saía das folhagens da outra margem do rio. O homem avançava com passo decidido. Parou no meio da ponte. Usava um chapéu de longas abas que escondia em parte seu rosto.

Já estavam chegando à ponte quando Stuart foi invadido por uma dúvida.

– Ele não se parece com Johnson. Parece mais baixo, não?

Kyle diminuiu o passo, pronto para agir a qualquer momento.

– De fato, acho que este é Jack Mitchell.

– O que ele está fazendo aí? Onde está Johnson?

– Logo saberemos. Mas não faça perguntas, deixe que eu falo – disse Kyle com voz firme.

Não estava gostando nem um pouco daquilo. Que porra era aquela? Onde estava o maldito Johnson? No entanto, era com ele que falara no telefone...

– Bom dia, Kyle, bom dia Stuart – disse Mitchell em voz amigável. O tempo está péssimo, não? – disse, levantando os olhos para o céu.

– Onde está Johnson?

– Ele está com Cheryl. Se eu não voltar em meia hora, ele a matará. Podem confiar nele.

– Não foi o que combinamos – respondeu Kyle, na defensiva.

Mitchell avançou para eles com um passo tranquilo.

– As regras do jogo mudaram, meu jovem amigo.

– Por quê?

– Porque não confiamos em você.

Kyle sentiu seu coração disparar. Aquilo não estava certo. Qual era a dele? Mas era tarde demais para conversar. Teria que agir como previra. Com um movimento rápido, abriu sua jaqueta, sacou sua pistola e apontou para Mitchell.

– Leve-nos até ele imediatamente ou vou matá-lo agora mesmo.

– Não faça isso, pequeno. Se me matar, sua namoradinha também morrerá. É isso que deseja?

Mitchell não manifestava nenhum medo. Qualquer um ficaria apavorado na mira de uma arma, sobretudo se aquele que a segurava tinha todas as razões do mundo para atirar.

– Você matou minha mãe, seu desgraçado! – lançou Kyle, furioso.

Estava a ponto de apertar no gatilho. Dividido entre a vontade de fazê-lo e aquela de poupar Cheryl.

– É o que você pensa, mas sabe que minha morte não lhe devolverá sua mãe, ao passo que ainda pode salvar Cheryl...

– Cale a boca! – gritou Kyle.

Por que aquele escroto o tratava com tanto desprezo? Devia estar morrendo de medo de levar uma bala!

– Ok, eu me rendo, pego meu carro e vocês me seguem? – disse Mitchell.

– Não, vire-se de costas e coloque as mãos nas costas.

Mitchell obedeceu sem dizer nada.

– Stuart, segure a arma – disse Kyle, entregando-a. – Se ele tentar qualquer coisa, meta uma bala em sua cabeça.

– Sem problemas – respondeu Stuart, que nunca dera um tiro em sua vida.

Por mais que detestasse Mitchell, não estava certo de conseguir atirar, e ainda menos de conseguir acertar, mas Mitchell não precisava saber daquilo. Kyle pegou a corda que trouxera e se aproximou, desconfiado, de Mitchell. O sujeito não se mexia, esperando pacientemente. Poderia ter acabado com ele ali mesmo. Nada garantia que Johnson teria coragem de matar Cheryl. Era bem mais arriscado matar uma filha de boa família do que uma prostituta vinda do nada.

Entretanto, no momento em que colocava suas mãos sobre as de Mitchell, soube que não aceitaria correr o risco de perder Cheryl.

Estava começando a passar a corda quando os acontecimentos se precipitaram.

Com uma rapidez espantosa, Mitchell se virou e, com um golpe de judô, derrubou Kyle e o imobilizou, apertando sua garganta com o braço. Sacou uma longa faca de caça e apoiou-a no peito do rapaz.

Stuart soltou um grito de estupor, sem conseguir atirar. Seus braços tremiam, temia demais matar seu irmão. Mitchell viu o medo em seus olhos e soube que tinha razão. O gordinho era um frouxo. Não corria nenhum risco.

– Solte sua arma ou enfio a faca no coração dele – disse, apertando ainda mais a garganta de Kyle.

Este se debatia, mas não adiantava. As forças de Mitchell pareciam multiplicadas por dez. *Como pude cometer um erro desses?*, recriminava-se Kyle, quase estrangulado. Estava tudo perdido. Iam todos morrer. Ele, mas também Stuart e Cheryl. Mitchell e Johnson jamais tinham tido a intenção de barganhar o que quer que fosse. Eram verdadeiros assassinos. Nunca devia ter trazido Stuart.

– Atire! – conseguiu balbuciar.

A chave de braço se apertou mais um pouco. Já não conseguia respirar.

Stuart não conseguia evitar tremer. As lágrimas que corriam sobre seu rosto o impediam de ver claramente. Vira filmes o suficiente para saber que não podia confiar em Mitchell. Se largasse a arma, ambos morreriam.

Tentou se controlar e deu um primeiro tiro, que passou bem acima de Mitchell. Este apertou ainda mais Kyle, que desmaiou. Stuart atirou de novo. Longe do alvo.

Transbordando adrenalina, Mitchell lançou sua faca em Stuart, que atirou pela terceira vez.

A bala entrou no ombro direito de Mitchell no mesmo momento em que a faca penetrava a barriga do gordinho. Sob o efeito da adrenalina, não sentiu nenhuma dor e jogou-se sobre Stuart.

Este, sob o choque, também não sentiu nada. Kyle acabava de morrer. Seu irmão estava morto! E aquele Mitchell estava vindo para cima dele. Seu instinto de sobrevivência falou mais alto. Sem saber muito bem o que estava fazendo, correu e se jogou da ponte, bem na hora em que uma mão tentava segurá-lo pela jaqueta.

O tecido deslizou nos dedos de Mitchell sem que ele pudesse retê-lo. Stuart mergulhou nas águas do rio, engrossado pela chuva.

– Merda! – praguejou Mitchell.

Viu o gordinho tentando nadar. Olhou os rastros de sangue que ele deixara na ponte. Com o buraco que lhe fizera na pança, não devia lhe restar muito tempo de vida.

Voltou para perto do corpo de Kyle e amarrou-o antes de colocá-lo sobre seu ombro esquerdo e levá-lo até seu Ford Mustang. Tudo dera certo, no final. Acabava de retomar as coisas em suas mãos, e com que brio!

Começou a rir sozinho. Que emoção vibrante! Tomou então consciência da dor em seu ombro, mas não se preocupou. Dali em diante, seria um outro tipo de predador. Não seria mais um simples carniceiro que ataca presas fracas. Não, começaria a atacar bichos fortes. Era tão mais excitante! Matar mendigos e putas e maquiar os crimes em desaparecimentos estava longe de ser tão exaltante quanto o que acabava de viver.

Depois de Heather Simmons, que revelara seu gosto por matar, seus filhos acabavam de fazê-lo perceber que a melhor caçada é aquela em que a caça tem chance de se salvar. Colocando Kyle no bagageiro, compreendeu que se extraviara por todos aqueles anos. O risco fazia parte do jogo. Que prazer aquela vitória! Um novo Mitchell acabava de nascer.

Nunca poderia agradecer o suficiente à família Simmons por aquilo!

51

– Tudo certo. Vamos – disse Logan.

Ele instruíra seus tenentes e sargentos sobre como deviam agir: não fazer nada que pudesse pôr em perigo a vida de Cheryl.

Os policiais subiram nos quatro carros de passeio. Dezesseis agentes contra apenas dois homens. Aquilo podia parecer exagero, mas aquela operação de resgate não podia correr o risco de falhar.

Logan esperava realmente que Mitchell e Johnson cometessem seus crimes na residência daquele. Quando soube que o sujeito possuía um solar, suas esperanças aumentaram exponencialmente. Nada como um solar isolado para servir de palco a todos os tipos de ignomínias.

Deu a partida e saiu em disparada.

Tinham avisado o FBI, cujos agentes deviam chegar dentro de meia hora. Apesar da insistência de Hurley, Logan não quisera esperar. Não suportaria descobrir que Cheryl morrera alguns minutos antes.

Os carros deixaram o centro de River Falls em direção ao norte. Sentada ao lado de Logan, Hurley estava em contato permanente com o FBI. Um helicóptero saído de Seattle devia aparecer em reforço no momento em que chegassem ao solar. E até antes, esperava Hurley. Ela temia um tiroteio descontrolado. Por mais dignos de respeito que fossem, os policiais de River Falls não tinham sido treinados para lidar com psicopatas como Mitchell e Johnson. Se aqueles homens percebessem que estavam cercados, não se renderiam facilmente.

– Acham que eles devem ter matado quantos? – disse Heldfield, sentado no banco de trás ao lado de Blanchett.

Quem podia saber? Era horrível dizer aquilo, mas ninguém nunca se dignara a investigar os desaparecimentos denunciados por Jacob, pensou Hurley. A igualdade estava longe de ser uma realidade na América.

– Não sei. Muitos, demais – respondeu ela.

– O que é uma loucura é que ninguém nunca tenha se dado conta – resmungou Logan.

Não conseguia evitar sentir raiva de seus policiais, assim como de si mesmo. Fazia talvez quinze anos que dois *serial killers* assolavam a região e ninguém desconfiara de sua existência nem sequer por um instante. Ninguém para conduzir a menor investigação. Ele próprio não levara a sério as palavras de Jacob. Nem mesmo Hurley!

– Se ao menos tivéssemos dado atenção a Jacob – resmungou ele – talvez pudéssemos ter evitado isso.

– Fui estúpida – confessou Hurley.

Como pudera se deixar cegar por preconceitos de classe? Por que não levara a sério as acusações de Jacob? Por quê?

– Não tem culpa de nada. Quem poderia ter adivinhado? – tentou reconfortá-la Blanchett. Somos todos responsáveis. Ninguém poderia ter imaginado algo tão terrível.

– Falam como se fosse uma certeza, mas nada prova que Mitchell e Johnson sejam mesmo *serial killers* – interveio Heldfield.

Não gostava do rumo que a conversa tomara. Não era hora para ficarem se autoflagelando.

– Tem razão. Nada o prova – disse Logan, no momento em que pegava a estrada que ia para North Peak.

Mas continuava pensando que, infelizmente, tudo levava a crer que era verdade.

52

Kyle despertou num sobressalto e sentiu um frio glacial invadir suas tripas.

– De volta a nosso mundo? – disse Mitchell, sorrindo.

Soltou o balde de água que acabava de jogar na cara de seu prisioneiro. Pegou uma cadeira e sentou-se à sua frente. A dor em seu ombro era insignificante. Era um ferimento superficial. Nada que exigisse uma intervenção urgente.

Encharcado e gelado, Kyle compreendeu que o inferno tinha uma antecâmera na terra. Totalmente nu, estava preso numa jaula, pendurado pelos braços em cordas que provinham da parte de cima, enquanto outras cordas, presas à parte de baixo, bloqueavam suas pernas. Esquartelado e pendurado. Quase não sentia mais seus punhos.

– Quer que lhe conte uma pequena história? Tenho certeza de que vai gostar – disse Mitchell, saboreando aquele momento.

Era a mais bela presa que já caçara. Regozijava-se de antemão com suas futuras sessões de tortura.

– Onde está Cheryl? Tinha prometido – disse Kyle.

Só esperava uma coisa: que ela já estivesse morta!

– Não se preocupe, vai vê-la. Uma linda garota. Tem bom gosto. Se minha memória não me engana, é ainda mais bonita do que sua mãe – disse Mitchell.

Como previsto, Kyle reagiu gritando de raiva, de frustração e de dor. Mitchell soube que o paraíso existia na terra.

Que felicidade! Tinha consciência de que aquilo que sentia podia parecer aterrador, mas o que podia fazer contra sua natureza? Alguém pedia ao leão para ter piedade das gazelas, ou ao tubarão que chorasse pelos pobres peixes? Não, os predadores não tinham motivo para pedir desculpas por serem o que eram. Se havia um culpado, era o próprio Criador, que permitira que seres como ele existissem. Mitchell não tinha nada a se censurar.

Kyle deixou sua dor explodir em longos gritos e tentativas infrutíferas de se soltar de suas amarras. Em vão. Logo se resignou a aceitar sua sorte.

Jogara. E perdera tudo.

– Está começando a compreender – disse Mitchell. – Sabe que se eu não tivesse tido a sorte de encontrar sua mãe talvez nunca tivesse me tornado o homem que sou?

Então, diante do silêncio e dos olhares repletos de ódio de Kyle, contou-lhe como descobrira sua verdadeira natureza naquela noite. Como, durante anos, nas barbas da polícia e dos moradores de River Falls, ele eliminara dezenas de pobres diabos maltratados pela vida.

– Não pense que tenho algo contra esses miseráveis ou que queira limpar a América desses dejetos da humanidade. Não, nada disso. É apenas porque são mais estúpidos do que as pessoas bem criadas e, sobretudo, ninguém nota quando desaparecem.

Dezenas de rostos de supliciados voltaram-lhe à memória. Ele estava nos céus. Finalmente podia falar com alguém que compreendia suas palavras. Sim, dali em diante suas vítimas seriam de outro calibre. Estudantes, donas de casa.

Aquilo seria bem mais difícil, mas valeria a pena.

– Você se dá conta – retomou – de que a polícia nunca estabeleceu a menor relação entre todos os desaparecimentos dos sem-teto. Pergunto-me mesmo se chegaram a se dar conta. No entanto, aconteceu várias vezes de eu não poder guardar um corpo por uma razão ou outra, então, jogava-o no rio. A cada vez, fiquei de olho nos jornais e, algum tempo depois, lia que um pobre mendigo tinha se afogado no rio!

– Pobre doente! – escarrou Kyle. – É apenas um covarde, um miserável! Você se acha poderoso, mas olhe para si mesmo: é patético!

Mitchell era um demente da pior espécie. Um matador patológico. Não devia esperar nenhuma compaixão dele. A única coisa que Kyle desejava era morrer logo. Não pensar mais em Cheryl e Stuart. Não mais imaginar seus sofrimentos.

– Talvez, mas e daí? É você que está na jaula, não eu! – retorquiu Mitchell, com um grande sorriso.

Mas não gostara daquelas observações. Aquele impertinente merecia ser recolocado em seu lugar.

– Bom, temo que não saiba apreciar boas histórias, então passaremos a outro espetáculo. Dessa vez, tenho certeza de que vai adorar – disse, dirigindo-se para a porta.

Antes de sair, virou-se para Kyle:

– Sobretudo, não saia daí – lançou, rindo de sua própria piada. – A propósito, saiba que fui eu mesmo que acertei as contas de Johnson. O coitado nunca raptou sua namorada, nunca ligou para você e ainda menos matou a puta da sua mãe – concluiu, imitando a voz que usara no telefone.

Kyle cuspiu um espesso jato de saliva que, infelizmente, não atingiu seu alvo. Pendurado pelos braços, não sentia mais suas mãos. Estava morrendo de frio. A água gelada que Mitchell jogara nele não chegava a secar.

Se continuar falando tanto, me fará morrer de pneumonia antes de se decidir a me matar!, pensou, com desprezo.

Rangidos. Um móvel sendo arrastado pelo chão. Kyle não tentou saber o que era. Sabia que a resposta não lhe agradaria. O barulho se aproximou e a porta voltou a se abrir. Mitchell puxava um imenso cavalete sobre o qual Cheryl estava crucificada.

Ela também estava nua. Tinha pregos enfiados nas palmas das mãos e nos pés. Sua boca estava selada com uma fita adesiva, mas seu olhar grudou no de Kyle. Um olhar de infinito terror!

Kyle sentiu uma náusea e vomitou tudo o que tinha no estômago.

– Sabia que isso não o deixaria indiferente – disse Mitchell, colocando o cavalete diante da jaula. – Chamo isso "A crucificação da inocência". Olhe.

Apesar da dor no ombro que voltara a despertar. Mitchell manteve seu fleuma: tirou fotos do bolso e desfilou-as diante dos olhos horrorizados de Kyle. Diversas moças crucificadas naquele mesmo cavalete, com todas as etapas das torturas que infligia a suas vítimas.

– Você é um doente, eu o odeio, eu o odeio! – urrou Kyle, antes de começar a soluçar.

Vira tudo aquilo que aconteceria com Cheryl. Por quanto tempo ela teria que suportar aquelas torturas? Ele não podia matá-los logo, de uma vez por todas?

– Estou vendo que gostou, sua namoradinha também adorou, não é mesmo? – disse ele, virando-se para Cheryl.

Esta não tinha mais lágrimas e olhou-o com o que lhe restava de ódio.

– Viu aonde leva a vingança, meu caro Kyle? Devia ter esquecido, fazer como todo mundo. Mas não, ruminou seu ódio por todos esses anos, e tudo isso para que você e sua namorada acabassem aqui em minhas mãos... Francamente, não é estúpido de sua parte?

Kyle não respondeu. Não falaria mais. Aquele sujeito gozava com cada um de seus ataques de cólera. Não lhe daria mais nenhuma satisfação. Um arrepio o percorreu, começou a tossir.

– Está com frio; lamento muito, mas com o aumento do preço do barril de petróleo, estou tentando economizar.

Kyle evitou seu olhar e, controlando-se, voltou a olhar para Cheryl, que o fixava com horror.

– Contei tudo para ela. Acho que está com um pouquinho de raiva de você.

Aproximou-se do cavalete e colocou a mão na barriga de sua cativa que, tentando se mexer, reavivou a dor dos ferimentos de suas mãos e de seus pés.

– Pequena melindrosa! – zombou ele.

Tirou a mão e, com um gesto seco, descolou o adesivo da boca de Cheryl.

Saiu uma baba que Mitchell enxugou com um lenço.

– Bom, vou deixá-los conversar um instante. Não se preocupem, já volto para continuarmos.

Mitchell saiu e fechou a porta atrás de si.

– Por quê?! – gemeu Cheryl – Por quê?

– Cheryl, se soubesse a que ponto me odeio. Daria tudo para voltar atrás.

– Porco! Você é um porco! Eu o detesto – disse ela, antes de se desfazer em lágrimas.

Kyle apertou os dentes. O que podia responder, a não ser que ela tinha toda razão?

– Não quero morrer! Não quero morrer! – urrou ela.

Kyle fechou os olhos. Aquilo era demais para ele.

Do outro lado da porta, Mitchell se deliciava. Pobres querubins! Era quase comovente. Vamos, estava na hora de se divertir um pouco. Voltou para a sala de tortura e pegou uma pistola numa estante.

– Sabe, Cheryl, que terá muita sorte?

– Não me mate, farei tudo o que quiser, eu lhe suplico – disse Cheryl, com a voz tremendo de medo.

– Infelizmente, não tenho mais escolha. Mas olhe pelo lado bom das coisas, vou lhe conceder o imenso privilégio de abreviar seus sofrimentos. Está vendo, uma única bala na cabeça e acabou.

Com os olhos fixos na pistola, Cheryl achou que ia enlouquecer. Não era possível, não podia ser!

– Vamos, seja forte; no seu enterro, quero poder dizer a seus pais que você era sem dúvida uma garota cheia de coragem.

Colocou a arma em sua têmpora.

Kyle rezou para que Mitchell não mudasse de ideia. Embora aquilo fosse horrível, preferia que ela morresse agora do que após ter sofrido os pavorosos martírios que ele lhe mostrara.

– No três, Cheryl, combinado? – disse ele, posicionando--se de maneira que Kyle pudesse aproveitar o espetáculo. – Um, dois e... três!

Cheryl soltou um grito dilacerante. Kyle tinha fechado os olhos, mas quando escutou o clique característico do cão da pistola, também urrou de desespero.

– Parem! – disse Logan.

Todos tinham ouvido os gritos. Enfraquecidos pela distância, mas não havia dúvida.

Acabavam de chegar nas proximidades do solar e tinham estacionado a uma centena de metros, com o motor na baixa. Se possível, deviam pegar Mitchell e Johnson de surpresa.

– Agora não há mais dúvida – disse Blanchett, ainda sentindo arrepios.

Aquele grito era tão desesperado!

– O que fazemos? – perguntou Heldfield, aproximando-se do xerife.

Como todos, estava abalado por aquele urro aterrador.

Os policiais se reagruparam diante da entrada, o objetivo sendo descobrir maneiras de entrar sem serem notados pelos ocupantes do solar.

Mas não seria melhor lançar o assalto sem perder tempo?

Lembrou de seu resgate na primavera. Se Sarah ainda estava viva, era porque naquela ocasião ele tivera a paciência de administrar sua aproximação, por mais penoso que tenha sido.

– Não devemos afobá-lo. Vamos tentar entrar discretamente e...

– Não! Não! Não!

Aquela súplica dilacerante brotou das profundezas do solar.

– Não vamos ficar parados enquanto ele a estupra! – rugiu o sargento Collen.

E sem pedir permissão a ninguém, quebrou o vidro ao lado do qual se encontrava. O alarme disparou. Logan pulou para cima do sargento, mas o mal estava feito.

– Seu imbecil de merda! – disse, pegando-o pela gola.

Hurley, que os seguira, agarrou seu braço.

– Solte-o!

Logan o soltou e saltou pela abertura da janela. Não adiantava mais nada tentar ser discreto. Os segundos eram preciosos. Os sargentos o seguiram sem hesitar.

Hurley teria desejado impedi-los. Seu zelo não salvaria Cheryl. Talvez mesmo o solar fosse armadilhado... Contatou o FBI e lhes explicou que a infiltração discreta tinha fracassado. Tinham que chegar o mais rápido possível. O helicóptero devia se aproximar, pousar no pátio e tratar de evitar um banho de sangue.

Quando o clique ressoou, Kyle pensou que seu coração ia explodir no peito. No momento em que o grito saía de sua garganta, deu-se conta de que não houvera detonação.

Abriu os olhos e viu Cheryl soluçando, com o rosto encostado no peito. Por alguns instantes, ninguém falou nada. Kyle não conseguia acreditar que alguém pudesse ser tão perverso.

– Não! Não! NÃO! – gritou ele, num crescendo.

– Não pensou que fosse terminar tão rápido, né? Uma garota tão linda. Pergunto-me como ela será na cama. Hein? Entre homens, você pode me contar o que a deixa louca, e...

O alarme disparou. Mitchell ficou paralisado. Kyle soltou uma risada sardônica, como um demente que voltasse do inferno.

– Ria meu pequeno, não rirá por muito tempo.

Inquieto, Mitchell saiu do porão e subiu a escada que levava ao térreo. Parou diante da porta. Ruídos de corrida ressoavam por toda parte. A polícia invadira a casa.

Impossível! Como ficaram sabendo?

O *gordinho!*, disse para si mesmo. A porra da sua banha o salvara!

Cerrou os punhos de raiva. Assim, perdera aquela partida. Jack Mitchell devia desaparecer. Teria chorado de raiva se tivesse tempo, mas tinha que se recompor e, sobretudo, recuperar seu sangue-frio.

Ok, vou desaparecer, mas não sozinho!, prometeu para si mesmo.

Desceu a escada e se viu diante de um dilema corneliano. À esquerda, o porão com seus dois cativos; à direita, a saída para a grota que levava à falésia.

Escutou a porta que dava acesso ao subsolo se abrir. Praguejou em pensamento. Não tinha tempo a perder. Decidiu salvar a pele antes de tudo.

Um dia ou outro voltaria para se vingar. Cheryl e Kyle não perdiam por esperar.

Com a pistola em riste, Logan começou a descer a escada. O suor escorria em sua testa. Ouviu chamados de socorro. Sem perder mais tempo, lançou-se escada abaixo. A voz não parava de pedir socorro.

Logan chegou ao pé da escada e se lançou para a esquerda, de onde provinham os gritos.

– Me dê cobertura – pediu a Heldfield, que estava logo atrás dele.

Logan colocou a mão na maçaneta e, com um pontapé, escancarou-a, pronto para abrir fogo, mas viu apenas um rapaz esquartelado, preso numa jaula. Avançou e, sem perder um segundo, abriu a porta da jaula. Quando se virou, em busca de uma faca, avistou Cheryl crucificada sobre um cavalete. Um puro sentimento de ódio o atravessou.

Heldfield, acompanhado de três sargentos, acabava de entrar também. Diante do horror da situação, todos deixaram escapar exclamações de espanto.

– Soltem-na, e tomem cuidado com seus ferimentos – disse Logan, vendo as estacas enfiadas em suas mãos e em seus pés.

Heldfield e um sargento depuseram com todo o cuidado o cavalete no chão. Mas não sabiam como proceder, como tirar aquelas estacas.

Logan balançou a cabeça, pegou uma faca, entrou na jaula e cortou as amarras que prendiam as pernas de Kyle. Então, com a ajuda de dois sargentos, que sustinham o corpo de Kyle, cortou aqueles que prendiam seus punhos.

– Está tudo bem, acabou – disse um dos sargentos.

Logan saiu da jaula.

Hurley estava ao lado de Cheryl. Falava suavemente com ela, numa voz tranquilizadora. Por seu lado, Heldfield, embaraçado, buscava uma forma de libertá-la daquele pavoroso instrumento de tortura.

– Vamos transferi-la para o hospital. Eles saberão exatamente o que fazer – disse Hurley, pensando que seria necessária uma anestesia.

Logan não se demorou. Mitchell e Johnson não deviam estar longe.

– Xerife, por aqui! – gritou o sargento Collen.

Logan partiu em seu auxílio, subiu o corredor até a segunda porta do subsolo e entrou numa sala. Um buraco aberto na parede. Um armário que estava ali ao lado devia tê-lo escondido.

Collen não esperara por ele e entrara na abertura com outros policiais. Logan foi atrás deles e descobriu toda uma rede de galerias subterrâneas. North Peak era uma região conhecida por suas grutas, que muitos espeleólogos passavam seus fins de semana explorando.

– Precisamos de lanternas – disse Collen, voltando sobre seus passos.

Logan voltou à primeira sala, mas não havia nada para iluminar – apenas uma horrenda panóplia de instrumentos de tortura. Voltou ao térreo, amaldiçoando o tempo que estavam perdendo.

Naquele momento, a porta de entrada principal do solar se abriu, dando passagem aos membros da SWAT. Suas armas eram munidas de lanternas.

– Xerife Logan – se apresentou ele –, Mitchell e Johnson fugiram por uma rede de galerias subterrâneas.

Sem esperar, conduziu-os ao subsolo e a perseguição começou.

Roupas quentes e calçados tinham sido encontrados no térreo. Enregelado, Kyle entregou seu pulôver e sua jaqueta ao sargento Palmer e vestiu os de Mitchell.

– Tudo vai se ajeitar agora – disse Blanchett, passando uma mão afetuosa na testa do rapaz. Acabou.

Era a décima vez que ouvia aquela frase, mas não, nem tudo acabara. Mitchell fugira e ele nunca descansaria enquanto o soubesse com vida. E Stuart? O que acontecera com Stuart? Desconfiava que Mitchell o tivesse matado. Não se atrevera a fazer a pergunta durante seu cativeiro, por medo da resposta.

Alias, curiosamente, Mitchell não falara daquilo espontaneamente. Era possível que tivesse se salvado? Agarrava-se àquela débil esperança, por isso não perguntara nada aos policiais.

Olhou para Cheryl. Tinham coberto seu corpo com vários cobertores. Uma mulher estava ao lado dela e, aparentemente, conseguira acalmá-la. Seu rosto parecia um pouco apaziguado.

– Eu amo você, Cheryl – disse ele.

– Agora não, Kyle, agora não – respondeu ela, antes de voltar a chorar.

– Deixe-nos, por favor – disse Hurley, com uma voz firme, mas sem animosidade.

– Venha – disse Blanchett, pegando-o pelo braço.

Chamou um sargento e, em dois, ajudaram-no a subir até o térreo. Havia ali grande efervescência. Muitos homens e mulheres tratavam de inspecionar cada canto do solar.

– Posso tomar um pouco de ar? – perguntou ele.

– Claro, venha comigo – respondeu Blanchett.

Durante o trajeto no carro, Logan lhe explicara toda a tragédia, mas ela não chegava a se sentir em perigo ao lado daquele rapaz. Para ela, não era um assassino, apenas um pobre rapaz que quisera vingar sua mãe. Não um monstro como Mitchell e Johnson – pensou ela, arrepiando-se de horror à lembrança de Cheryl crucificada.

– Sabe, foi tudo minha culpa – disse Kyle, descendo os degraus do alpendre com dificuldade.

Não havia quase ninguém do lado de fora. Um helicóptero da SWAT estava pousado no pátio.

– A vingança não é a solução – disse Blanchett.

Kyle que, aos poucos, recuperava seus movimentos, andava a passo lento, afastando-se do tumulto do solar.

– Eu sei, se pudesse recomeçar tudo...

Estava sendo sincero.

– Sabe onde está seu irmão? – perguntou ela.

Kyle balançou a cabeça negativamente.

– Esperava que pudessem me dizer – respondeu ele.

– O que aconteceu? Conte-me tudo.

Sem parar de deambular no parque em passo de passeio, Kyle lhe contou os últimos acontecimentos e lhe explicou brevemente que tinha de fato matado Gordon e Borden, mas que não era responsável pelo desaparecimento de Johnson: este fora morto pelo próprio Mitchell.

– Johnson não era seu cúmplice? – perguntou Blanchett.

– Não sei, Mitchell me disse apenas que tinha acabado com ele.

Em seguida, Kyle acrescentou que seu irmão não tinha nenhuma culpa naquela história. Era uma vendeta pessoal, mas tivera que comprometer Stuart no final.

– Mitchell queria nós dois. Fomos a seu encontro, perto de uma velha ponte, posso levá-los lá – disse ele, sabendo que certamente encontraria ali o cadáver de seu irmão.

Blanchett sabia muito bem de qual ponte ele estava falando. Não se diz que os assassinos sempre voltam ao local do crime?

– Saquei uma arma. Dei-a para Stuart e pedi que a apontasse para Mitchell enquanto eu amarrava suas mãos. Infelizmente, Mitchell me surpreendeu e me sufocou, até que eu perdesse os sentidos. A última lembrança que tenho é de meu irmão atirando em Mitchell. Sem sucesso, com toda evidência.

Aquela era uma informação de primeira importância. Por que não dissera aquilo logo? Por medo de que seu irmão fosse preso? Blanchett não ficou procurando a resposta. Era preciso com toda urgência lançar uma busca ao redor da velha ponte.

– Venha comigo...

Não deixara de olhar para ele mais do que alguns segundos, mas Kyle aproveitara para sair correndo em direção às árvores. Blanchett correu atrás dele, com a arma em punho.

– Pare ou atiro!

Kyle corria como um louco em direção à floresta.

– Não estou brincando! – gritou Blanchett, torcendo para que os sargentos, mais rápidos do que ela, a escutassem.

Mas Kyle encontrou energia para acelerar ainda mais sua corrida. Não tinha medo da morte. Queria apenas estar livre para reencontrar o rastro de Mitchell. Sabia que não suportaria a prisão sabendo-o em liberdade.

Blanchett atirou para cima, mas nem por isso Kyle diminuiu o passo. Blanchett estava esgotada, ofegante. Era incapaz de seguir o ritmo do rapaz. Tinha apenas trinta anos, mas o esporte não era seu lazer favorito.

Parou. Dois policiais chegavam correndo.

– O que houve?

– Kyle Simmons fugiu – disse, sem fôlego. – Quero-o vivo, entendem. Ele não está armado; se um de vocês o matar, prometo que sofrerão graves consequências.

Sabia que estava fazendo com que perdessem um tempo primordial, mas temia muito um erro daqueles. Aquele jovem já sofrera o suficiente na vida para ainda ser abatido como um cão.

A justiça saberia puni-lo como merecia.

Os dois sargentos saíram correndo pela floresta, sem estarem seguros de tomar a direção correta.

Uma lanterna na mão esquerda, seu ombro direito doendo agora para valer, Mitchell se enfiava cada vez mais profundamente na gruta.

Chegou a um poço natural. Era ali que abandonava a maior parte dos cadáveres antes de cobri-los com uma camada de cimento para evitar atrair eventuais carniceiros.

Contornou-o e se encontrou sob uma abóbada que ia se estreitando. Mitchell conhecia o lugar de cor. Sabia que, na ponta de um circuito de galerias, encontraria a liberdade. Curvou-se para frente e continuou avançando nas profundezas.

A umidade escorria das rochas. Fazia frio. Se ao menos tivesse tido tempo de pegar roupas quentes! Pecara por orgulho. Nunca mais esqueceria seus princípios de base.

Enquanto isso, pagaria o preço.

Agora que estava ali, fugindo pelo subsolo da floresta, lamentava amargamente aquela loucura. Não havia nenhum gozo em fugir como um animal ferido.

Ainda que tivesse depositado dinheiro sob nomes falsos, sabia que teria que viver por um bom tempo como aqueles imigrantes clandestinos que desprezava, com o medo permanente de ser pego em qualquer cruzamento. O FBI não o esqueceria tão facilmente. Onde quer que fosse, estaria em perigo.

Encontrou-se diante de um túnel que o obrigou a rastejar. A dor no ombro se intensificou. Apertou os dentes para não gritar.

Não havia dúvida de que a polícia já devia estar esquadrinhando os meandros labirínticos daqueles túneis.

Cerca de dez metros mais adiante, pôde se levantar e retomar uma caminhada normal. Seu ombro continuava doendo. Encontrou-se diante de uma intersecção e ficou na dúvida. Tentou se lembrar do caminho, mas fazia anos que não verificava se algum espeleólogo amador se aventurara por aquelas passagens.

Acreditou ouvir barulho atrás dele. Não tinha tempo a perder. Decidiu-se pelo caminho da esquerda. Porém, após alguns minutos, se deu conta de que tomara o caminho errado.

Devia voltar sobre seus passos, mas temia se deparar com a polícia. Dane-se, encararia o grande mergulho. Continuou avançando e, finalmente, distinguiu um ponto luminoso ao longe. Finalmente o ponto cresceu até se tornar um buraco aberto para o exterior.

Mitchell acelerou o passo e, de repente, hesitou sobre a conduta a seguir. Postou-se na extremidade do túnel e observou os arredores. Encontrava-se a meia altura de uma falésia que dominava o rio. Este corria quinze metros mais abaixo.

Não se lembrava de que era tão alto. Levantou a cabeça. O topo ficava uma dezena de metros mais acima. Nenhuma reentrância aparente. Com seu ombro ferido, era impensável escalar aquilo; só lhe restava saltar.

Escutou barulho atrás dele e viu um feixe de luz oscilar ao longe. Não tinha mais escolha. Respirou fundo e saltou no vazio.

Mal teve tempo de se dar conta de que ia cair muito perto da margem quando seu crânio já se estraçalhava contra a parede rochosa.

Um agente da SWAT apareceu no fim do túnel dois minutos depois. Ajustou a luneta de seu fuzil para se assegurar de que o homem desconjuntado ao pé da falésia realmente estava morto.

– O alvo foi eliminado. Repito, o alvo foi eliminado.

Kyle ignorou a dor. Seus pulmões pareciam em chamas, suas pernas pesadas como se fossem de chumbo, mas não parava de correr. Aquela corrida desvairada lhe fazia um bem enorme. Impedia-o de pensar. A dor física o fazia esquecer a da alma.

No limite de suas forças, lançou um olhar para trás. Ninguém a vista. Decidiu diminuir um pouco o ritmo.

Começava a acreditar que tivera a sorte de escapar, quando viu uma silhueta diante dele. Poderia ser Mitchell? Logo descobriu várias outras. Uma batida, sem dúvida. Estava perdido.

Sem fôlego, curvou-se para frente e, colocando as mãos sobre as coxas, recuperou sua respiração.

Pelo menos tentara.

Estavam chegando. Ergueu-se, com as mãos para cima, mas logo compreendeu seu engano. Era um estranho uniforme para policiais.

– Quem é você? – perguntou Jacob, ameaçando-o com seu fuzil.

– Kyle Simmons.

Para sua surpresa, os rostos dos recém-chegados se descontraíram e um grande sorriso se estampou naquele do homem que o interpelara.

– Estamos felizes por não termos chegado tarde demais. Encontramos seu irmão, fique tranquilo, ele vai sobreviver. Vamos, venha. Os policiais não podem encontrá-lo. Siga-me.

Kyle não fez perguntas.

Sentia que podia confiar naquele bando de maltrapilhos, saídos diretamente de um filme pós-apocalíptico, com seus trapos sórdidos e seus rostos de uma sujeira repugnante, mas que não mostravam nenhuma agressividade.

Começaram a correr para o sul. Kyle ficou espantado com a facilidade que tinham para encontrar caminhos naturais no emaranhado da floresta.

Quem eram aquelas pessoas? De onde tinham saído? E, sobretudo...

– O que aconteceu com meu irmão? – perguntou, sem parar de correr.

– Não falo correndo, não sou mais tão jovem como você – disse Jacob.

Kyle sorriu e não insistiu. O essencial era saber que Stuart estava vivo.

Após quinze minutos de corrida, foram parar numa pedreira abandonada.

– Tempos atrás, havia uma mina por aqui. North Peak é um verdadeiro queijo suíço. Vamos escondê-lo num dos poços por alguns dias. Não creio que a polícia se divertirá vasculhando quilômetros de galerias subterrâneas.

A ideia de passar vários dias no escuro, dezenas de metros abaixo da terra, não era muito animadora, mas não tinha escolha.

– E meu irmão? – perguntou novamente, enquanto os homens vigiavam.

– Sorte dele que estávamos caçando quando escutamos disparos ao longe. Ninguém deve caçar em nosso território! – disse Jacob, com um sorriso que revelou seus dentes amarelados pelo tabaco. – Tínhamos quase chegado à ponte Gander, quando ouvimos gemidos e chamados de socorro. Seu irmão jazia ali perto, na margem do rio. Encharcado, coberto de sangue. Tememos que fosse morrer, mas, na verdade, a lâmina não tinha penetrado muito fundo.

– Como ele está?

– Chamamos os médicos. Uma ambulância deve estar levando-o agora mesmo para o hospital.

Kyle riu aliviado. Agora não temia mais ser pego.

Cheryl e Stuart estavam vivos. Era tudo o que importava.

– Seu irmão nos contou tudo. Digamos, o grosso da história. Nós aqui não gostamos de sacanas – disse Jacob, em tom viril. – Seu irmão achava que Mitchell tinha levado você para o solar dele. Nós o conhecemos bem. Um cara estranho que vive sozinho naquele buraco perdido. Em suma, decidimos vir salvá-lo.

– Nunca saberei como agradecê-los.

– Se quiser nos agradar, tente ficar vivo. Os policiais são todos podres. Vimos no noticiário que eles tinham empregado todos os recursos possíveis para encontrar uma estudante, sua namorada. Não leve a mal, mas se ela não fosse filha de boa família, nada disso teria sido feito. Quanto a nós, faz anos que dizemos que alguns dos nossos desaparecem e ninguém dá a mínima bola.

Kyle compreendeu então quem eram as moças nas fotos que Mitchell tinha mostrado. Não teve estômago para lhes contar. Logo ficariam sabendo.

– Minha mãe era uma prostituta.

– Eu sei, e você e seu irmão são dois grandes filhos da puta! – lançou Jacob, para não perder a piada.

O tom não tinha nada de cruel. Kyle sorriu e lhe estendeu a mão.

– Obrigado.

– Nós da plebe temos que nos ajudar.

Escutaram o barulho de um helicóptero se aproximando.

– Escondam-se todos, rápido! – gritou Jacob.

O helicóptero passou alguns segundos depois sobre a pedreira abandonada e não teve nada a assinalar.

53

– Vocês deviam ir embora – disse Blake.

O especialista médico-legal do FBI chegara havia três horas em companhia de Freeman, Moore e outros reforços. Eram quase oito da noite. A noite caíra sobre o solar, que fervilhava de agentes do FBI.

– Sim, respondeu Logan.

Estavam numa vasta sala que lhes servia agora de necrotério provisório.

Durante a tarde, um dos agentes da SWAT ficara surpreso de que aquele poço estivesse cheio de cimento relativamente recente. Intrigado, estudara sua superfície e, quando descobrira a ponta de uma mão que a ultrapassava, compreendera que o horror estava apenas começando.

Algumas horas depois, cinco corpos tinham sido extraídos da vala. Como paleontólogos, tinham procedido com cuidado, a fim de não danificar os corpos presos no cimento.

O primeiro a ser descoberto fora o de Daniel Johnson. Cúmplice traído ou simples vítima de Mitchell? Este último levara a verdade consigo.

Logan pensou nos outros cadáveres. Quantos restavam? Quantos outros semelhantes àquele?

A mão de Hurley deslizou na sua.

– Vamos? – disse ela, com os olhos fixados sobre os corpos colocados no chão sobre um simples lençol.

Logan balançou a cabeça. Atravessaram um grande

corredor que dava para o *hall*. Uma casa tão magnífica que fora o teatro dos piores horrores.

Saíram ao ar livre. A chuva não cessara. Logan colocou seu chapéu de xerife na cabeça e foi até seu Cherokee. Os agentes do FBI os saudaram. Seus próprios policiais já tinham ido embora. Tudo aquilo ultrapassava em muito os marcos de um crime normal. Estavam diante de um dos piores *serial killers* da história dos Estados Unidos. Quinze anos de assassinatos em total impunidade! Quantas vítimas ainda encontrariam?

Logan entrou no carro, deu a partida, acendeu os faróis e se afastou do perímetro do solar.

Hurley, sentada ao seu lado, permanecera em silêncio até então.

– Tenho notícias de Cheryl. Deu tudo certo – disse ela.

Logan pegou seu maço de cigarros no bolso interno da jaqueta e o estendeu para Hurley.

– Suas mãos, seus pés?

Hurley pegou um cigarro, colocou-o nos lábios de Logan e aproximou a chama de um isqueiro.

– Vários furos, sobretudo nos pés, mas os médicos estão otimistas. Poderá andar daqui a algumas semanas. Quanto às mãos, ela corre o risco de perder um pouco da mobilidade da esquerda, mas talvez nem isso.

Logan deu uma longa tragada. Não chegava a estar satisfeito com a resolução daquele caso. O culpado não agiria mais e Cheryl estava salva. No entanto, não conseguia esquecer que dezenas de corpos estavam sob a terra. Dezenas de mulheres que tinham sofrido um martírio pavoroso durante dias sem que ninguém se preocupasse com sua sorte.

Além dos corpos supliciados dos primeiros cadáveres desenterrados, Logan percorrera com olhos horrorizados as coleções de fotos e vídeos de Mitchell. Sabia que nunca poderia esquecer aquilo.

Aquele ser perverso se comprazia em imortalizar suas sessões de tortura. Durante a breve busca, Logan tomara o cuidado de tirar o som. Os gritos dos supliciados eram simplesmente insuportáveis. O horror estava marcado a ferro quente em seu cérebro.

E dizer que alguém seria obrigado a assistir àquelas fitas por horas a fio a fim de identificar todas as pessoas sacrificadas no delírio daquele psicopata!

– Espero que ele tenha um bom psicólogo! – disse em voz alta, tentando se concentrar na estrada esburacada.

– O quê? – disse Hurley.

Logan lhe explicou os caminhos de seu pensamento. Hurley se apiedou com ele das pessoas que teriam que realizar aquela terrível tarefa.

– Nunca compreenderei – disse Logan, batendo na direção com a palma das mãos.

Já discutira aquilo horas e horas com Hurley. Logan não ignorava as teses formuladas por iminentes especialistas. Problemas genéticos ou puramente fisiológicos, devidos a desequilíbrios hormonais, mas, na maioria das vezes, problemas psicológicos com toda sua panóplia de psicopatias.

Para Logan, o único remédio era uma bala na cabeça. Uma solução bastante sumária, mas infalível. Sem risco de reincidência e, sobretudo, em sua opinião, a única maneira de ajudar os parentes da vítima a fazerem seu luto. Ver o assassino de seu filho ainda vivo enquanto a carne de sua carne apodrece num caixão...

– Se puder evitar repreender a tenente Blanchett – disse Hurley, que via a aflição de Logan.

Não gostava daqueles longos silêncios. Sabia o que ele pensava e aquilo a incomodava ainda mais. Embora os dois fossem ferventes democratas, nunca estariam de acordo sobre a pena de morte. Não se pode matar seres humanos. Fim da discussão.

Cada cidadão americano é um filho da mãe-nação. Que mãe seria capaz de assassinar seus filhos? Por mais terríveis que fossem os crimes que tivessem cometido?

– Está brincando? – disse Logan, respondendo à questão de Hurley. – Vou é pedir que lhe deem uma medalha da cidade.

– Também não precisa exagerar – respondeu Hurley, satisfeita em desviar a conversa para um assunto menos penoso.

Logan diminuiu a velocidade e, com prudência, entrou na grande estrada que descia de North Peak em direção a River Falls.

– Se dependesse de mim, interromperia as buscas por Kyle Simmons. Esse pobre garoto fez apenas o nosso trabalho – disse ele, tragando seu cigarro com convicção. – Sabe, espero sinceramente que ele seja esperto suficiente para conseguir escapar. Em todo caso, o FBI é que não conte comigo para o acionamento de grandes recursos. Aliás, se você pudesse ligar para sua amiga jornalista e pedir para ela transformar esse pequeno e seu irmão em heróis, prometo que enviarei flores para ela em agradecimento.

Hurley se perguntou por um momento se ele estava brincando ou não. Preferiu não perguntar.

– Kyle Simmons é tudo menos um herói – disse ela. – Se tivesse vindo falar com a polícia em vez de querer se vingar sozinho, uma coisa é certa, Cheryl Norman nunca teria sido raptada e não teria sofrido tamanhas violências.

Logan emburrou. Golpe baixo, mas certeiro. Sabia que Hurley o aplicaria, mas lhe fazia bem formular frases que lhe saíam das tripas e não dos neurônios!

– Além disso, parece claro que o único culpado da morte de sua mãe era Mitchell. Kyle Simmons é um assassino que abateu friamente Robert Gordon e Gary Borden, quando eles não tinham culpa de nada.

– É você que está dizendo – retorquiu ele, com a mais absoluta má-fé.

Ele também não duvidava da inocência deles, pelo menos quanto ao assassinato...

Um olhar de desprezo foi sua resposta.

– Ok, concordo com você. Mas não me fará cuspir no pequeno. Não é um assassino, apenas um garoto que queria se vingar. Se ele errou o alvo, foi por que a justiça não fez seu trabalho quinze anos atrás.

Logan freou bruscamente quando um cabrito-montês atravessou a estrada saltando. Um pequeno esperto que tivera a inteligência de não se deixar hipnotizar pelos faróis do Cherokee.

– Podia prestar mais atenção – admoestou-o Hurley.

– Queria que eu o atropelasse? – respondeu ele, antes que o sorriso de sua bela o fizesse compreender que estava brincando com ele.

Levantou os ombros e apagou seu cigarro no cinzeiro.

– Não fique pensando que condeno totalmente Kyle Simmons. Estou certa de que há numerosas circunstâncias atenuantes. Também não gostaria que ele passasse o resto de seus dias na prisão. Mas isso não desculpa tudo. A vingança é o flagelo das sociedades bárbaras. Por que acha que as sociedades civilizadas criaram sistemas judiciários para administrar os conflitos entre as pessoas?

– Por favor, não venha me dar aulas, não sou seu aluno.

– Então pare de pensar como um colegial estúpido!

Logan ficou em silêncio. Estava magoado. Hurley sentiu vontade de rir.

É uma verdadeira criança!, pensou, comovida por sua reação pueril. Acariciou-lhe a face.

– Se pensasse por um segundo sequer que você não é um policial honesto com princípios que vão na direção certa, acredita mesmo que estaria com você?

Logan preferia assim. Ela lhe fazia tão poucos elogios. Todos os homens, por mais viris que sejam, sentem necessidade de ser elogiados por suas mulheres.

– Me dá mais um cigarro? Quase conseguiu me irritar – replicou ele, em tom falsamente chateado.

Entrou na via da direita e pegou o entroncamento que dava na via expressa norte. Numerosos carros rodavam nos dois sentidos. Logan sentiu a pressão do dia diminuir.

Tente esquecer esse dia, pelo menos essa noite, pensou, sem acreditar que conseguiria.

– Está dormindo?

– Não – disse Logan.

Eram duas horas. Fazia quase uma hora que estavam deitados, mas nenhum dos dois conseguira conciliar o sono. Viravam-se e reviravam-se na cama, esperando que o cansaço os vencesse. Mas seus espíritos estavam demasiado atulhados de pensamentos, uns mais terríveis do que os outros.

Hurley se inclinou para o criado mudo e acendeu o abajur.

– Pensei numa coisa – disse ela, encostando-se na parede, com o travesseiro atrás das costas.

– Sim? – disse Logan, virando a cabeça para ela.

– Você tinha prometido me contar por que me deixou aquela vez.

Logan sorriu de modo muito estranho. Esperava por qualquer coisa, menos aquilo.

– Bem, como dizer... – respondeu ele, tirando um braço de debaixo das cobertas. – Minha resposta devia ajudá-la a decidir se ficaria aqui ou não, não é mesmo?

– Talvez, e daí?

– E daí que, já que você decidiu voltar ao trabalho em janeiro, não vejo qual seria a utilidade de despertar velhos demônios.

Hurley ficou sem voz. Que grande patife!

– Você tinha prometido! – disse ela, cruzando os braços, amuada.

Logan pôs a mão no pijama de Hurley e, lentamente, acariciou a cicatriz de seu seio direito que subia sete centímetros até o pescoço.

– Eu sei. Mas, entenda, aceitei sem pestanejar que você volte a viver em Seattle. Não tentei dissuadi-la. Então respeite minha posição e, se você se comportar muito bem, talvez um dia lhe conte o porquê.

Hurley afastou a mão dele.

– Sempre encontrará uma desculpa – suspirou ela, levantando-se. Vou fazer um chá para mim, também quer?

– Ok, estou indo – disse ele, esticando-se na cama.

Pensava em Ray Snider, aquele outro *serial killer* que prendera quando ainda estava em Seattle. Uma prisão que o tornara célebre e atraíra sobre ele a atenção do prefeito de River Falls. Uma façanha que lhe custara a mulher de sua vida. Tivera que prometer a Snider que se separaria de Hurley.

A pior das promessas que já tivera que fazer.

Esperava apenas que tê-la rompido não ocasionasse um terrível retorno de chamas...

Epílogo
Terça-feira, 13 de novembro de 2007

– Sabe, havia outros meios para se reaproximar de mim – disse Shannon.

Deitado no leito do hospital, Stuart se endireitou e a dor na barriga lhe arrancou uma careta. Shannon, que recebera autorização para visitá-lo, avançou rapidamente para ele e pegou a mão dele nas suas.

– Está dando para aguentar? – perguntou ela, realmente preocupada. Stuart piscou os olhos e esperou que a dor se dissipasse.

– Notícias sobre meu irmão?

– Não, ele continua solto.

Os noticiários continuavam falando daquela tragédia.

Dois irmãos chegados a River Falls para vingar a morte de sua mãe e que tinham se deparado com um *serial killer* – Jack Mitchell, o honrado diretor do Bank of the Big Mountain. Mais de trinta cadáveres identificados. Pelo menos o mesmo número a descobrir...

– Sabe, sou inocente – disse Stuart.

Era o que afirmara aos investigadores do FBI. Por enquanto. Continuava sendo suspeito dos assassinatos e dois tiras vigiavam a porta.

– Acha mesmo que duvido disso? – respondeu Shannon.

Debruçou-se sobre ele e, tomada por uma leve ansiedade, colocou seus lábios sobre os dele.

Por mais inábil que fosse o beijo de Stuart, Shannon achou que era o mais fabuloso do mundo. Nunca imaginara que se apaixonaria por um gordinho!

Ele era a primeira pessoa que não a considerava uma louca. Era tão gentil e, olhando bem, nada feio. Um ursinho de pelúcia que a protegeria e a aqueceria à noite.

– Amo você, Shannon – disse Stuart.

– Eu também – disse ela, sentindo-se uma verdadeira mulher sob o olhar dele.

Se pelo menos não tivesse aquela doença! Talvez seu novo estado de espírito a ajudasse a se curar.

– Minha mãe está furiosa comigo. Estou apaixonada por um *bad boy*. A imbecil! Ela não sabe que essa é a fantasia de muitas mulheres?

Um *bad boy*? Estava ali uma imagem que ele nunca fizera de si mesmo, mas, afinal, por que não? Apertou as mãos dela e olhou-a com uma ternura absoluta.

– Diga-me apenas que tudo vai dar certo.

– Digo melhor – respondeu ela, murmurando em seu ouvido uma mensagem que lhe fora confiada por um homem de cerca de cinquenta anos.

Stuart não pôde reter lágrimas de alívio.

Kyle acordara. Estava assistindo ao noticiário local. Tornara-se o inimigo público nº 1. Ainda que isso dependesse dos pontos de vista... Vários cidadãos tomavam abertamente sua defesa e diziam compreender muito bem sua reação.

– Se tivessem matado minha mãe, teria feito exatamente a mesma coisa! Esconda-se bem, garoto, e, se precisar de ajuda, pode contar com os Hell's Angels! – respondeu um grandalhão com uma enorme barba a um jornalista que fazia a enquete na rua.

– Sinto vergonha desse país. Esse rapaz é inocente. Deviam prender é o xerife. Durante quinze anos, Mitchell matou e torturou e ninguém para pegá-lo! – gritou uma velha realmente fula da vida.

Essas manifestações de apoio trouxeram um grande conforto moral a Kyle, e Deus sabia que estava precisando daquilo. Não tivera mais nenhuma notícia de Cheryl. Sabia apenas que ela sairia daquela sem maiores sequelas, ao menos físicas.

– *Só Deus pode decidir da vida e da morte. Quaisquer que sejam as razões que levaram esse rapaz a se vingar, o Senhor não pode perdoá-lo* – interveio outra senhora idosa.

– *Isso é loucura, esse garoto é um monstro. Matar friamente, mesmo por vingança, quem seria capaz de fazer isso?* – espantou-se um homem ainda jovem.

Bateram na porta. Kyle desligou imediatamente a televisão. Não estava longe de concordar com a última intervenção. Sabia, no entanto, que teria muito tempo para refletir sobre seus atos.

– Entre – disse, rezando para não ter sido descoberto. Mas era apenas Flynn.

– Dormiu bem?

– Uma hora, duas talvez.

Flynn colocou a bandeja-refeição na mesinha do porão.

– Coma e tente dormir de novo. Precisa de repouso...

Quando Jacob lhe telefonara pedindo que viesse encontrá-lo nas antigas serrarias, Flynn não hesitara um segundo. Lembrava-se perfeitamente da história daquela prostituta e dos quatro burguesinhos inculpados e depois absolvidos. Aquilo fizera um grande estardalhaço na época; depois, todos tinham esquecido.

Flynn se sentia ainda mais próximo de Kyle. De fato, sua vida devia ter sido muito difícil, mais ainda do que imaginara. Prestou muita atenção para não ser seguido, mas quem poderia imaginar que ele e Kyle partilhassem uma verdadeira cumplicidade? Nunca tinham conversado, a não ser quando lhe anunciara que ficaria de molho toda a temporada de futebol americano. Uma única conversa, mas que selara definitivamente uma confiança mútua. Naquele dia, Flynn lhe dera sua palavra de que o ajudaria, quaisquer que fossem as circunstâncias. Mesmo se a gravidade dos atos cometidos por Kyle fosse muito maior do que poderia ter imaginado, nunca duvidara de que estava agindo da maneira certa.

Nunca se volta sobre a palavra dada.

Flynn encontrara Kyle graças aos sem-teto. Estes, tendo

se assegurado de que Flynn viera só, o acompanharam até uma velha pedreira abandonada onde Kyle estava escondido. Sem hesitar, Kyle confiara sua sorte às mãos daquele homem.

Depois de uma breve conversa carregada de emoção, Kyle compreendeu que não se enganara sobre Flynn e entrou no bagageiro de seu carro. Só saiu dali quando chegaram ao destino: a modesta casa de Flynn, situada num bairro residencial de River Falls.

– Contatei alguns velhos conhecidos. Acho que conseguirei documentos falsos para você em breve. De qualquer jeito, vai ter que ter paciência. O FBI continua à toda atrás de você. É melhor que não saia daqui antes de uma semana ou duas. Até que eles pensem que você já saiu da cidade, ou mesmo do estado.

Kyle agradeceu com o olhar e perguntou:

– Levou a mensagem para Shannon?

Flynn balançou a cabeça.

– Nunca mais me peça uma coisa dessas. Foi muito arriscado confiar numa menina. Porém, no fim, ela conseguiu me convencer de que estava apaixonada por seu irmão e de que jamais trairia você. Dava pena de vê-la. Completamente esquelética.

Kyle não pôde evitar sorrir, imaginando seu irmão com ela, mas estava realmente feliz por ele. Era exatamente o tipo de garota de que precisava.

– Obrigado, treinador. Teria mais um favor a lhe pedir.

– Não peça o impossível – respondeu Flynn, sabendo, no entanto, que esse seria o caso.

– Queria apenas que fizesse chegar esse bilhete a Cheryl Norman quando eu já estiver longe.

Flynn não escondeu seu alívio. Esperava algo bem pior.

– Sem problemas – respondeu, antes de acrescentar: – A propósito, como está seu espanhol, senhor Alvaro Garcia?

Kyle achava aquele nome ridículo, mas tinha a vantagem de ser extremamente comum. Afinal, uma vez na Argentina, teria todo o tempo para mudá-lo.

Títulos da Vestígio

SETE DIAS EM RIVER FALLS | Alexis Aubenque
Algumas garotas escondem terríveis segredos...

O mundo de Sarah transforma-se num pesadelo quando suas duas melhores amigas do passado, Amy e Lucy, são encontradas mutiladas no fundo de um lago. Sarah parece esconder um terrível segredo. É como se um laço misterioso ainda a ligasse a elas...

MEU PRIMEIRO ASSASSINATO | Leena Lehtolainen
Uma estreia de tirar o fôlego para Maria Kallio...

Em sua primeira investigação criminal, a policial finlandesa Maria Kallio tem um grande desafio: desvendar o misterioso assassinato de um jovem que passava um fim de semana na casa de seus pais em companhia de sete outros membros de um coral. Ele foi encontrado morto, afogado. Todos são suspeitos, mas apenas um é o culpado...

OS SETE CRIMES DE ROMA | Guillaume Prévost
Roma, 1514. Leonardo da Vinci conduz a investigação...

Na Roma do século XVI, são cometidos assassinatos tão violentos quanto estranhos. Encabeçam a investigação um jovem estudante de Medicina, Guido Sinibaldi, e nada menos que o gênio do Renascimento, Leonardo da Vinci. Um romance policial diabólico que, dos mistérios da biblioteca do Vaticano aos segredos das ruínas antigas, nos arrasta num jogo de pistas eletrizante, erudito e macabro.

A FERA INTERIOR | Lotte & Søren Hammer
Podemos fazer justiça com as próprias mãos?

Cinco corpos masculinos mutilados – castrados – e um rico empreendedor que denuncia na mídia a falta de firmeza da justiça dinamarquesa para com os pedófilos. O inspetor Simonsen, que tem experiência demais para não desconfiar das coincidências, logo compreende que está diante de um plano de grandes dimensões, cujos pormenores ainda desconhece...

ESTAVA ESCRITO | Gunnar Staalesen

O que realmente sabemos sobre nossos filhos?

As aventuras do detetive Varg Veum o levam a um mundo obscuro onde adolescentes privilegiados são atraídos para as drogas e a prostituição. E a situação fica ainda pior quando o juiz local é encontrado morto em um hotel de luxo, usando *lingerie*, e pais desesperados imploram para que Veum encontre uma garota desaparecida.

NA MENTE, O VENENO | Andrea H. Japp

Diane Silver inicia sua caça ao *serial killer*...

Diane Silver é uma das melhores *profilers* do mundo e trabalha na base de Quantico do FBI. Caçar *serial killers* é para ela uma questão pessoal: sua filha, Leonor, foi torturada e morta. Apesar de ser perita em traçar o perfil de um criminoso, Diane não consegue até hoje entender como Leonor, tão desconfiada, aceitou seguir aquele que seria seu assassino.

VESTIDO DE NOIVO | Pierre Lemaitre

Ninguém está a salvo da loucura...

Sophie, uma jovem mulher que leva uma vida pacata, começa a cair lentamente na loucura: milhares de pequenos e inquietantes sinais se acumulam e, de repente, tudo se acelera. Seria ela a responsável pela morte de sua sogra e de seu marido enfermo?

ASSASSINATO NA TORRE EIFFEL | Claude Izner

Crimes em série transformam livreiro em detetive

Paris, 1889, a cidade está em polvorosa com a Exposição Universal. Victor Legris, seu sócio Kenji Mori e seu amigo Marius Bonnet têm seu encontro na recém-inaugurada Torre Eiffel subitamente interrompido: uma mulher acaba de desabar vítima de uma estranha picada. A partir daí, se sucede uma série de mortes inexplicadas que vão marcar a estreia de Victor como investigador.

UM OUTONO EM RIVER FALLS | Alexis Aubenque

Alguns garotos nunca perdoam...

Dois assassinatos perturbam a relativa tranquilidade de River Falls, que começava a se restabelecer dos sórdidos crimes de alguns meses antes. O que poderiam ter em comum um advogado brilhante, encontrado eletrocutado em sua banheira, e o cadáver de um mendigo, coberto de hematomas, resgatado do rio? É isso que o xerife Mike Logan, com a ajuda da célebre *profiler* Jessica Hurley, tentará descobrir.

Este livro foi composto com tipografia Electra e impresso em papel Avena 80 g/m² na Paulinelli Serviços Gráficos.